LES WHISKEY :

LES DARK KNIGHTS DE PEACEFUL HARBOR

Fou de désir (tome 3)

MELISSA FOSTER

ISBN : 9781948868839

Couverture : Elizabeth Mackey Designs
Traduit de l'anglais par June Silinski et Valentin Translation

WORLD LITERARY PRESS
IMPRIMÉ AUX ÉTATS-UNIS D'AMÉRIQUE

Note pour les lecteurs

Quand j'ai rencontré Bullet Whiskey pour la première fois, j'ai su qu'il faudrait une femme spéciale, forte et patiente pour percer ses défenses. À l'instant où j'ai croisé Finlay Wilson, j'ai su qu'elle était la seule et unique femme pour lui. J'espère que vous les adorerez autant que moi et que vous aimerez leur histoire sexy et émotionnelle. Chacun des membres de leurs familles et de leurs amis amusants et merveilleux aura aussi sa fin heureuse. Plusieurs livres sont déjà publiés et disponibles pour votre plaisir, en commençant par *Sous l'armure de ton cœur*. S'il s'agit de votre première rencontre avec la famille Whiskey, chaque livre est indépendant. Alors, n'hésitez pas à plonger et à tomber amoureux d'eux.

N'oubliez pas de vous abonner à la newsletter pour ne pas rater les prochaines parutions de la famille Whiskey :
www.MelissaFoster.com/Francaise-news

Pour plus d'informations à propos de mes romans d'amour amusants et sexy, que vous pouvez tous lire indépendamment ou en série, visitez mon site Internet :
www.MelissaFoster.com

Si vous préférez les histoires d'amour douces, sans scènes ou langage explicites, essayez la série *Sweet with Heat*, écrite sous le pseudonyme Addison Cole. Vous découvrirez les mêmes superbes histoires d'amour, mais moins intenses (en anglais).

Bonne lecture !
~ Melissa

CHAPITRE UN

Les portes du *Whiskey* s'ouvrirent et Dixie Whiskey, la plus jeune de la fratrie, se précipita vers Bullet avec *cette* drôle d'expression. Ses longs cheveux roux, qu'elle avait lâchés, pendaient sauvagement et, avec son T-shirt sans manches, son jean moulant et ses bottes noires, elle avait l'air d'une femme forte à qui il valait mieux ne pas se frotter. Il y avait très peu de choses que ce motard qui appartenait autrefois aux forces spéciales ne pouvait pas affronter, mais aujourd'hui, il n'avait pas la patience de gérer l'humeur massacrante de sa sœur. Pas après la nuit agitée et pourrie qu'il avait passée.

Dixie croisa les bras, ses doigts tambourinant de manière agaçante sur son avant-bras tatoué. Le sourire qu'elle arborait indiquait à Bullet que la situation pouvait se dérouler de deux façons. Soit il faisait quelque chose pour elle qu'il ne voulait pas faire, soit elle le faisait chier.

Il arrêta d'essuyer le bar et jeta le chiffon sur le comptoir derrière lui.

— Qu'y a-t-il, Dix ?

— Tu as une sale tête.

Il se servit un verre de bourbon.

— Tu bois sur ton lieu de travail ?

— Tu vois des clients, là ?

Du haut de son mètre quatre-vingt-dix-huit et de ses cent huit kilos, il lui fallait bien plus qu'un verre pour l'affecter. Il but la boisson d'un trait, reposa le verre vide devant lui et posa les mains à plat sur le bar, laissant la brûlure de l'alcool apaiser les démons de son passé.

Regardant Dixie droit dans les yeux, il lui dit :

— Tu es venue ici pour me faire chier ?

Dixie soutint son regard.

— Tu as fait des cauchemars, tu as passé la nuit à baiser une fille dont tu ne te souviens pas, ou bien quelqu'un avait des ennuis ?

Il lui avait appris à ne jamais se défiler alors qu'elle n'était qu'une grande rousse fine et énergique avec une grande bouche et pas assez de bon sens pour savoir quand la fermer. Il avait dû lui apprendre à être forte pour qu'elle ne s'attire pas d'ennuis. Elle n'avait pas beaucoup changé, sauf que désormais, elle n'avait plus peur de rien. Y compris de *lui*.

Il ramassa le verre à *shooter* et se retourna pour le nettoyer.

— De quoi tu as besoin ?

— J'ai besoin que tu te comportes correctement quand Finlay Wilson sera là.

Bullet étouffa un juron.

— Finlay ? La fille qui était le traiteur du mariage de Tru et Gemma ?

Combien de Finlay Wilson y avait-il à Peaceful Harbor, Maryland ? Même s'il y en avait eu une douzaine, ça n'aurait pas vraiment eu d'importance. Cette Finlay-là avait déjà attiré l'attention de Bullet – et l'avait envoyé balader, ce qui était probablement une bonne chose. Elle était plus douce qu'un bonbon et n'avait pas intérêt à accepter de les aider à développer leur bar familial pour y proposer des déjeuners et des dîners. Sa place était chez un glacier, comme sa sœur Penny, où elle pouvait faire briller son sourire étincelant à l'attention des familles chaleureuses. Si elle travaillait au *Whiskey*, elle risquait de se faire manger toute crue.

— Celle-là même, dit Dixie.

— Ce petit bout de femme n'a pas sa place dans un bar. Surtout dans *mon* bar. Tu n'as pas quelqu'un d'autre à harceler ?

— Premièrement, on est tous des partenaires égaux, ici. Toi, moi, Bones, Bear, maman et papa. Alors, arrête de dire que c'est *ton* bar.

Il serra les dents. Théoriquement, elle avait raison. Ils étaient tous partenaires égaux sur le papier, mais ça ne se passait pas comme ça dans la vie de tous les jours. Bear avait géré le bar après l'AVC de leur père et avait également repris le garage familial de l'autre côté de la rue quand ils avaient perdu leur oncle. Bullet avait pris la relève depuis cinq ans et avait assumé les responsabilités quotidiennes du bar, afin que Bear puisse réduire son temps de travail. Dixie tenait les comptes des deux entreprises familiales, était serveuse au bar et avait récemment pris en charge l'expansion des cuisines du *Whiskey*. Mais leur jeune frère Bones, un médecin, ne s'était jamais sali les mains en travaillant au bar. Non pas que Bullet en ait quelque chose à faire. Bones aurait sauté sur l'occasion si on lui avait demandé de participer, mais son frère ne demandait pas d'aide. Il n'en avait jamais demandé de toute sa vie.

À une putain d'exception près, mais ce n'était pas le moment d'y penser.

Il chassa de son esprit les souvenirs difficiles qui lui revenaient en mémoire et se concentra sur les yeux verts de Dixie. Le bar était peut-être autant à eux qu'à lui, mais c'était lui qui était là, chaque fichu jour.

— Ne fous pas tout en l'air, Bullet, ou je te jure que je vais faire de ta vie un enfer. Elle a accepté de travailler avec nous pendant un mois, et nous avons besoin d'elle si nous voulons réussir. Elle s'y connaît en menus, recrutement du personnel de cuisine et en règles sanitaires.

— Elle n'a pas sa place dans un endroit comme celui-ci, Dix. Elle n'est pas comme nous.

Finlay ressemblait à un ange avec ses cheveux blonds soyeux et ses yeux bleus innocents. C'était cette innocence qui avait allumé quelque chose en lui et qui lui avait donné envie de la *dévergonder* et de la *protéger* à la fois. *Putain de Finlay Wilson !* Le mariage avait eu lieu quatre semaines plus tôt, et il n'avait pas pu s'empêcher de penser à elle depuis. Quand elle n'était pas la vedette de ses fantasmes classés X, elle sautillait en ville dans ses robes à frous-frous, répandant des sourires comme de la poussière de fée.

— Ça n'avait pas l'air de te déranger quand tu l'as draguée au mariage, dit Dixie en levant un sourcil. Ou bien tu croyais que je n'avais pas remarqué la façon dont tu observais chacun de ses mouvements quand Bear et Crystal ont aussi décidé de se marier, en t'approchant d'elle dès que tu en avais l'occasion pendant la cérémonie, comme un chiot à la recherche d'une friandise ?

Bullet ricana. Il l'avait regardée bien avant la demande en mariage impromptue de Crystal et Bear et leur union le lendemain de la cérémonie de Tru et Gemma.

— Elle est sexy. Et alors ? Je ne voulais pas me marier avec elle, juste m'amuser un peu.

— Alors, ça ne devrait pas te déranger de la voir ici quelques heures par jour le temps qu'on s'organise, non ?

— C'est une erreur, Dixie.

Il fit le tour du bar et se mit à côté d'elle.

— Une jolie fille comme elle ne peut que s'attirer des ennuis dans un endroit comme celui-ci. Pourquoi tu tiens tant à engager Finlay ? As-tu au moins vérifié auprès des membres du club si quelqu'un avait besoin d'un travail ?

— Tu sais, parfois, j'oublie à quel point tu es comme *papa*, j'ai l'impression de me cogner la tête contre un mur de briques.

— Ça veut dire quoi, ça, putain ?

— Que tu hésites autant que lui à embaucher quelqu'un qui ne fait pas partie de la famille. Que tu penses que si quelqu'un ne fait pas partie du club ou de notre famille, c'est un bon à rien.

— Jed travaille bien là, non ?

Bear avait récemment abandonné son poste de barman et concevait désormais des motos pour *Silver-Stone Cycles* qui était l'élite en matière de conception de motos. Pour la première fois dans l'histoire du bar, ils avaient été obligés d'embaucher des personnes extérieures à la famille *et* à leur club de motards, les Dark Knights, qui était aussi soudé que les Whiskey. Même si Jed Moon, qui n'était pas seulement leur nouveau barman à temps partiel, mais travaillait également comme mécanicien pour le magasin, était le nouveau beau-frère de Bear. Donc, théoriquement, il *était* de la famille. Finlay Wilson ne l'était *pas*. Finlay Wilson était une bombe à retardement.

— Laisse-moi tranquille, dit-il en secouant la tête. On embauche toujours la famille en premier.

— Ah oui ? Et d'après toi, lequel des membres de notre club saurait gérer un restaurant ? *Gutter*, l'expert en rénovation de maison ? Ou peut-être l'un des frères Bando, dont le métier, c'est de faire couler du béton sur les chantiers ? Tu réalises que Finlay a fait l'une des meilleures écoles de cuisine de Boston ?

Elle a travaillé dans un restaurant, et elle a dirigé sa propre entreprise de traiteur pendant des années, et bientôt, elle va en ouvrir une ici même, en ville.

Il n'en avait rien à foutre de ses diplômes. À vrai dire, elle était même surqualifiée. Mais rien qu'à l'imaginer se balader dans le bar avec une bande de gars excités et ivres lui courant après, Bullet sentit son sang bouillonner dans ses veines. Même s'il était conscient qu'il n'était pas censé se faire du souci pour elle.

— Nous proposons des sandwiches et des frites, pas des repas gastronomiques.

— Ce qui fait d'elle la personne idéale pour ce travail. Elle sait comment limiter les coûts, et elle est de Peaceful Harbor. Elle s'installe ici pour un moment, ce qui veut dire qu'elle voudra que tout se passe bien côté business – elle n'a pas envie d'être mal vue. Qu'as-tu contre Finlay, en fait ?

— Ce que j'ai *contre elle* ? Rien.

Même s'il avait très envie de s'enfoncer profondément en elle.

— Mais elle va se faire manger toute crue dans un endroit comme celui-ci et elle va finir par s'enfuir. Et on devra trouver une solution dans tous les cas. Et puis…

Le grincement de la porte d'entrée qui s'ouvrait attira leur attention. Bullet regarda par-dessus son épaule, rencontrant les yeux bleus innocents de l'ange qui les regardait.

FINLAY SOURIT et les salua en se faufilant dans le bar miteux.

— Salut. Je vous dérange ?

D'après la mine renfrognée de Bullet, non seulement elle l'interrompait, mais elle l'avait même apparemment énervé. Eh bien, tant mieux ! Cette grosse brute tatouée n'avait qu'à être en colère. Quel genre d'homme aborde une femme à un mariage en lui disant : « *Hé, chérie, ça te dirait de faire un tour sur la Bullet machine ?* »

Elle lissa sa robe sur ses hanches, essayant de reprendre ses esprits. La *Bullet machine*. Ah ça, elle se doutait bien qu'il avait une machine sous le pantalon ! Cet homme était immense, à bien des égards, et lorsqu'il posait ses yeux noirs et froids sur elle, elle aurait pu jurer qu'ils allaient s'enflammer juste devant elle. *Seigneur, maintenant, mon pouls s'emballe !* Elle n'arrêtait pas de penser à cet éclair de chaleur depuis le mariage, et elle ne pouvait nier que cela l'effrayait autant que cela l'excitait de façon tout aussi frustrante. Et si elle devait être honnête avec elle-même, elle se pensait encore trop affectée après avoir perdu Aaron pour ressentir à nouveau ce genre d'excitation pour un homme – et le fait qu'elle le ressente pour un gars comme Bullet la terrifiait. Mais ce n'était pas le moment d'être honnête. Elle devait se ressaisir pour ne pas faire mauvaise impression.

Dixie poussa son imposant frère pour la saluer.

— Pas du tout ! Je suis contente que tu sois là.

Elle fit un câlin rapide à Finlay avant de regarder Bullet.

— *Pas vrai*, Bull ? On est *contents* de la voir, hein ?

Il leva le menton en guise de salut avant de faire le tour du bar et de s'occuper en tirant les bouteilles des étagères. Était-il contrarié qu'elle ait refusé de chevaucher son membre magique ? Si oui, il allait devoir s'en remettre, et vite.

— Ne fais pas attention à lui. Il a eu une nuit difficile, expliqua Dixie en agitant la main, comme si Bullet n'avait pas d'importance.

Finlay se força à sourire, tout en sachant que si, ce gros balourd avait beaucoup d'importance. Elle aussi avait grandi à Peaceful Harbor, même si elle était plus jeune que les Whiskey et qu'elle ne les connaissait pas encore à l'époque. Elle était revenue en ville deux mois plus tôt dans l'espoir de s'installer près de chez sa sœur, Penny, après avoir passé dix ans à Boston pour ses études. Penny lui avait donné quelques informations sur les Whiskey lorsqu'elle avait accepté le travail de traiteur pour le mariage de leurs amis. Apparemment, les Whiskey et leur gang de motards possédaient sa petite ville natale. Seulement, selon Penny, ce n'était pas comme les histoires qu'elle avait entendues sur les motards causant du grabuge ou effrayant les gens. Non, eux étaient connus pour être des gens bien, et apparemment, leur *gang* était plus un *club*. Elle ne connaissait pas la différence, mais comprenait qu'ils protégeaient la communauté en réduisant le taux de criminalité et en aidant les victimes de certaines brutes – à l'exception, apparemment, de leur propre fils costaud et arrogant. D'après ce que Penny avait dit, ils pouvaient avoir l'air intimidants, mais sous tous ces tatouages et ce cuir sombre, ils étaient de bonnes personnes, attentionnées et généreuses. Elle l'avait remarqué au mariage et dans les semaines qui avaient suivi, lorsqu'elle avait vu Dixie, ses autres frères et leurs parents en ville. Ils étaient tous aussi gentils les uns que les autres. Mais le jury était toujours indécis concernant le grand méchant Bullet.

Si elle devait passer du temps en sa présence, il avait intérêt à la respecter. C'était d'ailleurs pour ça que Penny l'avait poussée à accepter ce travail, n'est-ce pas ? Parce qu'elle s'était cachée derrière son passé, vivant une vie sûre, confortable et *solitaire* pendant si longtemps qu'elle avait oublié ce que c'était que de se faire draguer. Et comment *le gérer*. Eh bien, c'était terminé, *maintenant* ! Elle se redressa, se tenant droite, comme elle avait appris à le faire à l'école de cuisine, quand les grands chefs venaient leur donner des cours et qu'ils incendiaient les étudiants dès la moindre erreur. Il n'y avait pas de place pour les gens susceptibles dans la restauration – et il était hors de question qu'elle laisse Bullet Whiskey l'intimider.

— Tout va bien se passer, assura-t-elle à Dixie en allant immédiatement derrière le bar vers cette montagne de muscles qui faisait de son mieux pour l'ignorer.

Chaque pas faisait battre son cœur plus vite. Nom de Dieu, elle ne se souvenait pas qu'il était *si* grand ! Elle ne mesurait qu'un mètre soixante, mais même si elle portait des talons, il faisait au moins trente centimètres de plus qu'elle.

Elle tendit le bras et tapota l'épaule de Bullet. Elle eut l'impression de taper un rocher recouvert d'une veste en cuir noire.

Il se retourna lentement, son torse large et ses bras massifs prenant soudain tout l'espace. Elle le dévisagea. Sa barbe et ses yeux sombres lui donnaient un air menaçant. Elle déglutit avec difficulté, se préparant à lui dire ce qu'elle pensait. Dans la seconde qui suivit, ces yeux furieux s'enflammèrent et parurent encore plus avides qu'ils ne l'avaient été au mariage.

Elle sentit son ventre – ce traître – prendre feu.

Oh, mon Dieu ! Elle était dans un sacré pétrin. Cet homme obtenait probablement tout ce qu'il voulait des femmes avec ce regard. Il devait leur jeter un sort avec ses bracelets en cuir, ses anneaux noirs, argentés et effrayants et son attitude de *vas-y-essaie-de-me-faire-chier-et-tu-verras*.

Prenant son air le plus sévère, elle lui dit :

— Bullet, si nous devons travailler ensemble, j'espère que tu tireras un trait sur ce qui s'est passé au mariage et que tu seras derrière moi pour ce projet.

Il hocha la tête et ses lèvres s'étirèrent en un sourire malicieux qui lui donna la chair de poule.

— Oh, mais je veux bien être *derrière toi* quand tu veux, chérie !

— Bullet ! dit Dixie en lui jetant un regard noir.

Finlay ouvrit grand la bouche, choquée, puis la referma. Elle avait besoin de cet argent et de ce travail pour aider à faire décoller son entreprise de restauration, et elle aimait vraiment Dixie et le reste des Whiskey. Elle avait envie de les aider et ne pouvait pas laisser ce Whiskey lui faire peur.

— Premièrement, je ne suis *pas* ta chérie, et si tu penses une seconde que tes remarques obscènes vont me faire fuir, tu te trompes.

Il se pencha si près qu'elle sentit son haleine chargée d'alcool.

— Crois-moi, tu n'as pas fini d'entendre des remarques obscènes, ma belle. Et la *dernière* chose dont j'aie envie, c'est de t'effrayer. Mais tu ne devrais pas travailler ici, c'est une erreur.

La porte d'entrée s'ouvrit et deux hommes costauds et parlant bruyamment entrèrent. Ils portaient des T-shirts et des jeans de style grunge, avec des bottes en cuir noires, comme celles de Bullet. L'un d'entre eux avait des cheveux gris ébouriffés et relevés en une queue-de-cheval. L'autre était chauve et large, avec des tatouages sur les deux bras. Finlay n'était tellement pas dans son élément qu'elle ne le voyait même plus. Mais elle n'était pas près de l'admettre. Elle sentit que Bullet l'observait attentivement et essaya de maîtriser son expression. Une fois de plus, elle prit son courage à deux mains, réalisant que si elle voulait espérer gagner le respect du colosse, elle devait prouver qu'elle n'était pas cette petite souris qu'il l'imaginait être. Elle avait déjà fait plusieurs petits boulots dans des bars quand elle était à l'université pour joindre les deux bouts, et elle savait préparer des boissons les yeux fermés.

Elle pivota sur ses talons lorsque les hommes s'assirent au bar et leur adressa son sourire le plus chaleureux.

— Salut, les gars. Que voulez-vous boire ?

Ils jetèrent un coup d'œil à Bullet, qui ricana.

— Qu'est-ce qui vous ferait plaisir ? Une bière, un bourbon, ou un Biker's Poison[1] ? Des Têtes de nœuds[2] ?

Lorsqu'ils la regardèrent d'un air abasourdi, elle mit la main sur sa hanche et sourit à Dixie, qui s'amusait clairement de sa petite démonstration d'autorité.

— On est timides, hein ? Et si je vous surprenais ?

Elle se retourna et Bullet lui attrapa le bras, lui lançant à nouveau un regard noir. Quel que soit ce qui l'avait amusé plus tôt, ce n'était *plus* le cas. Elle examina sa main sur son bras et sourit.

— Je suis désolée, Bullet, mais tu sembles croire que c'est en me malmenant que tu attireras mon attention.

Elle retira la main de l'homme de son bras et la laissa retomber sur le côté.

— Maintenant, si tu as envie de dire quelque chose, n'hésite pas à le faire pendant que je prépare les boissons de ces messieurs.

La gorge serrée, elle attrapa deux verres *tumbler* et une bouteille de tequila pendant que Bullet fulminait à côté d'elle.

— C'est *mon* territoire, gronda-t-il.

— Hum. On dirait que tu es un peu possessif avec ton bar,

---

[1] Cocktail composé de Jack Daniels et de rhum Bacardi
[2] Cocktail composé de tequila, de rhum, de vodka et de liqueur

dit-elle avant de pointer du doigt une bouteille de Kahlúa. Tu peux me passer ça, et l'ouzo ?

Serrant les dents, il lui tendit les bouteilles et elle commença à mélanger les boissons. Cette fois-ci, ce furent les autres hommes qui se mirent à rire. Elle ne voyait pas Dixie de l'endroit où elle se trouvait, mais elle entendait les talons de ses bottes claquer sur le parquet en direction de la cuisine. Elle tendit la main devant Bullet pour attraper deux serviettes et effleura son ventre, ce qui lui valut quelque chose entre un grognement et un son dangereusement sexy auquel elle ne voulait pas penser.

Elle posa les boissons sur le bar et s'essuya les mains sur un torchon qui était suspendu sous le comptoir.

— Deux Boot Knockers[3] juste pour vous, mes jolis.

S'approchant de Bullet, elle lui fit signe de se pencher pour qu'elle puisse lui parler à voix basse. À sa grande surprise, il s'exécuta, et elle lui dit :

— Je ne suis pas très à l'aise avec ces histoires de *territoires*. C'est démodé. Comme les femmes qu'on regarde, mais qu'on n'écoute pas.

Bullet se redressa, la surplombant de toute sa hauteur, le visage crispé.

Elle lui tapota le torse, et de sa voix la plus douce, lui dit :

— Tu fais ton travail et je fais le mien. Mais il y aura probablement des moments où j'aurai besoin d'aller derrière le bar, ou toi dans la cuisine. Tu penses que tu peux y arriver ?

L'un des hommes au bar leva son verre et dit :

— C'est la meilleure boisson que j'aie bue depuis longtemps. Si cette jolie demoiselle me prépare mes cocktails, moi,

---

[3] Cocktail alcoolisé

ça me va.

Finlay battit des cils par pure provocation, appréciant le regard irrité de Bullet.

— Merci. Je suis assez douée derrière le comptoir. Oh, et aux fourneaux aussi ! ajouta-t-elle avec un sourire.

Elle sentit comme un coup de tonnerre sous sa paume et réalisa que sa main était toujours posée sur le cœur de Bullet. Elle la retira, et il grogna quelque chose d'incompréhensible.

— Et maintenant, si tu veux bien m'excuser, j'ai une réunion avec Dixie.

CHAPITRE DEUX

LE MERCREDI SOIR, Finlay était en train de parler à sa meilleure amie, Isabel Ryder, sur haut-parleur quand elle s'arrêta devant le Whiskey's. Isabel tenait le bar et était serveuse dans le restaurant de Boston où Finlay avait travaillé avant d'ouvrir sa petite entreprise de service traiteur, Finlay's. Elles étaient rapidement devenues amies et un an après que Finlay avait enfin lancé son entreprise, Isabel avait commencé à travailler pour elle à mi-temps en l'aidant pendant les événements. Finlay était revenue en ville depuis deux mois et même si elle avait rencontré de nouveaux amis et qu'elle avait retrouvé certains de ses copains d'enfance, Isabel lui manquait.

— Tu ne devineras jamais ce que le nouveau chef, Paolo, fait avec la cuisine, dit Isabel. Ce type a beau être un très bon chef, c'est un salaud complet. J'aimerais pouvoir démissionner maintenant, aller à Peaceful Harbor et travailler uniquement pour toi.

— Désolée, Iz. J'espère que ce sera possible un jour, mais les choses ne sont pas encore réglées. Je vais faire le service traiteur d'une fête prénatale dans deux semaines pour l'une des amies de Penny. Tu sais à quel point j'adore les fêtes à thème, et la mère va avoir des jumeaux, alors je vais pouvoir faire des friandises pour garçon et pour fille.

— Ils ne savent pas dans quoi ils se sont engagés. Ils sont au courant qu'en ce qui concerne la nourriture, tu es la reine de tout ce qui est lié aux bébés, et que ça ne passe qu'après ton affinité pour les bons petits plats qui guérissent les peines de cœur ?

— C'est pour ça qu'ils m'ont engagée.

Quand Finlay avait lancé son affaire, elle avait été le traiteur d'une fête prénatale pour une maman qui attendait des quadruplets et elle avait imaginé différents plats sur le thème des bébés pour quatre enfants. Elle était rapidement devenue célèbre comme étant le traiteur de confiance à avoir pour les fêtes prénatales dans la région et le nombre de connexions à son site Internet s'était envolé.

— Comment ça se passe de travailler depuis chez toi ?

— C'est contraignant. Je ne peux accepter que les petites fêtes, mais je pense que j'ai vraiment eu de la chance de trouver un appartement à louer avec deux fours encastrés. J'ai visité deux surfaces commerciales aujourd'hui et elles n'étaient pas mal, mais il manquait quelque chose.

— Oui, *moi*.

Finlay sourit, imaginant les cheveux courts et sombres d'Isabel et ses grands yeux en forme d'amande en train de la regarder comme si elle était bête de ne pas voir ce qu'elle avait laissé derrière elle.

— Oh, je t'en prie ! Ce n'est pas comme si tu pouvais juste faire tes valises et partir. Et de toute façon, maintenant que j'aide les Whiskey, il me faudra un mois pour m'installer. Alors, je ne suis pas pressée de trouver le bon local maintenant.

— Et ? demanda Isabel avec curiosité.

— Et quoi ?

Finlay éteignit le moteur et désactiva le haut-parleur.

— Le *type de la machine* ? Tu l'as vu, aujourd'hui ?

Celle-ci mit ses clés dans son sac à main et sortit de la voiture.

— Il se fait appeler *Bullet*, et non. Pas encore. Je ne dois pas encore beaucoup travailler au bar. Juste quand j'essaye de nouveaux éléments pour le menu, que j'organise la cuisine ou que je fais passer des entretiens. C'est un processus. Mais je suis en chemin en ce moment même. Je veux mesurer le comptoir et jeter un œil à l'électroménager. J'étais tellement occupée à parler avec sa famille hier que j'ai oublié de vérifier que tout était convenable.

— Bullet, dit doucement Isabel.

Puis elle ajouta plus fort :

— La Bullet machine. Que crois-tu qu'il pense de lui-même ? Qu'il est vraiment puissant ou qu'il baise vite *et* fort ?

— Izzy !

Finlay sentit ses joues rougir. Elle n'était pas du tout prude, mais elle n'était pas aussi rustre qu'Isabel. Elle regarda autour d'elle sur le parking, qui était rempli de motos et de camions, et elle se demanda quel véhicule appartenait à Bullet. Elle remarqua une Harley noire et brillante et alors même qu'elle décidait que c'était la sienne, elle tourna le regard vers la moto rayée garée à côté. *Oui, je parie que c'est la tienne.*

— Tout ce que je sais, c'est que ce n'est pas le genre de mec à faire quoi que ce soit *lentement*. Je t'ai dit qu'il faisait partie d'un gang de motards ou quelque chose comme ça, non ? Toute sa famille en fait partie et le bar…

Elle jeta un coup d'œil à l'établissement délabré et soupira.

— Il pourrait être mignon si les fenêtres n'étaient pas noircies et s'ils le rendaient un peu plus attrayant. Mais en l'état, on dirait qu'il est en fin de vie, ce qui fait probablement partie du charme pour ces types. Ils sont vraiment durs à cuire, complètement différents de...

Elle s'arrêta avant que le mot « Aaron » puisse sortir de ses lèvres et dit :

— ... des types qui fréquentaient ce petit bar au coin, à côté du restaurant.

Elle avait rencontré Aaron Rush presque neuf ans auparavant, pendant sa première année d'université, et cela faisait presque sept ans qu'il avait été tué. Assez longtemps pour qu'elle puisse surmonter la douleur physique provoquée par son absence, et encore assez récemment pour qu'elle se souvienne de son rire nonchalant. Son sourire commençait à s'estomper dans sa mémoire, mais elle n'oublierait jamais ce qu'elle avait ressenti. Elle n'était qu'une jeune fille de dix-neuf ans quand ils s'étaient rencontrés, avec aucune véritable expérience du monde réel et loin de chez elle pour la première fois. Mais elle était tombée folle amoureuse de l'homme blond et sûr de lui de vingt-trois ans qui avait terminé un mandat militaire et qui venait de se réengager.

— Ils ne t'ont pas embauchée pour que tu refasses la décoration, lui rappela Isabel.

— Je sais, mais...

Elle passa son sac à main sur son épaule et se dirigea vers les marches de l'entrée.

— Mais tout l'établissement devrait donner le sourire aux clients, qu'ils jettent un œil au restaurant, à la cuisine ou aux toilettes.

— D'accord, madame Perroquet, dit Finlay en souriant. Peut-être que j'ai un faible pour le fait d'aimer ce qu'il y a autour de moi.

Elle tira la lourde porte et fut assaillie par l'odeur de cuir, de métal et de *Whiskey*. Elle murmura dans le téléphone en entrant :

— Rappelle-moi d'apporter du désodorisant demain.

Le chahut du bar s'estompa et tous les yeux se tournèrent vers elle. Le mélange de regards lubriques et de confusion sur les visages des clients lui fit craindre de s'être tachée avec quelque chose et elle baissa les yeux sur sa tenue. Mais sa robe vert écume était propre, les frous-frous sur le bord étaient nets et en ordre. Ses talons couleur chair n'étaient ni cassés ni éraflés. Son estomac sombra.

— Tout le monde me regarde. Je dois te laisser, murmura-t-elle dans le téléphone avant de raccrocher.

Consciente de toutes les paires d'yeux en train de l'observer, en particulier ceux de l'homme monstrueux derrière le bar, qui semblait en train de mâcher des clous, elle passa ses longs cheveux blonds derrière son épaule, leva le menton et essaya d'ignorer le vrombissement de ses nerfs tandis qu'elle se dirigeait directement vers la cuisine.

Quelqu'un siffla et elle commit l'erreur de regarder par-dessus son épaule. Le siffleur était assis sur un tabouret au bar. Il lui adressa un clin d'œil et elle tourna rapidement les yeux vers Jed, l'homme amical aux cheveux blond foncé qu'elle avait rencontré au mariage le mois précédent. Il était maintenant occupé à tenir le bar aux côtés de Bullet. Jed était gentil, drôle et pas du tout aussi intimidant que certaines des personnes devant lesquelles elle passait.

Il sourit et dit :

— Comment ça va, Finlay ?

Elle parvint à lui faire un rapide signe de la main en contournant les tables, passant par-dessus tant de bottes en cuir qu'elle aurait pu être dans un magasin de chaussures. Elle entendit Bullet grogner quelque chose à Jed, mais elle ne parvint pas à discerner ses mots.

Un homme portant un bandana autour de la tête dit « Eh, bébé » lorsqu'elle passa à côté de lui.

Jamais de la vie !

Elle accéléra le pas, dépassant un homme séduisant avec des cheveux courts et des tatouages le long du bras et deux autres portant des vestes en cuir assorties qui levaient leurs verres comme s'ils lui portaient un toast. Qu'est-ce que… ? Elle avait l'impression d'être de retour au lycée, en train de courir sur le terrain pour applaudir un match de football américain, sans la tenue de pom-pom-girl *ni* le désir d'être appréciée pour son apparence. *Non. Hors de question !*

Elle passa enfin les portes de la cuisine, et après avoir jeté un œil à la pièce et s'être assurée qu'elle était seule, cette fois, elle expira bruyamment, se réprimandant silencieusement d'être aussi nerveuse. Ce n'étaient que des gens.

Les portes s'ouvrirent brusquement derrière elle et Bullet remplit l'encadrement. Ses yeux sombres étaient fixés sur elle et le rythme cardiaque de Finlay accéléra. Il la regardait comme s'il voulait soit la dévorer, soit la jeter hors du bar. À cet instant, la deuxième option ne l'aurait pas dérangée.

Le regard de Bullet glissa le long de son corps, ralentissant sur ses seins avant de descendre lascivement le long de ses jambes, jusqu'au bout fermé de ses talons.

Me dévorer. Il veut complètement me dévorer.

Elle se racla la gorge et les yeux de Bullet se levèrent brusquement vers les siens, sombres et pleins d'envie. En un instant, la colère, ou quelque chose de similaire effaça tout ce désir. Il se déplaça lentement et silencieusement comme un après-midi humide, parcourant la distance qui les séparait, et aspirant tout l'oxygène de la pièce. Puis il fut sur elle, debout si près qu'elle dut lever le menton pour voir son visage. Ses sourcils étaient froncés en une diagonale soucieuse, des lignes d'inquiétude si profondément tracées sur son front qu'elle se demanda s'il leur arrivait de disparaître. Même avec sa barbe, la fermeté de sa mâchoire était évidente. Son corps massif éclipsait le sien en largeur et en hauteur, mais ce n'était pas l'*aura* de *ne-me-faites-pas-chier* qui l'entourait qui la faisait trembler sur ses talons. C'était le message contradictoire dans ses yeux.

— Tout va bien ? demanda-t-il de façon bourrue.

Elle hocha la tête, incapable de respirer.

— Que fais-tu ici aussi tard ?

Ses bras décrivaient un arc à cause de la taille de ses muscles et elle se rendit compte qu'il pourrait littéralement l'écraser s'il le désirait. Il crispa les doigts, comme s'il s'empêchait de la toucher. Cela lui rappelait qu'elle l'avait vu au mariage avec les enfants de son ami : Kennedy, une petite fille de trois ans, et Lincoln, un petit garçon qui avait descendu l'allée centrale en tenant la main de Bullet. On aurait dit qu'il était en pâte à modeler entre leurs douces petites mains, aussi gentil et protecteur qu'il pouvait l'être, sans la moindre trace d'agressivité. Elle chercha cet homme à ce moment-là, et plus elle le regardait, ce qui était à peu près tout ce qu'elle pouvait faire à ce moment-là, plus il était évident qu'il l'observait comme si elle était un extraterrestre qu'il ne comprenait pas. C'était exactement ce qu'elle ressentait, car elle n'avait jamais rencontré un homme comme lui auparavant. Dur comme des pneus de camion et sans crainte de dire ce qu'il avait à l'esprit. La profondeur de ses yeux sombres, qui clignotaient comme des feux de passage à niveau, lui donnait l'impression qu'il voulait en dire bien plus que les commentaires bourrus et sexy qu'il lui adressait. Même si cela la rendait nerveuse, le fait de se rendre compte qu'il était probablement tout aussi confus de la voir qu'elle l'était de sa présence affaiblit curieusement le nœud qu'elle avait dans la poitrine. Elle n'avait fait que jeter un œil aux femmes présentes dans le bar, mais elles semblaient dures à cuire, à l'aise dans la rue d'une manière qu'elle ne maîtrisait pas. Elles étaient de toute évidence habituées à faire face à des hommes comme Bullet. Lui tenir tête était une chose, mais une pièce remplie de Bullet ? Elle devait s'endurcir si elle voulait se défendre et aider les Whiskey avec cet établissement.

Il la regarda d'un air interrogateur et elle se rendit compte qu'elle n'avait pas répondu à sa question.

— Je… Euh… Je suis venue mesurer quelques petites choses.

Les yeux de Bullet se tournèrent vers la cuisine spacieuse, mais désuète.

— Mesurer ?

Elle hocha à nouveau la tête, se concentrant sur le tatouage de serpent qui sortait de son col. Quels autres tatouages étaient cachés sous ce T-shirt ? Elle avait l'impression qu'ils détenaient des réponses à propos de sa personnalité renfermée. Cependant, toute sa famille était couverte de tatouages, même Dixie. Mais elle n'en avait vu aucun sur son frère Bones. Elle imaginait que c'était parce qu'il était oncologue et que cela n'irait pas avec son image professionnelle. Mais elle trouvait cela curieux. Bones semblait être le seul des Whiskey à avoir choisi de suivre une carrière professionnelle plus classique. Était-ce un reflet de leur éducation ou de ce que chacun d'eux était dans le fond ?

— Tu devrais travailler pendant la journée.

Sa voix grave la fit sortir de ses pensées et elle dut rester silencieuse trop longtemps à son goût, car il dit :

— Tu ne devrais pas être ici le soir.

Le commentaire lui tapa sur les nerfs et elle retrouva sa voix.

— Je suis parfaitement capable de décider où et quand je dois aller quelque part.

Il ricana, ce qui l'énerva, transformant sa nervosité en irritation.

Elle fit glisser son sac à main de son épaule et le posa brusquement sur le comptoir.

— Tu essayes de m'agacer exprès ou tu es vraiment un salaud ?

Elle le sentit l'observer tandis qu'elle cherchait son mètre ruban et son cahier dans son sac à main, essayant de ne pas lui montrer à quel point il la rendait nerveuse.

— J'aime vraiment beaucoup t'agacer et on peut dire que je suis un connard. Alors, je dirais : les deux.

Les mains de Finlay s'immobilisèrent et elle lui jeta un regard noir. Il haussa les épaules avec un demi-sourire, ce qu'elle trouvait curieusement attachant.

— Au moins, tu es honnête, dit-elle avant de commencer à mesurer les plans de travail. Pourquoi ça t'intéresse, l'heure à laquelle je me mets au boulot ?

— Pourquoi ça t'intéresse, la longueur de nos plans de travail ?

Il croisa ses bras épais, l'observant d'un air austère.

— Car il vous faut assez de place pour cuisiner. Nous avons besoin d'une friteuse et si nous remplaçons le four et le réfrigérateur par des appareils légèrement plus grands, nous devons nous assurer que vous aurez encore assez de place pour travailler.

Il désigna la table, au fond de la pièce.

— Nous pouvons préparer les sandwiches là-bas.

— Oui, dit-elle en prenant note des dimensions. Mais ce n'est pas efficace.

— Pourquoi pas ? Tes jambes sont cassées ?

Il haussa les sourcils et ses yeux s'embrasèrent à nouveau.

— Parce qu'elles m'ont l'air sacrément bien et fonctionnelles.

Les joues de Finlay s'enflammèrent. Au lieu de lui répondre, elle lui tourna le dos et commença à mesurer un autre plan de travail, s'intimant de se calmer un bon coup. Elle le sentit bouger derrière elle, aussi furtivement qu'un ninja. Sa proximité la rendait extrêmement consciente de la chaleur qui remplissait le minuscule espace entre son dos et le torse de Bullet. Son pouls accéléra tandis qu'elle terminait de mesurer et qu'elle écrivait les dimensions sur son bloc-notes alors qu'il regardait par-dessus son épaule.

— C'est faux.

Il passa le bras autour d'elle et prit le mètre ruban.

Il le tendit entre ses deux grandes mains, mesurant le plan de travail alors qu'elle se tenait debout à côté de lui. Plus ses bras s'écartaient, plus son corps s'appuyait contre celui de Finlay. Ses parties féminines fourmillèrent et se serrèrent comme si elles avaient terriblement envie d'un contact masculin. D'accord, peut-être que c'était le cas. Elle ferma les yeux, essayant de se concentrer sur quoi que ce soit d'autre que la dureté de ses cuisses épaisses contre ses fesses ou la sensation de la boucle de sa ceinture contre son dos…

— Tu vois ? Tu as oublié deux centimètres et demi.

Il lui montra le mètre ruban.

Elle ne put que cligner des yeux en le regardant par-dessus son épaule.

— Tous les centimètres comptent, dit-il en posant le mètre

ruban. Je croyais que tous les petits sucres le savaient.

Un rire nerveux bouillonna hors d'elle avant qu'elle ne puisse s'en empêcher.

— Les petits sucres ? Vraiment ?

— Quoi ? Les femmes sont des sucres.

Il passa légèrement ses jointures le long de son bras, puis enroula délicatement ses longs doigts forts sur son avant-bras et les fit glisser jusqu'à son coude, enflammant sa peau sur son passage.

Tout le corps de Finlay trembla sous son contact fort.

— Et tu es un sacré sucre, comme une surdose.

Elle se mordit la lèvre inférieure, à la fois excitée par son contact et amusée par ses paroles. Puis il se pencha vers elle. Sa respiration chaude glissa sur son oreille et sa barbe irrita sa joue, la faisant basculer vers l'excitation. L'homme était une montagne russe ambulante.

— Ne lutte pas, Finlay. Tu sais que tu veux m'emmener faire un tour, murmura-t-il d'une voix grave et rauque.

— T'emmener faire un *tour* ?

Elle gloussa, retira sa main de son bras et se retourna dans le petit espace qui se trouvait entre eux. Il appuya ses hanches contre elle et tandis qu'elle essayait de ne pas réagir à la taille de son paquet, elle sut en le regardant dans les yeux qu'elle avait échoué lamentablement.

— Une balade longue et dure…

Elle tendit la main et la posa sur sa bouche.

— Ne le dis même pas. Je ne suis pas sûre de savoir à quel genre de filles tu es habitué, mais tout ça – elle désigna son corps – ne fonctionne pas sur moi.

Il baissa les yeux vers ses tétons fermes, qui se pressaient contre le fin tissu de sa robe, et un sourire prétentieux étira ses lèvres.

— Ton corps dit le contraire.

— Pouah ! Tu es tellement arrogant !

Elle sortit de l'espace situé entre le plan de travail et lui. De l'air plus froid la submergea, faisant durcir davantage ses tétons.

— C'est l'air d'ici.

— C'est ça !

Il fit un pas, son regard perçant dardé sur elle.

Qu'y avait-il chez lui qui l'attirait alors même que des sonnettes d'alarme s'enclenchaient dans sa tête ? Elle avait besoin d'une distraction, d'avoir assez d'espace pour reprendre le contrôle. Elle agrippa le mètre ruban qui se trouvait sur le plan de travail pour occuper ses mains et pour commencer à mesurer le réfrigérateur. Ses fichues mains tremblaient.

Il se plaça à nouveau derrière elle.

— Pourquoi tu veux remplacer l'électroménager ? Ce réfrigérateur fonctionne très bien.

— Il n'est pas assez spacieux et il est vieux comme le monde. Il faut que ton électroménager fonctionne correctement pour que tes ingrédients ne se gâtent pas.

Elle se déplaça à nouveau vers le plan de travail et nota les dimensions.

— Il est très bien, dit-il sèchement.

— Tu es toujours comme ça ? À draguer les filles un instant et à les contredire sur tout le moment suivant ? Tu ne devrais pas t'occuper du bar ?

Elle mesura la cuisinière, puis remit rapidement son cahier dans son sac, ayant besoin de s'échapper.

— Jed le gère.

Il posa une main sur son sac.

— Tu es pressée ?

— En réalité, *oui*. J'ai rendez-vous avec des amis et je ne veux pas être en retard.

Son poing se serra sur son sac et il fronça à nouveau les sourcils. Il pressa le sac contre son flanc comme un ballon de football américain et se dirigea vers la porte.

— Eh !

Elle se précipita derrière lui.

— C'est mon sac.

Il ouvrit la porte et la tint pour elle.

— Je vais le porter jusqu'à ta voiture.

Désorientée, elle passa devant lui et entra dans le bar. Le bras de Bullet s'enroula autour d'elle d'un geste possessif et soudain, tous les yeux se tournèrent à nouveau vers elle. Cependant, cette fois, il n'y avait pas de regards torrides ni de sifflements hautains. Ils furent remplacés par des hochements de tête respectueux dirigés vers Bullet. La colère bouillonna en elle.

Elle se précipita vers la porte d'entrée et se libéra de sa prise.

— Qu'est-ce que c'était que tout ça, bordel ?

Elle lui arracha son sac des mains, incapable de s'empêcher d'élever la voix.

— Je ne suis *pas* ta propriété, et c'était... Oh, mon Dieu, Bullet ! Je ne sais même pas comment qualifier ce que tu viens de faire. C'était comme me tirer par les cheveux pour entrer dans une *caverne*.

— Tu travailles ici, maintenant, dit-il d'une voix égale.

— Qu'est-ce que c'est censé vouloir dire, bon sang ? Le fait que je travaille pour ta famille ne veut pas dire que tu me possèdes.

Il s'approcha d'elle et elle leva la paume de sa main.

— Arrête ! Pourquoi tu fais toujours ça ?

— Quoi ?

— Empiéter sur mon espace personnel. Reste là. Dis ce que tu as à dire. Et il vaudrait sacrément mieux qu'il y ait des excuses là-dedans, car je n'ai pas besoin de ce travail au point de devoir faire face à ça chaque fois que je serai là.

FINLAY JETA UN regard noir à Bullet comme si elle pouvait le mettre en lambeaux d'un simple contact visuel.

— Je ne suis *pas* la *régulière* d'un motard ! Je suis une professionnelle et si tu refuses de me traiter comme telle, alors, je m'en vais, Bullet. Et tu pourras expliquer à ta famille pourquoi je suis partie.

— Qu'est-ce qui t'énerve à ce point, bordel ?

— Toi ! Tu crois que tu peux juste te frayer un chemin entre mes jambes ? Peut-être que les autres filles aiment tout ce pouvoir de séduction de vilain garçon que tu as, et je l'admets, il y a quelque chose de sexy là-dedans, mais tout ça a tendance à faiblir quand tu traites une fille comme une propriété.

« Il y a quelque chose de sexy là-dedans », se dit-elle, la tête remplie d'étoiles.

— Je mettais un terme aux regards lubriques dont tu faisais l'objet. Tu préférerais que je te laisse te jeter toi-même dans la gueule du loup et que je laisse ces types te baiser visuellement comme si tu ne valais pas mieux ?

Pour la deuxième fois en vingt-quatre heures, elle resta bouche bée et dut la refermer d'un coup. Elle fit un pas en avant, un cheveu de plus qu'un mètre cinquante-deux de bravade, enveloppée dans une robe à volants avec un joli petit ruban enroulé autour de sa taille. Il n'avait jamais rencontré qui que ce soit comme cette petite femme frêle, intelligente et féminine, et même s'il savait qu'il devrait probablement accepter la chance en or qu'elle lui offrait et la laisser partir, il ne pouvait pas le faire.

— N'est-ce pas exactement ce que *tu* fais avec moi ? dit-elle d'une voix plus calme et accusatrice. Me lancer des regards lubriques et faire des commentaires obscènes ? Essayer de m'emmener faire un *tour* sur la *Bullet machine* ?

Ah, merde ! Elle avait mis le doigt sur quelque chose.

— Oui, mais c'est juste parce que tu me plais. C'est différent.

Elle plissa le nez comme si elle n'arrivait pas à croire qu'il venait de dire ça, il dut donc essayer de s'expliquer.

— Il se peut que tu ne sois pas encore prête à faire un tour…

— Oh, mon Dieu ! dit-elle entre ses dents.

— Mais un jour, tu le seras, et je ne vais pas laisser ces salauds excités te regarder comme si tu étais un morceau de viande.

— Mais ce n'est pas un problème si toi, tu le fais ?

Elle écarquilla les yeux.

Il secoua la tête, puis se rendit rapidement compte de ce qu'elle avait dit.

— Non. Attends. Ce n'est pas ce que je fais.

— Si, c'est exactement ce que tu fais.

Elle mit la main dans son sac à main en parlant.

— Écoute, Bullet. Je ne sais pas à quoi tu joues, mais j'apprécie ta famille et je veux aider à améliorer cet endroit. Je suis sûre que je ne suis pas le genre de personne auquel tu es habitué, mais je me débrouille dans la cuisine et je pourrais faire ce travail les yeux fermés.

Elle sortit ses clés et dit :

— De toute évidence, je dois retrousser mon jean et être plus sûre de moi à proximité de tes clients, mais maintenant que je le sais, je vais le faire. Ce que je ne vais pas supporter, c'est de devoir repousser tes avances chaque fois que j'entre. Alors, mettons les points sur les « i », ici et maintenant.

— Super.

Il croisa les bras.

— Sors avec moi.

Elle rit.

— Ce n'est pas la réponse que j'espérais, grogna-t-il.

— Comment tu peux me proposer ça après tout ce qui vient de se passer ?

Il tendit les mains et sentit un sourire se faufiler sur ses lèvres.

— Tu poses des obstacles et je navigue autour.

— Des obstacles ?

Ses épaules s'affaissèrent.

— D'accord, écoute, nous n'allons pas sortir ensemble. Genre, *jamais*.

— Si, Finlay. Peut-être pas aujourd'hui ou demain, mais un jour, tu vas sortir avec moi.

— *Non*, ça n'arrivera pas.

Refusant d'entrer dans son jeu, il regarda autour de lui sur le parking, se concentrant sur une Suburban rose pâle garée le long de la route et il réprima un rire.

— C'est la tienne ?

— Ne ris pas. C'est pour mon entreprise de service traiteur. Je dois me démarquer. Je veux que les gens me remarquent et se demandent pourquoi il y a un grand camion rose sur la route.

— Tu n'as pas besoin d'un véhicule rose pour te démarquer.

Tout ce que tu as à faire, c'est montrer ce sourire qui pourrait provoquer des accidents.

— Bullet ! dit-elle doucement en se dirigeant vers sa camionnette.

— Tu as vraiment du mal avec l'honnêteté, pas vrai ?

Elle se retourna et lui jeta un regard noir.

— Non.

— Conneries !

— Tu jures tout le temps ?

Il haussa les épaules.

— Seulement quand j'en ai envie.

Elle l'examina un long moment, ses grands yeux bleus passant de son visage à son torse et le long de ses bras. Il se demanda ce qu'elle cherchait. Alors même qu'il était sur le point de lui poser la question, elle dit :

— Tout est clair, maintenant ?

— Tout est clair pour moi, mais de toute évidence, il y a encore quelques trucs qui troublent ta vue.

Il tendit la main vers ses clés et lorsqu'elle leva le bras, comme si elle pouvait les maintenir hors de sa portée, il sourit et couvrit son poing du sien.

— Les clés, Lollipop.

Elle laissa échapper un soupir et lâcha prise. Tandis qu'il lui ouvrait la portière, elle dit :

— Lollipop ?

Il n'avait pas l'intention de lui dire qu'il aurait aimé la lécher sur tout le corps.

— La meilleure surdose de sucre qui existe.

— Je ne sais pas si je devrais te frapper ou te remercier.

Tandis qu'elle montait dans le van, il plaça une main sur son dos et elle lui jeta un regard noir.

— Ne me regarde pas comme ça, Lollipop. Si tu crois que je ne vais pas t'aider à monter dans ton van, tu as tort. Et en ce qui concerne les gifles, si c'est ce que tu aimes, je peux essayer. Mais ne sois pas surprise si le tour de tes jolies fesses arrive.

Elle devint complètement rouge.

— Je n'arrive pas à croire que tu parles comme ça.

— Comme quoi ? Ah, *c'est vrai* ! Tu as ce truc contre l'honnêteté. Une fille correcte comme toi ? J'aurais cru que tu adorais l'honnêteté. Où tu vas ?

Elle s'installa sur le siège conducteur et alluma le moteur.

— Je sors.

— Tu vas boire ?

Il ne pouvait pas l'imaginer boire quelque chose de plus fort qu'un Shirley Temple, mais il ressentait le besoin de savoir qu'elle était en sécurité.

— Après ce soir ? C'est certain.

Il l'imagina dans un bar et pensa immédiatement à des mecs sordides en train d'essayer de la draguer.

— Donne-moi ton téléphone.

— Quoi ? Non.

— Bon sang !

Il sortit le sien de sa poche.

— Quel est ton numéro ?

— Pourquoi ?

— Parce que je suis ton patron et que je devrais l'avoir.

Elle débita son numéro et il lui envoya un message. Le téléphone de Finlay sonna dans son sac à main.

— Maintenant, tu as mon numéro au cas où tu aurais besoin de moi.

Il posa ses mains sur le toit de sa voiture et se pencha en avant, empiétant intentionnellement sur son satané espace personnel.

— Ou si tu as *envie* de moi.

Elle sourcilla en le regardant, ses joues rougissant, ses yeux brûlant.

Oui, c'est ça, Lollipop. Je veux tellement empiéter sur ton espace personnel que tu ne seras pas capable de dire où je commence et où tu t'arrêtes.

— Je ne suis qu'à un coup de téléphone.

CHAPITRE TROIS

AVEC UNE MINUSCULE paille entre les lèvres, Finlay se pencha vers Gemma tout en buvant la dernière goutte de sa vodka à la limonade et à la fraise et en essayant de l'entendre parler par-dessus la musique tonitruante. Elle avait toujours pensé qu'il était étrange que le club s'appelle *Whispers* alors qu'il n'était jamais calme. Elle y était allée plusieurs fois depuis qu'elle était revenue à Peaceful Harbor et à chaque fois, un groupe avait joué en direct. Ce soir-là, elle était avec Penny et Dixie, qui dansaient sur leurs chaises, ainsi que Gemma et Crystal, qui parlaient de leurs mariages. Elle regarda les longs cheveux roux comme des flammes et les épaules et les bras tatoués de Dixie ainsi que la mini-jupe et les bottes en cuir noires de Crystal. Ses cheveux noir de jais étaient épais et brillants sur ses épaules. Penny était venue de son travail au glacier, l'air adorable et sexy dans un jean et un haut à rayures. Et puis, il y avait Gemma et Finlay, qui portaient toutes les deux des robes et des talons. Leurs apparences étaient très différentes, mais elles s'entendaient comme des sœurs. Finlay se considérait comme chanceuse. À Boston, quand elle ne gérait pas son entreprise de traiteur, elle passait du temps avec Isabel. Elle avait craint d'être trop occupée à faire démarrer son activité pour se trouver des amis à son retour au bercail. Mais elle avait rapidement rencontré Gemma et Crystal quand l'amie de Penny, Tegan, l'avait recommandée comme traiteur pour le mariage de Gemma et elles s'étaient toutes immédiatement très bien entendues. Lorsqu'elles l'avaient présentée à Dixie, cela avait été une nouvelle bénédiction. Pas juste pour son amitié, mais parce que grâce à cette dernière, pendant un mois, Finlay aurait un emploi qui lui plaisait et qui lui laissait assez de temps pour organiser sa propre affaire.

À condition qu'elle parvienne à gérer la situation avec Bullet. Le problème, c'était qu'elle ignorait si elle le voulait… Ou lui.

La vache !

Elle leva la main tandis que le serveur passait près d'elle, puis elle désigna son verre quand elle eut son attention. Elle en était à son deuxième verre, ce qui n'était pas beaucoup comparé au nombre de boissons que Dixie et Gemma avaient consommées, mais Finlay buvait rarement. Un verre la rendait bête. Deux la pousseraient à ne pas faire attention à ce qu'elle disait. Ce soir-là, elle était en mission. Si elle ne parvenait pas à comprendre Bullet, elle pouvait au moins noyer ses désirs dangereux, et étant donné que Crystal était leur conductrice désignée, elle n'avait pas à s'inquiéter de rentrer chez elle en sécurité.

— Je trouve encore que la façon dont tu as demandé Bear en mariage pendant le nôtre était la chose la plus romantique que j'aie jamais vue, mis à part le moment où Tru m'a fait sa demande, évidemment, dit Gemma à Crystal.

Le serveur apporta le verre de Finlay et elle sirota le cocktail délicieusement fruité, le laissant engourdir sa curiosité.

— C'était vraiment la chose la plus romantique que j'aie jamais vue, dit Finlay.

Elle n'oublierait jamais la façon dont Bear et Crystal avaient murmuré dans l'allée pendant que Tru et Gemma prononçaient leurs vœux. Ni l'expression de Bear quand Crystal l'avait demandé en mariage ou celle de Crystal quand il avait mis un genou à terre et lui avait présenté une bague. Même à présent, des semaines plus tard, le simple fait d'y penser lui donna une sensation de chaleur dans tout le corps.

— Merci, dit Crystal en repoussant ses cheveux sombres derrière son oreille. Mais attends d'entendre l'histoire de notre mariage *civil*. Tu te souviens peut-être que nous n'avions pas de certificat de mariage quand il a fait sa demande, mais nous avons voulu célébrer la cérémonie quand même et pour nous, ce sera toujours le véritable jour de notre mariage. Mais nous sommes allés au palais de justice deux semaines plus tard avec Jed, Dixie – elle sourit à celle-ci par-dessus la table – et le reste de la famille de Bear.

— Et ma famille ! lui rappela Gemma.

— J'y viens, dit Crystal. Bref, presque toutes les personnes présentes au mariage étaient au palais de justice, et c'était enfin à *notre* tour d'être « officiellement » mariés. J'étais plus nerveuse que jamais, ce qui est fou parce que dans mon cœur, nous étions déjà mariés. Enfin bon, alors même que le l'employé dit à Bear de réciter ses vœux, une femme se met à *hurler*. Et ce n'était pas juste un cri, c'était un hurlement terrifiant à vous glacer le sang, comme dans un film d'horreur.

— Mes frères et Tru se sont précipités hors de la pièce comme des dératés, dit Dixie avant de finir son verre.

Elle fit signe au serveur, indiquant qu'elle aimerait en avoir un autre, puis poursuivit :

— Je te le dis, la pièce a *tremblé* et le pauvre employé n'avait pas la moindre idée de ce qui se passait.

— L'employé ? l'interrompit Gemma. Et les pauvres Kennedy et Lincoln ? Lincoln a commencé à pleurer « Papa, papa, papa » et Kennedy, la grande sœur toujours protectrice, a essayé de me l'arracher des bras tout en criant « Oncle Boney ! Oncle Bullet ! Oncle Be-ah ! »

— J'adore la façon dont elle dit « Be-*ah* ». Ne lui apprends jamais à prononcer les « r », dit Crystal.

Gemma leva les yeux au ciel.

— Ça sera vraiment mignon à seize ans !

Penny se pencha vers Finlay et marmonna :

— Il nous faut un bébé dans la famille.

Cette dernière prit le verre des mains de sa sœur et le but d'un trait.

— Ne compte pas sur moi.

Ses hormones étaient complètement chamboulées. Elles devaient l'être pour qu'elle soit perturbée par Bullet Whiskey au point que l'histoire de Crystal ne la distrayait pas de lui. Elle regarda celle-ci et dit :

— Qu'avez-vous fait ?

— Nous nous sommes rués hors de la pièce et nous avons trouvé Bones agenouillé à côté d'une femme qui avait le nez cassé. Bear et Tru étaient debout devant eux comme des gardes du corps et Bullet tenait le salaud qui l'avait frappée à quinze centimètres du sol, dos au mur, comme ça.

Crystal enroula sa main autour de son cou.

— Et Kennedy a crié : « Oncle Bullet, il a fait du mal à la dame ? » Bullet se retourne et je vous jure qu'il a fondu juste là, devant nous tous.

— Oui. Il s'est transformé en une grosse flaque de guimauve pour mon bébé, dit Gemma.

Finlay avait constaté ce côté doux de lui avec les enfants, mais elle était inquiète de voir qu'elle pouvait tout aussi facilement l'imaginer avec sa main autour de la gorge d'un homme.

— Qu'a-t-il fait ?

Dixie rit.

— Il a fait ce que Bullet fait de mieux. Il a maintenu le type contre le mur, il n'a pas bronché, il a souri à Kennedy, et d'une manière ou d'une autre, sans la moindre trace de colère, il a dit : « Oui, ma petite chérie, mais je vais m'assurer qu'il ne le refera jamais plus. »

— Wouah ! dit Finlay, un peu à bout de souffle. C'est effrayant et chevaleresque en même temps.

Ses yeux parcoururent la piste de danse, et quelque part dans le fond de son esprit, elle remarqua à quel point Bullet semblait différent de toutes les personnes présentes dans le bar.

— Ce n'est effrayant que si le type ne le méritait pas, mais il a littéralement cassé le nez de cette femme, dit Crystal. Il le méritait.

— J'étais inquiète quand la police a arraché Bullet du type, admit Gemma. Mais lui n'avait pas l'air soucieux et le mec n'a pas porté plainte, alors…

Finlay ne pouvait pas imaginer voir une chose pareille de ses propres yeux.

— Vous n'avez pas eu à repousser votre mariage ? À votre place, on aurait dû me ramasser à la petite cuillère.

— Tu plaisantes ? demanda Crystal. Rien ne nous aurait empêchés de nous marier. Quand un Whiskey décide quelque chose, rien ne l'en dissuadera.

La voix de Bullet gronda dans sa tête. *Il se peut que tu ne sois pas encore prête à faire un tour… Mais un jour, tu le seras…*

— Tous ? demanda Finlay.

Dixie hocha la tête en matant un type aux cheveux foncés

qui les dépassait.

— On nous a éduqués comme ça.

Le serveur lui apporta son verre et elle plaça un billet de cinq dollars dans sa poche avant de lui adresser un clin d'œil. Elle lui tapota les fesses et dit :

— Merci. Maintenant, va-t'en. Je dois parler avec mes copines.

— Dixie ! rit Finlay.

— Quoi ? Il est mignon, non ?

Dixie but une gorgée.

Crystal s'écarta de la table en se tenant le ventre.

— Je crois que les *nachos* veulent remonter. Je vais aux toilettes. Je reviens dans quelques minutes.

— Tu veux que je vienne avec toi ? proposa Gemma.

— Non, ça ira.

Crystal se précipita vers les toilettes.

Dixie se pencha par-dessus la table et dit :

— Pour une fois que mes frères ne sont pas dans les parages, je vais m'amuser un peu. Tu vois ? Nous, les Whiskey, nous poursuivons ce que nous voulons.

Elle rassembla ses cheveux sur son épaule et son visage devint sérieux.

— Attends. Tu es inquiète à propos de Bullet ? Parce qu'il a fait comme s'il ne voulait pas que tu travailles au bar ?

Finlay termina le verre de Penny.

— Oui, c'est ça.

— Elle ment, annonça Penny.

Elle se rapprocha tellement que son nez toucha presque celui de Finlay.

— Tu mens. Ton œil tressaute.

Finlay se détourna d'elle.

— Ce n'est pas vrai.

Gemma plissa les yeux.

— Ton œil tressaute vraiment.

— C'est comme le nez de Pinocchio, dit Penny. Mais pourquoi tu… ? Oh, mon Dieu ! Il te *plaît*.

Tout le monde poussa un cri de surprise.

— C'est pour ça que tu te mets soudain à boire comme un trou. Tu ne bois jamais, sauf quand tu es bouleversée, ce qui n'arrive *jamais*.

Les longs cils de Penny battirent au-dessus de ses yeux bleus malicieux tandis qu'elle donnait des petites tapes sur son cœur.

— Buuuulllleeeeet…

— *Beurk !* C'est mon frère.

Dixie descendit son verre.

— Ce n'est pas vrai ! Je bois parfois, insista Finlay. J'ai bu quand j'ai décidé de revenir vivre à la maison. Izzy et moi sommes sorties pour fêter ça et j'ai bu une margarita.

— *Un* verre ?

Penny désigna les verres vides devant Finlay.

— Tu es *complètement* attirée par Bullet.

— Ce n'est *pas* vrai ! insista Finlay, regardant intentionnellement en direction de la piste de danse au lieu de croiser les regards curieux des filles.

La vache ! Est-ce que c'était vrai ? Elle avait besoin d'un autre verre, peu importe ce que cela dévoilait à Penny de ses sentiments. Elle ne devait pas décider d'essayer de découvrir ce qu'elle ressentait pour Bullet juste après avoir entendu raconter à quel point il prenait soin d'autrui. C'était comme un aphrodisiaque.

— Fin, pourquoi tu mens ? insista Penny. Bullet est un type bien et Dieu sait qu'un homme qui sait ce qu'il fait pour secouer les choses au lit pourrait te servir.

— Penny ! *S'il te plaît* !

Elle prit note mentalement de ne plus *jamais* parler de sa vie sexuelle avec sa sœur. Elle n'aurait jamais dû dire à Penny qu'elle n'avait eu de relation qu'avec un homme depuis Aaron et que cette expérience s'était mal passée.

— Je suis juste… *curieuse*, disons. Il ne ressemble pas du tout aux autres mecs que je connais.

— Que se passe-t-il sous les draps ? demanda Gemma.

— Ou que ne se passe-t-il *pas* ? ajouta Dixie.

Finlay ferma les yeux, mais cela lui donna un peu le tournis, par conséquent, elle les ouvrit et dit :

— C'est ce qu'il ne se passe *pas*, merci beaucoup, et la réponse est : rien. Nous n'allons *pas* parler de ça.

— De quoi nous n'allons pas parler ? demanda Crystal en se glissant sur le siège à côté de Gemma.

Son visage était pâle comme un linge.

— Quel que soit le sujet, vous feriez mieux de *ne pas en parler* trop vite. Mon estomac est plus que malade. Je viens de vomir, alors j'ai appelé Bear. Je dois rentrer.

— Tu as vomi ?

Gemma posa sa main sur le front de Crystal.

— Tu n'as pas de fièvre et tu n'as rien bu.

— Les *nachos*…

Crystal posa une main sur son ventre et dit :

— Je vais demander à Bear de revenir et de vous reconduire chez vous quand il m'aura ramenée, mais je ne crois pas que je puisse être dans la voiture aussi longtemps sans vomir.

— Nous pouvons appeler un Uber, lui assura Penny, et toutes les filles acquiescèrent.

— Je suis désolée que tu ne te sentes pas bien, dit Finlay. Je te proposerais bien de te ramener chez toi, mais…

Elle désigna tous les verres vides sur la table.

— Aucune de vous ne prendra le volant, compris ? exigea Crystal.

Elles hochèrent toutes la tête.

Crystal se pencha en arrière en se tenant le ventre.

— Maintenant, s'il vous plaît, parlez pour que je puisse penser à autre chose qu'à mon estomac.

Elles parlèrent toutes en même temps de vêtements, de films et d'autres choses sans importance pour la distraire. Quinze minutes plus tard, Bear apparut à côté de leur table, l'inquiétude crispant son visage séduisant.

Il aida Crystal à se lever et passa un bras autour de sa taille.

— Je te tiens, chérie. Tu peux marcher jusqu'à la voiture ou je dois te porter ?

La porter ? Le cœur de Finlay se gonfla face à l'amour qui émanait de lui.

— Je peux marcher, mais nous pourrions avoir besoin d'un seau.

Crystal sourit à ses amies et dit :

— Désolée, les filles. Gem, je t'appellerai si je suis encore malade demain matin, mais avec un peu de chance, c'est juste à cause des *nachos*.

Elles se dirent au revoir et après quelques minutes à s'épancher sur l'amour de Bear pour Crystal et à espérer qu'elle allait bien, Dixie dit :

— Je crois que nous avons besoin de danser.

Elle agrippa la main de Finlay et l'attira vers la piste de danse bondée. Gemma et Penny les suivirent. Cela faisait longtemps que Finlay n'était pas allée danser et encore plus longtemps qu'elle n'avait pas été aussi pompette. Elle se sentait *merveilleusement* bien ! Elle leva les yeux vers les lumières colorées qui se brouillaient au-dessus de la piste de danse, où des couples se balançaient de façon séduisante, se touchant et se frottant les uns contre les autres, leurs peaux brillant de sueur. Finlay était en plein milieu, perdue dans un monde sens dessus dessous. Les hommes défilaient les uns devant les autres pour danser avec elle et elle chantait en chœur les paroles de la chanson, se préoccupant uniquement de s'amuser. Mais tandis que les hommes passaient, se déhanchant avec elle pendant quelques chansons et se frottant à elle, son esprit ivre leur donnait à tous la forme du géant renfrogné et barbu auquel elle essayait de ne *pas* penser. Celui qui prenait la défense d'une parfaite inconnue au risque de se faire arrêter.

Celui qui voulait qu'elle fasse un tour sur sa *Bullet machine*.

Elle leva les yeux vers le type blond avec qui elle était en train de danser. Il était torride, avec des yeux sombres sexy et de très bons mouvements de jambes. Peut-être qu'*il* pourrait lui faire oublier Bullet. Elle bougea les hanches et essaya de lui adresser un regard séducteur, se préparant pour la sensation de picotement dans son ventre et au papillonnement en elle qui la frappait à pleine puissance quand elle était près de Bullet.

Mais rien ne vint.

Son corps était engourdi. Ou elle était une *gourde*.

Allez ! se supplia-t-elle. Elle avait besoin d'une nuit de liberté, de flirt et de baisers. Bon sang, les baisers lui manquaient tellement ! Elle n'était même pas sûre de se rappeler comment faire. Peut-être qu'elle deviendrait vraiment folle et qu'elle toucherait tous les muscles de ce mec aussi. C'était ce dont elle avait besoin. Un bon co…

Elle ne pouvait même pas *penser* le mot, tant il allait à l'encontre de sa nature.

Tout comme Bullet.

BULLET POSA SES pieds sur la rambarde du porche et ouvrit une bière. Tinkerbell[4], son chiot rottweiler baptisé par Kennedy, appuya sa tête sur sa jambe.

— Comment ça va, ma fille ?

Il posa la bière et tapota son ventre. Tinkerbell monta sur ses genoux et lui lécha le visage. Il prit sa tête poilue entre ses mains et déposa un baiser sur son museau.

— Tu m'as manqué aussi, chérie.

Elle posa sa tête sur son torse et se roula en boule comme un chien d'appartement géant. Ses frères le taquinaient tout le temps parce qu'il laissait Tinkerbell s'asseoir sur ses genoux, mais il se fichait qu'elle devienne un chien de cinquante-cinq kilos. Il serait ravi de l'aimer. Peu de choses rendaient Bullet vraiment heureux, mais Kennedy, Lincoln et ce chiot de trente-cinq kilos lui donnaient toujours le sourire. Trouver Tinkerbell avait amélioré sa vie et il ne pouvait qu'espérer lui en donner une tout aussi agréable. Il était resté éveillé tard une nuit, quand l'insomnie avait profondément planté ses ongles dégoûtants et avait refusé de le lâcher. Il était monté dans son pick-up et s'était retrouvé coincé derrière une Cadillac noire et usée en sortant de la ville. La voiture avait ralenti et les passagers avaient jeté un paquet de déchets sur la route. Agacé et inquiet que quelqu'un puisse avoir un accident, Bullet s'était arrêté pour nettoyer les débris. Il n'oublierait jamais la nausée qui l'avait

---

[4] Nom anglais de la fée Clochette

consumé quand il avait soulevé le sac poubelle et qu'il avait senti quelque chose bouger. Il avait trouvé le chiot tout maigre à l'intérieur. Il avait déchiré tous les satanés plastiques pour s'assurer qu'ils ne contenaient pas d'autre animal, puis il avait emmené le rottweiler chez son ami, Marty « Paws » Miller, un vétérinaire qui faisait également partie des Dark Knights. Les premiers jours avaient été difficiles, Tinkerbell vomissait presque tout ce qu'elle mangeait, par nervosité ou parce que son ventre n'était tout simplement pas habitué à la nourriture, il n'était pas sûr. Mais elle s'était vite acclimatée et elle était la compagne de Bullet depuis lors. Ils ne pouvaient pas dormir l'un sans l'autre. La chienne était devenue tellement sensible à son maître que lors des rares occasions où les cauchemars qu'il avait eus après être retourné à la vie civile s'étaient emparés de lui, elle l'avait réveillé avant qu'ils ne puissent l'entraîner trop profondément.

Depuis ce jour, il guettait la Cadillac noire avec une énorme bosse sur l'aile arrière droite. Que Dieu vienne en aide au propriétaire s'il l'attrapait un jour, car s'il y avait beaucoup de choses que Bullet ne supportait pas, faire du mal aux enfants, aux femmes et aux animaux était au sommet de sa liste.

Il caressa le dos de Tinkerbell et prit sa bière. À une époque, Bullet avait été un gros buveur, mais ça, ainsi que tout le reste dans sa vie, avait changé lorsqu'il s'était engagé dans l'armée. À présent, il buvait occasionnellement une bière, mais en général, il aimait rester sobre juste au cas où quelqu'un avait des ennuis et avait besoin de son aide. Mais la soirée avait été longue, rendue plus longue encore par une pointe de jalousie inattendue qui le tracassait. Ce soir-là, il avait envie d'essayer de noyer ses pensées à propos de Finlay Wilson.

Tandis qu'il levait la bouteille jusqu'à ses lèvres, son téléphone sonna. *Nom de Dieu !* Il se souvint que Finlay avait son numéro et une pointe d'espoir terriblement gênante le traversa.

Tinkerbell leva la tête tandis qu'il sortait son portable de sa poche et qu'il regardait l'écran. *Bear.* Il reposa la bouteille sur la table et approcha l'appareil de son oreille.

— Salut, Bullet, quoi de neuf ?

— Tu es chez toi ?

— Oui.

— Tu as bu ?

Il regarda la bière ouverte et intacte.

— Pas encore.

— J'ai besoin d'un service. Crystal était de sortie avec les filles et elle était la conductrice désignée. Elle s'est sentie mal et j'ai dû aller la chercher.

— Où elles sont ?

Il poussa délicatement Tinkerbell de ses genoux et se leva.

— Au *Whispers.*

— Ah, merde ! Sérieusement ? Dixie était avec elle ?

Il détestait cet endroit. Malheureusement, Dixie aimait y aller pour la même raison.

— Ouaip.

— J'y vais.

Il tapota sa jambe et se dirigea vers son pick-up, Tinkerbell trottant à côté de lui.

— Comment va ta femme ?

— Pas très bien, mais je m'occupe d'elle. Elle pense avoir mangé de mauvais *nachos.* Si elle ne se sent pas bien demain matin, j'appellerai Bones et je lui demanderai de jeter un œil sur elle.

— Vous avez besoin de quelque chose, tant que je suis dehors ?

— Non. Ça va. Merci, Bullet. Prends ta grande caisse. Tu

auras besoin d'espace.

Avec Tinkerbell sur le siège passager, Bullet parcourut la route de campagne et tourna dans la rue principale. Aller chercher les filles n'était pas un problème, même s'il devait se traîner hors de chez lui après avoir travaillé pendant quatorze heures. Il avait passé les dernières années de son adolescence à ramener des clients ivres chez eux depuis le bar. À l'époque où son père gérait encore l'établissement, avant son AVC. Avant que Bullet ne s'engage dans l'armée et ne rejoigne les forces spéciales. Avant qu'il ne voie trop d'hommes laisser échapper leur dernier souffle. Avant qu'il ne découvre qu'il n'était pas invincible.

Avant le stress post-traumatique.

Il baissa sa vitre en roulant vers la discothèque. L'air frais l'aidait à s'éclaircir les idées. Il tendit la main par-dessus le siège et caressa Tinkerbell, ravi d'avoir sa compagnie. Quand il tourna sur le parking du *Whispers*, il vit la voiture de Crystal et prit note mentalement d'aller la chercher avec Bear si la jeune femme était encore malade le lendemain. *La pauvre !* Il ajouta un élément de plus à la liste de choses qui le faisaient sourire. La façon dont les membres de sa famille prenaient soin les uns des autres. Ils se couvraient toujours. Savoir que les siens étaient en sécurité, c'était la cerise sur le gâteau.

En parlant de gâteau, son esprit se tourna vers Finlay. Elle était une surdose de sucre incarnée. Il se sentit sourire et tout aussi rapidement, son sourire s'évanouit. Où était-*elle* ce soir-là ? Il gara le pick-up et tapota la tête de Tinkerbell.

— Je reviens dans quelques minutes. Ne va pas faire un tour.

Il ouvrit légèrement les vitres, verrouilla le véhicule et entra pour aller chercher sa sœur et les autres filles qui perdaient leur soirée dans cet endroit pour crétins.

Bullet pénétra dans le bar faiblement éclairé et chargé de testostérone. La chaleur était presque aussi étouffante que l'*aura* de *yuppies*. Il dépassait bien la foule d'une tête, ce qui lui facilitait la tâche pour jeter un œil aux alentours. Un océan de femmes sexy dansait avec des hommes trop mignons arborant des sourcils impeccables et des chemises boutonnées jusqu'au col. Les mecs espéraient probablement coucher et les filles rêvaient que leurs crapauds se transforment en princes, avec la bague en diamant et la jolie maison en banlieue.

Bullet savait qu'il représentait une menace et il était habitué à ce que les foules lui ouvrent un chemin, comme celle-ci le faisait à présent, le regardant comme s'il avait pu tabasser quelqu'un sans raison. *Idiots !* Des gamins vivant leurs petites vies sûres, ayant peur de quitter le port et d'affronter la dure réalité.

Foutue Dixie ! Pourquoi prenait-elle son pied avec ces conneries ? Son regard se fixa sur ses cheveux roux et il se fraya un chemin à travers la foule. Elle était en train de danser avec Gemma et Jon Butterscotch, le médecin qui venait parfois au bar avec Bones. Bullet leva le menton en signe de salut. Jon était un type bien, mais pas pour Dixie. Elle n'avait pas besoin d'un col monté qui conduisait des voitures de luxe.

Bullet agrippa le bras de sa sœur.

— Allons-y.

Celle-ci se retourna, les yeux enflammés, agrippa son poignet comme il le lui avait appris et se libéra de son emprise. La colère dans ses yeux injectés de sang se transforma en agacement quand elle réalisa que c'était *lui* qui l'avait attrapée.

— Que fais-tu là ?

Elle continua de se déhancher au rythme de la musique, ou

peut-être à cause de tout ce qu'elle avait bu. Bullet n'était pas sûr.

La sono était tellement forte qu'il dut lever la voix pour s'assurer qu'elle l'entende.

— Je vais ramener tes fesses ivres chez toi. Allons-y.

— Je peux le faire, proposa Jon, son regard glissant vers Dixie.

Il faudra me passer sur le corps.

— Ça ira. Je m'en charge.

— Je vais prendre un Uber, insista Dixie.

— C'est ça, oui.

— Bullet !

Gemma battit des mains.

— Tu es là pour danser ?

Nom de Dieu ! Elles étaient toutes les deux bourrées.

— Non, chérie. Je te ramène à la maison, avec Tru.

— Oh ! D'accord, merci ! Il me manque. Et mes bébés. Je devrais être à la maison avec mes bébés.

Gemma tendit le cou, regardant autour d'elle sur la piste de danse.

— Nous devons trouver Finlay et Penny ! cria-t-elle. Fin est là ! Avec ce type !

Comme la lunette d'un fusil, il visa les cheveux blonds de Finlay, son petit corps aguicheur dansant sacrément trop près d'un crétin. Bullet jeta un regard noir au type tout en couvrant la distance qui les séparait, attirant l'attention de la fouine. Le type trébucha en arrière, mettant de l'espace entre Finlay et lui tandis que le bras de Bullet passait autour de la taille de celle-ci.

— Viens, Lollipop. C'est l'heure de partir.

— Bullet ? Que fais-tu ici ? cria-t-elle, pointant son lobe du doigt. Je ne t'entends pas.

Il se pencha pour lui parler à l'oreille et elle jeta ses bras autour de son cou et dit :

— Danse avec moi !

Bon sang ! Tu es bourrée aussi ? Trop pour des Shirley Temple[5] !

— Nous partons.

Il fit un pas et elle se libéra de son emprise.

— Je ne pars pas ! Je *danse.*

Elle tendit les bras vers le type avec qui elle se déhanchait un instant plus tôt et Bullet adressa un regard sombre à celui-ci.

L'homme leva les mains et disparut dans la foule.

— Tu lui as fait peur ! Maintenant, tu *dois* danser avec moi.

Elle se colla à lui et il agrippa la manche de Penny lorsqu'elle passa près d'eux, l'attirant contre son flanc et la tenant fermement tandis qu'il forçait Finlay à retirer ses bras délicats de sa taille. Il l'attira contre son autre flan et exigea :

— Gemma, Dixie. À la porte d'entrée. *Immédiatement.*

Grognant, les bras s'agitant dans tous les sens, Dixie passa devant lui tandis que Gemma fredonnait avec un sourire sur les lèvres.

— Je ne veux *pas* partir ! supplia Finlay.

Bullet jeta un œil à Penny, qui dit :

— Elle ne sort pas beaucoup.

Ignorant les moues de Dixie et les efforts de Finlay pour se débattre, il parvint à les mener à la porte d'entrée. Il l'ouvrit et Finlay se retourna, se dirigeant vers le bar. Il agrippa l'arrière de sa robe et l'attira contre lui.

— Hors de question, Lollipop. Tu es trop ivre.

— Je ne suis *pas* ivre ! dit-elle en s'appuyant contre lui. Pas

---

[5] Cocktail sans alcool

vrai, Pen ? Je tiens l'alcool.

Ses yeux s'écarquillèrent tandis qu'il emmenait le groupe trébuchant et chancelant vers son pick-up.

— Je peux tenir la picole, le liquide du bar. Le… Je ne veux pas rentrer à la maison.

Penny rit et enfouit son visage dans le torse de Bullet.

— Je n'arrive pas à croire qu'on doive être escortées jusqu'à chez nous par un Whiskey.

— Plutôt enlevées contre notre gré, dit Dixie en titubant, agrippant l'épaule de Gemma pour se maintenir en équilibre.

Bullet rattrapa l'arrière de la robe de Finlay pour l'empêcher de s'enfuir, s'y accrochant fermement tandis qu'il déverrouillait et ouvrait la porte du pick-up. Elle se retrouva face à face avec Tinkerbell et *hurla*. Tout à coup, Penny couina, le chien aboya, Gemma se retourna et vomit, et Finlay se précipita derrière Bullet, s'accrochant à ses hanches, son visage enfoui dans sa veste en cuir.

Putain !

Dixie se tenait à côté du pick-up, les bras croisés, regardant la scène avec un sourire amusé.

— Monte, Dix. Tink, *recule. À terre*, ordonna le jeune homme.

La chienne sauta sur le siège arrière avant de s'allonger par terre. Il se tourna vers Gemma et l'aida à se relever, examinant son visage. Elle avait le regard soulagé de quelqu'un qui a expulsé le poison de son corps. Un bon signe.

— Ça va, chérie ?

Gemma hocha la tête.

Bullet passa un bras derrière lui et attira Finlay devant lui. Son visage resta enfoui dans sa veste en cuir. Elle s'accrochait à lui, les yeux fermés. Au moins, elle ne s'enfuyait pas.

— Je te tiens, Lollipop.

Elle gémit.

— Elle a peur des chiens, expliqua Penny.

— Tu as peur des chiens aussi ? demanda-t-il à celle-ci.

Elle secoua la tête.

— Super. Dix et toi, derrière avec Tinkerbell.

Finlay rit à nouveau contre son ventre.

— Tinkerbell ? Le gros méchant Brutus a un chien qui s'appelle Tinkerbell ?

Il jura entre ses dents. Dixie contourna le véhicule d'un pas lourd et y monta tandis que Bullet écartait Finlay de son corps et l'aidait à s'installer sur le siège avant.

— Glisse-toi jusqu'au bout.

— Tu veux juste que je sois à côté de toi, dit celle-ci d'un ton sec en se décalant sur la banquette.

Il n'aurait pas touché cette fille avec un bâton de trois mètres. Il tendit le bras vers Gemma et l'aida à monter, prenant une seconde de plus pour s'assurer qu'elle allait bien. Truman, Gemma et leurs bébés avaient beau ne pas être liés à Bullet par le sang, il les considérait comme sa famille. Et étant donné que les filles avaient de toute évidence pris Finlay dans leur sillage, il la considérait aussi comme telle, ce qui signifiait que Bullet prendrait soin d'elle à partir de ce moment-là, qu'elle lui prête attention ou pas. Car c'était ce que les Whiskey faisaient. *L'amour, la loyauté et le respect pour tous* n'étaient pas juste le credo des Dark Knights. C'était leur manière de vivre. Et quand vous entriez dans le cercle des Whiskey, vous deveniez un membre de la famille.

— Mettez vos ceintures, les filles.

Elles étaient toutes à portée de main. *En sécurité.* Bullet laissa échapper un soupir de soulagement.

— Rentrons à la maison.

— Fin, elle a un collier rose chic ! dit Penny en couvrant Tinkerbell d'affection. Oh, regarde comme elle est mignonne !

Finlay se couvrit le visage, se tordant de rire.

— Tink.

Bullet passa la ceinture de sécurité devant Finlay. Elle écarta les doigts, lui jetant un regard, et murmura :

— Je suis désolée. C'est un joli nom…

Le rire gonfla dans sa voix.

Bullet passa l'heure suivante à conduire Gemma, Penny et Dixie chez elles et à les accompagner jusqu'à leurs portes, pendant que Finlay commentait chaque instant de leur soirée. Il serra les dents en entendant les descriptions d'un nombre de mecs suffisant pour lui donner envie de vomir. Après avoir déposé Dixie, qui le serra dans ses bras et le remercia en dépit de toutes ses plaintes, il remonta dans le pick-up.

Finlay posa sa tête sur son épaule avec un interminable soupir.

— Tu es, genre, un *héros*.

— Loin de là. Où tu vis, Lollipop ?

— Suzie.

Elle rit et grogna en même temps et commença à chanter un air avec le mot Lollipop qu'il n'avait pas entendu depuis qu'il était petit.

Même complètement bourrée, elle était sacrément adorable. Il passa une main sur son visage, mais ne parvint pas à effacer son sourire.

— Fins, où tu vis ?

— Son baiser est plus doux qu'une tarte aux cerises, et il bouge, il se balance, il danse, il tombe…

— Je ne connais pas cette chanson, mais je suis presque sûr

que tu te trompes dans les paroles. Allez, on te ramène à la maison.

Elle continua à chanter son interprétation ivre de la chanson des Lollipops, mais à présent, elle bougeait les épaules et agitait les mains.

— Oh, Suzie, Suzie, bébé, bébé, sucre d'orge !

— *Bon sang !* marmonna-t-il en tournant dans la rue principale. Où on va, Fins ?

— Le *Whispers*, dit-elle bien trop joyeusement.

Puis elle chanta :

— Suzie, Suzie, pop !

— Hors de question.

— Non, je veux dire, va par-*là*. C'est près de chez moi.

Elle se redressa, serra les genoux et croisa les mains dessus.

Il se rendit compte qu'elle essayait de reprendre le contrôle de la femme insouciante qu'elle avait libérée. Certaines personnes avaient besoin d'alcool pour se sortir le balai des fesses et d'autres pour échapper à leur vie. Il savait que Finlay n'appartenait pas à la première catégorie et il avait l'impression qu'elle adorait sa vie comme elle était, ce qui le poussa à se demander ce qu'elle fuyait.

— Tu bois souvent comme ça ?

— Jamais, dit-elle joyeusement avant de commencer à chantonner.

— Pourquoi tu as bu autant, ce soir ?

— Je ne suis pas ivre, insista-t-elle avant de commencer à hocher la tête en chantonnant.

— N'arrête pas de chanter à cause de moi, dit-il, ce qui lui valut l'un de ses sourires pétillants.

Elle chanta et fredonna, puis chanta un peu plus, jusqu'à s'effondrer avec un autre long soupir contre lui. Elle sentait la vanille et le sucre chauds. Comme des biscuits fraîchement sortis du four et, *bon sang,* ce qu'il aurait aimé la dévorer ! Son corps fondit contre lui, ce qu'il appréciait bien plus qu'il ne l'aurait dû étant donné qu'elle pourrait bien ne pas s'en souvenir le lendemain matin.

La main de Finlay tomba sur sa cuisse et elle chanta : « Cuisses épaisses, tartes aux cerises » tandis que le *Whispers* apparaissait à l'horizon.

— Tourne à droite au prochain feu.

Il essaya de ne pas trop interpréter le fait que la main de la jeune femme soit sur sa cuisse, mais son corps avait d'autres idées. Tandis qu'il tournait dans la rue et qu'il se dirigeait vers une zone résidentielle, il dit :

— Tu vis en face du bar ? Pourquoi tu ne me l'as pas dit avant que je te conduise dans toute la ville ?

Elle lui adressa un grand sourire et serra sa cuisse, ce qui fit monter la chaleur dans l'entrejambe de Bullet.

— Et manquer tout ce qui est amusant ? De plus, nous avions *besoin* de ce moment pour être seuls.

Oui, ils avaient besoin d'être seuls, mais pas quand elle était complètement à l'ouest.

Elle suivit la trace des tatouages de son avant-bras, chantant dans un murmure :

— Call me babypop, lollipop, lollipop…

Elle fredonna tout en le guidant à deux rues de là, dans une impasse résidentielle calme.

— Je loue celle du fond. Pourquoi tu es toujours aussi bourru alors que tout le monde pense que tu es un héros ? demanda-t-elle soudain.

Il éteignit le moteur et se demanda qui lui avait rempli le cerveau de bêtises.

— Je te l'ai dit, je ne suis le héros de personne.

Il défit la ceinture de sécurité de Finlay. Elle enroula ses doigts autour de son avant-bras, le regardant avidement dans les yeux. Ses cheveux étaient ébouriffés et ses joues avaient rougi. Il aurait souhaité en être la cause. Il lui fallut tout son contrôle de lui pour ne pas se pencher en avant et l'embrasser.

La tête de Tinkerbell se leva derrière le siège et elle aboya, faisait sursauter Finlay dans les bras de Bullet. Si elle réagissait ainsi aux chiens, peut-être qu'ils iraient faire un tour près de la fourrière.

— Coucher, Tink.

— Merci, murmura-t-elle, comme si le simple fait de parler pouvait faire venir Tinkerbell sur le siège avant. Tu ne m'as pas répondu, dit-elle calmement, d'un air innocent qui l'attirait.

Sa main se déplaça de haut en bas sur l'avant-bras de Bullet, lente et terriblement douce.

— Pourquoi tu es aussi bourru ?

Il n'était pas habitué aux femmes comme elle, pures et honnêtes. Elle lui donnait *envie* de parler et cette sensation lui était tellement étrangère qu'il s'obligea à descendre du pick-up plutôt que de l'envisager. Elle se décala jusqu'à la portière, sa robe à volants enroulée autour de ses cuisses. Un petit cœur en or était accroché autour de son cou sur une chaîne étincelante et elle avait un regard triste dans les yeux qui le mit presque à genoux.

— *Parle*-moi, supplia-t-elle. Tu ne peux pas te cacher derrière ta taille pour toujours.

Tu veux parier ?

— Et si nous entrions ?

Il l'aida à se mettre sur pied, la stabilisant lorsqu'elle tituba. Puis, il prit son sac à main sur le siège. Il jeta un œil à l'arrière et dit :

— Monte la garde, Tink. Je reviens.

Tandis qu'il ouvrait légèrement la vitre pour la chienne, il observa la maison incroyablement petite. Le porche couvert était à peine plus large que la porte d'entrée. Une petite fenêtre donnait sur un jardin encore plus petit et elle ne disposait que d'une fenêtre au centre du pignon. Cela ressemblait plus à une maison de poupée qu'à une résidence.

— Tu me rappelles ce mec dans cette émission, dit-elle en remontant l'allée étroite. Le grand type. Celui que tout le monde détestait.

Il passa un bras autour d'elle pour l'empêcher de tomber en arrière tandis qu'ils montaient les marches du porche. Il ignorait de quel programme elle parlait, mais il avait l'impression qu'elle ne le savait pas non plus.

Il lui tendit son sac à main et elle y chercha ses clés. Quand elle les agita devant ses yeux comme si elles étaient apparues par magie, il les lui prit et déverrouilla la porte.

Elle s'appuya contre le mur en jouant avec le petit nœud au niveau de sa taille.

— Pourquoi tu ouvres les portes et tu aides les filles soûles ? Ça ne va pas trop avec ton image de mauvais garçon.

Elle s'écarta du mur, titubant en avant. Il l'attrapa avant qu'elle ne tombe et il la prit dans ses bras, se délectant de sa douceur et de son odeur divine. Cela faisait trop longtemps qu'il n'avait pas couché avec quelqu'un et son sexe se leva instantanément pour l'occasion.

— Wouah !

Elle enroula ses bras autour de son cou et posa sa joue sur lui.

— Ton torse est tellement *dur* !

Il se mordit la langue pour retenir une réplique grossière et la porta jusqu'à l'intérieur, fermant doucement la porte derrière lui. Dans la pièce, il regarda tout autour de lui : le tapis à poil long blanc, un canapé et une causeuse beiges, des coussins duveteux roses, violets et fleuris et une multitude de cahiers soigneusement empilés ainsi qu'un énorme calendrier sur une table basse en verre. De l'autre côté de la pièce, une table de cuisine ronde couverte de livres de comptes, de post-its colorés, un pot plein de stylos et plusieurs livres de cuisine étaient posés devant des portes vitrées. Les murs étaient décorés de photographies de Finlay, Penny et de gens qu'il supposa être leurs parents. Il y avait aussi des dictons joyeux et inspirants comme « Embellis ta journée ! » ou « Crois en toi et tu y arriveras ».

Il se dirigea vers le canapé et elle désigna le bout du couloir du doigt.

— La chambre, *s'il te plaît*.

Serrant la mâchoire, il hésita. La chambre de Finlay Wilson. L'endroit dont il avait rêvé depuis qu'il l'avait rencontrée au mariage de Truman. Il avait fantasmé à propos de la beauté féminine ayant un côté sombre qui ressortait dans la chambre. Il avait aussi fantasmé de la prendre dans un lit doux et à volants qui ressemblait parfaitement à *Finlay*.

Elle se redressa et passa son doigt sur sa barbe en murmurant :

— La chambre, Brutus.

Brutus. Pourquoi ce surnom l'excitait encore plus ? Au mépris du bon sens, il la porta jusqu'au bout du couloir.

La main de Finlay glissa le long de son cou, jouant sur sa peau juste au-dessus du col de son T-shirt.

— Pourquoi tu t'es fait un tatouage de serpent ? Tu as quoi d'autre, comme tatouages ?

Elle tira sur son col et regarda sous son T-shirt avant de

pousser un cri.

— Tu as des poils sur le torse ! J'adore les poils sur le torse !

Sa main plongea à l'avant de son T-shirt, effleurant son téton. *Bon sang !* Elle le rendait fou.

— Les mannequins masculins n'ont même plus de poils sur le torse, maintenant !

Ses doigts se déplacèrent le long de ses pectoraux.

— Je suis sûre qu'ils s'épilent *partout*.

Elle se redressa à nouveau tandis qu'il passait la porte de sa chambre et elle murmura :

— Je suis sûre que tu ne t'épiles pas partout.

Il essaya de réprimer son désir montant, mais celui-ci sortit sous forme de grognement. La chambre de Finlay semblait tout aussi douce et innocente qu'elle. Des coussins fleuris étaient posés contre une tête de lit tuftée blanche et des bibelots mièvres de couleur pâle remplissaient la chambre.

Elle regarda à nouveau sous son T-shirt.

— Je vois de l'encre. Qu'est-ce que c'est ? Tu me le montres ?

Il la posa sur le bord du lit et elle agrippa l'ourlet de son T-shirt avant de l'attirer si près qu'il pouvait goûter sa douce haleine.

— Finlay, l'avertit-il.

— Brutus, dit-elle en gloussant avant de soulever son T-shirt.

La sensation de ses mains chaudes sur son ventre envoya de la chaleur à travers ses veines. Il agrippa ses poignets et secoua la tête.

— Le type dans ce film avait des tatouages aussi. Tu pourrais être lui, tu sais ? Tu es grand et costaud et je suis sûre que tu es aussi doué que lui pour être nu.

Elle se couvrit la bouche et murmura :

— Oups ! J'ai dit nu ?

Il arqua un sourcil.

— Je voulais dire… *nu*.

Merde ! Entendre sa voix séduisante dire ce mot le rendait dur comme la roche.

— Finlay, arrête. Tu es soûle et je ne veux pas que tu regrettes quoi que ce soit demain.

Elle lui adressa un regard noir.

— Pour ton information, je ne suis *pas* soûle.

— Tu es sobre ? demanda-t-il.

Elle se pencha en avant et le décolleté de sa robe bougea, donnant à Bullet une belle vue de ses seins splendides contre la dentelle rose. Elle pinça les lèvres.

— Non, mais je ne suis pas soûle. Je suis *pompette*.

— C'est ça, on verra si tu te souviens de tout ça demain.

Elle se mit sur pied, utilisant la hanche de Bullet pour garder l'équilibre, et elle dit :

— Tu crois que je ne sais pas ce que je dis ? Eh bien, devine quoi, Brutus !

Elle accentua ses mots, qui sortirent de sa bouche à une vitesse fulgurante, en enfonçant un doigt dans son sternum.

— Je sais exactement ce que je dis. Je *voulais* trop boire ce soir pour arrêter de penser à toi et aux cochonneries que tu me dis. Je *veux* te voir sans ton T-shirt. Je veux voir tes tatouages parce que je veux savoir pourquoi tu les as et ce qu'ils veulent dire et comment tu te les es faits avec des poils sur le torse. Ils l'ont rasé ? Je crois *vraiment* que tu ressembles à cet acteur, Jason Mammoth, ou peu importe son satané nom. Et je *sais* que je veux te voir n…

Un lent sourire monta aux lèvres de Bullet.

Finlay leva brusquement sa main devant sa bouche, les yeux écarquillés.

— Je crois que tu ferais mieux de partir, dit-elle derrière sa paume en se laissant tomber sur le lit.

— Tu es sûre que ça va ?

Elle hocha la tête.

— Pour information…

Elle ferma les yeux et leva la main, le faisant taire.

— Je veux te voir nue aussi, dit-il honnêtement.

Les yeux de Finlay s'ouvrirent brusquement, ses joues s'enflammèrent et elle resta bouche bée. Il utilisa son index pour lui remonter le menton et refermer sa bouche.

Levant un pouce par-dessus son épaule, il dit :

— Je m'en vais. Ferme ta porte à clé derrière moi.

Avec un petit rire, il sortit et se dirigea vers sa voiture. Pour la première fois depuis des années, il avait hâte d'aller travailler le lendemain.

CHAPITRE QUATRE

— JE VAIS TE massacrer, dit Finlay à Penny au téléphone le lendemain après-midi, debout à côté du plan de travail de la cuisine où elle était en train de casser des œufs dans un bol.

— Pourquoi ? Tu dois te lâcher un peu et ce n'est pas comme si tu t'étais attiré des ennuis.

— Ah non ?

Elle commença à battre les œufs.

— Comment tu décrirais le fait de dire à Bullet Whiskey que j'ai envie de le voir nu ? Tu *sais* que je ne tiens pas l'alcool. Tu es ma sœur. Tu devrais m'empêcher de faire des bêtises.

— Alors, tu as la mauvaise sœur, car j'étais ravie que tu t'amuses enfin un peu, Fin. Tu n'es pas sortie et tu ne t'es pas amusée depuis que tu as perdu Aaron.

Finlay ajouta d'autres ingrédients dans le bol et elle les battit aussi fort et aussi vite que possible. Elle ne voulait pas penser à Aaron ni à tout le temps qui s'était écoulé depuis la dernière fois qu'un homme l'avait intéressée. Elle avait enfin mis la mort d'Aaron quelque peu en perspective. Et parler des rares rendez-vous qu'elle avait eus depuis qu'elle l'avait perdu ne changerait rien. Elle ne voulait que découvrir comment entrer dans le Whiskey's ce jour-là et regarder Bullet dans les yeux sans avoir l'impression d'être complètement dénudée maintenant qu'elle avait révélé ses pensées les plus intimes.

— Tu fais des gâteaux ? dit Penny.

— *Évidemment* que je fais des gâteaux ! Tu ne m'as pas entendue ? J'ai dit à *Bullet* que je voulais le voir *nu*. Et je savais que j'étais en train de le dire quand c'est sorti. Ce n'est pas comme si j'étais trop soûle pour avoir les idées claires. J'étais juste assez soûle pour avoir les idées claires *et* dire la vérité.

Elle se tournait toujours vers la cuisine quand elle se sentait émotive. Lorsqu'elle avait perdu Aaron, elle avait eu cinq nouvelles idées de recettes en un week-end et lorsqu'elles avaient perdu leur père, elle avait préparé assez de desserts pour trois refuges pour sans-abri au cours des cinq premiers jours. C'était un miracle qu'elle ne pèse pas cent trente kilogrammes.

Penny rit.

— Ce n'est pas toi qui prêches l'honnêteté ?

— Si, mais je travaille pour sa famille et il est le genre de type qui couche probablement avec des femmes comme les autres mecs mangent des chips. Et tu sais que je ne suis pas ce genre de fille.

— Peut-être pas, mais comment tu sais qu'il est comme ça ? Je suis tellement ravie que tu sois revenue à la maison, au fait ! Tu as vraiment été en dehors du monde réel pendant trop longtemps. La vie, ce n'est pas que le travail, Fin. Et puis, fais attention à ce que tu dis. Peut-être que je suis une de *ces* filles. Je ne suis pas une sainte.

— Désolée.

Finlay mit le bol de côté et se laissa tomber sur une chaise derrière la table. Elle savait que Penny n'était pas le genre de fille à coucher avec beaucoup d'hommes, mais sa sœur avait bien une vie sexuelle plus active qu'elle. Cependant, n'était-ce pas le cas de la plupart des femmes d'une vingtaine d'années jouissant d'une vie sociale ?

— Fin, ça fait des années que tu as perdu Aaron. Pourquoi tu ne peux pas explorer un peu ?

— J'ai exploré, tu te souviens ? L'année dernière.

Sa dernière relation sexuelle avait eu lieu à la fin de l'année précédente et les choses ne s'étaient pas bien passées. Elle n'avait ressenti aucun plaisir et certainement pas le genre de connexion qu'elle aurait dû éprouver. Cette expérience avait été le catalyseur de sa décision de retourner habiter chez elle. Même avec l'amitié d'Isabel, elle s'était sentie seule. Si elle n'était pas suffisamment entière pour aimer un homme, elle pouvait au moins être près de sa sœur, qui l'aimait inconditionnellement.

— Je sais, mais une mauvaise expérience ne signifie pas que tu ne trouveras pas une connexion avec quelqu'un d'autre. Écoute, Fin, j'ai eu plus de relations sexuelles que toi et j'ai quatre ans de moins que toi. Peut-être que tu devrais admettre que tu te souviens de tout. Dis la vérité à Bullet, dis-lui que tu penses à coucher avec lui. Sors avec lui. Bon sang, couche avec lui si tu en as envie ! C'est ta vie et ton corps et personne ne va te juger, si c'est ce qui t'inquiète.

— Je n'ai pas peur qu'on me juge. C'est juste que... Je ne peux pas lui dire ça. Je ne sais même pas si je veux coucher avec lui. Je sais juste qu'il m'embrouille et qu'il m'excite. Il m'excite vraiment. Mais ça ne veut pas dire que je dois le faire.

— Alors, tu peux mentir et dire que c'était une légère erreur de jugement due à la consommation d'alcool ou simplement faire semblant de ne pas te souvenir de quoi que ce soit à propos d'hier soir. Il y croira sûrement. Et ne sois pas gênée, même si je sais que tu le seras. Ce n'est pas comme s'il te connaissait assez bien pour se rendre compte que la facette qu'il a vue hier soir a été gardée sous clé pendant des années.

— Pouah ! Pourquoi tout semble tellement facile quand tu le dis ?

— Parce que ça l'est. Tu as plusieurs options. Mentir ou être honnête. Personnellement, je crois que tu devrais faire un tour sur la *Bullet machine* et *ensuite*, essayer de comprendre. Qu'as-tu à perdre ?

— Juste la tête. Je n'arrive pas à croire que ma petite sœur est en train de me dire de coucher avec un motard.

— Eh, c'est toi qui veux te déshabiller avec lui ! Je t'offre juste mon soutien. De plus, j'*aime* les Whiskey. Je sortirais avec l'un d'eux sans réfléchir.

— Comment est-il possible qu'on soit sœurs ? rit Finlay. Tu te lances les yeux fermés et je n'ai pas la moindre idée de ce que je veux. Tout ce dont je suis certaine, c'est qu'il a cette manière de me regarder, et ça me rend nerveuse, mais d'une bonne façon, tu vois ? Avec Aaron, je sentais des étincelles, mais là, c'est comme des *éclairs*. Je ne le comprends pas et je ne sais pas quoi en faire. Il est tout ce que je n'ai *jamais* voulu. Tu me connais. Je suis à fond pour les mecs soignés. Mais je n'ai pas réussi à arrêter de penser à lui depuis que je l'ai vu au mariage de Tru et Gemma avec leurs enfants, quand il m'a fait ces avances ridicules. Tu te souviens ?

— Ce coup-là, je ne l'oublierai jamais. Bon sang, je veux que tu couches avec lui juste pour savoir s'il est vraiment une *Bullet machine* !

Elles rirent toutes les deux.

— Écoute, dit Penny de cette voix que Finlay connaissait si bien qui indiquait qu'elle avait toutes les réponses. Tu es curieuse parce qu'il est dur à cuire, sûr de lui et fort. Il est tout ce que *tu* es…

— Quoi ? Tu as perdu la tête ? Je ne suis rien de tout ça. Je suis comme une fleur et il est comme une tondeuse.

— Tu as tellement tort ! Tu es l'une des femmes les plus fortes que je connaisse. Quand nous avons perdu papa, tu as été mon roc. Et maintenant, te voilà. Tu sais à quel point il faut être courageux pour reprendre sa vie en main et recommencer à zéro ?

— Tu sais à quel point il faut être courageux pour ouvrir son propre glacier avec son héritage sans savoir si on va nager ou couler ?

— Tu vois ? dit Penny. Nous sommes bien des sœurs, car tu es en train de faire la même chose avec ton entreprise de traiteur. Tu vas m'apporter une partie de ce que tu es en train de préparer ?

— Bien sûr. Ce sont des biscuits. Je vais passer la matinée à choisir de nouveaux appareils électroménagers pour le bar et cette fois, quand j'irai là-bas, je ne vais pas me précipiter dans la cuisine comme un chaton effrayé. Je vais faire comme si les clients étaient ceux de mon service traiteur et je vais me mettre à l'aise.

— En d'autres termes, tu vas les distraire de tes cheveux blonds et de tes yeux bleus de sainte nitouche avec de la nourriture.

— À peu de chose près. Mais en réalité, il s'agit de me distraire *moi*, pas eux.

— Mets un jean et une paire de bottes. Ça va t'aider à te fondre dans la masse.

— C'est *moi* qui dois me sentir à l'aise, et je suis à l'aise en jupe et en robe. Je gère. Tu vas voir. Je passerai avant d'aller au bar.

Quand elle raccrocha, elle remarqua que la lumière indiquant qu'elle avait un message était allumée et elle les passa en revue. Elle ne reconnut pas le numéro, mais quand elle ouvrit le texto et qu'elle le lut « *Je suis là quand tu as besoin de moi. B* », elle réalisa que c'était le message que Bullet lui avait envoyé quand il l'avait ramenée et un éclair rebondit en elle.

Elle fixa le texte des yeux, pensant à la façon dont il était entré dans le bar la veille au soir et dont il les avait toutes fait sortir sans poser de questions. Était-ce la façon de faire des Whiskey ? Ou était-ce juste la façon de faire de Bullet ? Et si elle n'avait pas été pompette ? L'aurait-il laissé retourner chez elle toute seule ?

Aurais-je voulu qu'il le fasse ?

Elle ajouta son nom à ses contacts, puis s'attaqua à la préparation des biscuits. Elle mélangea et pétrit, roula et coupa, créant des douzaines de motos, de vestes en cuir et de bottes. Elle avait hâte de voir les visages des clients quand ils goûteraient sa recette spéciale. *Oui, j'espère que c'est aux clients qu'ils vont plaire. Pas à Bullet. Non. Pas à lui.*

C'est ça ! Je ne peux même pas me mentir à moi-même !

Pendant que les biscuits cuisaient, elle chercha des appareils électroménagers en ligne, comparant les prix, les tailles et les garanties. Elle appela les entreprises et négocia des remises pour ses trois choix principaux, imprima les fiches techniques et les mit dans un classeur avec le budget que Dixie et elle avaient établi. Toutes deux discuteraient des rénovations de la cuisine lors d'une nouvelle réunion le vendredi matin.

Quand les biscuits eurent refroidi, elle prit son temps pour les décorer, copiant des images d'Internet pour définir les parties d'une moto, depuis les sièges jusqu'aux réservoirs (elle ignorait qu'il s'agissait du gros truc devant le siège) en passant par les rayons des roues et les garde-boue. Tandis qu'elle étudiait et qu'elle copiait, elle apprit où se trouvaient les amortisseurs et d'autres parties mécaniques, notant mentalement d'essayer de faire de plus grands biscuits en forme de moto pour pouvoir inclure ces détails. Elle utilisa du glaçage noir sur les biscuits en forme de veste et de botte, ajouta des fermetures argentées aux vestes et aux semelles des bottes en cuir. Elle écrivit Whiskey's ou WB's sur chacun d'entre eux et prépara un biscuit spécial pour Bullet. Puis elle les plaça délicatement sur ses plateaux roses de traiteur, les emballa et ajouta ses rubans roses habituels où était imprimé « Finlay's ». Elle enfila une jolie robe couleur corail et, parce que Penny pouvait avoir raison, elle mit ses bottes en cuir marron qui lui arrivaient au genou.

Elle rangea ses classeurs et son téléphone dans son sac et le passa sur son épaule, jetant un dernier coup d'œil à son salon. Son regard s'arrêta sur un post-it jaune sur son calendrier. Elle prit ce dernier sur la table basse, riant et secouant la tête tandis qu'elle lisait ce qui ne pouvait être qu'un mot de Bullet, écrit à l'encre rouge et collé sur le vendredi suivant. *C'est à ce moment-là que tu auras besoin de moi.*

Elle hésita entre sourire et se faire un sang d'encre sur tout le trajet jusqu'au glacier de Penny. Lorsqu'elle arriva, elle en était à l'étape du sourire. Elle passa la porte et les cloches sonnèrent au-dessus d'elle. Il fallut moins de trente secondes à sa sœur pour dire :

— Mince alors ! Soit tu as couché, sois tu es sur le point de le faire.

Penny regarda sa montre.

— Il est cinq heures trente. Je dirais que tu es sur le point de le faire.

Finlay plissa le nez.

— Tu embrasses ta mère avec cette bouche ?

Elle lui tendit le sac de biscuits.

— Maman est trop loin pour que je l'embrasse, mais je fais beaucoup de cochonneries avec ma bouche.

Elle tira la langue et la remua. Leur mère avait déménagé au Montana deux ans auparavant et s'était remariée depuis.

— Beurk ! Pen !

Penny jeta un œil dans le sac et inhala.

— Ah, des sucreries ! Je suis tellement ravie que tu sois de retour !

— Tu gères un glacier. Tu peux avoir du sucre quand tu veux.

Penny lui donna un coup de hanche et dit :

— Mais pas de biscuits faits avec amour par ma sœur préférée. Maintenant, parlons de sexe.

— Hors de question. Je suis juste heureuse, c'est tout.

— Parce que… ?

Finlay ne savait pas exactement ce que Bullet sous-entendait en supposant qu'elle aurait *besoin de lui* le vendredi, mais elle savait que si elle racontait quoi que ce soit à Penny, elle la pousserait à *explorer*, par conséquent, elle dit plutôt :

— Même si ça me fait paniquer, c'est plus facile en sachant qu'il sait que je l'ai considéré comme autre chose qu'un mec insistant.

— Tu as toujours adoré communiquer ouvertement. Tu tiens ça de papa. Tu te souviens de ce qu'il nous disait quand nous sortions et que nous lui donnions des réponses vagues sur l'endroit où nous allions ?

— *Comment je peux vous protéger si je ne sais pas où vous allez ?* dirent-elles toutes les deux en même temps.

— Il me manque, dit Penny. Je crois qu'il aimerait savoir que nous sommes toutes les deux ici, à Peaceful Harbor, et que nous allons bien.

— Il le sait.

Finlay la prit dans ses bras. Elle avait toujours cru que son père veillait sur elles. Elles avaient été proches de leurs parents et quand leur mère avait déménagé parce que les souvenirs de leur père lui rendaient la vie trop difficile à Peaceful Harbor, Penny et elle avaient compris. Et quand elle était tombée amoureuse d'un autre homme, elles avaient été heureuses pour elle. Même si aucune d'elles ne pensait que leur mère puisse un jour aimer quelqu'un comme elle avait aimé leur père. Il était drôle, aimant et il avait travaillé dur pour subvenir aux besoins de leur famille. C'était l'une des personnes qui travaillaient le plus dur à la centrale électrique.

— Je dois partir. J'ai beaucoup à faire, aujourd'hui, dit Finlay en se dirigeant vers la porte. Je dois commencer la planification du menu !

— Amusant. Assure-toi juste qu'il y ait de la place pour le dessert sur ton menu.

Penny lui fit un clin d'œil. Tandis que Finlay passait la porte, elle cria :

— Ça veut dire coucher !

Son aînée se retourna, mortifiée que la femme qui passait par là ait entendu ce que sa sœur avait dit.

— Penelope Anne !

Elle adressa un regard noir à Penny.

Celle-ci poussa ses hanches en avant tout en tirant ses bras en arrière et feignit d'être en train d'avoir un orgasme.

Super ! Maintenant, elle pensait à Bullet *et* au sexe.

Tandis qu'elle conduisait vers le bar, elle ne put s'empêcher de se demander comment Bullet, qui n'était que puissance et propulsion, serait au lit. *C'est une Bullet machine.* Son estomac palpita et son pouls accéléra. *Non, non, non !* Elle essaya de penser au travail, aux biscuits, aux voitures sur la route. À n'importe quoi d'autre que Bullet. Mais ses yeux séduisants et exigeants la rongeaient. Et maintenant, grâce à Penny, le *reste* de son corps aussi.

Je veux te voir sans ton T-shirt... Je sais que j'ai envie de te voir n...

Un frisson traversa sa colonne vertébrale.

Ça ne peut pas arriver.

La voix rauque de Bullet se glissa dans son esprit. *Ne lutte pas, Finlay. Tu sais que tu veux m'emmener faire un tour.*

Elle mit la main sous l'emballage qui recouvrait les biscuits, en prit un en forme de moto et le fourra dans sa bouche. *Cent trente kilos, me voilà.*

BULLET FIT GLISSER un verre de bière sur le bar en direction de Lance « Crow » Burke, l'un des Dark Knights. Sa famille possédait l'entreprise de matériel et de rénovation de maisons Mid-Harbor et Bullet le connaissait depuis qu'ils étaient petits. Il avait des cheveux noirs et des traits anguleux, presque trop, comme ceux d'un mannequin, d'où son nom de motard, Crow. Lui demander de venir pour parler avait été une arme à double tranchant pour Bullet étant donné que Crow avait la réputation d'être un tombeur et qu'il avait toujours eu un faible pour Dixie. Dixie et leur mère, Red, faisaient le service ce soir-là, ce que l'homme appréciait beaucoup trop.

— Concernant ce projet dont je t'ai parlé, dit Bullet pour détourner son attention de sa sœur.

Il avait espéré que Finlay viendrait à un moment ou à un

autre, mais soit il l'avait énervée, soit elle était en train de dormir pour faire passer sa gueule de bois, car il n'avait pas eu de nouvelles d'elle. Mais cela ne l'avait pas empêché de penser à elle à chaque fichue seconde de la journée.

— La cuisine, non ?

Il but une gorgée de sa bière.

— Dixie en a parlé il y a quelques semaines.

Il jeta à nouveau un œil à celle-ci par-dessus son épaule avant de se retourner vers Bullet.

— Elle a dit que vous faisiez des rénovations dans la cuisine, mais elle n'était pas sûre de savoir de quoi tu aurais besoin. Elle a aussi dit de ne rien faire sans *lui* en parler.

— Elle est occupée, dit Bullet.

Il avait accepté de laisser Dixie gérer les rénovations, les embauches, tout le tralala, mais après avoir vu Finlay mesurer et aller aussi vite, il voulait s'assurer que les choses seraient faites sans retarder ses plans.

— Quand même, Bullet. Tu es une force à ne pas négliger, mais celle-là ?

Il jeta de nouveau un œil à Dixie et siffla.

— Je ne suis pas assez bête pour m'opposer au feu qu'elle a dans le ventre.

Bullet posa ses deux mains à plat sur le bar et se pencha au-dessus, se mettant bien en face de Crow.

— Ne pense pas aux parties de son corps, compris ?

Crow rit et but une autre gorgée.

Dixie s'approcha à grands pas du bar.

— Bullet, il me faut deux whiskys-citron, une Heiny et une Coors.

Elle posa sa main sur sa hanche et ses traits s'adoucirent lorsqu'elle se tourna vers Crow.

— Salut, toi. Tu as pensé aux rénovations dont je t'ai parlé ?

Le sourire admiratif de Crow fit presque l'effet d'une gifle à Bullet.

— Tu sais que je pense toujours à tes propositions.

Dixie leva les yeux au ciel.

— Ça suffit, Crow, le prévint Bullet.

L'homme sortit quelque chose de sa poche arrière et le tendit à Dixie.

— Tout est là, bébé. Tout ce que tu as demandé. Les prix, les délais.

Tandis qu'il levait sa bière jusqu'à ses lèvres, il regarda Bullet, comme pour lui dire « *Calme-toi. Je suis sur une corde raide et tu n'as aucune raison de me tabasser.* »

Bullet aplanit le sourire suffisant sur son visage avec un regard noir avant de tourner son attention sur la préparation de la commande de boissons de Dixie. Il voulait voir cette satanée liste, mais à dire vrai, c'était à sa sœur de gérer cette partie. Il n'avait pas besoin de l'énerver plus qu'il ne l'avait déjà fait.

— Bon sang, vous deux ! Arrêtez les conneries, dit-elle avant de s'éloigner à grands pas pour s'occuper d'un autre client.

Protéger sa famille était un travail à plein temps, mais Bullet était doué pour ça, même si cela les agaçait. Il ne pouvait rien faire si Dixie portait des jeans moulants, des minishorts, des mini-jupes, des demi-T-shirts ou des T-shirts moulants et des bottes qui excitaient tous les mecs, mais il pouvait tirer sur les laisses de ces types quand ils avaient besoin d'être ramenés dans les rangs.

Il prépara plusieurs commandes de boissons, discuta avec les clients habituels, parla de tout et de rien avec Crow tout en surveillant la porte d'entrée au cas où Finlay viendrait.

— J'ai entendu dire que la sœur de Penny vous aidait à

arranger la cuisine, dit Crow. Elle est comment ?

Comme par enchantement, Finlay entra à reculons dans le bar avec l'une de ses courtes robes sexy, portant une sorte de plateau sur chaque bras avec un grand sac par-dessus son épaule.

— C'est qui, *ça* ?

Le regard de Crow s'enflamma tandis qu'il se délectait d'elle.

— Remets tes yeux dans ta tête. C'est Finlay.

Bullet fit le tour du bar tandis qu'elle tournoyait presque, sa robe virevoltant autour de ses cuisses. Elle faillit lui rentrer dedans. Il agrippa les plateaux pour les empêcher de lui tomber des mains.

Tous les regards de ce fichu bar étaient tournés vers elle, y compris les siens.

— Wouah !

Elle sourit à Bullet.

— Désolée. Je ne t'avais pas vu.

Ses yeux brillaient de bonheur et il se sentit plonger en eux. Il se concentra sur les plateaux pour ne pas se ridiculiser.

— Qu'est-ce que c'est que tout ça ?

— Des biscuits, dit-elle joyeusement en le contournant et en lui prenant un plateau des mains.

Elle le posa sur le bar, puis se retourna pour attraper l'autre, le plaçant à côté du premier. Elle laissa son sac sur le tabouret à côté de Crow et commença à en sortir des choses : des serviettes et des assiettes roses sur lesquelles était écrit « Finlay's » en lettres rondes et blanches et au moins une douzaine de petits cahiers roses avec le même logo sur la partie supérieure.

— Que se passe-t-il, Lollipop ? demanda Bullet tandis qu'elle défaisait un ruban rose autour de l'un des plateaux.

Elle le surprit en s'approchant de lui et lui fit signe de se pencher. L'odeur de vanille et de sucre chauds s'infiltra sous la peau de Bullet, et elle ne venait *pas* des biscuits.

— Je sais qu'il faut que je me sente à l'aise ici et je dois aussi apprendre à connaître tes clients pour établir le meilleur menu possible pour eux. Les biscuits brisent très bien la glace.

Elle prit du plateau quelque chose enveloppé dans du papier de soie et le lui tendit.

— Celui-là est pour toi. J'espère que tu vas l'adorer ! Sinon ce n'est pas grave. J'ai la peau dure.

Elle se retourna sur les talons de ses bottes sacrément sexy et déambula entre les tables, distribuant ses friandises.

Il n'y avait rien de *dur* chez Finlay Wilson. Les muscles du cou de Bullet se nouèrent tandis qu'elle voletait de table en table, souriant et discutant, touchant les bras et les épaules de chaque client tandis qu'elle se penchait près d'eux pour écouter tout ce qu'ils lui disaient. Les hommes dévoraient son attention. Les plus calmes devinrent des moulins à paroles, les salauds la lorgnèrent sans pudeur et elle se lia d'amitié avec les femmes. Les poings de Bullet se serrèrent, s'arrêtant juste avant d'écraser le cadeau qu'elle lui avait offert.

Il n'avait pas le temps pour les cadeaux. Il devait tracer des lignes très sombres dans le sable. Bon sang, il lui fallait une satanée pelleteuse !

Il traversa la pièce à grands pas, les yeux rivés sur Finlay. *Sa* Finlay. Oui, il avait beau n'avoir aucun droit de la réclamer, il s'en fichait. Dans sa tête, elle lui appartenait déjà, qu'elle le sache ou pas. Il contourna une table et Red sortit de nulle part, lui interdisant le passage.

Debout juste devant lui dans un T-shirt noir du Whiskey's, un jean noir et un sourire qui disait « Je t'aime, mais… », elle enroula sa main autour de son bras et dit :

— Viens, mon ange.

Sa mère ne les appelait jamais par leurs noms de motards. Lorsqu'elle avait couru après quatre enfants sauvages, il était probablement plus facile d'utiliser des noms affectueux qui tombaient encore de ses lèvres si facilement : *mon ange, bébé, chéri*. Les rares fois où elle utilisait leurs prénoms, elle était sérieuse.

Elle fit un pas vers le bar, mais les bottes de Bullet étaient ancrées dans le sol. Son regard se tourna brusquement vers Finlay, qui se tenait à présent à côté des tables de billard, parlant avec deux types tout en leur tendant une assiette en carton contenant des biscuits.

Satanés biscuits !

Sa mère soupira, l'inquiétude s'installant dans ses yeux tandis qu'elle lui tapotait le bras.

— Brandon Whiskey, fais-moi confiance. Tu ne veux *pas* faire ce que tu as l'intention de faire.

— *Red*, dit-il, sachant que quand sa mère avait une idée en tête, comme eux tous, il était impossible de l'en dissuader.

Ils l'appelaient Red depuis qu'ils étaient petits, quand Bear avait entendu ses amies l'appeler par son nom, Wren, et avait pensé qu'elles avaient dit « Red ». Le surnom était resté.

— Viens avec moi, bébé. On va discuter un peu.

Il essaya de s'éclaircir la gorge, mais cela ressembla plus à un grognement et elle rit.

— Eh bien, ça, c'est *nouveau* !

Elle l'éloigna des tables, mais il maintint les yeux rivés sur Finlay.

— Regarde par ici, bébé.

Il croisa son regard amusé.

— Je pensais que tes frères étaient fous quand ils ont dit que tu avais un faible pour Finlay au mariage de Tru et Gemma.

Clairement, j'ai été lente à la détente.

— Où tu veux en venir ?

— Je veux en venir au fait que – elle leva la main de Bullet tenant le cadeau enveloppé dans du papier de soie que Finlay lui avait offert – cette jolie petite chose là-bas n'est pas une motarde. Tu ne peux pas entrer dans son cœur par la force ou effrayer tous les hommes qui la regardent en espérant qu'elle ne verra que toi.

— Je peux essayer.

Il ne plaisantait qu'à moitié.

— Oui, et tu la feras s'éloigner plus vite que tu ne peux ramper pour la récupérer.

Il caressa sa barbe, réfléchissant à ce qu'elle était en train de dire et détestant chaque mot.

— Je ne vais pas renoncer à elle.

— J'ai dit que c'était ce que tu devrais faire ?

Elle haussa un fin sourcil roux.

— Je ne suis pas sûre que tu le pourrais même si tu le voulais. J'ai attendu toute ma vie de voir ce feu dans tes yeux.

— Tu dis toujours que je suis né avec du feu dans les yeux.

— Et c'est le cas. Le feu avec lequel tu es né a fait de toi l'homme que tu es.

Elle jeta un regard en direction de Finlay, puis ses yeux verts de mère se tournèrent à nouveau vers lui.

— Mais ce feu-là va faire de toi l'homme que tu es censé être.

Elle marqua une pause, comme si elle voulait qu'il intègre ses mots, ce qui fut le cas.

Il les intégra jusqu'à la moelle.

Elle sourit et dit :

— Ne poursuis pas la femme qui te plaît avec tes muscles,

bébé. Poursuis-la avec ton cœur. C'est ce qui te différencie le plus et le mieux de tous les autres gros durs.

Il la regarda s'éloigner pour s'occuper d'un autre client et il se demanda pourquoi les femmes devaient toujours parler de manière énigmatique. Bordel ! Qu'est-ce que ça signifiait, la poursuivre avec son cœur ? Il jeta un regard en direction de Finlay, qui tendait le bras par-dessus une table, lui donnant ainsi une vue parfaite de ses fesses. Son sexe frémit. *Calme-toi, bordel ! Tu n'es pas mon fichu cœur.*

Tandis qu'il allait derrière le bar, Jed entra pour son service et prit un biscuit.

— Ils sont super.

Jed passa son avant-bras sur sa bouche. Ses épais cheveux blonds tombèrent devant ses yeux. Il était difficile d'imaginer que Crystal et lui étaient frère et sœur, avec les cheveux noir de jais de celle-ci.

Jed avait des antécédents de vol, mais Bullet en avait récemment appris davantage sur le passé douloureux de la fratrie qui avait mené le jeune homme à faire ce qu'il avait dû pour aider sa famille et qui avait provoqué la transformation complète de sa sœur.

Bullet reprit conscience du cadeau dans sa main droite.

— Tu n'es pas obligé de travailler, ce soir.

— Hors de question, mec ! Je suis censé travailler et il y a du monde.

— Changement d'emploi du temps. Il faut que tu travailles vendredi soir. Ça te va ?

S'il te plaît, dis que ça va, putain !

— Sérieusement ? Je t'ai dit que je travaillerais quand tu aurais besoin de moi. Je peux rester ce soir aussi, si tu veux.

— Non. Va t'amuser un peu. Mais ne t'attire pas d'ennuis.

Et merci pour vendredi.

Jed mit sa veste en cuir et donna une tape sur l'épaule de Bullet.

— Merci pour ce soir. Maintenant, je peux retrouver Quincy et aller à un feu de camp sur la plage.

Il prit un autre biscuit du plateau presque vide en sortant.

Quincy était le frère cadet de Truman et le colocataire de Jed. Il avait aussi eu une éducation pourrie. Malheureusement, il avait suivi les traces de sa mère le long d'un chemin infesté de drogue. Mais il ne consommait plus à présent et il était sur une route sûre et saine. Et Bullet ferait tout ce qui était en son pouvoir pour s'assurer qu'il en soit ainsi.

Une commande de boissons fut passée quand Jed s'en alla. Bullet posa le cadeau enveloppé de papier de soie sur le comptoir derrière lui et s'occupa des clients. Finlay était encore en train d'accomplir sa mission inspirée par les biscuits, allant d'un client à l'autre, mais à présent, elle distribuait des petits cahiers et de minuscules crayons roses, demandant aux gens de noter leurs plats de bar préférés. Elle posa un bol au milieu de chaque table pour que chacun y dépose ses suggestions. De cerf surpris par des phares, elle était devenue le conducteur qui maîtrise le volant en un clin d'œil. Sa confiance en elle et sa détermination étaient aussi excitantes que son innocence et sa beauté.

Dès qu'il y eut une pause dans les commandes, Bullet tourna le dos au bar et ouvrit le papier de soie, révélant un biscuit qui lui ressemblait sacrément, depuis sa barbe et ses tatouages jusqu'à ses bottes en cuir noir. Alors qu'elle avait écrit Whiskey's ou WB's sur tous les autres biscuits, le sien disait « Bullet Machine ».

CHAPITRE CINQ

LE LENDEMAIN MATIN, Finlay entra dans le Whiskey's. Le bar n'ouvrirait pas avant quelques heures et elle savait qu'elle aurait un peu de temps seule pour passer en revue les suggestions des clients de la veille avant sa réunion avec Dixie pour parler de l'électroménager. Elle arrivait à peine à croire qu'elle avait réussi à connaître autant de clients sans être une boule de nerfs. Mais Bullet s'était occupé de cela quand elle était entrée et qu'elle l'avait presque percuté. Après qu'elle lui avait révélé toutes les pensées secrètes qu'elle avait eues à propos de lui, *lui* faire ça avait été ce qui l'avait rendue le plus nerveuse. Et pour une raison ou une autre, après qu'elle l'avait presque renversé quand elle était arrivée, il était resté à distance le reste de la soirée. Quand elle avait rassemblé ses affaires pour partir, il était occupé avec des clients et elle s'était glissée par la porte d'entrée sans aucune confrontation.

À présent, assise au bar, passant au crible les suggestions de menu des clients, son esprit retourna à la nuit où Bullet l'avait portée jusqu'à sa chambre. Il n'avait jamais répondu à ses questions à propos des raisons pour lesquelles il était aussi bourru ou pour lesquelles il était venu les chercher. Dixie lui avait dit qu'après les avoir toutes déposées le mercredi soir, Bullet était passé prendre Bear et l'avait emmené récupérer la voiture de Crystal. Elle trouvait curieux qu'il soit toujours prêt à tout lâcher pour sa famille. N'avait-il pas de vie sociale ? Elle avait supposé qu'il était sur sa moto tout le temps, draguant des filles et faisant Dieu sait quoi. Mais il était complètement sobre chaque fois qu'elle l'avait vu, y compris quand elle l'avait rencontré au mariage, elle ne pouvait en dire autant d'elle-même au cours des dernières quarante-huit heures.

Elle déplia un morceau de papier et lut une autre suggestion de client. *Plus de biscuits et des ailes de poulet.* Elle sourit, ravie de la réponse. Elle trouva plusieurs autres demandes de biscuits, ainsi que des sandwiches, des burgers, des salades – ce qui la surprit – et tout un tas d'autres plats faciles à préparer. Elle se demanda ce que Bullet avait pensé de son biscuit. Avait-il remarqué qu'il était différent des autres ? Cela avait-il de l'importance pour lui ? Elle pensa au mot qu'il avait collé à la date du jour sur le calendrier. *C'est à ce moment-là que tu auras besoin de moi.* Qu'est-ce que ça signifiait ?

Qu'est-ce que je veux que ça signifie ?

Elle n'était pas prête à répondre à cette question, elle la mit donc de côté et passa en revue plus d'une centaine de suggestions. Quand Bullet franchit la porte de la cuisine, elle était tellement concentrée qu'elle sursauta, faisant tomber une poignée de morceaux de papier par terre. Elle posa sa main sur sa poitrine, comme si cela pouvait aider à calmer son cœur, qui battait à toute vitesse.

— Bon sang, Bullet ! Tu m'as fait peur. Comment tu es entré dans la cuisine sans que je te voie passer ?

Il ne portait pas sa veste en cuir et il semblait encore plus imposant ainsi. Son T-shirt noir délavé moulait son corps, révélant chacun des muscles de son torse. Il y avait un trou dans son épaule gauche et les bouts de ses manches étaient effilochés.

Sur qui que ce soit d'autre, cela aurait semblé miteux, mais sur Bullet, cela semblait *parfait*. Son jean sombre était délavé et presque complètement usé au niveau des cuisses, comme un vieux pantalon préféré, et ses bottes en cuir noires et éraflées lui donnaient un côté osé… Et *sexy*.

— La porte du fond, dit-il, la faisant sortir de son inspection secrète.

En trois grands pas, il fut debout devant elle, son regard enivrant faisant battre le cœur de Finlay encore plus fort.

— Pourquoi tu me regardes comme ça ?

Les yeux de Bullet tressaillirent, mais il ne dit pas un mot. Il se contenta de scruter le cahier de Finlay, où elle avait écrit les suggestions de menu, de regarder son sac et les autres effets personnels qu'elle avait étalés sur le bar, puis de baisser les yeux vers les morceaux de papier qui se trouvaient par terre. Lorsqu'il revint sur elle, il plongea profondément dans ses yeux, comme s'il cherchait quelque chose. L'intensité de son regard lui coupa le souffle.

— Tu te souviens de ce qui s'est passé il y a deux soirs ? demanda-t-il.

Il aurait été tellement simple de dire qu'elle ne s'en souvenait pas, mais aucune partie d'elle ne voulait lui mentir.

— Bien sûr. Je t'ai dit que je n'étais pas ivre.

Elle posa le stylo qu'elle tenait et croisa les bras, ayant besoin d'une barrière entre eux, car plus il la fixait, plus elle était intriguée.

— Tu te souviens de tout ?

Il posa une main sur le bar, l'autre sur l'accoudoir du tabouret, l'emprisonnant.

— L'indiscrétion fait couler des navires.

Soutenant son regard, elle dit :

— Il n'y a pas de navire à couler. Je me souviens de chaque mot.

— Dans ce cas, nous sommes sur la même longueur d'onde, dit-il d'une voix grave et rauque.

Une voix qui ressemblait à celle qu'on avait après l'amour.

Elle déglutit difficilement, se souvenant de la dernière chose qu'il lui avait dite le mercredi soir. *Pour information… Je veux te voir nue aussi.*

— Tu sais que tu veux sortir avec moi, Finlay.

Sa main glissa le long du dos de celle-ci, et bon Dieu, son corps s'enflamma immédiatement comme une torche.

— Ne lutte pas, Lollipop. Ce soir, c'est notre soir.

La tête lui tourna, pleine de pensées, de désirs, d'*inquiétudes*. Elle descendit du tabouret et se mit sur pied, ayant besoin de la distraction de faire les cent pas, mais il l'empêcha de passer, se dressant devant elle. Sa proximité affaiblissait ses genoux.

Les traits de Bullet s'adoucirent et alors même qu'elle commençait à reprendre son souffle, elle se souvint de la façon dont toute son attitude avait changé en un instant quand il l'avait tenue dans ses bras, lorsqu'elle s'était retrouvée face à face avec Tinkerbell. *Je te tiens, Lollipop.* Tu parles de reprendre son souffle !

— Tu veux sortir avec moi, Finlay ? Ou tu es en train de jouer ?

—Je ne sais pas, dit-elle honnêtement, levant les mains, frustrée par sa propre confusion. Oui… Attends, *non. Oui…*

Il inclina la tête d'un air perplexe.

—Je suis désolée ! Je suis vraiment perdue. Tu m'embrouilles. Ou plutôt, tu m'embrouilles depuis le mariage. Mais ce n'est pas ta faute. Et maintenant, je divague, mais je veux être honnête avec toi. En réalité, je suis *curieuse* à ton sujet.

Peut-être plus que curieuse, dit-elle, le contournant pour pouvoir faire les cent pas. Mais je ne sais pas ce que tu attends des femmes et je ne sais rien de ton mode de vie de motard. Je ne pense pas que je puisse être la copine d'un motard. Mais je ne sais pas *vraiment*. Ce que je sais, c'est que je ne suis probablement pas comme les femmes auxquelles tu es habitué et les motos me font peur. Et parfois, tu me fais peur. Pas *toi*, toi, mais l'idée de toi, parce que je ne suis pas sûre de savoir qui *tu* es vraiment. Mais tu m'excites aussi, ce qui rend tout ça encore plus déroutant.

Un lent sourire s'afficha sur le visage de Bullet.

— Tu vois ? Ce sourire me retourne complètement l'estomac.

— Tu peux croire que je suis fou, mais je pense que c'est une bonne chose, Fins.

Le terme affectueux lui faisait aussi *palpiter* les entrailles. Mais rien de tout cela n'était à la hauteur des inquiétudes qui gonflaient en elle à cet instant, tandis que le gardien imposant et sûr de lui qui prenait soin de tout le monde la regardait comme s'il était suspendu à ses lèvres, et la vérité sortit d'elle.

— Je n'ai pas été avec beaucoup d'hommes, et comme je l'ai dit, je ne sais pas à quoi tu t'attends. Tu es plein de puissance et – elle essaya d'utiliser ses mains pour souligner ses pensées, mais elle finit par avoir l'air d'imiter un ours qui sort ses griffes – de *sexualité*, comme si tu étais prêt à fondre sur moi et à me dévorer. Mais je ne suis pas sûre de pouvoir supporter d'être dévorée, car ça fait tellement longtemps que je n'ai pas embrassé un mec que je pourrais avoir…

Il avança aussi lentement que possible et posa une main sur sa hanche. Elle fut subjuguée par sa douce approche et par le contact de sa main tandis qu'il caressait ses cheveux sur son épaule, soutenant son regard avec tant d'intensité qu'elle ne pouvait pas parler. La main de Bullet glissa doucement sur la nuque de Finlay, puis dans ses cheveux, jusqu'à ce que ses longs doigts tiennent tendrement l'arrière de sa tête. Son autre bras entoura sa taille, la tenant contre lui.

— Oublié comment… murmura-t-elle.

Il lui donna beaucoup de temps pour s'écarter, pour lui dire *non*, mais Finlay resta sans voix à cause des battements de son cœur, du désir dans sa tête. Tandis qu'il inclinait son visage vers le sien, elle se mit sur la pointe des pieds, se préparant à un baiser féroce et possessif. Mais sa bouche se posa délicatement sur la sienne, avalant un soupir haletant. Ses lèvres étaient chaudes et douces, ses mains dures et torrides, et son corps n'était plus que tremblements. Sa barbe lui gratta les joues, envoyant des tourbillons de désir au plus profond de son être. Il la serra plus fort contre lui, tourna sa tête et l'embrassa avec plus d'intensité. Il passa la langue sur ses lèvres et elle succomba à sa séduction magistrale. Tout le corps de Bullet palpitait contre le sien, faisant ressortir une vague de désir d'un endroit oublié en elle. Il approfondit le baiser, goûtant chaque coin et recoin de sa bouche. Un son enivrant sortit de l'arrière de sa gorge. Et oh, comme elle aimait ça ! Elle n'avait jamais été embrassée aussi fort, elle n'avait jamais été désirée aussi désespérément. Elle n'avait jamais imaginé qu'un homme qui était l'action incarnée pouvait maîtriser ce pouvoir et le livrer dans une passion aussi dévorante. Elle ne put s'empêcher de se lever davantage sur la pointe des pieds, s'agrippant à ses épaules, essayant de goûter davantage son désir doux et immoral. Il était dans le même état qu'elle, agrippant sa taille tandis qu'il la soulevait, la serrant contre son corps dur, les jambes de Finlay pendant au-dessus du sol tandis qu'il l'embrassait à lui en couper la respiration.

Elle était tellement perdue dans le glissement de leurs langues, dans son goût purement masculin, absolument unique que le temps cessa d'exister. Ils auraient pu s'embrasser pendant des heures, voire des jours. Quand les pieds de Finlay touchèrent à nouveau le sol, ses jambes branlantes refusèrent de fonctionner. Mais cela n'était pas nécessaire. Bullet la tenait encore fermement, l'embrassant avec plus de douceur à présent, sa barbe rêche suivant ses lèvres sur la mâchoire de Finlay, jusqu'à son oreille.

Sa respiration chaude pénétra sa peau tandis qu'il murmurait :

— Je crois que tu te souviens très bien de la façon d'embrasser. Sors avec moi, Lollipop. Tu n'as pas besoin d'être une petite amie de motard. Sois juste *ma* petite amie.

— OK, lâcha-t-elle, haletante et embarrassée.

— *Super*, Lollipop, dit-il plus fort.

Elle était étourdie par son exclamation quand sa bouche s'écrasa brutalement sur la sienne, avec toute la férocité et la ferveur pour laquelle elle s'était préparée plus tôt. Les baisers lents et sensuels dont il l'avait couverte précédemment avaient disparu, remplacés par une agressivité, un enthousiasme qu'elle sentit de la tête aux pieds et dans chaque centimètre d'elle.

Devaient-ils vraiment finir leur travail ? Devaient-ils *un jour* quitter cet endroit ? Ne pouvait-elle pas rester dans ses bras, être emmenée au septième ciel par ses baisers, pour toujours ? Elle ne savait pas qu'un baiser pouvait être aussi intense et électrique, et doux et enchanteur à la fois. Même ses fantasmes n'arrivaient pas à la hauteur de la puissance fruste des baisers de Bullet.

Lorsqu'ils reprirent leur respiration, elle n'était plus qu'une loque sans énergie et pleine de désir.

Comment était-elle censée parler après ce baiser ? Elle se

cramponnait encore à son T-shirt. Elle ne se rappelait même pas l'avoir agrippé et pour une raison ou pour une autre, elle ne parvenait pas à dérouler ses doigts. Un rire nerveux sortit de ses lèvres. Bon sang, il l'avait embrassée à lui en faire perdre la tête !

Elle posa son front sur la jointure de la cage thoracique de Bullet. Les grandes mains de celui-ci s'appuyèrent sur les joues de Finlay et il inclina sa tête vers la sienne, ce qui la fit rire davantage.

— Je suis désolée, parvint-elle à dire. C'était un baiser plutôt incroyable. Comment je vais travailler et fonctionner après ça ?

S'il pouvait lui faire perdre la tête avec des baisers, que se passerait-il s'il la touchait ? Quand *elle* le toucherait, *lui* ? Oh, bon sang, comme elle avait *envie* de le découvrir !

— Le travail peut attendre.

Ses yeux étaient noirs comme le charbon et sa voix, épaissie par le désir, la faisait sortir de son fantasme. Elle baissa les yeux, se concentrant sur le trou dans son T-shirt plutôt que sur son regard, se rappelant qu'elle n'était pas l'une de ces filles qui perdaient la tête pour les hommes. Mais elle ne parvint pas à s'empêcher de lui jeter un autre coup d'œil et les lèvres de Bullet s'étirèrent en un sourire coquin, ce qui fit tourbillonner fermement le désir torride dans le bas du ventre de Finlay.

D'accord, peut-être que je suis une de ces filles qui perdent la tête pour… Bullet. Était-ce vraiment mal ?

Non, décida-t-elle. *Ce n'était pas mal. C'était très, très bien.*

— Tout va bien ? On joue maintenant et on travaille plus tard ?

Il le dit avec un ton taquin dans la voix et elle en était ravie, car sa personnalité sûre d'elle et sainte nitouche habituelle semblait avoir quitté les lieux, laissant à sa place une femme désireuse, excitée et souhaitant être vilaine.

— Oui, tout va bien, mais non, nous n'allons pas « jouer ». Tu m'emmènes à un vrai rendez-vous ce soir, tu te rappelles ? J'ai beau avoir perdu la tête pendant quelques minutes, je ne suis pas le genre de fille qui embrasse quelqu'un et qui se jette dans son lit ensuite. De plus, Dixie va arriver sous peu pour passer en revue les plans de rénovation. Et j'ai des choses à te montrer aussi.

Son regard s'enflamma et elle lui frappa le bras.

— Pas ce genre de choses ! Bon sang, Bullet ! Quelques baisers torrides et tu penses que c'est un feu vert et que tu peux remporter le trophée ?

— Il s'avère que j'aime les feux verts et les trophées.

Pourquoi elle trouvait que tout ce qu'il disait était excitant, à présent, et non pas déplacé ?

Parce que maintenant, je sais à quel point ce qui est déplacé peut être amusant.

— Calme-toi, *Brutus*. Nous avons du travail.

Elle fit un pas vers le tabouret et se retourna, le voyant à présent sous un autre angle. Un angle moins critique et plus doux. Elle se mit sur la pointe des pieds, posa ses mains sur ses pectoraux durs et embrassa le tatouage de serpent dans son cou, ne parvenant pas à aller plus haut. Sans un mot, elle se rassit sur le tabouret, étrangement calme et concentrée pour la première fois depuis des jours.

FINLAY SE PENCHA au-dessus d'un tas de documents tout en expliquant à Dixie les différences techniques entre plusieurs appareils électroménagers qu'elle considérait comme « ce qu'il y avait de mieux pour son budget ». Elle semblait avoir une liste mentale qu'elle cochait à chaque fois qu'elle donnait un argument et elle lui expliqua pourquoi il valait la peine de dépenser quelques milliers de dollars de plus pour une cuisinière à douze brûleurs plutôt que l'option à huit brûleurs. Même s'il était occupé à faire l'inventaire, Bullet fut attiré par son enthousiasme et par la passion dans sa voix pour quelque chose d'aussi ennuyeux que des appareils électroménagers. Plus elle donnait d'explications, plus il devenait clair qu'elle s'intéressait vraiment à l'avenir du bar de leur famille.

— D'après les suggestions des clients, dit-elle à Dixie, ils veulent principalement des amuse-gueules, comme des sand-wiches, des frites, des ailes de poulet, tu vois, la cuisine typique d'un *pub*. Mais ils ont aussi demandé assez de plats plus compliqués pour me faire penser que tu devrais rénover en vue de ce que le Whiskey's pourrait facilement devenir.

— Ça a du sens, mais ça dépasse beaucoup notre budget ? demanda Dixie.

Finlay fit glisser une feuille de calculs devant la jeune femme.

— Pas trop.

Dixie étudia les chiffres.

— Moins de sept mille dollars ? Ça ne me semble pas in-quiétant.

— Exactement, dit Finlay. Et avec l'augmentation des béné-fices venant de la cuisine, vous devriez les récupérer plutôt vite. Je suis ravie que tu sois d'accord pour engager deux cuisiniers et deux plongeurs, même si c'est à mi-temps, au cas où quelqu'un tomberait malade. J'ai quelques autres idées aussi. Je pense qu'une fois qu'on aura effectué quelques changements dans la décoration, vous devriez attirer une toute nouvelle clientèle.

L'enthousiasme de Bullet s'arrêta net.

— Des changements dans la décoration ?

— Juste quelques petites choses, expliqua Finlay. Comme retirer les vitres teintées des fenêtres et peut-être rendre la façade plus attrayante pour que ça ne ressemble pas autant à un tripot depuis la route. L'attrait de la façade fait beaucoup et avec un peu d'amour…

— Une seconde, ma jolie. Nous ne cherchons pas une nouvelle clientèle. Le Whiskey's est un bar de motards. Ça fait des générations que c'est un bar de motards et ça va le rester. Je croyais que Dixie t'avait parlé de tout ça.

— Je l'ai fait. Tu ne dois pas t'occuper d'un inventaire ? Finlay et moi pouvons gérer ça toutes seules.

Dixie adressa un regard noir à son frère.

— C'est bon, Dixie, dit-elle. Oui, Dixie m'en a parlé, mais tu ne veux pas que ce soit le genre d'établissement qui attire les gens ? Que les *nouveaux* motards de la région veulent venir voir ?

— Euh, pas vraiment ! dit Dixie. Ça peut être délicat, par ici.

— Que veux-tu dire ?

Bullet fit le tour du bar et expliqua :

— Le premier problème de ton idée, c'est que le Whiskey's n'est pas un *établissement*. C'est un *bar*. Un tripot. Un endroit où les mecs viennent après une longue journée de travail et parlent de tout et de rien, prennent quelques verres, jouent quelques parties de billard, couchent avec une fille sexy. Nous n'essayons pas d'être un endroit chic comme le *Whispers*. Et en ce qui concerne les nouveaux motards, bébé, tu dois apprendre comment fonctionne notre monde avant de faire ces propositions.

— Tu sais quoi ? Tu as absolument raison, dit Finlay avec enthousiasme.

Elle saisit un stylo et commença à prendre des notes.

— Je vais aller jeter un œil à d'autres bars de motards ici et dans les villes voisines. Ça me donnera des informations sur votre concurrence et je jetterai aussi un œil à leurs menus.

Bullet posa une main sur la sienne, l'empêchant de continuer à écrire des bêtises.

— Certainement pas.

Dixie lui adressa un regard noir.

Finlay libéra sa main d'un coup.

— Qu'est-ce qui ne va *pas* chez toi ? Premièrement, je ferai tout ce qui est nécessaire d'après moi, et deuxièmement, les études de marché sont importantes.

— Mettre tes jolies petites fesses en danger, c'est stupide. Nous avons toutes les études de marché qu'il faut juste ici, dans l'histoire du bar. Je me fiche complètement de ce que les autres font. Seul le nôtre m'intéresse et il ne va *pas* changer.

Finlay eut le souffle coupé, le choc montant dans ses yeux écarquillés.

— Le simple fait que j'ai accepté de sortir avec toi ne te donne pas le droit de me rabaisser et de me traiter de « stupide ». En réalité, ça me fait me demander où j'avais la tête.

Elle se leva, le choc dans son regard se transformant en douleur, ce qui transperça le cœur de Bullet.

— Tu as accepté de sortir avec Bullet ? demanda Dixie.

Finlay le regarda avec dédain.

— Oui, mais maintenant, je pense que c'était peut-être une erreur.

Les entrailles de Bullet se serrèrent.

— Certainement pas.

Il l'attira plus près de lui et se laissa tomber sur un tabouret, la plaçant entre ses jambes pour qu'ils soient face à face. Il comprit enfin ce que sa mère avait voulu dire quand elle avait dit « *Ne poursuis pas la femme qui te plaît avec tes muscles, bébé. Poursuis-la avec ton cœur.* » La dernière chose qu'il voulait, c'était faire du mal à Finlay, et c'était ce qu'il venait de faire. Il n'avait pas vraiment l'habitude de s'excuser. En réalité, il l'évitait à tout prix, vivant sa vie comme il le désirait sans que personne lui dise quoi faire ou comment se sentir. À présent, face à la douleur qu'il avait causée à Finlay, il ne voulait pas seulement s'excuser, il en avait besoin. Les cauchemars de l'époque où il était militaire ne seraient rien comparés à la terreur que ses yeux tristes lui infligeraient.

— Oh, mon Dieu ! murmura Dixie. Penny avait raison.

Bullet ignorait ce que Penny avait à voir avec tout cela et il n'avait pas l'intention de ralentir pour le découvrir. Il regrettait d'avoir blessé Finlay, même s'il soutenait sa déclaration.

— Je suis désolé, Finlay. Je ne disais pas que *tu* étais stupide. Je voulais dire que l'*idée* d'un ange comme toi allant dans des bars de motards n'était pas maligne parce que tu n'as pas la moindre idée du danger auquel tu t'exposerais.

— Eh bien, il faut que tu réfléchisses avant de parler !

Son regard s'adoucit légèrement, mais la douleur était encore palpable.

— À qui le dis-tu ! marmonna Dixie, et cette fois, Bullet lui jeta un regard noir.

— Je ne suis pas très doué pour ça, admit-il, mais je peux essayer de faire plus attention à la façon dont je dis les choses.

Cela sembla apaiser quelque peu la douleur de Finlay, mais il valait mieux pour lui qu'il tienne cet engagement.

— Merci, dit-elle avec plus de politesse qu'il ne le méritait.

Je crois que j'ai prouvé que je pouvais me débrouiller avec les motards.

Serrant les dents pour retenir une réaction irréfléchie du genre, « Conneries ! *Tu ne sais rien du tout, bordel !* » il dit :

— Bébé, tu as prouvé que tu pouvais te débrouiller avec les motards comme *moi*, dans *mon* bar, où ils savent que je vais les tabasser s'ils font du mal à quelqu'un de mon entourage. Tous les motards ne sont pas pareils.

— Mais presque tous ces types ne font pas partie de ton gang ? demanda-t-elle. Ils n'étaient pas agressifs avec moi.

Elle accrocha ses cheveux derrière son oreille, ayant l'air si adorable qu'il avait envie de la mettre dans une armure de protection et de se dresser comme une sentinelle devant elle, maintenant toute la laideur du monde à distance. Le fait qu'il avait tenu des propos aussi blessants sans se rendre compte le moins du monde qu'il lui faisait du mal ne lui échappa pas. Il faisait partie de cette laideur et il savait qu'il devrait prendre conscience de certaines choses ou la laisser partir, car il *refusait* de causer à nouveau la douleur qu'il avait vue dans ses yeux.

— Les Dark Knights ne sont pas un gang, Finlay. C'est un *club* de motards, ce qui veut dire que nous sommes un groupe de personnes qui s'intéressent à la culture des motards. Nous prenons la route, nous organisons des événements familiaux et, dans notre cas, nous aidons la communauté. Les gangs sont une tout autre histoire. Ils véhiculent beaucoup de drogue et de violence, des fêtes auxquelles, crois-moi, tu ne veux *pas* participer, et tu ne veux pas savoir quelles conneries se passent là-bas. La dernière chose que nous voulons, c'est que les membres d'un gang traversent la ville et pensent qu'ils sont les bienvenus dans notre bar.

L'expression du visage de Finlay était tendue, son regard

pensif.

— Mais comment on peut voir la différence ? Vous vous ressemblez tous.

— Ils ne se ressemblent pas, dit Dixie.

Il l'avait entendu toute sa vie. *Vous vous ressemblez tous.* Ayant grandi dans l'environnement du club, il avait fait face aux mêmes observations et aux mêmes questions quand il était jeune. Souvent, quand sa famille était de sortie et que son père, dont le nom de motard était Biggs à cause de son mètre quatre-vingt-quinze et dont Bullet était le portrait craché, voyait un motard dur à cuire, il envoyait soudain Bullet et ses frères et sœur dans la voiture avec leur mère ou dans un magasin. Ou quelqu'un frappait à la porte au milieu de la nuit et l'un des membres du club se pointait, ensanglanté et en colère, et son père s'en allait pendant des heures. Il avait appris ce qu'était la loyauté, et tandis qu'il grandissait et qu'il devenait plus stupide, il avait commis ses propres erreurs, à cause desquelles les ennuis s'étaient abattus sur sa famille. Entrer dans l'armée avait été son salut et sa chute. Son estomac se noua face aux souvenirs. Finlay n'avait pas besoin d'entendre tout cela, mais elle devait comprendre que le territoire des motards n'était pas quelque chose qu'elle pouvait prendre à la légère.

— Tu vois la veste en cuir que je porte ? demanda Bullet. L'écusson à l'arrière représente les Dark Knights. Tous les clubs et les gangs ont des écussons qui renseignent sur leur club et le statut des membres au sein du club.

Finlay prit une grande inspiration et l'expira lentement.

—Alors... Quoi ? Tu les as tous mémorisés ou quelque chose comme ça ?

— Presque, dit Dixie.

— Écoute, Finlay, dit prudemment Bullet. J'admire le fait

que tu veuilles faire les choses bien pour le bar de notre famille, mais il y a des raisons pour lesquelles le Whiskey's est comme il est.

Elle pinça les lèvres de mécontentement et il sut qu'il ne pourrait pas s'en tirer sans une explication plus claire.

— Tu sais pourquoi le bar est en périphérie de la ville ? Pourquoi Peaceful Harbor n'est pas envahi par les gangs et toutes les conneries qui se passent dans d'autres villes ?

— Je ne peux même pas imaginer Peaceful Harbor avec des gangs.

Les yeux de Finlay passèrent de Bullet à Dixie.

— Je comprends. Vous ne voulez pas que je change le bar. Mais je crois quand même que c'est une erreur. Vous me demandez d'améliorer le bar, mais personne ne saura que c'est le cas à part vos clients actuels.

— Finlay, regarde-moi.

Il attendit d'avoir toute son attention.

— Je ne voulais pas de cette expansion, pour commencer, mais je comprends pourquoi tous les autres la voulaient et pourquoi nous avons besoin d'augmenter nos revenus et de changer un peu les choses. Je suis d'accord avec ça. Mais il y a des choses qui ne peuvent pas changer. Une fois que tu auras compris l'histoire, tu te rendras compte que je ne suis pas juste en train de me comporter comme un connard.

Elle grimaça.

— Je déteste ce mot.

— Oui, eh bien, tu détestes probablement la moitié de mon vocabulaire, mais ça ne va pas changer non plus. Je suis comme ça, Finlay. Je dis des gros mots et je protège ma famille et cette ville à tout prix. Point final.

Son regard se tourna brusquement vers Dixie, qui hocha la

tête.

— C'est dans la nature des Dark Knights, et les gros mots, c'est dans la nature de Bullet. Il est honnête, Fin. Je ne crois pas qu'il sache comment faire autrement.

Les mots de sa sœur firent chaud au cœur de Bullet.

— Il n'y a jamais eu de raison de mentir. On nous a éduqués à être directs, et je n'ai pas l'intention d'essayer de faire comme si j'étais quelqu'un que je ne suis pas. Je suis un Whiskey et j'en suis fier. Notre arrière-grand-père a fondé ce bar et les Dark Knights. Il protégeait cette ville. Le Whiskey's a été construit en périphérie de la ville, car c'est là qu'on peut *empêcher* les ennuis d'entrer. Une fois que les problèmes passent le pont de Peaceful Harbor, ils ne peuvent aller que dans un sens – de l'avant – et toutes sortes d'enfer peuvent se déchaîner avant qu'ils ne trouvent le chemin pour sortir de la ville. *S'ils* le trouvent.

— Je sais que ça te semble sûrement tiré par les cheveux, Fin, dit Dixie, mais Peaceful Harbor est *paisible* parce que la racaille a été maintenue en dehors.

— Nos ancêtres et la fraternité des Dark Knights ont passé des années à revendiquer cette ville, à définir notre territoire, expliqua Bullet. Toutes les générations de Dark Knights depuis l'ont protégée. Et nous allons continuer à le faire. Si un gang entrait et essayait de revendiquer ce territoire, ou essayait même d'y opérer pour vendre de la drogue ou quoi que ce soit d'autre, notre famille, les Dark Knights, ferait tout ce qu'il faut pour le défendre.

Finlay regarda Dixie d'un air nerveux.

— D'accord, maintenant, tu me fais peur. Tu me donnes l'impression que la ville pittoresque de mon enfance pourrait se transformer en cauchemar à tout moment.

Bullet et Dixie échangèrent un regard entendu. Ils savaient à quel point cette possibilité était réelle. Ils savaient aussi que si un autre groupe voulait détrôner les Dark Knights, ils devraient faire face à une sacrée bataille.

Le jeune homme prit la main de Finlay dans la sienne et dit :

— Tu n'as pas à t'inquiéter pour ça. Nous nous occupons de cette ville. Personne ne va s'en prendre à nous.

— Mais…

Elle regarda Dixie d'un air implorant.

— Tu as dit que vous feriez tout ce qu'il faut. Ça veut dire que vous vous battriez ? Tu viens tout juste de m'expliquer que vous étiez différents d'un gang.

— Nous le sommes, insista Dixie. Personne ne va chercher les ennuis.

— Mais si les ennuis arrivent jusqu'ici, nous prendrons toutes les mesures nécessaires.

La peur monta dans les yeux de Finlay.

— Comme vous battre ? Tuer ?

— Tu crois que je laisserais quoi que ce soit faire du mal à ma famille ? demanda Bullet.

— Non.

— Aux enfants de Tru ? À Gemma ? Crystal ? À toi ou Penny, ou à qui que ce soit en ville ? *Notre* ville ? La ville où mes ancêtres se sont battus pour que nous la trouvions formidable ?

Finlay secoua la tête.

— Ça te fait peur, et je le comprends. Je préférerais que tu n'y penses pas, dit-il honnêtement. Mais ça ne me fait pas peur. C'est la raison pour laquelle je suis ici, pour *protéger*.

— Tu le dis comme si c'était ta vocation.

Il haussa les épaules.

— Ça l'est.

Tu peux toujours quitter l'armée, tu n'en restes pas moins un soldat.

Dixie hocha la tête.

— Maintenant, tu comprends pourquoi il ne veut pas que tu ailles dans des bars de motards ?

— Oui, dit-elle. Mais comment tout ce milieu peut exister sans qu'il y ait une sorte de… ? Je ne sais pas. Sans que personne le sache ?

Bullet émit un petit rire.

— Les gens le savent. Plus de gens que tu ne pourrais l'imaginer. Le directeur du lycée ? Il fait partie de la famille.

— Monsieur Martin ? Ce n'est pas un Whiskey, dit Finlay.

— Notre club de motards, c'est notre famille, expliqua Bullet.

— Cet homme doux est membre de votre club de motards ?

Bullet hocha la tête.

— Le fleuriste, le directeur financier de la banque de Peaceful Harbor, plusieurs médecins, le pharmacien de CVS. Je pourrais continuer.

Elle s'assit lentement sur le tabouret.

— Wouah ! Je n'en avais pas la moindre idée.

Elle fronça les sourcils.

— Alors, je *pourrais* aller voir d'autres bars de clubs, pas vrai ? Je ne fais pas partie de votre club et les clubs ne sont pas comme les gangs, alors, ça fonctionnerait pour effectuer des recherches.

Dixie sourit.

— Pas étonnant que tu l'aies engagée, lui dit Bullet. Elle est aussi déterminée que toi, mais plus douce.

— Je suis douce, dit Dixie avec un sourire en coin. Je le

cache juste bien.

— Je pense que tu es très douce, dit Finlay. Dure aussi, mais douce et gentille et amusante.

— Merci.

Dixie battit des paupières vers Bullet d'un geste théâtral.

— *Bon sang !* Si tu es déterminée à aller dans un bar de motards, je t'emmènerai au *Snake Pit*, céda Bullet. Il est de l'autre côté de la ville et il appartient à deux membres des Dark Knights. Il est plus chic que notre troquet, mais ça devra faire l'affaire.

— Merci. Je crois que ça va aider.

Dixie se leva.

— Je vais aux toilettes. Je reviens, et ensuite, nous pourrons passer en revue tes autres idées. On a été un peu distraites.

Quand Dixie fut hors de portée, Bullet mit ses mains dans les poches avant de son jean et fit de son mieux pour ne pas avoir l'air d'un salaud arrogant.

— Je ne voulais pas te rabaisser et je ne commettrai plus cette erreur. Tu as ma parole, Lollipop. J'ai la tête dure, mais je ne suis pas intentionnellement un connard.

Elle baissa les yeux, son visage étant un masque de contemplation.

Il se pencha pour que sa tête soit plus basse que celle de Finlay et leva les yeux vers elle, ce qui lui valut un doux sourire qui apaisa la douleur qu'il avait ressentie dans son cœur après l'avoir blessée accidentellement.

— Laisse-moi reformuler ça de manière à ce qu'une petite Lollipop comprenne.

Elle sourit à nouveau et cette fois, son sourire était chaleureux et sincère, lui donnant l'espoir qu'elle pardonne son commentaire.

— Je suis dur et rustre. Certains diront que je ne suis pas facile à aimer, dit-il d'un air confus. Nous venons de mondes complètement différents et je ne serai jamais un *yuppie* à col boutonné, mais je ne chercherai absolument jamais à te faire du mal.

— Je te crois, dit-elle doucement.

— Tu penses que tu peux me supporter ? Que tu peux m'aider à fermer ma grande gueule ?

— Te supporter ? Oui. T'aider à te taire ?

Elle secoua la tête, riant légèrement.

— À quelle heure tu passes me prendre, ce soir ?

Il se pencha en avant, ses lèvres effleurant celles de la jeune femme. Elle prit une inspiration tremblante et il murmura :

— Dix-neuf heures trente.

— Pas de moto.

— Pas de moto, acquiesça-t-il.

— Pas de Tinkerbell.

— Pas de Tinkerbell. *Pour l'instant.*

Il posa ses lèvres sur les siennes, faisant vœu de ne jamais lui faire mal accidentellement et espérant pouvoir découvrir comment suivre son satané cœur, car il savait mieux que personne qu'avoir une seconde chance était un cadeau unique dans la vie.

CHAPITRE SIX

— QU'EST-CE QU'ON porte pour un rendez-vous avec la *Bullet machine* ?

La voix taquine d'Isabel s'éleva de l'ordinateur portable de son amie, qui était posé sur son lit. Finlay se tenait devant son placard le vendredi soir, les mains sur les hanches, essayant de le découvrir.

— Il a besoin d'une cible, dit Isabel. Alors, je pense qu'une culotte ouverte à l'entrejambe est nécessaire.

— Izzy !

Finlay rit, mais elle devint rouge comme une tomate.

— Quoi ? Ça me semble approprié pour la *Bullet machine*.

— Non, pas du tout. S'il te plaît, sois sérieuse. Je suis tellement nerveuse ! Quelque chose de sexy, mais de pas trop sexy ? suggéra Finlay. Après les baisers que nous nous sommes donnés, je ne veux pas qu'il pense que je vais facilement céder, tu vois ? Mais je ne veux pas non plus qu'il pense que je ne vais *jamais* céder.

— Je sais !

Isabel agita les mains, ses yeux noisette écarquillés par l'amusement.

— Il te faut l'un de ces T-shirts qui s'allument et qui ont deux grands feux orange, un sur chaque sein. Ça lui fera passer le message : *n'arrête pas, mais ne fonce pas. Vas-y tout doucement.*

Finlay leva les yeux au ciel.

— Ça aide beaucoup. Tu *sais* à quel point je suis nerveuse ?

— Je crois que j'ai dû t'entendre changer ta lingerie quatre fois, alors ça me donne une bonne idée de ton niveau de nervosité, oui. Je suis ravie que tu aies choisi la dentelle blanche, cela dit. Ça te ressemble complètement, et je pense que même le gros dur de Brutus se demanderait quels autres secrets sexy tu caches s'il découvre des sous-vêtements comestibles à votre premier rendez-vous.

— Il ne va pas trouver de dentelle blanche non plus !

— Penny est là, dit Isabel d'un ton neutre.

Elle leva ses cheveux en chignon et aspira ses joues.

— Tu crois que je devrais commencer à manger plus sain pour ressembler à ces mannequins incroyablement minces qui avalent de l'air pour le dîner ?

— Quoi ? Non ! Et qu'as-tu dit à propos de Penny ?

— Elle est là. Trois, deux, un…

Quelqu'un frappa à la porte de Finlay.

— Ne me dis pas que tu l'as appelée !

— D'accord, faisons ça. Va ouvrir la porte, s'il te plaît.

— Je n'ai pas besoin que Penny me mette la pression ce soir !

Elle sortit à grands pas de la chambre et ouvrit la porte.

— Salut, sœurette. Jolie tenue. Tu cherchais un style à la June Cleaver[6] ?

Penny la contourna, portant une brassée de vêtements, un énorme sac passé sur l'épaule.

---

[6] Personnage de sitcom américaine des années 1950 incarnant la ménagère de cette période

— Où est Iz ?

— Dans la chambre.

Finlay la suivit le long du couloir.

— Qu'est-ce qui ne va pas avec mon peignoir ?

— Rien si on est en 1950 ou que tu as quatre-vingt-deux ans, l'entrejambe poussiéreux et des envies aux doigts.

— Je te déteste, là tout de suite, dit Finlay en suivant Penny dans la chambre. De toute façon, qu'est-ce que vous êtes, toutes les deux ? Des comploteuses qui conspirent en secret derrière mon dos ?

— Salut, Iz.

Penny lança un baiser vers l'ordinateur portable et jeta les vêtements sur le lit. Elle posa son sac sur le sol et dit :

— Nous sommes tes sauveuses. Maintenant, retire ce peignoir tue-l'amour et voyons si nous pouvons te trouver une tenue qui incite à un peu d'action comme, par exemple, des caresses sur tes seins.

— Et des coups de queue, dit Isabel en riant.

— Oh oui, encore mieux ! Du genre à cacher le guidon ? À faire fumer le silencieux ?

Penny fouilla dans la pile et saisit un T-shirt noir où il était inscrit : « Les gentilles filles s'assoient, les vilaines conduisent ».

— Hein ? Qu'est-ce que tu en dis ? Si tu choisis ça, j'ai ce truc que tu peux lui donner.

Elle prit un énorme T-shirt pour homme et leur montra l'arrière, qui avait deux cibles blanc et rouge et où était écrit : « Pose-les là et accroche-toi »

Isabel tomba sur le côté tant elle riait.

— Qu'est-ce qui ne va pas chez vous ? dit Finlay en riant et en arrachant le T-shirt des mains de Penny.

Elle le jeta sur la chaise dans le coin de la pièce et dit :

— Non, non et non ! Tu as quelque chose de raisonnable là-dedans ?

Elle prit une petite robe noire qui semblait être à la taille d'une fille de sept ans.

— Comment tu peux porter ça ? Tu fais douze centimètres de plus que moi.

Penny, qui ressemblait à Zooey Deschanel[7] avec ses yeux bleus et ses cheveux châtains, était le portrait craché de leur père. Elle était grande et mince et aussi insouciante qu'une fille pouvait l'être. Elle passa ses mains sur ses hanches couvertes d'un jean et dit :

— Tout est dans l'élasticité du tissu.

— Ce truc ne pourrait pas s'étirer pour couvrir mon entre-jambe. Comment il couvre le tien ?

— Essaye-la, suggéra Isabel.

— Oui, mets-la et on verra.

Penny tendit les mains vers le nœud du peignoir de Finlay.

Donne-moi le peignoir de grand-mère. On va te rendre plus sexy.

Tandis que Finlay se déshabillait, Isabel siffla et applaudit et Penny prit une voix plus grave pour commencer à chanter :

— Vas-y, ma fille, retire ce peignoir. C'est ça, allez. Montre-nous ces nibards.

Finlay lui adressa un regard pince-sans-rire.

— Ça m'a plu, dit Isabel. D'un point de vue créatif, ça avait du sens.

— Jolie dentelle, sœurette.

Penny prit la robe noire et la lui tendit.

— Maintenant, recouvrons cette lingerie innocente avec un

____

[7] Actrice et chanteuse américaine

peu de coquinerie.

— Je ne suis pas censée porter le plus coquin *en dessous* de l'innocence ?

Penny posa une main sur sa hanche et dit :

— Seulement si tu veux ne jamais toucher son arbre de transmission.

— J'ai l'impression d'être une saucisse farcie dans cette robe.

— C'est bon, les saucisses farcies, dit Isabel. Et tu es super sexy, du genre « prends-moi par-derrière ».

Finlay passa la robe par-dessus de sa tête et la jeta sur le lit.

— Non. Pas question !

— On change pour du bleu foncé ?

Penny prit une robe bleu nuit qui était presque aussi petite que la noire.

— Non.

— Mini-jupe en cuir ?

Elle la sortit du bas de la pile.

— J'ai mes bottes à lacets « prends-moi » dans la voiture.

— Le cuir va bien avec les motos, dit Isabel. Et celle-ci est mignonne !

— Pas de cuir. Pourquoi vous ne pouvez pas m'aider à être *moi*, mais en mieux ?

Isabel émit un son de baiser.

— Je t'aime, Finny, et tu sais que je ne fais que t'embêter.

Penny se laissa tomber de côté sur le lit et commença à soulever chaque tenue.

— C'est notre travail d'essayer de te rendre plus sexy, peu importe à quel point tu luttes.

— Pourquoi ?

— Parce qu'un jour, il se pourrait que tu veuilles être plus sexy et que tu sois trop gênée pour demander, dit Penny.

— Nous savons à quel point tu es nerveuse à l'idée de sortir avec Bullet, ajouta Isabel. Nous voulions juste détendre l'atmosphère.

— Avec du cuir et des bottes dévergondées ?

Finlay se laissa tomber sur le dos à côté de Penny.

— Pourquoi je ne porterais pas juste une de mes robes d'été ?

Le visage de Penny apparut au-dessus du sien.

— Parce que ta sœur ne te laisserait jamais en plan et Izzy non plus. Nous avons fait du shopping aujourd'hui et nous avons trouvé quelque chose dont nous pensons que tu vas l'adorer.

— Vous avez fait du shopping ?

Finlay se tourna vers l'ordinateur et Isabel leva son téléphone.

— Du shopping sur FaceTime. Nous avons trouvé la *meilleure* tenue. Pen m'a emmenée à la boutique *Chelsea's*. Oh, mon Dieu, Fin ! Quand j'emménagerai là-bas, nous allons passer des heures dans ce magasin. Des *jours* entiers. Il se pourrait qu'on n'en sorte jamais !

Finlay commença à avoir de l'espoir. Isabel et Penny avaient bon goût quand elles n'essayaient pas d'être trop sauvages. Elle se redressa et Penny mit la main dans son sac rouge pour en sortir un coffret cadeau avec un grand ruban rose. La gorge de Finlay se serra d'émotion. De son vivant, leur père célébrait chacun de leurs événements marquants avec un cadeau enveloppé d'un grand nœud rose. Les événements marquants n'étaient jamais des choses qu'elles voulaient célébrer avec leur père – leurs premiers soutiens-gorge, leurs premières règles, leurs premiers baisers –, mais à présent, il s'agissait des moments qu'elles chérissaient le plus.

— Penny…

— Prends-le.

Penny lui tendit la boîte et la serra dans ses bras.

— Je n'étais pas là quand tu es tombée à la renverse pour Aaron et je suis ravie que tu m'inclues dans ce premier rendez-vous.

Les larmes montèrent aux yeux de Finlay. Elle jeta un œil à l'ordinateur portable et Isabel lui envoya un baiser. Son cœur était tellement plein qu'elle ne pouvait pas imaginer une meilleure soirée.

— Merci beaucoup, les filles. Je sais que je vais l'adorer, tant que ce n'est pas fait pour un jeu sexy.

— Je ne vais rien te promettre, dit Isabel en souriant.

Finlay dénoua le ruban et ouvrit la boîte, poussant un petit cri en voyant le joli tissu rose-beige.

— Les filles, c'est magnifique.

Elle souleva la robe et traversa la pièce pour la tenir devant le miroir, mais elle ne pouvait pas attendre et elle tourna le dos aux filles. Elle retira son soutien-gorge, puis passa la belle robe par-dessus de sa tête. Le doux coton effleura la partie supérieure de ses pieds.

— Laisse-moi faire.

Penny rassembla les cheveux de Finlay sur l'une de ses épaules et attacha la bretelle tour du cou.

Finlay se retourna, submergée par l'émotion en voyant à quel point elles la connaissaient. Elle se tint devant le miroir, n'arrivant pas à croire qu'elle était aussi jolie et que la robe lui allait aussi bien. Le style dos nu du haut était orné de dentelle et un motif fait au crochet couvrait son abdomen. La longue jupe était constituée d'une épaisse bande faite au crochet au-dessus des genoux, la rendant sexy sans donner l'impression qu'elle en faisait trop.

— Finny, dit Isabel, tu es splendide. Bullet et tous les autres hommes vont tomber à tes pieds.

Finlay regarda Penny et dit :

— Je pensais que tu essayais vraiment de me faire porter quelque chose que je ne mettrais jamais.

— Non. J'adore ma grande sœur exactement comme elle est. Mais quand tu seras prête à aller à Traînée-ville, nous sommes là pour toi.

Penny la prit dans ses bras.

— Je suis ravie que tu sois de retour à la maison. Tu es très jolie, et baisable.

— Bullet aimera les deux, ajouta Isabel. Choisissons des accessoires.

Au cours des vingt minutes suivantes, Finlay essaya des sandales, des boucles d'oreille, des bracelets et des colliers, sa nervosité augmentant à chaque essai. Elle finit par choisir une paire de jolies sandales beiges, des boucles d'oreille pendantes en or rose et un simple bracelet en corde rouge en forme de cœur assorti d'Alex et Ani. Une fois que sa tenue fut accessoirisée, Penny s'en alla pour retrouver des amis pour le dîner et Finlay mit fin à l'appel vidéo avec Isabel, se retrouvant seule pour décortiquer ses pensées. Elle avait eu quelques rendez-vous au cours des deux dernières années, mais il s'agissait des types et des rendez-vous habituels. Elle avait été nerveuse avant d'y aller, comme tout le monde avant un premier rendez-vous, mais ces gars n'étaient pas allés la chercher quand elle avait trop bu pour la ramener chez elle. Ils ne l'avaient pas vu *libérée*, en train de chanter des chansons stupides comme une adolescente ridicule et criant à la vue d'un chien. Ils ne l'avaient pas portée à travers le salon dans lequel elle était maintenant assise, jouant nerveusement avec le doux tissu de sa robe. Elle n'avait certainement pas voulu les voir nus ou toucher leur torse nu et aucun d'eux n'avait fait flancher ses genoux d'un seul baiser.

Bon sang, elle s'était vraiment donnée en spectacle devant Bullet, l'autre soir ! Pourquoi voulait-il encore sortir avec elle après tout cela ?

Elle se leva et commença à faire les cent pas. Il était exactement dix-neuf heures trente et à chaque tic-tac de l'horloge, les battements de son cœur accéléraient. Elle ne savait même pas où il allait l'emmener. Et si elle était trop bien habillée ? Arrivait-il à Bullet de porter autre chose que des jeans et des T-shirts ? Peut-être qu'*elle* devrait porter un jean. Elle alla dans la chambre et l'idée d'enfiler un jean la rendit encore plus nerveuse. Penny était la fille de la famille qui portait des jeans. Comme leur mère, Finlay avait toujours préféré des tenues plus féminines. Certaines se sentaient plus sexy quand elles montraient tout dans un jean moulant, mais Finlay se sentait plus jolie dans des robes, et celle-ci lui donnait l'impression d'être encore plus sexy grâce à la taille en crochet. Non, un jean ne la rendrait pas moins nerveuse.

Elle retourna dans le salon, essayant d'imaginer ce que Bullet avait prévu pour leur rendez-vous, mais chaque fois que son visage apparaissait dans son esprit, il était accompagné par des morceaux de leur conversation. *Ne lutte pas, Lollipop. Ce soir, c'est notre soir.*

Elle s'arrêta net au milieu du salon. Que pensait-il qu'il se passerait ce soir-là ? Lui avait-elle donné l'impression qu'ils coucheraient ensemble ? Et si leurs baisers, qui avaient semblé magiques et spéciaux à ses yeux, n'étaient *que* des baisers pour lui ? *Il doit avoir beaucoup d'expérience avec les femmes. Peut-être qu'il les embrasse toutes comme ça.*

L'idée la rendit un peu nauséeuse.

Elle sortit sur la terrasse en bois et croisa les bras pour se protéger de l'air frais de septembre, regardant la forêt qui cachait son jardin aux inconnus. Elle ne voulait pas être un autre baiser quelconque pour qui que ce soit, mais voulait-elle une relation intime avec Bullet ? Une pulsation rapide et électrique la traversa.

Plaçant ses mains sur la rambarde, elle inhala l'air salé du port et ferma les yeux, appréciant le papillonnement de son cœur à l'idée de sortir avec Bullet. Elle avait oublié à quel point il était excitant de *vouloir* sortir avec quelqu'un. Cependant, ses nerfs étaient probablement tout aussi avivés parce qu'elle ne savait pas ce que sortir avec Bullet signifiait.

Elle fut surprise de voir qu'il était presque vingt heures quand elle entra enfin et elle se demanda s'il lui avait posé un lapin. Elle regarda son téléphone, mais elle n'avait aucun message. Supposant que Bullet avait été retenu au bar, elle essaya d'être indulgente. Tout le monde n'était pas aussi ponctuel qu'elle. Elle s'assit sur le canapé, fit les cent pas, puis s'assit à nouveau, regardant l'horloge pendant tout ce temps. Ses entrailles devenaient un peu plus douloureuses à chaque quart d'heure qui passait.

J'aime vraiment beaucoup t'énerver et on peut dire que je suis un connard.

Ses pensées passèrent de l'indulgence à l'irritation.

Alors qu'il était presque vingt heures trente, un avertissement retentit dans sa tête. L'humiliation lui chauffa les joues. S'il pensait que c'était acceptable, il se mettait le doigt dans l'œil. Et s'il l'avait fait pour l'agacer, c'était réussi. Elle sortit à nouveau, ayant besoin d'air frais pour se calmer. Elle ne voulait pas croire qu'il lui poserait un lapin. Pas après la magnifique connexion qu'ils avaient eue quand ils s'étaient embrassés et les mots doux qu'il lui avait dits quand Dixie était partie. *Je ne chercherais jamais à te faire du mal.*

Elle retourna à l'intérieur et alluma la télévision pour se distraire, mais l'éteignit quelques minutes plus tard et fixa son téléphone du regard, se demandant si elle devrait l'appeler. S'il lui avait posé un lapin intentionnellement, il serait embarrassant de le poursuivre. De plus, elle lui dirait probablement ses quatre vérités et elle ne voudrait *pas* finir le travail au bar, ce qui ne serait pas juste envers Dixie et le reste de leur famille. Mais était-ce juste envers elle ? Bien s'habiller, puis être oubliée ?

Elle doutait qu'il lui fasse cela intentionnellement. Cela ne correspondait pas à ce qu'elle savait de lui. Cela ne correspondait pas à ce que son cœur ressentait et son cœur ne s'était jamais trompé auparavant. Si quelque chose lui était arrivé, n'aurait-il pas appelé s'il avait pu le faire ?

Un nœud froid se forma dans le fond de son estomac. Dixie et lui semblaient penser qu'il était normal qu'ils veuillent protéger la ville, mais pour Finlay, c'était incompréhensible. Son père avait été un homme fort. Il avait travaillé de longues et dures heures et il n'avait jamais accepté qu'on lui manque de respect, mais elle ne pouvait pas l'imaginer se battre avec qui que ce soit. Les choses que Bullet et Dixie lui avaient dites à propos de guerres territoriales arrivaient-elles ailleurs que dans des romans ? Y avait-il des territoires secrètement protégés par des groupes comme les Dark Knights dans le monde entier ? Voulait-elle entamer une relation avec Bullet si c'était vrai ? S'il y avait eu un accident, ne serait-ce pas annoncé aux informations ?

Et si cela était habituel pour lui à cause du club ?

Pourrait-elle faire face à autant d'inquiétude en permanence ?

Elle alluma la chaîne de télévision locale, croisa les bras, ses jambes s'agitant nerveusement. Quinze minutes plus tard, après avoir entendu parler du festival de l'automne imminent et d'autres nouvelles de la communauté, elle l'éteignit.

C'était ridicule. Agrippant son téléphone, elle s'obligea à appeler Bullet. Il sonna sans fin et quand elle tomba sur sa boîte vocale, sa voix grave et rauque lui donna la chair de poule, même s'il lui avait peut-être posé un lapin. Elle laissa un court message, espérant ne pas avoir l'air aussi confuse, agacée et blessée qu'elle l'était.

Salut, Bullet, c'est Finlay... À présent, elle se sentait bête. Qu'était-elle censée dire ? *Tu te souviens qu'on avait un rendez-vous ? J'espère que tu vas bien ? Appelle-moi ?* S'il lui avait posé un lapin, elle ne voulait pas qu'il l'appelle, et si ce n'était pas le cas...

Son cœur lui faisait mal à l'idée que quelque chose lui soit arrivé. Elle retrouva sa voix et la vérité sortit.

— J'avais peur qu'il te soit arrivé quelque chose ou que tu aies changé d'avis.

Ce fut tout ce qu'elle parvint à dire, car s'il avait changé d'avis et qu'il n'avait pas appelé, c'était vraiment un salaud.

Elle se demanda si elle devait appeler sa sœur ou Isabel, mais elles avaient été tellement heureuses pour elle qu'elle se serait sentie encore plus mal si elle leur avait parlé. Peut-être qu'elle aurait dû appeler Dixie. *Ce serait tellement gênant !*

Pouah ! Elle n'avait jamais été dans cette situation auparavant. Que faisaient les femmes dans un cas comme celui-là ? Ça ne semblait pas correct et cela la mettait en colère. Aucun homme n'aurait dû avoir le pouvoir de la pousser à se demander s'il pensait qu'elle ne méritait pas un appel. Elle posa son téléphone sur la table basse, retira ses sandales et se roula en boule sur le canapé. Mais se rouler en boule sur le canapé n'avait jamais été sa manière d'affronter les situations difficiles. Soixante secondes plus tard, elle était dans la cuisine, couvrant son plan de travail d'ingrédients et tournant les pages de ses recettes préférées. Elle mit un tablier comme un boxeur enfile ses gants, son esprit se tournant instantanément vers un territoire familier et sûr, qui venait avec des mesures et des degrés, pas avec des bottes de motard en cuir noires.

LES LAMPADAIRES BRILLAIENT au-dessus des creux sombres de la rue résidentielle inerte où Bullet était assis dans son pick-up, seul. Pendant ce temps-là, sur la route principale, les feux tricolores clignotaient selon des minuteurs sans fin et des voitures vides s'alignaient dans les rues comme des soldats attendant leurs prochaines missions pendant que leurs propriétaires dormaient sains et saufs, à l'abri des éléments, complètement ignorants des tragédies et des crimes qui se déroulaient à chaque coin de rue. Les arbres se balançaient légèrement dans la brise le long de la route calme, rappelant à Bullet que l'automne était en train de repousser les dernières chaleurs de l'été. Il avait marché sur ces routes à l'adolescence, il y était passé en voiture au milieu de la nuit à la recherche de réponses. Des réponses qui étaient arrivées des années plus tard, quand l'armée l'avait envoyé à l'étranger, l'endroit idéal pour libérer ses démons. Il était un autre homme quand il était revenu et à présent, il traversait les mêmes rues de la ville avec pour seul objectif d'éradiquer les ennuis.

Mais ce soir-là, pour la première fois de sa vie, il n'avait rien cherché du tout. Il ne cherchait pas de réponses, de sens ou de satanés ennuis. Il agrippa le volant avec des doigts tachés de sang, déglutissant le goût métallique qui persistait comme un fantôme non désiré. Sa poitrine se serra et sa respiration accéléra tandis que les souvenirs lui venaient à l'esprit comme un ouragan, rapides et implacables. Ses yeux percutèrent les sons des enfants en train de pleurer, de la mère en train de crier et du frère de celle-ci gargouillant, luttant pour atteindre sa famille. Utilisant les techniques qu'il avait apprises pour revenir dans le moment présent afin de gérer les rares et terribles occasions où des événements déclenchaient des reviviscences de la guerre et où celles-ci s'immisçaient en lui comme des démons sortant de l'obscurité, il tritura maladroitement la radio, augmentant suffisamment le volume pour se donner quelque chose sur quoi se concentrer avant qu'elles ne puissent s'emparer de lui. Il laissa la musique marteler en lui, anéantissant la rage, la peur et les satanés goût et odeur de la mort.

Les minutes ressemblaient à des heures, prolongées et douloureuses dans le sillage de l'élément déclencheur, mais la musique et sa force mentale firent effet, maintenant la reviviscence à distance. *Cette fois.* Si seulement il avait été dans le bon état d'esprit pour l'arrêter plus tôt !

Il baissa le volume et saisit son téléphone sur le siège à côté de lui. La lumière indiquant qu'il avait un message clignotait comme un phare, comme c'était le cas depuis qu'il était retourné sur les lieux de l'accident pour le récupérer. Il n'avait pas besoin de le regarder pour savoir que c'était la douce Finlay qui avait essayé de le joindre. Il n'avait pas besoin d'entendre sa voix pour savoir qu'elle était probablement furieuse et blessée. Il lui devait une explication et des excuses, mais cela signifiait prendre le risque d'avoir une nouvelle reviviscence. Finlay n'avait pas besoin d'un homme avec des démons qu'il ne parvenait pas à vaincre.

Il posa le téléphone sur le siège à côté des fleurs qu'il avait achetées pour elle et fit démarrer le pick-up, jetant un dernier coup d'œil à la maison de Finlay. Son cœur tonnait violemment, les souvenirs de la douleur dans ses yeux s'agrippaient à lui comme un animal enfonçant ses griffes dans son âme. Il frappa le tableau de bord, furieux face à sa propre vulnérabilité. Combien de fois s'était-il éloigné d'une femme pour ne jamais revenir ? *Une fois et c'est fini*, c'était la devise selon laquelle il avait vécu en ce qui concernait les femmes. Bon sang, il serait plus facile de compter le nombre de fois où elles avaient eu de l'importance pour lui !

Une fois.

Le fichu ange dans cette petite maison était la seule qui avait de l'importance et il l'avait de nouveau entubée, bon sang ! Il savait qu'il aurait dû partir, il savait qu'elle n'avait pas besoin du poids de son passé autour d'eux, tel un nœud coulant sur le point de se serrer. Mais il ne pouvait pas partir sans lui donner une explication. Il ne pouvait pas prendre la souffrance qu'il avait provoquée et la rendre plus profonde.

Du moins, ce fut ce qu'il se dit en éteignant le moteur, en saisissant les fleurs et en sortant de la voiture bien trop tard après minuit. Il marcha à grands pas dans l'obscurité, se disant qu'il accepterait tout ce qu'elle aurait à lui dire, parce qu'il le méritait, bordel !

CHAPITRE SEPT

MIS À PART perdre sa famille, Bullet craignait peu de choses, mais alors qu'il était debout sur le porche de Finlay, la peur se rassembla dans ses entrailles, ce qui était sacrément ridicule. Il avait traversé des guerres, il avait eu une arme pointée sur lui un nombre incalculable de fois, il avait vu la mort plus souvent que quiconque ne le devrait. Pourtant, l'idée de voir la douleur qu'il avait *de nouveau* causée dans les yeux de Finlay le nouait. Le pire, c'est qu'il ignorait si lui dire la vérité lui provoquerait une autre reviviscence.

Il regarda les marches. Bordel ! Il pouvait juste s'en aller, s'enfermer derrière les murs en acier qu'il avait érigés presque depuis sa naissance. L'ignorer si froidement le lendemain qu'elle ne le regarderait plus jamais. Il serra les poings, écrasant presque le bouquet.

Il n'était pas un lâche, bon sang !

Il frappa bien plus fort qu'il n'en avait eu l'intention et posa la main sur l'encadrement de la porte, regardant ses bottes, qui étaient tachetées de sang.

— Bullet ? entendit-il à travers la porte, suivi du bruit de la chaîne et du déclic du verrou.

Finlay ouvrit la porte, clignant des yeux d'un air endormi. Le regard de celui-ci balaya sa jolie robe et son cœur eut un raté.

Le visage de la jeune femme perdit ses couleurs et elle ouvrit davantage la porte, la tenant contre sa hanche.

— Oh, mon Dieu ! Tu saignes. Ça va ? Que s'est-il passé ?

— Rien, marmonna-t-il. Je suis juste venu m'excuser.

— Rien ? Bullet, ton T-shirt est déchiré, ton bras est coupé et on dirait que tes vêtements sont couverts de sang. Tu as eu un accident ?

— Non, s'il te plaît, arrête de faire ça. Je suis désolé…

Les yeux de Finlay devinrent glacés.

— Arrête de faire ça ? Tu me poses un lapin après m'avoir harcelée pour que je sorte avec toi. Ensuite, tu te pointes en ayant l'air de t'être battu et tu ne veux pas t'expliquer ? Je ne sais pas ce que les autres filles considèrent comme acceptable, mais ça ne l'est *pas* pour moi.

— Nom de Dieu !

Il serra la mâchoire. Il avait eu assez d'emmerdes ce soir-là. Il n'avait pas l'énergie d'en avoir d'autres.

— Ça fait partie de ton *club* ou je ne sais pas quoi ? Car si c'est le cas, je ne veux rien avoir à faire avec tout ça. Je ne peux pas rester les bras croisés à me demander si tu as été blessé ou tué ou si tu as juste décidé de faire comme si je n'existais pas.

— Oublie ça. Je suis désolé d'avoir gâché ta soirée.

Il lui tendit les fleurs et descendit les marches.

— C'est tout ? lui cria-t-elle. Tu t'en vas ? Sans la moindre explication ?

Il se retourna, ses entrailles se tordirent et se serrèrent comme si elles étaient essorées et il remonta les marches à grands pas, la poitrine serrée, tous ses muscles contractés.

— Tu viens de me dire que tu ne veux rien avoir à faire avec moi. Que j'aille me faire voir pour avoir sauvé la vie d'une famille. Je suis désolé d'avoir gâché ta soirée. Je suis désolé de ne pas t'avoir appelée, mais je m'occupais de choses plus urgentes.

Elle ouvrit la bouche, puis la referma.

— Je suis… Tu as sauvé… Oh, mon Dieu, Bullet ! Je suis désolée. Je n'en avais pas la moindre idée.

— Ça aurait eu de l'importance ? Car ça aurait tout aussi bien pu être une affaire du club qui m'appelle. Je ne suis pas le Prince charmant. Bon sang, Lollipop, je ne suis même pas le fichu crapaud ! Mais je fais toujours ce qu'il faut. Et il s'avère que ce qu'il fallait, c'était rester à l'hôpital avec la femme dont les enfants et le frère sont dans un état critique jusqu'à ce que sa satanée sœur puisse la rejoindre. Est-ce que j'aurais dû prévenir ? Oui. Est-ce que j'aurais pu ? Non. J'ai laissé tomber mon téléphone après avoir appelé les urgences pour pouvoir faire sortir la famille de la putain de voiture avant qu'elle ne prenne feu. Mais en réalité, je n'aurais pas abandonné cette femme pour passer le coup de fil. Pour rien au monde. La vie de ses enfants et de son frère ne tenait qu'à un fil. On ne peut pas laisser quelqu'un seul dans cette situation, même si ça signifie perdre quelque chose qu'on veut. Ça…

Il désigna l'espace entre eux en secouant la tête.

— Que ça arrive ou pas, on se verra en ville. Cette femme, Sarah Beckley, pourrait bien ne jamais revoir l'un de ses enfants respirer à nouveau.

La peur et le regret remplirent les yeux humides de Finlay.

— Je suis désolée. Cette pauvre famille ! C'est terrible.

— Oui. Ça l'était. Et te laisser en plan aussi. Mais tu as raison. Tu n'as pas besoin qu'un type comme moi te gâche la vie.

Il se dirigea à nouveau vers les marches.

— Attends !

Elle courut après lui, agrippant l'arrière de son T-shirt tandis qu'il descendait l'escalier.

— S'il te plaît, ne pars pas. Je suis désolée. J'étais blessée et inquiète pour toi, et…

Son élan la fit basculer en avant.

Le cœur dans la gorge, Bullet enroula ses bras autour de sa taille pour qu'elle ne tombe pas de sa position précaire. Pieds nus, elle était encore plus menue, lui rappelant à quel point elle était délicate et fragile, en dépit de sa confiance en elle et de ses exigences pour qu'on la respecte. Elle était une force puissante de bonté, pure et gentille d'une façon qui donnait à Bullet l'envie d'être plus proche d'elle, de trouver un moyen d'être un homme meilleur pour elle. Mais il n'était pas du genre à rêver et lorsqu'il la regarda dans les yeux, il sut ce qu'il avait à faire.

— Finlay, tu viens de me dire que tu ne voulais rien avoir à faire avec mon style de vie et je ne t'en veux pas. Regarde-toi, bien habillée comme une princesse, plus belle que toutes les femmes que j'ai vues, et *ça*, c'est ce que je suis.

Il désigna son T-shirt et son jean ensanglantés et déchirés.

— Tu es un rayon de soleil chaud et je suis une tempête d'hiver. Ça ne va pas changer. S'il y a un problème, j'y vais. Même si je pouvais changer ça, je ne le ferais pas, chérie. Je ne peux pas regarder quelqu'un souffrir ou savoir que quelqu'un a des ennuis et ne rien faire.

Elle baissa les yeux vers ses pieds et cette fois, il ne lui leva pas le menton, il n'essaya pas de la faire changer d'avis, car il s'agissait de sa réalité. Et probablement du terminus pour eux.

FINLAY S'ÉTAIT TOUJOURS considérée comme altruiste et

généreuse, mais Bullet Whiskey avait donné un nouveau sens au mot « altruiste » et à l'expression « arme à double tranchant ». Il y avait tant de bonté en lui, comme tout le monde le lui avait dit, mais être avec un homme comme Bullet signifiait accepter de passer non pas en deuxième, mais même en troisième ou en quatrième dans sa vie. Cela signifiait passer après non pas une carrière comme avec la plupart des hommes, mais une ville entière pleine de gens. Et les choses ne s'arrêtaient clairement pas là. Elle pensait qu'elle n'avait jamais rencontré personne comme lui parce qu'il était bourru, mais elle avait été suffisamment témoin de sa douceur pour savoir qu'elle existait. Et à présent, elle commençait à comprendre d'où venait toute cette insensibilité. Porter le poids de sa famille, de leur entreprise et la sécurité de la ville sur ses épaules devait laisser des traces. Quelqu'un s'occupait-il de Bullet comme il s'occupait de tout le monde ?

— Bullet, comme je l'ai dit, je ne sais pas grand-chose des mecs comme toi et honnêtement, je ne suis pas sûre qu'il y ait d'autres mecs comme toi. Mais tu me fais douter de qui je suis, alors que je l'ai toujours su.

Les sourcils de Bullet se froncèrent profondément.

— Crois-moi, Fins, rien ne cloche chez toi. Je suis sacrément amoché. Mais ne t'inquiète pas. Je ne vais pas me mettre sur ton chemin au bar. Je serai en retrait pendant que tu finis ton travail. Allez, Lollipop. Rentre chez toi pour que je sache que tu es en sécurité.

Avec un pincement au cœur, elle se rendit compte qu'il avait mal compris ses intentions. Elle s'approcha de lui, sa main hésitant autour de la taille de Bullet, mais il y avait tant de taches de sang et l'ampleur de ce à quoi il avait fait face la frappa avec encore plus de force, les larmes lui montant aux yeux, pour lui et pour la famille qu'il avait aidée.

— Finlay, dit-il de cette voix rauque qui lui retournait l'estomac.

Elle effaça ses larmes en clignant des yeux et elle baissa sa main vers la sienne. Les doigts de Bullet s'enroulèrent autour de celle-ci, la tenant fermement.

— Je ne veux pas que tu sois en retrait, dit-elle avec hésitation, se demandant s'il essayait intentionnellement de la repousser parce qu'il le voulait, ou s'il le faisait pour la protéger.

Elle avait l'impression qu'il s'agissait de la deuxième option.

— Je ne sais pas ce qu'il va se passer entre nous, mais tu dis que je suis un rayon de soleil et que tu es une tempête d'hiver. D'après moi, savoir que l'hiver est à l'horizon rend les jours étouffants des longs étés chauds plus supportables. Et lors des nuits hivernales les plus froides, je peux me tourner vers l'été qui arrive. Ils se complètent l'un l'autre, d'une certaine façon.

— Je ne peux pas changer, Lollipop. Et j'ai l'impression que tu es habituée à des types qui peuvent le faire.

— Mais c'est ça, le truc. Je ne veux pas que tu changes, mais je veux te *comprendre*. Savoir ce que tu as traversé et ce qui t'a poussé à devenir l'homme que tu es.

Il lui serra la main, mais son regard se déplaça derrière l'épaule de Finlay. Ses traits étaient tendus, comme s'il luttait pour garder le contrôle d'une émotion crue.

Prenant exemple sur sa manière de faire les choses, elle se positionna dans son champ de vision et son espace personnel. Lorsque leurs regards se croisèrent, un genre d'électricité différente grésilla entre eux. Plus forte, plus bruyante, et curieusement, plus douce et plus flexible qu'avant.

— Si ça te met mal à l'aise, alors, je ne sais pas. Peut-être qu'on peut trouver un juste milieu. Je communique trop. Je le sais.

La moustache de Bullet s'étira *presque* en un sourire.

On ne pouvait pas nier que chacun d'eux se trouvait à une extrémité du spectre de la communication, mais sa curiosité n'était devenue que plus forte et elle voulait essayer d'apprendre à mieux le connaître, même si elle n'était pas sûre qu'il s'ouvre réellement à elle un jour. Mais elle avait essayé d'ignorer quelque chose qui l'avait travaillée et elle ne voulait plus se poser la question.

Déglutissant difficilement, car elle avait un peu peur que la réponse ne soit que sexuelle, elle demanda :

— Pourquoi je te plais, Bullet ? Je t'imagine avec quelqu'un de bien plus dur.

Il resta silencieux si longtemps qu'elle pensa qu'il ne répondrait pas. Lorsqu'il parla enfin, le ton de sa voix était chaleureux et sûr de lui.

— Je ne vais pas te mentir. Au début, c'était purement physique. Ton joli petit corps et ce sourire m'ont rendu fou, et tes yeux. *Bon sang*, Fins, tes yeux me tuent ! Et puis, tu étais super courageuse et insistante, ce qui m'a carrément excité.

La chaleur traversa les joues de Finlay et elle baissa les yeux.

Il lui leva le menton du doigt et dit :

— Mais ensuite, je t'ai vue en ville et je te jure que tu illumines les rues. Tu m'illumines *moi*, à l'intérieur, et ça fait sacrément longtemps que je n'ai rien senti d'autre que l'obscurité.

Il haussa les épaules.

— Comment je pourrais ignorer la lueur d'un ange ?

— Bullet ! murmura-t-elle, complètement prise au dépourvu par son honnêteté. Comment tu peux être aussi dur un instant et aussi romantique un instant plus tard ?

— Je ne sais pas ce qu'est le romantisme. Je dis juste ce que je ressens. Je ne peux pas l'expliquer et je n'ai pas l'art des mots, mais quand tu m'as tenu tête au bar et que tu te fichais du fait que je sois imposant et de ce que je pouvais te faire, contrairement à la plupart des gens, tu as gagné mon respect. Je suis sûr que ce n'est pas ce que tu voulais entendre, mais il n'est pas courant que les femmes s'intéressent à la raison pour laquelle je fais les choses ou à ce que je veux vraiment et honnêtement, d'habitude, je n'ai même pas à parler. Un regard est suffisant…

Il haussa les épaules, ses yeux se levant vers le ciel. Lorsqu'il revint à nouveau sur la jeune femme, il dit :

— Je t'ai blessée deux fois sans m'en apercevoir, Finlay. Ce n'est pas l'homme que tu mérites ni l'homme que je veux être.

— Eh bien, non pas que ce soit acceptable de me blesser, mais tu m'as bien dit cet après-midi que j'avais mal interprété tes propos. Que tu ne me traitais pas de stupide. Et ce soir, on dirait que tu as été un héros, alors, comment je pourrais ne pas te pardonner ?

— Je ne suis le héros de personne. Je te l'ai dit.

Il était désespérément modeste et c'était encore une chose qu'elle voulait comprendre, mais pour le moment, elle mit cela de côté. Elle avait besoin qu'il soit conscient d'où elle venait.

— Je ne sais pas si ça me conviendra de passer en deuxième, ou en dix-septième, ou dernière après une longue file de gens qui ont besoin de toi. C'est un concept difficile à saisir, un peu comme mettre accidentellement du sel dans la crème fouettée plutôt que du sucre. Ça pourrait être rédhibitoire, mais ce serait ma faute, pas la tienne. Et je ne le saurai jamais si nous n'essayons pas. Mais d'un autre côté, tu pourrais ne pas vouloir être avec une femme qui a peur des chiens et des motos.

Des pensées troublantes murmurèrent dans sa tête.

— Une relation entre nous n'a pas beaucoup de sens.

Il plaça ses bras autour d'elle et inclina ses lèvres vers les siennes, l'embrassant avec tant de tendresse qu'on aurait dit un rêve.

— Rien n'a de sens dans ma vie, Finlay, mais tu me bouleverses, putain ! Je ne sais pas si je peux te donner les réponses dont tu as besoin, et c'est ma faute, dit-il, lui renvoyant les mots qu'elle lui avait dits avec un sourire faussement timide qui la réchauffa entièrement. Et je préférerais essayer avec toi plutôt que de partir.

Ils se dévisagèrent pendant un long moment, faisant suffisamment taire les pensées troublées de Finlay pour qu'elle réalise qu'ils étaient encore debout dans son jardin, et qu'en l'espace d'une soirée, tout avait changé. Elle lui prit la main et le mena en haut des marches du porche.

— On va te laver et peut-être qu'on pourra sauver notre premier rendez-vous.

Il passa la porte et elle sentit son hésitation, vit un masque d'inconfort le recouvrir comme un voile. Sa table et ses plans de travail étaient couverts de biscuits, de cupcakes et de tartes.

— Je cuisine quand je passe un mauvais moment, expliqua-t-elle en emportant les fleurs qu'il lui avait offertes vers la cuisine.

Elle remplit un vase d'eau et tandis qu'elle y plaçait les fleurs, elle se rendit compte qu'il n'avait pas bougé de la porte. Il s'agrippait à la poignée comme à une corde de vie.

— Qu'est-ce qui ne va pas ?

Il s'éclaircit la gorge, lançant des regards dans toute la pièce.

— Je ne peux pas être ici, Finlay. Je suis désolé, mais je ne peux pas respirer. J'ai besoin d'espace.

Finlay eut un pincement au cœur, mais comment pouvait-elle lui en vouloir ? Après tout ce qu'il avait traversé ?

— D'accord, dans ce cas…

Il la dépassa, ouvrit les portes de la terrasse et sortit. Il agrippa la rambarde comme elle l'avait fait plus tôt et sa tête tomba entre ses épaules. Sa silhouette semblait encore plus imposante contre la couleur bleuâtre du clair de lune et en même temps, elle sentait quelque chose de sombre en lui, comme un animal sauvage blessé.

— Ça va ? demanda-t-elle en sortant. Écoute, Bullet, si ce que tu as dit là dehors n'est pas vrai, ou que tu l'as dit uniquement pour que je ne m'énerve pas, je le comprends. Tu n'as pas à me faire marcher si je ne suis pas ce que tu veux. Tu peux t'en aller sans rancune.

Sans un mot, il l'attira dans ses bras, les pliant autour d'elle comme un étau, et la serra. Il ne parla pas et posa sa joue sur le sommet de sa tête. Elle ne savait pas quoi faire de lui, mais elle savait dans son cœur que c'était sa façon de lui dire qu'il était sérieux. Il la tint contre lui, la lumière passant par la porte vitrée, la terrasse rugueuse sous ses pieds nus et l'air frais balayant son dos. Mais elle n'avait pas froid et elle n'était pas mal à l'aise, car après qu'elle avait compris ces choses, elles disparurent, éclipsées par le son des battements de cœur de Bullet, l'odeur puissante de son corps et la force de ses bras qui l'enlaçaient.

— Rien ne m'a jamais semblé aussi réel, dit-il, la serrant si fort qu'on aurait dit qu'il pensait qu'elle allait s'enfuir s'il ne le faisait pas. Toi, si.

— Alors, laisse-moi entrer, dit-elle doucement.

Le silence s'éternisa entre eux. Elle essaya de reculer pour voir son visage, mais il la maintint contre lui, dans ses bras, sous sa joue.

— J'en ai envie, dit-il de façon bourrue, mais ça va me ravager la tête. Je ne peux pas être confiné.

— Confiné, tu veux dire, par moi, ou… ?

— Pas *toi*. J'ai besoin d'espace, mais pas de ta part. J'ai besoin d'*air*, d'espace pour respirer, pour *gérer*.

Elle essaya de s'écarter de ses bras de nouveau et sa prise sur elle se raffermit.

— Laisse-moi te regarder, Bullet, dit-elle résolument.

Il desserra son étreinte à contrecœur. Elle leva la tête vers ses yeux houleux.

— Ça va, ici, sur la terrasse ?

Les doigts de Bullet s'enroulèrent autour de sa taille.

— Tu devrais probablement me demander de partir.

— Tes mots disent que je devrais le faire, mais tu me tiens si fort que je ne pense pas que tu le veuilles.

— Parce que je ne le veux pas. Mais tu devrais, putain !

Elle ne put s'empêcher de sourire.

— Tu es tellement brusque et exigeant ! Et si tu me laissais décider des gens avec qui je passe du temps ? Retire ce T-shirt ensanglanté. Je vais le mettre dans la machine à laver et aller chercher quelque chose pour te laver, parce que je suis presque sûre que si tu ne peux pas rester dans mon salon, tu ne pourras pas supporter ma salle de bains minuscule.

Il baissa les yeux vers les vêtements de Finlay et laissa échapper un juron.

— J'ai couvert ta robe de sang séché. Je vais t'en acheter une autre.

Elle avait oublié qu'elle la portait et elle avait beau avoir semblé tellement importante plus tôt, elle lui paraissait à présent insignifiante. Elle pourrait acheter une nouvelle robe, mais il ne pourrait jamais effacer la tragédie dont il avait été témoin ce soir-là.

— Ce n'est pas grave. Donne-moi ton T-shirt.

Il lui adressa un sourire prétentieux.

— Existe-t-il un seul moment où tu ne penses pas au sexe ? le taquina-t-elle tandis qu'il retirait son T-shirt et qu'il appuyait ses fesses contre la rambarde.

Ses yeux se fixèrent sur ceux de Finlay, instantanément sombres et sérieux. *Torturés ?* Elle n'eut pas le temps de décider alors qu'elle était captivée par l'encre qui recouvrait son corps et les cicatrices qui se trouvaient en dessous. Elle poussa un petit cri en voyant les entailles fraîches sur son abdomen et ses avant-bras.

— Pourquoi tu n'as pas…

Elle ne pouvait pas finir sa phrase et elle n'eut pas besoin de lui demander pourquoi il n'avait pas réclamé qu'on s'occupe de ses blessures à l'hôpital. Instinctivement, elle savait qu'il avait été trop concentré sur la famille qu'il avait sauvée et la femme qu'il avait essayé de consoler pour s'inquiéter pour lui-même.

Même à travers les poils de son torse, on aurait dit que les tatouages réclamaient l'attention de Finlay et essayaient de lui faire peur en même temps. Son pectoral gauche était couvert de lettres. Ce qui ressemblait à des centaines de noms y était inscrit, se chevauchant, s'entrecroisant, certains d'entre eux étant complètement illisibles. Deux paires d'yeux aveugles sortaient de volutes de fumée sur le côté droit de son torse, dissimulant deux masques de Mardi gras, avec un seul ruban noir de chaque côté. Derrière chacun d'eux se trouvaient des nuances plus foncées de gris, comme s'il manquait le reste des têtes des hommes torturés dont les visages ressemblaient à des masques. Elle suivit un halo d'oiseaux derrière les masques jusqu'à sa clavicule, où le mot « Béni » était tatoué en script d'un côté et « Détruit » de l'autre.

Chaque image envoyait un pic de douleur à travers elle comme si des chaînes étaient tirées sous sa peau.

Elle ne réfléchit pas avant de toucher la sombre grotte tatouée à la jointure de sa cage thoracique. Les rayons du soleil irradiaient de ses épaules et des bords extérieurs de son torse, sous les autres tatouages, menant à l'obscurité. Une silhouette massive se tenait comme un pilier de force devant le bord inférieur de la grotte, les bras tendus, le dos couvert d'un visage malfaisant. Des yeux sombres, des dents qui ressemblaient à des crocs et des sourcils nets disparaissaient dans un fin caleçon qu'il portait bas sur les hanches. Des ailes d'ange cassées pendaient de ses omoplates.

Les doigts tremblants de Finlay se déplacèrent le long de son corps jusqu'à l'image d'un aigle volant sur son ventre, au-dessus de l'eau et des terres, un corps mou suspendu dans ses serres. De l'autre côté, elle toucha des cages à oiseaux enfermant des gens accroupis, étalés sur toute la largeur de sa cage thoracique. Elle traça des motifs indiscernables sous son nombril et au-dessus de la taille de son jean, là où le mot « Famille » était entouré de boucliers et d'armes, de cœurs – brisés et entiers – et étonnamment, d'un lit de fleurs. Les seules couleurs sur son torse venaient de roses rouges et de plantes grimpantes vertes autour des queues du F et du E de « Famille ».

La chaleur dans le regard de Bullet pénétra la peau de Finlay, à la suite de la douleur que les images avaient causée. Elle était trop captivée par le tableau effrayant qui se trouvait devant elle pour détourner le regard. Déglutissant difficilement, elle obligea son attention à se diriger vers les cicatrices froncées juste en dessous de son épaule droite et près de ses côtes. Son regard descendit plus bas, vers d'autres cicatrices qui mitraillaient son flanc.

Elle souffrit en voyant ce qu'il avait dû subir. Pas juste cette nuit-là, qui devait avoir été terrible, mais tout ce qui avait mené à cette fresque d'agonie devant elle. Elle essaya de cacher l'expression de son visage, mais l'inquiétude dans les yeux de Bullet lui indiqua qu'elle avait l'air aussi affligée que les images dessinées sur son corps.

— Je vais aller mettre ça dans la machine à laver.

Elle tendit la main vers son T-shirt et il la prit dans la sienne, jetant son vêtement sur le siège inclinable.

— Mon T-shirt, c'est du passé.

Sa main chaude passa délicatement sous les cheveux de la nuque de Finlay, l'attirant plus près. Il élargit sa posture, l'attirant entre ses jambes, et posa son front sur le sien.

— Je suis difficile à cerner, dit-il.

— Ce n'est rien, dit-elle rapidement, même si ce n'était *pas* rien.

— Finlay, ça te fait peur. Je le vois dans tes yeux.

— D'accord, admit-elle. Ce n'est pas rien. Rien de tout ça n'est bien. C'est *terrifiant*, mais je n'ai pas peur de *toi*. J'ai peur pour toi, pour ce que tu as subi pour qu'autant de douleur soit imprimée de façon permanente sur ton corps. J'ai mal là.

Elle posa une main sur son cœur.

— N'aie pas peur pour moi, dit-il sévèrement. Je peux survivre à *tout*.

Finlay ne se sentit que plus peinée pour lui. Elle le regarda dans les yeux, qui étaient plus froids à présent. Il était en train de remonter sa garde.

— Survivre et *vivre*, être heureux sont deux choses complètement différentes.

BULLET SENTIT LE poids de son monde et de celui de Finlay entrer en collision tandis qu'elle disparaissait à l'intérieur de la maison. Il s'écarta de la rambarde et fit les cent pas, essayant de comprendre le regard qu'il avait discerné dans ses yeux et les choses qu'elle avait dites quand elle avait vu ses cicatrices et ses tatouages. Il n'avait jamais pensé à ses tatouages quand il était avec des femmes, mais Finlay avait le cœur sur la main et il avait vu toutes ses émotions contradictoires lorsqu'elles l'avaient traversée. Le choc, la peur et l'inquiétude s'étaient mélangés quand elle l'avait regardé dans les yeux et pour la première fois, il avait pris en compte ce à quoi la masse de démons sur son torse ressemblait. C'était déjà assez grave qu'il ait dû se précipiter par la porte arrière parce qu'il s'était confronté à suffisamment d'éléments déclencheurs ce soir-là pour être sur les nerfs et qu'être confiné rendait une reviviscence plus probable si, ou quand il lui parlerait de l'accident.

Il ne voulait pas prendre le risque d'aggraver l'obscurité qu'elle avait déjà vue et il espérait ne pas avoir à en arriver là.

Finlay sortit, portant un pull à col ras du cou rose où était inscrit « Finlay's » sur la poitrine en lettres blanches et un short gris du même tissu doux avec un logo assorti sur sa cuisse gauche. Il aurait préféré que ce pull dise « Whiskey's », ou qu'il soit noir sans l'écriture féminine pour qu'il puisse le porter. Car bon sang, être à elle serait incroyable !

Elle posa une assiette de biscuits et de cupcakes sur la table et leva un doigt, l'air absolument délicieuse elle-même. Quel miracle avait eu lieu pour qu'il mérite cette chance avec elle ? Il n'était pas le genre de type à se considérer comme indigne de quoi que ce soit, mais il ne pouvait pas s'empêcher de craindre d'être un fardeau pour elle avec son passif.

— Je dois juste aller chercher ce qu'il faut pour te laver, mais je pensais que tu aurais faim, et grâce à toi, j'ai une maison pleine de pâtisseries.

Elle fit un pas vers les portes vitrées et se retourna, affichant un sourire lumineux.

— Que veux-tu boire ? Je n'ai pas de bière, mais j'ai du soda alcoolisé.

— La même chose que toi, mais je peux aller le chercher.

Il fit un pas vers la maison et elle leva la main, l'arrêtant dans son élan.

— Non. Tu restes là et tu manges les *rembourreurs de hanches* que tu m'as fait préparer.

Il observa ses belles hanches bouger dans ce short sexy lorsqu'elle retourna à l'intérieur, se sentant plus légère que quelques instants plus tôt. Il jeta un œil aux friandises, mais la seule chose sur laquelle il voulait mettre la main était en train de porter un bol d'eau savonneuse à l'extérieur, un rouleau de papier absorbant sous le bras, des serviettes en tissu sous l'autre. Il prit le bol et le papier absorbant et les posa sur la table.

— Je peux me laver dans ta salle de bains, Fin. Tu n'as pas à te donner plus de mal. Je me sens mieux, maintenant.

Elle leva les yeux au ciel.

— Hors de question. Je viens de préparer tout ça. Maintenant, tu vas poser tes fesses et tu vas me laisser nettoyer ce chantier.

— Bon sang, bébé ! J'aime ce côté de toi.

Avec un sourire timide qui contredisait son autoritarisme, elle leva à nouveau un doigt et se précipita une fois de plus à l'intérieur, revenant avec deux sodas alcoolisés. Il n'en avait jamais bu de sa vie, mais quand elle le lui tendit avec ce sourire sexy, il fut tellement subjugué par elle, tellement reconnaissant qu'elle aurait pu lui tendre de l'essence à briquet, il l'aurait avalée.

Elle posa sa boisson sur la table et désigna la chaise.

— Assieds-toi et laisse quelqu'un prendre soin de toi, pour une fois.

Il serra la mâchoire. Il avait beau avoir envie qu'elle le touche, il n'avait pas eu besoin qu'on prenne soin de lui depuis tant d'années que la laisser faire allait à l'encontre de toutes les fibres de son corps. Elle inclina la tête avec un doux sourire tout en trempant un gant de toilette dans le bol et les entrailles de Bullet se transformèrent en bouillie. Il se laissa tomber sur la chaise.

Elle essora le linge et se déplaça pour se tenir debout entre ses jambes.

— Tu dois me dire si ça te fait mal, d'accord ?

— Tu ne peux pas me faire de mal.

Tout en disant ces mots, il sut que ce n'était pas vrai. Si elle l'avait laissé partir ce soir-là, cela lui aurait sacrément fait mal.

— D'accord, Monsieur Dur-À-Cuire.

Elle se pencha vers lui tout en lavant délicatement la zone autour de la blessure de son bras. Ses yeux se tournèrent vers le visage de Bullet, puis se concentrèrent à nouveau sur la plaie. Elle rinça le linge, nettoyant soigneusement l'entaille.

— Ça va ?

Il hocha la tête.

— Mais tu es très tendu. Tu es sûr que je ne te fais pas mal ? Cette coupure est plutôt profonde.

— Je ne la sens même pas.

— Alors, pourquoi tu es tout noué ?

Elle marqua une pause dans ses soins et le regarda.

— Tes poings sont serrés. L'eau est trop chaude ?

Il regarda ses poings et fit un effort conscient pour les desserrer.

— Non, mais tu es absolument torride dans ce short.

Il passa une main le long de la cuisse de Finlay. Sa peau était chaude et douce, la distraction parfaite de ses efforts.

Elle sourit et continua à nettoyer la coupure, jetant des coups d'œil au flanc gauche de son torse.

— Que t'est-il arrivé ?

— Je te l'ai dit. J'ai assisté à un accident et j'ai dû mettre la famille hors de danger.

— Non, pas l'accident. Que t'est-il arrivé à *toi* ? Comment tu t'es fait toutes ces cicatrices ?

Elle posa le gant de toilette et sécha son bras en le tapotant avec un papier absorbant. Voyant qu'il ne répondait pas, elle dit :

— Bullet ?

Il haussa une épaule.

— L'armée.

— Bullet…

Il soupira et ses épaules s'affaissèrent.

— Tu ne veux pas l'entendre, Finlay.

Il détourna le regard de ses yeux suppliants.

— Si, dit-elle avec tant de sincérité qu'il fut à nouveau attiré vers ses yeux. Je veux comprendre ce que tu as traversé. Pourquoi tu ne peux pas être à l'intérieur de la maison sans te sentir oppressé. Sinon comment je pourrais savoir ce qui pourrait te déranger, ou t'aider à aller de l'avant ? Comment *tu* peux aller de l'avant si tu gardes tout à l'intérieur ?

Il posa ses mains sur ses cuisses, y canalisant toute l'énergie sombre.

Elle posa le gant de toilette et plaça ses paumes délicates dessus.

— Tu n'en parles jamais ?

Il ne répondit pas et l'expression empathique du visage de Finlay lui indiqua qu'il n'en avait pas besoin. Les doigts de celle-ci s'enroulèrent autour de ses mains.

— Tu n'en as jamais parlé ?

Il déglutit pour lutter contre le goût acide qui remontait le long de sa gorge.

— Bones en sait une grande partie, mais personne n'a besoin d'entendre les détails à propos de l'enfer qui règne là-bas.

— Combien de temps tu as servi ? demanda-t-elle prudemment.

— Trop longtemps et pas assez.

— Bullet, murmura-t-elle pour ce qui semblait être la centième fois. Combien de temps tu es resté là-bas ?

— Sept ans.

— Et tu n'as jamais partagé les moments difficiles avec qui que ce soit d'autre que Bones ?

— Finlay… Tu ne veux pas aller par-là.

— Mais les choses que tu as dû voir. La mort et la destruction, ça va te dévorer vivant si tu ne le fais pas sortir, non ?

Elle lui serra les mains.

— Tu devrais en parler à quelqu'un. Pas forcément moi, mais tu ne devrais pas porter le poids du monde comme ça.

— Je m'en sors plutôt bien.

— Non, ce n'est pas vrai. Tu ne pouvais pas rester à l'intérieur de ma maison, Bullet. Je ne sais pas si c'était à cause du choc de l'accident et de tout ce qu'il s'est passé ou…

Ses yeux trouvèrent la cicatrice sur son torse.

La cicatrice qui mitraillait ses cauchemars.

Il laissa échapper un souffle.

— Que veux-tu de moi, Finlay ? Que veux-tu entendre ?

Il passa devant elle et traversa la terrasse à grands pas.

— Que j'ai des putains de reviviscences parfois ? Que je suis invincible jusqu'à ce que ces saloperies arrivent ? Qu'elles me donnent envie de me tirer loin de toutes les personnes que je connais pour ne pas gâcher leurs vies ? Que pendant que j'étais absolument concentré sur le sauvetage de ces gamins, sachant que je devais atteindre les gens dans les autres véhicules avant qu'ils n'explosent, les cris terrifiants de la mère m'ont ramené directement sur le champ de bataille ? Que cette partie de moi aurait voulu que l'accident ait eu lieu de l'autre côté du pont plutôt qu'au bout de ma fichue rue ? Ou qu'il m'a fallu chaque once de ma force pour retourner dans cette voiture et les mettre en sécurité sans m'éteindre complètement ?

Il fit les cent pas sur la terrasse, incapable d'empêcher sa voix de s'élever.

— Que j'avais peur d'échouer et que quelqu'un meure à cause de mon satané cerveau ?

Elle se laissa tomber sur la chaise et ce ne fut qu'à ce moment-là qu'il vit les larmes qui coulaient sur les joues de la jeune femme. Il se précipita vers elle et tomba à genoux.

— Merde ! Je suis désolé, Finlay. Je ne voulais pas crier et m'en prendre à toi.

Elle ferma les yeux, des rivières coulant le long de ses joues tandis qu'il la serrait dans ses bras.

— Je suis désolé. *Merde !* Je suis tellement désolé !

— Ce n'est pas toi, dit-elle d'une voix étranglée. C'est la guerre. C'est…

Les sanglots lui volèrent sa voix et il posa sa main à l'arrière de sa tête, la tenant contre lui.

— Chut ! Ce n'est pas grave. Ce n'est pas grave, bébé.

— Si, c'*est* grave.

— Je n'aurais jamais dû dire quoi que ce soit. Tu n'as pas besoin d'obscurité dans ta vie.

Elle recula, la douleur dans ses yeux aussi tangible que les fantômes en lui.

— Elle y est déjà. J'avais une relation sérieuse avec un petit ami quand j'étais plus jeune. Il était militaire et il a été tué pendant sa deuxième opération extérieure. C'était horrible !

Il l'attira à nouveau contre lui.

— Je suis désolé. J'aimerais pouvoir effacer cette douleur.

— C'était il y a longtemps. Maintenant, ce n'est douloureux que quand je pense à lui seul là-bas quand il est mort.

Elle prit une inspiration irrégulière et laissa échapper un souffle tremblant.

— La guerre, ça craint.

— Oui.

— Mais tu as survécu, dit-elle doucement en levant la tête et en effaçant ses larmes. Ne laisse pas la guerre te voler *davantage* ta vie. Tu ne peux rien faire pour t'aider à repousser les reviviscences ?

— Bones m'a présenté un pote à lui qui m'a enseigné quelques stratégies à utiliser, et ça aide, mais parfois, comme ce soir, quand je ne me concentre pas sur les éléments déclencheurs, ils peuvent exploser comme si j'avais marché sur une mine.

— Je croyais que nous étions tellement différents, toi et moi, quand je t'ai vu au mariage de Tru et Gemma. Mais nous ne le sommes pas tant que ça.

Le fait qu'elle avait été touchée par la laideur de la guerre énerva Bullet.

— Nous sommes différents, Lollipop. Tu es aussi adorable que possible.

— Je sais que tu ne vas pas être d'accord, mais toi aussi.

Il haussa les sourcils.

— Je crois que personne n'a jamais utilisé ce mot pour me décrire auparavant.

Elle sourit et passa un doigt le long de sa clavicule.

— C'est parce que la plupart des gens te regardent et voient un grand méchant *Brutus* tatoué, le type intimidant qui ne laisse personne s'approcher. J'ai failli être une de ces personnes.

— Failli ?

— Quand tu as descendu l'allée centrale en tenant la main de Lincoln au mariage de Tru et Gemma, il a levé les yeux vers toi comme si tu étais tout pour lui et je me souviens avoir pensé que les tout petits ont un sens inné pour différencier les bonnes personnes des mauvaises, comme les animaux. J'ai toujours cru que, comme les enfants, nous avons ce sens de clarté, mais qu'il se trouble quand nous vieillissons et que nous sommes influencés par la société.

— Tu es en train de me dire que quand tu es entrée dans le Whiskey's le premier jour pour retrouver Dixie, tu n'as pas pensé que j'étais un dur à cuire ? Parce qu'il se pourrait que je doive travailler sur mes compétences d'intimidation.

— Oh non, tu étais bien un dur à cuire ! Mais peu importe à quel point tu étais dur, quelque part dans ma tête, j'avais encore l'image de Lincoln et toi en train de descendre l'allée. Et j'ai pensé à d'autres moments, comme quand tu dansais avec Kennedy et ensuite avec ta mère. Et à la manière dont tu n'arrêtais pas de regarder le jardin, comme si tu voulais t'assurer que toutes tes poules étaient dans le poulailler.

— Quelque chose comme ça, admit-il.

— Ils ont de la chance de t'avoir. Et j'ai de la chance aussi.

Le regard de Finlay se déplaça vers l'entaille sur son estomac.

— On ferait mieux de te nettoyer. J'ai oublié la pommade et les bandages. Attends.

Elle se mit sur pied et fit un pas vers la porte.

La gratitude s'accumula en lui. Bullet agrippa le pull de Finlay, l'attirant de nouveau en arrière.

— Merci.

— Pour quoi ?

— Pour en avoir quelque chose à foutre.

Les lèvres de Finlay s'étirèrent et son sourire atteignit ses beaux yeux.

— Je suis sûre que quiconque te connaissant ferait la même chose si tu le lui permettais.

Elle se retourna et entra.

Elle ignorait à quel point elle avait tort. La dernière fois que quelqu'un avait pris soin de lui ainsi, il était allongé sur le dos à côté d'un homme mourant, les yeux levés vers le ciel sombre crépitant sous les tirs croisés, certain qu'il allait mourir.

Il se laissa retomber sur une chaise, posa ses coudes sur ses genoux et son visage dans ses mains, souhaitant que les souvenirs gardent leurs distances.

CHAPITRE HUIT

BULLET SENTIT LA main de Finlay sur son épaule et se redressa, prenant une profonde inspiration tandis qu'elle appliquait la pommade et qu'elle bandait la blessure en silence.

— C'est difficile pour toi ? De me laisser prendre soin de toi ? demanda-t-elle en utilisant le gant de toilette pour nettoyer le sang séché qui avait filtré à travers son T-shirt jusqu'à son torse.

— Un peu.

— Parce que tu es un protecteur ?

Elle n'attendit pas sa réponse tandis qu'elle soulevait le gant de toilette et qu'elle disait :

— Lève le menton. Il y a un peu de sang sur ton cou.

Plus elle prenait soin de lui, lavant délicatement ses bras, ses mains, sa poitrine et son buste, plus il devenait facile pour Bullet de se détendre. Son contact devint le baume de ses blessures émotionnelles, sa nature douce et attentionnée les points de suture pour raccommoder les fissures des reviviscences que ce soir-là avait causées.

— Quand mon père s'enrhumait ou tombait malade, ce qui n'arrivait pas très souvent, il faisait tout ce qu'il pouvait pour ne pas se reposer, dit-elle en rinçant le gant de toilette. Et ma mère lui disait qu'il fallait être plus fort pour laisser quelqu'un prendre soin de soi que pour être la personne qui s'occupait des autres.

Elle le regarda dans les yeux et dit :

— Je crois que ça s'applique à toi aussi, monsieur Whiskey.

— Je ne me sens pas très fort, là, tout de suite, marmonna-t-il, plus pour lui-même que pour elle.

— La force de caractère supérieure à celle des muscles. C'est un autre dicton de ma mère. Tu as les deux, et ce que tu as fait ce soir prouve à quel point tu es vraiment fort.

Il l'attira plus près de lui, il avait envie de l'embrasser, de s'imprégner de sa bonté, mais il ne voulait pas qu'elle ait l'impression qu'il profitait de sa générosité.

— Tu es proche de tes parents ?

— Oui. Mais nous avons perdu mon père il y a quelques années, puis ma mère a déménagé dans le Montana, d'où elle vient. Elle a dit qu'elle voyait mon père partout, ce que je comprends, car je ressens encore sa présence, parfois. Ensuite, elle s'est remariée. Je suis heureuse pour elle, et ce n'est pas comme si elle nous avait fuies, Penny et moi. Elle avait juste besoin d'aller de l'avant et elle ne pouvait pas le faire ici.

— Je suis désolé que tu aies perdu ton père.

Il passa son pouce sur la joue de Finlay.

— Ça a dû être terrible pour toi.

— Oui. Mon plus grand regret, c'est que je vivais à Boston à l'époque. Il travaillait à la centrale électrique et il y a eu un court-circuit ou quelque chose comme ça. Ils l'ont classé comme un accident industriel. Je suppose qu'ils ont eu de la chance que personne d'autre n'ait été blessé.

Il l'attira dans ses bras, il aurait aimé avoir été là pour elle quand elle l'avait perdu.

— Ça va, ici ? D'être revenue en ville ?

— Oui. J'avais besoin d'être ici, plus près de Penny.

Elle s'écarta, s'occupant à nouveau avec le gant de toilette, mais lorsqu'elle le lava, son contact changea.

Elle ne le lavait plus avec le coin du gant. Elle l'étala sur sa main, le lavant d'une épaule à l'autre, lentement et sensuellement, lui jetant des coups d'œil furtivement tandis qu'elle passait sur son torse et le long de ses côtes. Ses paupières devinrent plus lourdes et il n'était pas sûr qu'elle s'en rende compte, mais elle s'approchait de lui, jusqu'à ce que l'espace entre eux soit à peine assez large pour sa main. Le désir remplit cet intervalle, un peu plus chaud à chaque caresse, mais le conflit dans les yeux de Finlay lui indiqua qu'elle hésitait entre se laisser aller et l'ignorer ; il n'était pas sûr, mais il ne pouvait pas détourner le regard d'elle non plus. Et lorsqu'il posa ses doigts sur ses hanches, elle coinça sa lèvre inférieure entre ses dents, s'approchant encore plus.

Ce mouvement subtil et révélateur plaça leurs bouches à un souffle l'une de l'autre. Ils se fixèrent du regard, le désir palpitant entre eux comme un tambour. Il voulait lui dire que tout allait bien. *Laisse-toi aller. Rends-toi à moi.* L'envie de la *prendre* était forte, mais son désir de ne pas tout faire foirer l'était davantage.

Le bout de la langue de Finlay passa sur ses lèvres et il serra la mâchoire.

— Nous devrions…

Elle mordilla à nouveau sa lèvre.

— Euh… Jetons un œil à la coupure sur ton ventre.

Elle s'accroupit devant lui et, nom de Dieu ! voir son ange blond accroupi devant son sexe repoussa toutes les laides pensées de la guerre et les reviviscences. Les thérapeutes ne lui avaient jamais révélé *cette* tactique. Désirer Finlay Wilson était *magique*.

Lorsqu'elle posa une main sur son estomac, l'autre sur sa cuisse, se tenant en équilibre tandis qu'elle inspectait sa blessure, il serra davantage la mâchoire.

Elle plissa les yeux, ses lèvres se tordant dans sa contemplation.

— Ça requiert vraiment un peu d'attention.

Sacrément, oui ! Elle ignorait à quel point ses pensées pouvaient être obscènes.

Elle prit le gant de toilette et il lui saisit la main. Leurs regards se croisèrent et la température monta en flèche. Les yeux de Finlay devinrent bleu nuit et le pouls à la base de son cou palpita frénétiquement. Que les coupures aillent se faire voir. Il voulait poser sa bouche sur cette pulsation effrénée et la faire accélérer encore plus.

Elle se lécha à nouveau les lèvres et il posa son autre main sur l'arrière de sa cuisse, l'attirant plus près de lui. Des étincelles les bombardèrent, grésillant et éclatant, mais aucun d'eux ne dit quoi que ce soit. Il lutta contre le besoin de l'embrasser, souhaitant préserver ce moment de grande émotion avec elle, hors du reste du monde pour toujours.

Elle ne dit pas un mot tandis qu'elle saisissait le gant de toilette et qu'elle nettoyait soigneusement la plaie. L'énergie entre eux changea à nouveau, devenant plus chaude, plongeant plus profondément, comme si leurs confessions les avaient unis, créant un pouls rien qu'à eux. Chaque coup de gant de toilette contre la peau de Bullet le rendait plus conscient de la respiration forcée de Finlay, des regards volés, de ses jambes effleurant l'intérieur de ses cuisses. Il voulait sentir ses jambes contre sa peau nue, ses petites mains chaudes sur tout son corps, guérissant son âme brisée.

— Bon, murmura-t-elle en posant le gant de toilette.

Elle sécha la zone en la tapotant avec un papier absorbant.

Son visage ressemblait à un masque de douceur attentionnée.

Elle prit la pommade et il fit glisser ses doigts le long de son bras depuis son coude jusqu'à son poignet. Elle s'immobilisa, sa main à quelques centimètres de la pommade, ses douces expirations remplissant le silence. Il appuya plus fortement ses cuisses contre les jambes de Finlay et dessina la courbe de sa hanche de son autre main. Elle se crispa à la première caresse le long de sa cuisse, mais elle ne détourna pas le regard, un tourbillon d'émotions passant entre eux. Sans un mot, elle tendit à nouveau la main vers la pommade.

Il voulait qu'elle le touche, mais il savait que ce n'était pas sa manière de faire. Elle était comme un lapin effrayé sortant de son terrier, puis reculant, avant de revenir et de renifler l'air, s'approchant peu à peu jusqu'à ce qu'elle lui fasse complètement confiance.

Il l'observa tandis qu'elle appliquait la pommade sur sa blessure, l'admirant pour tant de raisons. Elle ne passait pas sa vie en colère contre le monde pour lui avoir volé son père et son homme et elle ne se cachait pas derrière un mur de peur d'être à nouveau blessée.

— Comment tu y arrives ?

La question était sortie toute seule.

Elle prit un bandage.

— À nettoyer tes plaies ?

— Non, Fins. Comment tu es allée de l'avant ? Tu es tellement heureuse !

— Maintenant, d'accord, mais à l'époque ? J'ai beaucoup pleuré, j'ai cassé les oreilles de mon amie Izzy et de Penny. J'ai assez cuisiné et j'ai fait assez de gâteaux pour une petite armée et j'ai beaucoup prié. Je ne suis pas religieuse, mais j'ai pensé que si j'envoyais des pensées positives et aimantes dans l'univers, elles finiraient par atteindre Aaron et mon père. Et tu sais, j'étais tellement jeune ! J'avais vingt et un ans quand Aaron est mort, puis nous avons perdu mon père deux ans plus tard. Le temps a beau ne pas soigner les blessures, il nous donne un peu de perspective. Je suis reconnaissante de les avoir eus dans ma vie.

Elle posa le bandage et dit :

— J'ai peur de mettre ça sur ta plaie.

Elle était aussi douée que lui pour changer de sujet. Il comprenait ça. Parfois, il n'y avait rien à ajouter. Ressasser les choses ne ramènerait pas les gens.

— Il va se coller aux poils de ton ventre et ça va te faire sacrément mal quand tu le retireras.

Elle écarquilla les yeux.

— Je pourrais te raser autour de la plaie.

— Les vrais hommes ne se rasent que pour les tatouages et les fellations. Viens là.

Il désigna ses genoux.

— Eh bien, monsieur Whiskey, tu deviens joueur avec moi ?

Il la souleva sur ses genoux, plaçant les jambes de la jeune femme autour de ses hanches, et il passa ses mains le long de l'extérieur de ses cuisses. Les joues de Finlay rougirent, et il adorait ça chez elle. Les femmes avec qui il avait été n'avaient jamais rougi. Elles n'avaient jamais semblé réelles non plus. Elles étaient un moyen de s'échapper, une libération, alors que Finlay... Elle était la seule réalité dont il ne voulait pas s'échapper.

— Ne t'inquiète pas, Lollipop.

Il passa ses doigts dans ses cheveux et l'attira plus près de lui, lui parlant directement à l'oreille.

— Je ne te demande pas de me tailler une pipe ou de me monter.

Il passa sa langue le long de son oreille, ce qui lui valut un gémissement plein de désir.

— Je veux juste te goûter, avoir une petite surdose de sucre pour nous faire planer.

Il posa sa bouche sur la peau sensible à la base de son cou et un petit halètement sexy glissa des lèvres de Finlay tandis qu'il la suçait longuement et sensuellement. Elle prit une série de vives inspirations tandis qu'il se frayait un tendre chemin le long de la colonne de son cou jusqu'à l'autre côté.

— Tu es tellement douce ! dit-il en la goûtant. Tellement parfaite, Lollipop, mais j'ai besoin d'avoir ta bouche sur moi.

Il s'ordonna de ralentir, mais elle murmura « Oui », faisant complètement taire ses pensées.

Elle se pencha vers lui, appuyant son doux entrejambe contre son membre rigide. Il fit glisser une main le long de sa cuisse et quand elle se frotta plus fort contre lui, il passa ses longs doigts sous son short. L'irritation de la dentelle fit sortir un grognement de ses poumons tandis qu'il remplissait sa main des fesses séduisantes de la jeune femme. Ses émotions devinrent folles tandis qu'il la caressait et qu'il l'embrassait, la suçait et la mordillait. Le monde réel cessa d'exister. Ses mains étaient partout à la fois, empêtrées dans la spirale du désir, déterminées à sentir tout ce qu'il pouvait d'elle. Il s'immisça sous son pull, agrippant ses seins tandis qu'ils se soulevaient sous les grandes inspirations de Finlay. Ses gémissements et ses murmures sexy lui firent perdre la tête, bon sang ! Il balança ses hanches et elle enfouit ses mains dans ses cheveux, se frottant plus fort, l'embrassant plus profondément. Elle était trop, trop bonne, trop *enthousiaste*, le remplissant de toute cette douceur.

Il arracha sa bouche de la sienne, ayant besoin de voir son beau visage, de s'assurer qu'il n'imaginait pas son excitation, qu'il ne la *forçait* pas, qu'il ne *prenait* pas, trop enfoui en elle pour comprendre ses signaux. Les lèvres de Finlay étaient bouffies par leurs baisers, ses joues roses et irritées par sa barbe. Cela faisait probablement de lui un salaud, mais il adorait savoir qu'elle sentirait sa bouche sur la sienne le lendemain.

— Embrasse-moi, supplia-t-elle avant d'incliner à nouveau son visage vers le sien.

Le baiser fut d'abord doux, délicat, mais en quelques secondes, ils se dévoraient l'un l'autre, prenant et donnant voracement à parts égales. Des sons avides se glissèrent entre eux comme si cela faisait des années qu'ils attendaient cette connexion. En ce qui concernait Bullet, il avait attendu cela toute sa vie. Il réclama encore son cou, charmé par ses frissons et ses tremblements à chaque coup de langue.

— J'ai besoin de te sentir contre moi, Fins.

Il se mit sur pied avec elle dans ses bras et l'allongea sur la chaise longue, se positionnant sur elle.

Elle était si petite, si féminine que son instinct protecteur surgit et il était en train de trop se laisser emporter. Il se força à se mettre à côté d'elle. Ils étaient allongés l'un face à l'autre, s'embrassant et se souriant. Bon sang ! Il ne se souvenait pas de la dernière fois où il avait souri en embrassant une femme. De la dernière fois où cela avait eu de l'*importance* pour lui.

Il passa sa main le long de sa jambe et les mots sortirent.

— J'adore tes jambes. Ta peau douce.

Il plaça sa main sous son genou, glissa sa jambe sur la sienne, le genou de Finlay reposant à côté de sa hanche. *Oh oui*, c'était bon ! Toute sa douceur était pressée contre lui. Elle se cambra en avant, se frottant contre son sexe. Il l'allongea sur le dos pour la regarder dans les yeux, submergé par la confiance et les émotions qui lui rendirent son regard, *pour* lui.

Il voulait être l'homme sur qui elle comptait, toujours voir cette confiance dans ses yeux. Être l'homme qui serait là pour elle quand elle souffrait et quand elle avait quelque chose à fêter. Et il avait l'impression que la vie de Finlay serait pleine de fêtes, car elle ne s'apitoyait pas sur son sort, elle ne laissait pas l'obscurité la conquérir. Elle était ouverte et aimante, et cette confiance était sur le point de l'achever. Bullet savait tout de la confiance. C'était la base même de son être. Ses frères d'armes avaient une confiance indéfectible et la fraternité du club et sa famille de sang vivaient selon ce principe. C'était ce qu'il voulait avec Finlay et il savait que tout cela commencerait à ce moment-là.

— Dis-moi d'arrêter, Finlay, et je reculerai. Cette nuit est à toi.

Elle se redressa et posa ses lèvres sur les siennes.

— Je ne veux pas que tu arrêtes et je ne veux pas qu'elle soit à moi. Je veux la partager avec toi, dit-elle sincèrement, déchaînant son désir.

Il explora les creux et les courbes de son corps tandis qu'ils se pelotaient comme s'ils s'étaient attendus toute leur vie et qu'ils n'en auraient peut-être jamais plus l'occasion. Elle se cambra et gémit, appuyant tout son corps contre celui de Bullet. Il fit glisser sa main le long de la jambe de son short, sous sa culotte, cherchant sa moiteur. Elle plia le genou, le laissant tomber sur le côté et lui offrant un meilleur accès pour taquiner sa chair douce. Les émotions bouillonnèrent dans la poitrine de Bullet, montant et palpitant tandis qu'il découvrait à quel point elle le désirait. Elle était tellement humide, si incroyablement chaude et douce ! Il enfonça ses doigts en elle, l'emmenant délicatement là où ils avaient tous les deux besoin qu'elle soit tout en l'embrassant profondément.

Il courba son doigt et la tête de Finlay tomba en arrière avec un long gémissement de capitulation. Ses hanches se soulevèrent pour le rejoindre et il remonta son T-shirt, dégrafa l'avant de son soutien-gorge, libérant ses seins magnifiques. Il regarda ses yeux fermés, la rougeur de sa peau, voulant se souvenir de ce moment pour toujours. La proximité, son ouverture. Il passa sa langue sur son téton dur tandis qu'elle accompagnait chacune de ses pénétrations d'un coup de hanches, sa respiration superficielle, ses halètements pleins de désir. Elle s'agrippa à ses épaules, ses ongles s'enfonçant dans sa peau, gravant probablement des cicatrices qu'il porterait fièrement.

Lorsqu'il baissa sa bouche sur son sein pour le sucer, elle cria :

— Ah ! C'est trop bon !

Ses hanches se soulevèrent de plus en plus haut, et lorsqu'il la suça plus fort, elle se trémoussa en criant de plus belle, son sexe chaud palpitant autour des doigts de Bullet.

— C'est ça, bébé. Bon sang, tu es splendide, *putain* !

Il réclama sa bouche, dessinant des cercles sur son clitoris avec son pouce, la maintenant à l'apogée de son orgasme. Elle gémit et geignit, haletant dans sa bouche. Quand un autre orgasme s'abattit sur elle, l'emportant dans une frénésie sauvage et bouleversante, le nom de Bullet sortit de ses lèvres comme une exigence, encore et encore, jusqu'à ce qu'il ne soit plus qu'un murmure. Et quand elle s'effondra contre le dossier de la chaise et qu'il se retira de son entrejambe, elle tremblait complètement.

Il la serra contre lui, embrassant chaque morceau de peau qu'il pouvait atteindre.

— Bullet, supplia-t-elle. Bon sang ! Tu es un don du ciel.

— Plutôt de l'enfer. Je pense à des choses très *immorales* à ton sujet, Lollipop.

Il baissa ses hanches sur les siennes. Bon sang, il adorait sa bouche !

Il recula juste un instant pour regarder son beau visage, puis il retourna à sa bouche délicieuse qu'il vénéra entièrement, faisant entrer et sortir sa langue, avec profondeur et insistance, comme il voulait le faire avec son sexe. Il saisit sa mâchoire, tenant ses joues pour pouvoir sentir leurs langues bouger à l'intérieur. D'autres sons immoraux sortirent d'elle. Il l'embrassa tout le long de son corps, ralentissant pour aimer chaque sein avec ses mains et sa bouche. Il essuya l'excitation de Finlay de ses doigts sur son téton et le lécha, la titillant lentement, se délectant de la première fois qu'il la goûtait.

— Bullet, dit-elle désespérément.

Bon sang, elle était sa perte ! Elle ferma les yeux, la respiration superficielle. Ses cheveux étaient ébouriffés autour de son visage confiant. Elle était la créature la plus belle qu'il ait jamais vue, la femme la plus pure, la plus gentille et peut-être la plus forte qu'il ait connue. Il voulait rester là et l'aimer jusqu'à ce que le soleil se lève.

Mais il savait que c'était impossible, et pour cette raison, il dit :

— Ouvre les yeux, ma jolie.

FINLAY OUVRIT LES yeux, son corps fourmillant encore de la tête aux pieds. Bullet était en train de la regarder de la manière la plus torturée et pourtant curieusement satisfaite. Il passa sa langue le long de sa lèvre inférieure et recula rapidement, comme s'il n'était pas sûr qu'il aurait dû le faire. Elle ne put empêcher un autre son avide de sortir de ses poumons. Elle n'avait jamais été aussi remplie de désir de toute sa vie, mais il y avait une énergie, un *besoin* envers Bullet qui alimentait les parties vides de son être. Il était tellement viscéral, tellement intense et fermé la plupart du temps, mais dans les moments où ces barrières se levaient, il était chaleureux et passionné. Ce soir-là, il lui avait permis de jeter un œil sous ses couches complexes, approfondissant leur connexion bien au-delà du physique. Elle ne doutait pas un instant qu'il avait révélé une facette de lui qui avait été scellée depuis longtemps. Et plus elle en apprenait à propos de lui, plus elle retirait de couches, plus il devenait complexe et *réel*.

Il saisit tendrement son visage de ses deux mains et la regarda profondément dans les yeux.

— Salut, ma belle.

— Salut.

— Il est bientôt minuit, l'heure à laquelle les types comme moi deviennent des loups-garous.

Une sensation désagréable la traversa.

— Tu t'en vas maintenant ? Quelques secondes après… ?

— Certainement pas, dit-il d'une voix rauque remplie de tant d'émotion qu'elle calma l'inquiétude qui s'était frayée un chemin en elle.

Il l'embrassa dans le cou, agrafa soigneusement son soutien-gorge et remit son pull en place, ce qui était étonnamment adorable ; cela lui sembla intime et spécial. Puis, il la serra dans ses bras forts et elle se blottit dans la courbe de son corps, se sentant en sécurité même si elle ne savait pas vraiment où ils allaient ni ce qu'une nuit comme celle-là signifiait pour un homme comme lui. Pour la première fois depuis qu'elle avait été avec Aaron, son cœur battait pour quelque chose d'autre que son travail, et c'était trop bon pour en disséquer la signification.

Il lui leva le menton et appuya ses lèvres contre les siennes.

— J'ai juste besoin de freiner pour que ça n'arrive *pas*.

— Je ne savais pas que la *Bullet machine* avait des freins, le taquina-t-elle.

— On est deux, marmonna-t-il.

Un pincement de gêne la traversa.

— Tu veux dire que tu ne t'arrêtes *jamais* avant d'aller jusqu'au bout ?

Il embrassa le sommet de sa tête, mais aucune réponse ne vint. Elle recula pour voir son visage et elle ne fut pas surprise de trouver son expression sérieuse habituelle. Celle qui indiquait, à elle et à tout le monde, de reculer. Mais ils avaient été plus intimes qu'elle ne l'avait été avec n'importe quel autre homme et elle n'aimait pas l'idée de reculer.

— Sérieusement ?

Il se redressa et dit :

— Tu ne veux pas aller par là, Finlay.

— Je ne devrais pas *vouloir* aller par là, mais c'est le cas.

— Pourquoi tu te ferais subir ça ? Qu'est-ce que ça peut foutre, ce que j'ai fait avec quelqu'un d'autre, si je ne le fais pas avec toi ?

Il se leva et ses bottes *frappèrent* la terrasse tandis qu'il faisait les cent pas, son corps massif se dessinant dans l'obscurité.

Elle se remit sur pied, la tête lui tournant. La partie rationnelle de son cerveau savait que ce qu'il faisait avec d'autres personnes ne devrait pas avoir d'importance. Ils n'étaient même pas en couple. Mais elle voulait le savoir. Elle avait besoin de savoir ; elle avait besoin de le comprendre.

— Je ne sais pas, admit-elle. J'ai l'impression que je devrais comprendre ce que tu es habituellement pour savoir si tu te comportes différemment avec moi. Je veux dire, tu t'es *arrêté*, alors, de toute évidence, c'est *sacrément* différent pour toi, non ? Et les maladies ?

— Je ne monte pas à cru et je n'ai jamais eu la moindre maladie, lança-t-il à toute vitesse. J'ai une poignée de femmes avec qui je couche quand l'envie m'en prend. Elles sont saines. Elles me connaissent. Elles se fichent que je m'en aille ensuite.

Il tendit les bras de chaque côté, une expression agacée sur le visage.

— Que veux-tu savoir d'autre ? Je ne couche pas nu avec elles. Je me fiche qu'elles jouissent. C'est rapide et sale.

Il la regarda, la mâchoire serrée.

— Ce n'est pas comme avec toi. Rien dans ma vie n'a été comme avec toi. Même pas un peu.

Finlay croisa les bras et s'affala à nouveau sur la chaise, essayant de comprendre comment elle pouvait être aussi attirée par un homme qui pouvait dire, et faire ces choses-là. *Une poignée de femmes ? Rapide et sale ?*

— Alors, tu les *utilises* ?

Il arrêta de marcher, mit ses mains dans ses poches et haussa les épaules.

— Nous nous utilisons, elles et moi.

Il laissa échapper un long soupir régulier, l'observant tandis qu'elle digérait l'information. Ses traits s'adoucirent tandis qu'il s'agenouillait devant elle.

— Finlay, rien de moi ne va correspondre au moule de la personne avec qui tu t'imagines. Nous en avons déjà parlé.

— Je sais, et ça ne m'importe pas beaucoup, car quand je

suis avec toi, je veux être avec toi. Mais c'est une chose de penser que tu as fait ces choses et c'en est une autre d'en avoir la confirmation. Je ne veux pas être une aventure d'un soir ou l'une des filles que tu utilises.

— Ne t'avise même pas de dire ça, bordel !

Il plissa les yeux avec colère.

— Je ne te ferais jamais ça. Je me suis *arrêté* avant que nous allions plus loin. Ça ne te dit pas tout ce que tu as à savoir ? Tu penses que je suis fier de ne pas pouvoir avoir une relation normale ? De ne pas pouvoir dormir sans mon fichu chien parce que je crains les cauchemars ? Qu'il m'a fallu chaque once de ma force pour ne pas partir au lieu de venir m'excuser auprès de toi ?

— Tu ne peux pas dormir sans Tink ?

Oh, comme il lui faisait mal au cœur !

— Tink ne peut pas dormir sans moi non plus. Elle griffe la fenêtre en gémissant jusqu'à ce que je rentre.

Il laissa échapper un petit rire.

— Elle n'a pas dormi seule depuis que je l'ai trouvée. Un salaud l'a jetée de sa voiture avec un tas d'ordures sur l'autoroute. Elle était dans un sac-poubelle vert, maigre comme un clou, morte de peur. Je l'ai directement emmenée chez mon pote, un vétérinaire et un membre de notre club, et j'ai passé des semaines à m'occuper d'elle pour qu'elle se rétablisse. Elle est à mes côtés depuis. Elle me comprend. Les rares fois où je fais un cauchemar, elle me réveille avant qu'il ne m'emmène trop loin.

Finlay se gonfla d'amour pour eux deux. Pas étonnant qu'il ne veuille pas l'abandonner.

— Nous sommes tous les deux perturbés, dit-il, mais nous fonctionnons. J'ai besoin d'elle et elle a besoin de moi.

L'amour dans ses yeux était tangible.

— Et tu n'étais pas sûr de venir ? Tu allais juste me laisser en plan ?

Il prit sa main dans la sienne, son regard aussi confus qu'honnête.

— J'ai pensé à t'épargner la douleur d'avoir un mec comme moi dans ta vie. J'étais en train de me remettre de graves reviviscences. Cette scène a déterré toutes sortes d'horreurs. Fin, tout le monde a des casseroles et je sais que j'en ai toute une cargaison. Je sais ce que je suis et je n'en ai pas honte. Je suis un survivant. Ma vie est ce qu'elle a dû être pour que je puisse m'en sortir tous les jours. Je suis doué pour protéger les autres. Je suis nul à – il leva leurs mains jointes – ça. Même quand j'étais jeune, je ne sortais pas avec les filles. Je hochais la tête vers l'une d'elles et nous couchions ensemble. C'est tout ce que j'ai toujours connu ou voulu. Et puis, tu es arrivée dans ma vie comme une étoile tombée du ciel nocturne et tout ce que je voulais, c'était t'attraper.

Son honnêteté était comme une drogue, apaisant la dureté de sa confession.

— C'était uniquement physique, au début, lui rappela-t-elle.

— Absolument. Tu es ravissante.

— Alors, si j'avais accepté de faire un tour dans la *Bullet machine*, ça aurait fini comme ça ?

Cette idée la mettait mal à l'aise.

— Nous n'en serons jamais sûrs, mais je n'arrive pas à croire une seconde que je t'aurais bais… que je serais allé jusqu'au bout ou que je t'aurais laissé t'en aller après. Pas si nous avions passé dix minutes à avoir une vraie conversation. Tu es trop spéciale. Tu as dit qu'il y avait une différence entre le fait de survivre et de vivre, et je sais que tu as raison. C'est évident dans ta manière d'être et dans la façon dont tu vis ta vie. Quand je suis avec toi, tu m'élèves, tu me fais voir et *sentir*. En raison de la personne que tu es et de celle que je veux être pour toi, je t'ai apporté des fleurs de mon jardin et je me suis rasé avant notre rendez-vous...

Elle regarda sa barbe.

— Rasé ?

Il baissa les yeux vers ses parties intimes.

— Oh, mon Dieu ! Tu pensais *vraiment* que nous allions coucher ensemble !

En le disant, elle se rendit compte qu'elle s'était demandé comment il serait au lit pendant bien plus qu'une journée.

— Je ne me souviens pas d'avoir dit que les vrais hommes se rasaient pour le *sexe*.

Elle resta bouche bée.

— Tu as pensé que je... Après le premier rendez-vous ? Je veux dire, je t'ai laissé me toucher et je n'ai jamais fait ça pendant un premier rendez-vous, mais je n'aurais pas...

Je l'aurais fait ? Oh, Dieu ! J'aurais pu le faire !

Il haussa les sourcils et ils rirent légèrement tous les deux.

— De toute évidence, ce qu'il y a entre nous est nouveau et différent pour nous deux, dit-il, une étincelle d'espoir scintillant dans ses yeux. Je viens de te trouver, Finlay. S'il te plaît, ne laisse pas ma vie tordue t'effrayer. Pour la première fois depuis aussi longtemps que je peux me souvenir, je ne veux pas me contenter de survivre. Je veux *vivre*.

— Bullet, dit-elle dans un souffle, essayant de solidifier son cœur en train de fondre, je n'ai pas vraiment vécu non plus. Je sais qu'on dirait que c'est le cas, mais je ne suis pas revenue vivre ici uniquement parce que Penny me manquait. Je suis revenue parce que je me sentais seule. J'ai essayé d'éprouver quelque chose pour un homme après la mort d'Aaron. Je suis allée à quelques rendez-vous et j'ai essayé d'être intime, mais j'étais trop brisée pour ressentir quoi que ce soit, même aussi récemment que cet hiver. Je suis revenue vivre ici parce que j'ai pensé que je pourrais ne plus être capable d'aimer ou d'être aimée par un homme, mais que je pouvais au moins aimer et être aimée par Penny. Et l'amour sororal, c'est mieux que pas d'amour du tout.

— Ça me brise le cœur. Tu es trop adorable pour être seule pour toujours.

— Mais j'ai ressenti quelque chose ce soir, admit-elle. J'ai ressenti *beaucoup* de choses. À tel point que c'est un peu effrayant.

— N'aie pas peur. Contente-toi d'être avec moi. Donne-nous une chance.

Elle désirait cela plus que jamais, en dépit de leurs différences. Elle n'avait jamais rencontré qui que ce soit d'aussi honnête ou d'aussi altruiste, mais finalement, elle avait besoin d'un certain niveau de respect de la part d'autrui et pour elle-même. Elle rassembla son courage comme une cape et dit :

— Je ne peux pas si tu risques d'être avec d'autres femmes. Je n'ai pas la force de te partager. Protéger autrui est une chose, mais leur donner ton corps en est une tout autre.

— Je ne te partagerai pas, dit-il avec le ton exigeant qui, pour une raison incroyable, la faisait l'aimer. Et je ne m'attendrais jamais à ce que tu me partages.

— D'accord.

L'air sortit de ses poumons dans un long « Ah, Lollipop ! » tandis qu'il l'attirait sur ses genoux et qu'il l'embrassait à lui en couper le souffle.

— Demain, dit-il contre son cou, je me rattraperai pour ce soir et je t'emmènerai à un vrai rendez-vous.

— Vraiment ?

Elle avait hâte de le revoir.

— Qu'as-tu prévu pour la journée ? Je dois travailler à seize heures et je veux passer à l'hôpital le matin pour voir comment vont les Beckley, mais je pourrais passer te prendre ensuite.

Le cœur de Finlay se remplit face à sa prévenance.

— Et si tu venais me chercher au matin et que je t'accompagnais ? Je dois commander l'électroménager pour le bar et j'allais travailler sur les menus, mais je peux faire ça après seize heures, quand tu seras au travail. Je crois que je vais aussi apporter une partie des pâtisseries que j'ai préparées au bar, ce soir. Les biscuits ont vraiment plu aux clients.

— Exactement ce qu'il me fallait, plus de mecs qui deviennent fous de *tes* pâtisseries.

Il grogna en souriant, même si elle était presque sûre qu'il ne plaisantait pas. Puis le ton de sa voix redevint sérieux et il dit :

— Mais tu n'as pas besoin de voir cette tristesse à l'hôpital. Je passerai après.

Elle enroula ses bras autour de son cou et dit :

— Monsieur Whiskey, laisse-moi te donner une petite leçon à propos des relations. C'est une bonne chose de laisser les gens qui tiennent à toi être là *pour* toi. C'est comme ça que la vie de couple fonctionne. Tu as beau ne pas avoir *besoin* que je sois là, si tu me laisses faire, j'aimerais y être quand même. Juste au cas où tu aurais besoin d'un câlin, car même les protecteurs grands et forts ont besoin de câlins, parfois.

— Et si j'ai besoin d'un baiser ?

Ses yeux s'enflammèrent et il posa ses lèvres sur son cou.

Des frissons parcoururent la peau de Finlay.

— Hmm ! Ça pourrait s'arranger.

— Et qu'on me touche ?

Il mordilla sa mâchoire.

— Peut-être en privé, dit-elle d'un ton faussement timide.

Il effleura ses lèvres des siennes et dit :

— *Ah !* Alors, tu veux bien toucher mes parties intimes.

CHAPITRE NEUF

POUR LA DEUXIÈME fois en moins de vingt-quatre heures, Bullet se retrouva assis devant la maison de Finlay dans son pick-up avec un bouquet de fleurs de son jardin. Cependant, cette fois, rien n'aurait pu lui faire envisager de s'en aller. Et juste pour être sûr, il avait appelé Bones la veille pour lui parler des reviviscences qu'il avait eues quand il s'était occupé de l'accident. Celui-ci lui avait rappelé ce qu'il avait appris grâce à son ami, le thérapeute. Et à présent, alors qu'il coupait le moteur, il était de nouveau au téléphone avec son petit frère. Bones avait appelé pour s'assurer qu'il était encore calme.

— Je vais bien, mon pote. Je suis désolé d'avoir appelé si tard hier soir.

Bones était plus jeune que Bullet de quinze mois et de l'extérieur, ils étaient aussi différents que deux frères puissent l'être. Bones était non seulement un professionnel à l'allure irréprochable – contrairement à l'apparence négligée et au travail manuel de Bullet – mais il cachait prudemment ses tatouages aux yeux de ses patients et de ses pairs, les limitant à ses épaules, son torse et au-dessus du genou alors que le corps de Bullet était un témoignage de toutes les horreurs qu'il avait vécues. Mais même si leur apparence et leur manière d'agir étaient différentes, les fondements de leurs croyances et les principes en fonction desquels ils vivaient étaient les mêmes.

— Pas de problème, dit Bones. Je venais de revenir d'une fête à Pleasant Hill. Je sais qu'hier soir, tu as dit que tu ne voulais pas parler de Finlay, mais Bullet, si tu veux être avec elle, tu dois lui raconter ton passé.

— Mec, elle en sait plus que toi, maintenant, admit son frère.

— C'est à moi que tu parles, Bullet. Contente-toi de me dire de la fermer. Ne me dis pas un tas de conneries.

Celui-ci leva les yeux vers la maison de Finlay, sa poitrine se serrant lorsqu'il se souvint de l'expression de son visage quand elle avait vu son corps et la douleur et la confusion dans sa voix quand il avait été honnête à propos de sa vie personnelle.

— C'est vrai, frérot. Je ne sais pas du tout ce qui m'a poussé à être honnête avec elle à propos de toute la merde que j'ai dans la tête, mais elle ne s'est pas enfuie et elle ne m'a pas dit que j'étais trop bousillé pour elle.

Bones resta silencieux un moment de trop.

— Crache le morceau, Bones, dit Bullet avec colère. Tu penses que quand j'irai la chercher aujourd'hui, elle va me rejeter maintenant qu'elle a eu le temps d'y penser ?

Il s'était inquiété pour cette raison depuis qu'il s'était levé ce matin-là.

— Non, mec. Au contraire. Tu n'as jamais laissé personne entrer dans ta tête. Bon sang, Bullet, il a fallu que tu frôles la mort pour me demander de l'aide et tu n'as toujours pas avoué au reste de la famille les raisons de ta démobilisation pour raison médicale !

Bullet passa sa main sur son torse et son flanc d'un geste automatique, là où ses cicatrices marquaient la fin de sa carrière militaire.

— Où tu veux en venir ?

— Ce que je veux dire, c'est que tu dois avoir un sacré tas de sentiments pour Finlay pour t'ouvrir à elle. Tu es un type incroyablement intelligent, compétent et généreux et on dirait que tu as trouvé quelqu'un qui voit ces qualités chez toi, tout comme nous.

— Tu me décris comme une fillette.

— Non. Je donne juste l'impression que tu es humain et tu détestes ça.

Bones rit et ajouta :

— Comment tu vas faire avec Tink, qui a l'habitude de dormir avec toi ?

La nuit précédente, la chienne était une épave gémissant d'amour quand Bullet était rentré chez lui et il l'avait emmenée faire une longue promenade autour de sa propriété pendant qu'il téléphonait à Bones.

— Tinkerbell fait partie de ma vie autant que toi. Elle n'ira nulle part.

— Ce n'est pas une réponse.

Bullet rit. Son petit frère était doué pour le mettre au pied du mur. Mais il était prêt à y faire face.

— Eh bien, elle ne le sait pas encore, mais j'ai l'intention d'emmener Fin à la maison avec moi cet après-midi pour qu'elle rencontre Tinkerbell. Je suppose qu'elle n'est pas *terrifiée* par les chiens puisqu'elle a pu s'asseoir dans le pick-up et se chanter des chansons stupides alors que Tinkerbell était à l'arrière. Elle a peur. Et s'il y a une chose que je sais faire, c'est habituer peu à peu quelqu'un à quelque chose qui fait peur.

— Bonne chance. Peut-être que vous pouvez aller chez le psy ensemble, toi pour tes reviviscences et tes cauchemars et Finlay pour sa peur des chiens.

— Va te faire voir, dit Bullet en souriant. Si nous y allons, toi aussi.

— Pourquoi ?

— Parce que tu as besoin de sortir de la ville pour trouver une femme avec qui coucher.

Alors que Bullet avait une multitude de femmes qu'il pouvait appeler jour et nuit et qu'il se fichait de qui le savait – *jusqu'à maintenant* –, Bones était discret en ce qui concernait ses activités sexuelles. En tant qu'oncologue respecté, son aîné savait qu'il devait l'être, mais cela ne l'empêchait pas de taquiner son frère.

— Salaud !

— Connard !

Bullet jeta à nouveau un œil vers la maison et vit Finlay traverser le salon.

— Je dois y aller, frérot. Je t'aime.

— Je t'aime aussi, Bullet. Et pour ce que ça vaut, j'ai vraiment apprécié Finlay quand je l'ai rencontrée au mariage et maman m'a dit que les mecs au bar étaient fous d'elle. Ne te moque pas d'elle.

— Bon sang !

— Je dis ça pour t'énerver. Elle a dit qu'ils n'arrêtaient pas de dire à quel point elle était avenante et enjouée, *et* de parler de ses biscuits. Je suis content pour toi, frérot. Je vais aller courir.

En montant les marches du porche, Bullet aperçut de nouveau Finlay à travers la fenêtre du salon, ce qui provoqua une étrange agitation dans sa poitrine. Il s'immobilisa, craignant que l'accident ait ouvert un vortex qui transformerait la jeune femme en une sorte d'élément déclencheur. Il prit une grande inspiration tandis qu'elle posait le vase de fleurs qu'il lui avait données la nuit précédente sur la table auxiliaire. Elle se retourna et leurs regards se croisèrent, transformant cette agitation en un désir abrutissant. Un grand sourire souleva les joues de Finlay et elle se précipita vers la porte, sa courte robe verte battant ses cuisses. Elle portait une paire de bottines à lacets qui faisaient quelque chose d'incroyable à ses splendides jambes. Bon sang, son sourire et ses jambes le mèneraient à sa perte !

La porte s'ouvrit brusquement et ses sens perçurent une rafale de cannelle. Ses entrailles se serrèrent lorsqu'il se souvint qu'elle avait dit qu'elle cuisinait quand elle était contrariée. Mais son regard dansait de joie, et comme si le soleil venait enfin de se lever, le monde entier de Bullet s'illumina.

— Salut, dit-elle joyeusement.

— Salut, Lollipop.

Il fit un pas en avant tandis qu'elle se mettait sur la pointe des pieds, le saluant d'un bisou enthousiaste.

Elle avait un goût de cannelle et de sucre et d'une bonne dose de bonheur, brisant les dernières craintes de Bullet qu'elle se retourne et s'enfuie. Il voulait oublier leur visite à l'hôpital, la porter dans la chambre et passer la journée à vénérer son corps nu.

Tandis que leurs lèvres se séparaient, il dit :

— Je pourrais bien avoir à venir tous les matins.

Il l'embrassa à nouveau, plus profondément cette fois, lentement et sensuellement, jusqu'à ce qu'elle laisse échapper l'un de ces soupirs rêveurs qu'il adorait.

— Bon sang, tu m'as manqué !

Quand il réalisa ce qu'il venait de dire, il se redressa complètement, surpris par la révélation.

— Tu m'as manqué aussi, admit-elle avec un sourire timide. Mais tu étais coincé dans ma tête. J'ai rêvé de toi toute la nuit.

Cela réchauffa les entrailles du jeune homme et les transforma en bouillie.

— Nu, j'espère.

— Non !

Elle rougit.

— Peut-être.

— Bien.

Il se pencha en avant et lui parla directement à l'oreille.

— Assure-toi juste de rêver assez grand.

— Bullet ! murmura-t-elle. Je crois que tu aimes me mettre mal à l'aise.

— Je crois que je vais encore plus aimer te faire sortir de cette gêne.

Elle frémit visiblement et il lui tendit les fleurs.

— Pour toi, ma belle.

— Encore des fleurs ? Elles sont splendides, merci. Elles viennent aussi de ton jardin ?

— Hmm, hmm.

— Tu vas dépouiller ton jardin si tu continues à m'apporter des fleurs.

— Ça ne m'inquiète pas.

Il avait plus de jardins que nécessaire. Jardiner avait été une forme de thérapie quand il était revenu chez lui, rongé par le syndrome de stress post-traumatique.

Il la suivit dans la cuisine, où elle avait préparé une table pour deux, avec des serviettes en tissu fantaisie, des verres à vin remplis d'eau glacée et une cruche de jus d'orange. Il fut ravi de voir que l'angoisse de la veille avait disparu.

— Tu attends de la compagnie ?

— Juste toi, dit-elle en lui tapotant brièvement le torse.

Elle se pencha sur le plan de travail et se mit sur la pointe des pieds pour attraper un vase sur l'étagère supérieure d'un placard. Il le prit pour elle.

Son corps effleura le sien et le détecteur de Finlay dans son pantalon s'éveilla en sursautant. La jeune femme inhala de manière assez faible pour faire accélérer le cœur de Bullet.

— Tu n'étais pas obligée de te donner autant de mal, dit-il en posant le vase sur le plan de travail.

Elle le prit, mais ne se tourna pas vers lui.

— Ce n'est pas grand-chose. Tu as eu une soirée difficile hier et nous nous sommes tellement rapprochés que je voulais faire quelque chose de spécial pour toi.

Il sentit son excitation dans le tremblement de sa voix. Elle ouvrit l'eau du robinet et il passa ses bras autour d'elle, la maintenant près de lui tandis qu'il remplissait le vase d'eau et qu'il plaçait les fleurs dedans. Puis il baissa sa bouche sur son cou et l'embrassa tendrement, mais la tendresse n'était pas suffisante et il ouvrit la bouche pour mieux la goûter. Elle frémit contre lui et il la retourna dans ses bras.

— Tu es spéciale.

Il passa ses lèvres sur les siennes et dit :

— Tu es le seul petit déjeuner qu'il me faut.

— Bullet ! dit-elle, haletante.

Il lui leva le menton et l'emporta dans un autre baiser passionné. Ses hanches se frottèrent contre le ventre de Finlay et il sut qu'elle sentait à quel point il était dur.

— Je ne veux pas que tu penses que je suis venu en m'attendant à ça.

— C'est bon, murmura-t-elle.

— Bon sang, Fin ! Je ne peux pas me rassasier de toi.

Il la souleva sur le plan de travail et se logea entre ses jambes, dévorant sa bouche comme un réfugié affamé.

Elle mit ses mains dans ses cheveux et guida à nouveau sa bouche vers son cou. Bon sang ! Il adorait qu'elle ne soit pas trop timide pour lui montrer ce qu'elle aimait. Il scella sa bouche sur sa peau chaude, enfonçant juste assez ses dents pour que ça lui vaille un gémissement immoral qui résonna à travers lui. Il l'attira sur le bord du plan de travail, alignant son entrejambe avec la barre en acier dans son jean et avança les hanches contre elle.

— Oh, bon sang, Bullet ! implora-t-elle avant de pousser l'arrière de ses hanches, maintenant leurs corps l'un contre l'autre.

— Si tu continues de dire mon nom comme ça, je ne vais pas arrêter, bébé.

Il fit glisser ses mains le long de l'extérieur de ses cuisses et agrippa ses fesses à travers sa culotte en soie.

— C'est tellement bon.

— *Bullet, Bullet, Bullet !* murmura-t-elle avidement.

Sa bouche s'écrasa sur la sienne, dure et exigeante. Elle se cambra contre lui et...

Bip ! Bip ! Bip !

Bullet se redressa brusquement en entendant le son strident, ses yeux regardèrent tout autour de lui.

— C'est le minuteur du four, dit rapidement Finlay. Les Brioches démentes sont prêtes.

Un son guttural irrépressible sortit de la gorge de Bullet. Il agrippa ses fesses et dit :

— Crois-moi, bébé. Je peux rendre tes brioches *démentes* très vite.

Finlay gloussa tout en se trémoussant sur le plan de travail, atterrissant sur ses orteils devant lui tandis que le minuteur sonnait à nouveau.

— Tes baisers rendent d'autres parties de moi démentes aussi, dit-elle à voix basse en enfilant la manique sur sa main et en se penchant pour retirer une plaque de cuisson du four.

Comme du métal contre un aimant, il appuya sa main sur l'arrière de sa cuisse, rassembla ses cheveux sur une épaule et l'embrassa à nouveau dans le cou.

— Bon sang, Lollipop ! Tu me tues.

Elle retira la manique, lui tournant toujours le dos, et elle se cramponna au plan de travail de ses deux mains, se penchant en arrière contre lui en soupirant. Il déplaça ses mains à l'avant de ses cuisses, ses doigts remontant entre ses jambes. L'odeur de cannelle chaude l'assaillit et il aperçut des bols fraîchement lavés et des gobelets doseurs en train de sécher à côté de l'évier, faisant monter en lui une pointe de culpabilité. Elle s'était donné tant de mal pour faire quelque chose de spécial pour lui et il ne pouvait penser qu'à *la* manger pour le petit déjeuner.

Il fit de la place pour que cet organe dans sa poitrine lui montre la voie, l'embrassa sur la joue et dit :

— Qu'est-ce que je peux faire pour aider ?

APRÈS UN PETIT DÉJEUNER avec assez de chaleur et de baisers volés pour mettre le feu aux brioches spéciales Whiskey de Finlay, ainsi qu'un rapide changement de culotte secret dont Finlay pensait qu'elle aurait souvent besoin à proximité de Bullet, ils se rendirent à l'hôpital pour voir comment les Beckley allaient. Le jeune homme la tira sur la banquette de son pick-up pour qu'elle soit à côté de lui et aucune partie d'elle ne voulait mettre de la distance entre eux. Elle avait été honnête quand elle lui avait dit qu'il lui avait manqué pendant les quelques heures pendant lesquelles ils avaient été séparés et elle avait été surprise de voir à quel point cela la ravissait.

Elle avait été si nerveuse la veille, après le départ de Bullet, qu'elle avait empaqueté tous les desserts qu'elle avait préparés dans de jolies boîtes, y compris un cadeau pour madame Beckley, et elle était enfin tombée au lit aux environs de trois heures trente. Elle ignorait comment elle s'était endormie, car son esprit avait été étourdi par tout ce qu'ils avaient fait et tout ce qu'ils s'étaient révélé l'un à l'autre, mais elle y était parvenue d'une manière ou d'une autre et elle avait dormi comme un loir. Ses rêves n'avaient été rien moins qu'érotiques. À un moment, Bullet était perché au-dessus d'elle, son sexe épais bougeant en elle, et un instant plus tard, elle était à genoux avec son membre dans la bouche. Finlay n'avait couché qu'avec quatre hommes dans sa vie et elle ne s'était mise à genou pour *aucun* d'eux. Toutes ses relations sexuelles s'étaient faites en position du missionnaire et avaient été assez plaisantes. Jusqu'à ce dernier type, après la mort d'Aaron, avec qui elle n'avait pas du tout apprécié l'acte. Elle avait pratiqué le sexe oral auparavant, mais plus par devoir que par désir. Avec Bullet, elle n'avait pas juste envie de lui dans ses rêves, elle avait terriblement envie de lui à la lumière du jour, quand elle était éveillée et qu'il se trouvait à des kilomètres. Encore plus quand il posait sa bouche sur elle.

Lorsqu'ils arrivèrent à l'hôpital, il passa un bras autour de sa taille et la souleva pour la sortir du pick-up, la maintenant pressée contre lui. Les entrailles de Finlay se réchauffèrent tandis qu'elle glissait le long de son corps et que ses talons touchaient le sol. Les choses n'avaient jamais été ainsi auparavant, un toucher, un regard, un seul baiser la transformaient en une épave fourmillante de désir, le cœur battant. S'il y avait eu une bulle au-dessus de sa tête quand il était venu la chercher, ils n'auraient jamais quitté le vestibule. Bullet était un dessert très sexy et il savait comment remplir un Levi's. Elle avait remarqué de manière embarrassante toutes les bosses, depuis l'épaisseur de ses cuisses à la rondeur de son incroyable paquet. Et son torse ! Elle avait envie de passer sa langue de son nombril à son téton. D'accord, elle avait envie d'aller *bien* plus bas.

Et ne parlons pas de sa barbe. L'irritation de plaisir et de douleur était plus qu'alléchante et elle avait hâte de la sentir sur ses cuisses.

Bullet la regarda dans les yeux, cherchant un je-ne-sais-quoi.

— Ça va ? Tu t'es mise à regarder dans le vide.

Oh, mince !

— Oui, désolée. J'étais juste en train de réfléchir.

Si elle n'arrêtait pas de fantasmer, elle devrait emporter une culotte supplémentaire dans son sac à main !

— Ça te dérangerait de porter ça ?

Il lui tendit le cadeau qu'elle avait emballé pour madame Beckley.

— Je dois attraper quelques petites choses sur le siège passager.

Il fit le tour du pick-up et prit deux énormes ours en peluche, l'un avec un ruban bleu noué autour du cou et l'autre avec un ruban rose. Elle tomba un peu plus amoureuse de lui à ce moment-là.

En entrant, elle demanda :

— Tu as peur que revoir la famille déclenche de nouvelles reviviscences ?

Elle voulait lui poser plus de questions sur celles-ci la nuit précédente, mais il avait partagé tellement de choses à propos de lui qu'elle n'avait pas voulu provoquer plus de sentiments négatifs. Elle avait déjà commencé à faire des recherches en ligne pour voir s'il existait des stratégies qu'elle pouvait utiliser pour l'aider s'il subissait une reviviscence quand ils étaient ensemble.

Il arrêta de marcher et l'expression de son visage devint sombre.

— Finlay, je ne suis pas une bombe à retardement ambulante.

— Ce n'est pas ce que je dis. Je veux juste être prête pour pouvoir t'aider s'il se passe quelque chose.

Une lueur intense apparut dans les yeux de Bullet. Ce n'était pas de la colère ; ce n'était pas du plaisir non plus.

— Viens ici.

Il l'enveloppa entre les ours en peluche géants et son regard s'adoucit.

— Elles n'arrivent plus souvent. Avant la nuit dernière, cela faisait presque un an que je n'en avais pas eu. Hier soir était comme une grande tempête. Je venais de plonger en plein dedans. Il faisait sombre et les sons, les odeurs et les étincelles causées par la collision ont touché toutes les cordes sensibles. Et puis, j'ai vu l'essence s'échapper du pick-up et c'est à ce moment-là que la panique est arrivée. Mais je ne veux pas que tu penses ne serait-ce qu'une seconde que je ne peux pas te protéger. Quoi qu'il se passe autour de nous.

Elle se rendit compte que son inquiétude pour lui s'était curieusement transformée en quelque chose de tout à fait différent dans la tête de Bullet.

— Je n'en doute pas une seconde. Tu as sauvé une famille entière malgré tes reviviscences. Tu es l'homme le plus fort que j'aie jamais connu. Mais tu peux laisser quelqu'un *te* couvrir. Juste au cas où. Si j'avais été là la nuit dernière, j'aurais peut-être pu t'aider d'une manière ou d'une autre.

Il secoua la tête.

— Je ne voudrais pas que tu sois en danger de cette façon, et ma famille me couvre toujours.

Elle essaya de ne pas laisser la douleur cinglante de ses mots affecter l'expression de son visage, mais elle dut échouer, car il serra les ours en peluche autour d'elle et dit :

— Par « famille », je veux dire les membres de mon club et mes frères. Je ne voulais pas dire que je ne veux pas que tu prennes soin de moi. C'est un réflexe automatique.

Elle laissa échapper un soupir soulagé.

— Tu n'es pas habitué à ce qu'une femme prenne soin de toi.

— Non, sauf Red et Dixie.

— Eh bien, dans ce cas, il est temps que tu ajoutes « Finlay » à cette liste ! Je suis presque sûre que tu as oublié d'autres noms aussi, comme Gemma, Crystal, Penny…

— Ne nous emportons pas, dit-il sévèrement.

Puis avec plus de douceur :

— Et si je faisais un effort pour t'ajouter à cette liste et que tu en faisais un pour poser tes lèvres sur moi avant que nous entrions et que je doive faire plier du regard tous les hommes qui te lorgnent.

Elle se mit sur la pointe des pieds, les lèvres tendues et prêtes à ce qu'il lui retourne l'estomac avec un baiser à se damner. Et ce fut exactement le cas.

Tandis qu'ils entraient dans l'hôpital, Bullet redressa les épaules, regardant autour de lui comme s'il cherchait un signe que des ennuis arrivaient. Plusieurs personnes se tournèrent dans leur direction. Certaines allèrent même jusqu'à les fixer, les yeux rivés sur le colosse. Une petite voix dans la tête de Finlay se demanda s'ils le jugeaient ou s'il les intriguait. Elle se sentait à la fois jalouse et protectrice. Elle hésita à jeter un regard noir aux femmes qui le dévisageaient. Mais Finlay n'était pas comme ça. Au lieu de cela, elle glissa fièrement sa main dans la sienne, ce qui lui valut un sourire rare – et beau – de la part de Bullet.

Dans l'ascenseur, elle dit :

— Tu avais tort. C'est toi que tout le monde regardait, pas moi. Et je dis bien *tout le monde*.

Il haussa les épaules.

— Les gens me regardent tout le temps, bébé. Ce n'est pas important. Mais crois-moi, certains hommes te reluquaient aussi. Je les ai juste arrêtés avant qu'ils ne puissent te mater trop longtemps.

— Si ce n'est pas chevaleresque !

Elle lui sourit tandis que les portes de l'ascenseur s'ouvraient et qu'un médecin entrait, portant une blouse de laboratoire blanche, concentré sur la lecture d'un graphique qu'il tenait entre les mains.

— Salut, frérot, dit Bullet.

Lorsqu'il leva la tête, la surprise remplissant ses yeux sombres, Finlay réalisa qu'il s'agissait de Bones.

— Salut, Bullet.

Il balaya Finlay de son regard sombre tandis qu'elle lisait le nom inscrit sur son torse : Dr Wayne Whiskey. Un sourire admirateur étira les lèvres de ce dernier.

— Ravi de te revoir, Finlay.

— Moi aussi. Je ne t'avais pas reconnu avec ta blouse et ton nez dans ce graphique.

Elle l'avait vu pour la dernière fois en ville quelques se-maines plus tôt, quand elle était dans la boutique de glaces de Penny et que Bullet, Bones et trois autres types à moto s'étaient arrêtés devant un magasin au bout du pâté de maisons. Bones portait un débardeur blanc qui révélait les tatouages sur ses épaules et son dos, et ses cheveux étaient ébouriffés par le casque, pas coiffés comme ils l'étaient à présent.

— On me le dit souvent.

Il hocha la tête en direction des ours en peluche que tenait Bullet.

— Tu vas voir les Beckley ?

Bullet hocha la tête.

— Je pensais que tu le ferais. Je suis passé les voir ce matin. Sarah est très courageuse. Bradley, son fils de trois ans, va bien. Lila, le bébé, est encore en soins intensifs. Ils la surveillent de près à cause de sa blessure à la tête. Et le frère de Sarah, Scott, est encore à l'unité de soins intensifs, mais le pronostic est bon.

L'ascenseur s'arrêta à l'étage suivant et Bones tint la porte ouverte avant de sortir.

— Bullet, tu as lu le journal d'aujourd'hui ?

— Non. Que se passe-t-il ?

Bones afficha un grand sourire et la malice sur son visage atteignit ses yeux.

— Rien. On se voit plus tard. Finlay, notre mère a dit que les biscuits que tu as préparés ont eu un grand succès. Gardes-en quelques-uns pour moi la prochaine fois, d'accord ?

Il lui adressa un clin d'œil.

Bullet lui lança un regard de travers tandis que les portes de l'ascenseur se fermaient.

Dans le service de pédiatrie, une infirmière brune à la taille épaisse qui semblait être à la fin de la cinquantaine ou au début de la soixantaine fit le tour du bureau tandis qu'ils s'approchaient.

— Eh bien, si ce n'est pas notre héros local !

Bullet se retourna et regarda derrière eux.

— Oh, allez, ne fais pas ça, Bullet !

L'infirmière s'approcha et le serra dans ses bras.

— Ta maman doit être fière.

— Je ne sais pas du tout de quoi tu parles, Cindy. S'il te plaît, tu pourrais juste me dire où est la chambre du petit garçon des Beckley ?

— Tu as toujours été modeste.

Cindy sourit à Finlay et dit :

— Mais nous connaissons la vérité, pas vrai ? Ce courageux soldat a sauvé cette famille.

Elle passa le bras au-dessus du bureau et prit le journal. Elle désigna l'article de première page.

— C'est dit juste là : « Un héros local sauve une famille d'un accident de trois voitures. »

L'estomac de Finlay sombra. Elle agrippa le bras de Bullet pour empêcher ses jambes affaiblies de s'écrouler en voyant la photographie de l'accident. Un pick-up était tombé sur le côté, l'avant défoncé. Un tas de métal sombre et presque méconnaissable était à l'envers, le côté détruit et les pneus de travers. De la fumée sortait de la jonction broyée entre cette voiture et l'autre. Elle leva les yeux vers l'homme courageux à ses côtés, qui affichait une expression détachée, presque froide, et elle sut qu'elle était témoin de ce qui était probablement l'un de ses nombreux mécanismes de défense.

Elle avait envie d'enrouler ses bras autour de lui et de trouver un moyen d'être avec lui dans cet endroit obscur pour l'aider à gérer les émotions qui le rongeaient clairement.

— L'article dit que tu les as sortis de la voiture avant qu'elle ne prenne feu, indiqua Cindy. Alors, accepte la couronne du héros et porte-la fièrement.

Bullet grimaça visiblement en entendant ses mots.

— Cindy, arrête les conneries. Où est la chambre du petit ?

— Bullet, intervint doucement Finlay.

Même si elle savait qu'il était en train de se protéger, elle était gênée par son impolitesse envers une femme qui, de toute évidence, le respectait. Serait-ce si terrible d'admettre qu'il était le héros que tant de personnes pensaient qu'il était ? Cela provoquerait-il plus de reviviscences ou serait-ce cathartique de parler des choses qu'il avait vues et vécues ?

— Ce n'est rien, chérie, dit Cindy. Il aboie fort, mais c'est une grosse boule d'amour. Je connais Brandon depuis que c'est un petit garçon intelligent. Sa mère et moi étions à l'école d'infirmières ensemble.

Elle désigna une chambre de patient au bout du couloir.

— Bradley est dans la chambre 412. La pauvre mère de ce petit garçon a couru entre les étages toute la nuit. Je crois qu'elle n'a rien mangé.

— Merci, Cindy. Brûle ce journal, d'accord ?

Un ours en peluche dans le dos, il guida Finlay le long du couloir.

— Bullet, on parle de toi dans le *journal*. C'est *énorme* et c'est de toute évidence pour ça qu'autant de gens te regardaient dans le hall. Je sais que tu n'aimes pas l'entendre, mais tu devrais être fier de la façon dont tu as aidé ces gens.

— Les médias essayent juste de vendre des journaux. Ce sont des conneries. Ce n'est pas moi qui ai de l'importance dans cette équation.

Il la regarda tandis qu'ils s'approchaient de la chambre du petit garçon.

— Eh bien, je pense encore que c'est très important et je suis fière de toi.

Elle décida de jouer la carte de la légèreté.

— Brandon.

Il fit les gros yeux en tendant la main vers la porte.

Le petit Bradley Beckley leva les yeux depuis son lit d'hôpital, son petit corps rendu encore plus menu par les draps d'un blanc immaculé autour de lui. Il portait un bandage sur le côté gauche du front et des bleus sur le cou. Sarah, sa mère, avait de longs cheveux blond roux, des yeux marron effrayés soulignés par des demi-cercles sombres et un bleu minuscule sur la joue. Elle était assise sur le bord du lit, jouant avec un dinosaure en plastique.

— Bullet, dit-elle en se levant lentement.

Ce n'est qu'à ce moment-là que Finlay réalisa qu'elle était enceinte. Ses doigts glissèrent du bras de son compagnon tandis qu'il s'approchait du lit. Les yeux du gentil petit garçon s'illuminèrent quand il le reconnut.

— Sarah, j'espère que ça ne vous dérange pas que je sois passé, dit-il d'une voix rauque.

Finlay savait qu'il s'agissait d'un autre masque pour cacher ses émotions. Il lui jeta un coup d'œil et dit :

— Je vous présente ma copine, Finlay.

Sa copine. Était-ce mal de la part de Finlay de fondre à ces mots alors que tant de souffrance les entourait ? Elle enfouit ces doux sentiments pour le moment.

Sarah sourit, des larmes dans les yeux.

— Je suis ravie que vous soyez là tous les deux.

— Je vous connais, dit Bradley d'une voix éraillée. Vous avez sauvé ma petite sœur et mon oncle.

— Il nous a tous sauvés, dit Sarah.

Bullet balaya le petit garçon du regard, sa poitrine se gonflant tandis qu'il inspirait longuement. La situation était difficile pour tout le monde, y compris Finlay, tandis qu'elle était témoin de l'émotion dans les yeux de Sarah et de son fils et qui sortait par vagues de Bullet. Elle remarqua que la jeune mère ne portait pas d'alliance et elle se demanda où était le père des enfants. Mais elle savait qu'il valait mieux ne pas poser la question.

Bullet posa l'ours avec le ruban bleu à côté des jambes du petit garçon.

— Salut, mon pote. Comment va mon petit courageux ?

Bradley leva un pouce en l'air et sourit, ce qui lui valut un soupir de soulagement de la part de Bullet.

— Cet ours est pour moi ? Et le rose est pour Sissy ?

— Exactement. Tu vas guérir et te remettre, tu entends ?

Bradley tendit les bras vers le jouet et Bullet l'approcha de lui. Le petit garçon, heureux, enroula ses bras autour de la peluche, affichant un sourire jusqu'aux oreilles, et il désigna la boîte que Finlay avait oublié qu'elle tenait.

— Qu'est-ce que c'est ? C'est pour maman ?

— Oui. Juste quelques pâtisseries, dit Finlay tandis que Sarah faisait le tour du lit.

Elle lui tendit la boîte de collations, ayant l'impression que c'était la chose la plus insignifiante du monde. Elle aurait voulu avoir pensé à apporter un repas ou quelque chose de plus significatif.

— Je suis tellement désolée pour ce que votre famille traverse. Les infirmières ont dit que vous n'aviez pas beaucoup mangé. Je serais ravie d'aller à la cafétéria et de vous acheter quelque chose.

— Vous êtes trop gentille. Merci, mais j'ai tellement d'allergies alimentaires que j'ai peur de manger ici.

— Maman est allergique à tout, dit Bradley. Le lait, les œufs, les cacahouètes…

Finlay jeta un œil à la boîte de friandises, listant tous les allergènes potentiels qu'elles contenaient.

— Je ne veux pas que vous mangiez ces pâtisseries et que vous ayez une réaction. Et si je les offrais au poste des infirmières et que je vous apportais plutôt quelque chose à manger ? proposa Finlay. À quoi d'autre êtes-vous allergique ?

— Vous n'êtes pas obligée de faire ça pour moi.

Sarah posa une main sur son ventre et dit :

— J'ai vu des boissons protéinées. Ça aide.

— S'il vous plaît, dit Finlay. J'aimerais vous aider et votre bébé a besoin d'autre chose que de boissons protéinées.

Bullet posa l'autre ours en peluche sur une chaise et passa un bras autour de Finlay.

— Elle a raison, Sarah. Vous avez besoin de forces, surtout maintenant.

Après qu'ils avaient insisté un peu plus, Sarah leur donna une liste des choses auxquelles elle était allergique et Finlay commença à préparer mentalement un menu sans risques. Bullet lui demanda des nouvelles du bébé et du frère de Sarah.

— Ils surveillent Lila parce qu'elle est léthargique, mais ils n'arrêtent pas de me dire de ne pas m'inquiéter, que ce n'est pas inhabituel et que ça pourrait s'arranger tout seul. Mais me dire de ne pas m'inquiéter pour mon bébé, c'est comme me dire de ne pas respirer. Et Scott a développé une embolie à cause des fractures dans ses jambes, ou plutôt, à cause de l'un de ses os cassés, alors en plus de son affaissement pulmonaire, c'est une épave. Mais ils me répètent que tout semble aller bien, alors j'essaye de me concentrer là-dessus.

Le cœur de Finlay se brisa pour elle.

— J'ai croisé mon frère, le docteur Whiskey, dans l'ascenseur. Il ne pouvait pas nous donner les détails, car nous ne faisons pas partie de la famille, mais il a dit que le pronostic était bon pour Scott et pour Lila.

— Oui. Quand il est passé, il a dit qu'il était votre frère. Il est tellement agréable avec les patients ! Il m'a aidée à comprendre ce qu'est l'embolie, c'est une sorte de caillot de sang, je suppose.

La porte s'ouvrit et un homme svelte entra :

— Sarah ? Je suis Arnie Carmichael, du service comptable. Nous avons brièvement parlé quand vous vous êtes enregistrée hier soir.

— Oui, je m'en souviens.

— J'ai vérifié les problèmes et éléments déductibles de l'assurance. Quand vous aurez un moment, j'aimerais les passer en revue avec vous.

— Merci.

Sarah se tourna vers Bullet, la couleur disparaissant légèrement de son visage.

— Mon ex ne m'a jamais laissé travailler et il s'avère qu'il a n'a pas renouvelé l'assurance médicale des enfants. C'est comme si nous étions poursuivis par un nuage gris. Nous avons déménagé au port la semaine dernière. Nous étions sur le chemin du retour à la maison après avoir dîné pour fêter le nouvel emploi de Scott quand le pick-up nous est rentré dedans. On dirait qu'il ne pourra pas accepter le poste, finalement. Ils ont dit que l'affaissement pulmonaire pourrait mettre plusieurs semaines à guérir. Avec une jambe cassée et l'autre entourée de broches à cause de son fémur brisé, ils disent qu'il faudra d'autres opérations plus tard, des semaines de plâtre et une thérapie physique. Je pense que nous serons embourbés dans les factures médicales pour toujours, mais grâce à vous, nous sommes encore ensemble.

Elle soupira, essuyant ses larmes en clignant des yeux.

— Je ne sais pas comment je pourrai vous remercier un jour.

Bullet la regarda droit dans les yeux et dit :

— Remerciez-moi en prenant soin de votre famille et de votre futur enfant. Reposez-vous. Mangez. Et si vous avez besoin de quoi que ce soit, appelez-moi jour et nuit.

En sortant de l'hôpital, Finlay dit : « Nous devons l'aider » au moment même où Bullet dit « Je vais payer la nourriture si tu peux lui apporter ses repas jusqu'à ce que sa famille sorte de l'hôpital ».

— J'allais suggérer que nous passions notre premier vrai rendez-vous à faire les courses et à cuisiner pour que Sarah ne meure pas de faim.

Il se pencha en avant et posa ses lèvres sur les siennes.

— Lollipop, je crois que je t'aime.

CHAPITRE DIX

BULLET COMMENÇAIT à croire que Finlay Wilson était réellement capable de faire de la magie. Elle n'avait besoin que de son téléphone portable, d'un énorme caddie et d'une cuisine entièrement fonctionnelle. Elle parcourut, appuya et navigua sur tant de sites Internet qu'il eut le vertige en la regardant. Puis elle assaillit le magasin comme une armée, achetant de nouveaux ustensiles de cuisine pour s'assurer qu'ils étaient sans allergènes et vérifiant les ingrédients et les prix, consultant son téléphone comme s'il s'agissait du président en personne. Il ne savait même pas qu'il existait du lait de riz. Après un passage au marché biologique et un autre à la librairie, parce qu'elle devait *étudier pour Sarah*, ils retournèrent enfin chez elle avec huit sacs de courses et un feu dans son ventre. Elle frotta les plans de travail *juste au cas où*, ne ralentissant que pour lire l'article à propos de l'accident avant de le mettre de côté et de commencer à travailler. Elle avait un objectif généreux, et établit un cahier avec l'équivalent de trois semaines de recettes pour les Beckley. Bullet tombait un peu plus amoureux d'elle à chaque minute.

Elle se démena dans la cuisine comme si elle avait pris de la méthamphétamine, l'air scandaleusement sexy dans cette petite robe verte et ses bottines à lacets avec un tablier rose par-dessus la robe sur lequel était écrit « Finlay's ». Elle mit Bullet au travail, il coupa le poulet et les légumes pendant qu'elle remplissait une mijoteuse de viande, d'oignons, de sucre roux et d'autres assaisonnements.

— Quel est le plan, Fin ? demanda-t-il tandis qu'elle délaissait la mijoteuse pour écraser des bananes. J'ai pensé qu'on pourrait préparer quelques sandwiches et le dîner de ce soir, puis apporter un peu plus de nourriture demain…

Elle fit la grimace comme s'il l'avait insultée.

— Tu plaisantes ? Sarah est à l'hôpital alors que toute sa famille est à divers degrés de danger. Elle a besoin de nourriture *réconfortante*, et de beaucoup. Et elle est enceinte. Comment tu as pu ne pas me le dire ?

— Je ne l'ai pas remarqué, hier soir. J'étais trop occupé à essayer de la calmer. J'ai supposé qu'elle était juste un peu enrobée avant que tu parles de son bébé.

Finlay appuya sa hanche sur le plan de travail, l'examinant un long moment.

— Tu ne m'as pas non plus dit que l'accident était aussi horrible ni que tu avais été interviewé par un journaliste.

— Tous les accidents sont horribles et je n'ai pas été interviewé.

— Ils t'ont cité dans le journal. Le nom du journaliste était Walt Norsden.

— Walt ? C'était le type un peu ridicule dans la salle d'attente qui m'a agacé pendant que j'étais avec Sarah. Il n'arrêtait pas de nous interrompre et j'ai fini par lui dire de dégager ou que je lui casserais les jambes.

— Bullet !

Elle rit.

— Ça explique pourquoi il a dit qu'il régnait beaucoup de tension.

— Ce n'est qu'un battage médiatique, Lollipop. L'article est plein de conneries qui sont là pour vendre des journaux.

Elle prit le couteau de ses mains et enroula son bras autour de sa taille, levant les yeux vers lui avec un sourire doux comme le miel.

— Ou peut-être que c'est la communauté qui informe les résidents des événements locaux pour qu'ils puissent se rassembler et aider. Comme nous le faisons.

— Tu as vu quelqu'un d'autre se rassembler autour de Sarah, aujourd'hui ?

— Non, mais nous le faisons, au moins.

Elle se mit sur la pointe des pieds et il la retrouva à mi-chemin pour un baiser étonnamment rapide, car elle se retourna en marmonnant qu'il fallait tout mettre au four en même temps.

— Elle a tellement d'allergies ! Tu es sûre que tout ça convient ? Tu as sorti tellement de plats.

— Je vais en congeler quelques-uns pour les autres soirs, mais je suis sûre de moi. J'ai vérifié trois fois pour m'assurer que rien ne contenait de gluten, de soja, de produits laitiers ou de noix.

Elle désigna le poulet qu'il était en train de couper.

— Ça, c'est pour un poulet toscan à la sauce crémeuse. J'ai même trouvé une recette pour des macaronis au fromage sans allergènes. La plupart des enfants adorent les macaronis au fromage, alors j'espère que ça plaira à Bradley. Et ça – elle désigna les bananes écrasées –, c'est pour un pain aux bananes, parce que c'est l'un des plats les plus réconfortants qui existent.

— Comment tu as commencé à cuisiner ? demanda-t-il tout en coupant le poulet et les légumes.

— Ma mère est une excellente cuisinière et elle était toujours en train de préparer quelque chose de délicieux. Notre maison avait *toujours* l'odeur des câlins fraîchement sortis du four. C'est là que Penny a appris à préparer des glaces faites maison. Elle avait un faible pour les desserts, mais j'ai toujours adoré cuisiner, faire des pâtisseries et voir les sourires sur les visages des gens quand ils prennent la première bouchée. Ça va sembler vraiment sordide, mais l'un des événements que je préfère dans le service traiteur, ce sont les enterrements. Ce sont les moments les plus difficiles auxquels assister, car les gens souffrent si profondément qu'ils ne savent pas s'ils pourront respirer de nouveau correctement et c'est difficile à voir. Mais ensuite, quand on leur donne une bonne dose de purée chaude ou une soupe copieuse avec des ravioles ou du gâteau sec et friable généreux, c'est comme une étreinte de l'intérieur et on voit qu'ils ont du baume au cœur, même si ce n'est que pour un moment. La chaleur et l'odeur d'un ragoût crémeux, d'un gâteau fraîchement sorti du four, de poitrine de bœuf ou de pot-au-feu qui éveille les souvenirs peut faire toute la différence pour quelqu'un qui a subi une grande perte. Elle peut les ramener à une époque plus joyeuse et les aider à traverser quelques heures ou quelques jours.

— C'est…

Il ignorait quel mot il cherchait et « beau » sortit simplement.

— Merci. Je le pense aussi.

— Alors, tu as fait des études de cuisine ?

Elle hocha la tête.

— L'université d'abord, parce que mon père a insisté, et ensuite, je suis allée à l'école de cuisine, d'abord pour devenir une cheffe professionnelle et ensuite cheffe pâtissière, parce que je voulais tout savoir. J'ai travaillé dans un restaurant pendant un moment, puis j'ai démarré le service traiteur *Finlay's*. Mon amie Izzy, à Boston, m'a aidée à le gérer.

Elle termina de mélanger le pain aux bananes et le posa à côté des autres plateaux, près du four. Puis elle rassembla les légumes et le poulet qu'il avait coupés en morceaux et fit ses tours de magie avec. Ils tranchèrent des pommes de terre et une saucisse et les mirent dans une deuxième mijoteuse avec un tas d'ingrédients pour une sorte de soupe. Il n'avait jamais vu personne cuisiner autant de choses en même temps.

— Tu pourrais me rendre service en égouttant les pâtes ? demanda-t-elle avant de placer une grande passoire dans l'évier.

Tandis qu'il y versait les *fusillonis*, elle dit :

— Et toi ? Quand es-tu entré dans l'armée ?

— Juste avant mon vingtième anniversaire.

Finlay attrapa un grand saladier sous le plan de travail et Bullet l'aida à y transférer les pâtes. Tandis qu'elle ajoutait d'autres ingrédients, elle dit :

— Tu as toujours su que tu voulais y travailler ?

— Absolument. Les forces spéciales étaient la preuve ultime de pouvoir et de loyauté envers notre pays. Je voulais laisser ma trace.

— Alors, pourquoi tu as attendu pour t'engager ?

Elle lui tendit une grande cuillère en bois et dit :

— Tu pourrais mélanger ça pendant que je prépare le poulet pour le four, s'il te plaît ?

— Je suis resté dans le coin pour aider mes parents, pour être avec ma famille, dit-il tout en mélangeant. C'était une époque déroutante.

Bullet avait beaucoup de respect pour son père, mais quand il était plus jeune, il avait nourri beaucoup de rancœur aussi. Même s'il savait que ce n'était pas la faute de son père s'il n'avait pas su remplir l'armure que ce dernier portait si facilement.

Finlay trempa le poulet dans la marinade qu'elle avait battue, puis le couvrit d'un mélange d'épices.

— Comment ça ?

— Aussi loin que je m'en souvienne, je ressentais beaucoup de pression pour protéger mes frères et Dixie, pour me préparer à être l'homme de la famille au cas où quoi que ce soit arriverait à notre père. Je me suis occupé d'eux, je leur ai appris à se défendre, j'ai fortifié Bones et Bear et j'ai endurci Dixie, parce que dans ma tête, si quelque chose pouvait arriver à mon vieux, quelque chose pouvait m'arriver à moi. Et que se passerait-il ensuite ? Bones a fini le lycée plus tôt que prévu et il est parti à l'université, comme il devait le faire. C'est le type le plus intelligent que je connaisse. Mais je pensais sans cesse à la façon dont Bear et Dixie avaient besoin de moi. Il y avait cette fine limite que j'avais toujours l'impression de toucher du bout du pied. D'un côté, on nous apprenait à ne pas nous laisser emmerder par qui que ce soit et d'un autre, on nous éduquait à ne pas provoquer d'ennuis, à ne pas nous bagarrer et à ne pas faire la bringue. Comme j'étais un gamin plein d'énergie, j'avais du mal à comprendre pourquoi on ne se contentait pas de tabasser tous ceux qui posaient problème.

— J'imagine à quel point ça peut être déroutant.

Elle plaça le poulet dans un plat, puis le mit au four.

— Je n'ai jamais été doué pour la communication. Je ne suis pas comme toi, Fins. Même à l'époque, je n'arrivais pas à exprimer ce qu'il se passait dans ma tête. Je suis allé chercher les ennuis pour pouvoir y mettre un terme avant qu'ils n'atteignent ma famille. Le problème, c'est que je ne pouvais pas tout gérer et je me suis *transformé* en ennui.

— Ça a du sens. Il y avait tant de pression sur toi que tu ne savais pas comment la gérer.

Elle plaça le reste des plateaux dans les fours et alluma le minuteur. Bullet réalisa soudain qu'il avait plus envie de partager son passé avec Finlay que de coucher avec elle.

— J'étais toujours prêt à dégainer. J'étais une *balle* cherchant une cible. C'est Bones qui a fini par dire que je devrais me tirer d'ici et m'engager. Il m'a tellement poussé à le faire que je me souviens m'être battu avec lui à ce sujet. Il était à l'université et j'étais aveuglé par la loyauté et je me lançais sur une route pourrie. Il a fini par tout mettre au clair pour moi. Il m'a dit que si je ne partais pas, je foutrais en l'air notre famille ou ma vie. Je lui dois beaucoup.

— J'ai l'impression que tes frères et sœur te doivent une sacrée chandelle aussi.

Elle se lava les mains et il l'attira dans ses bras.

— Je n'ai jamais dit tout ça à personne. Pourquoi ça me semble si facile de te le raconter ?

— Parce que tu sais que je tiens à toi. Ou peut-être que tu en as assez de tout garder en toi ? Tout le monde a besoin d'évacuer à un moment. Et pour information, il se peut que tu ne sois pas *habituellement* du genre à beaucoup parler, mais tu t'exprimes très clairement.

— Je suis sous ton charme, Lollipop, et j'espère sacrément qu'il ne se brise jamais, parce que tu me plais vraiment, et ce n'est plus juste physique. Cela dit…

Il se sentit sourire tandis qu'il appuyait ses lèvres sur les siennes et qu'il faisait glisser sa main sous sa robe, agrippant ses fesses, ce qui lui valut un *couinement* surpris.

— Pourquoi mes fesses te plaisent autant ?

— Je n'en suis pas sûr, dit-il en inclinant sa bouche vers son cou et en le mordillant. Et si tu te retournais pour me laisser les explorer ? Peut-être que je pourrai trouver une réponse.

La peau de Finlay s'enflamma contre sa bouche.

— Tu parles de manière *très* coquine, murmura-t-elle tandis qu'il faisait glisser sa langue jusqu'à son oreille.

Elle passa ses bras autour de son cou et dit :

— Et si tu me montrais ce dont cette bouche coquine est capable ?

— Hmm, bébé, prépare-toi à faire un tour sauvage.

Il la souleva dans ses bras.

Tandis qu'il posait sa bouche sur la sienne, elle dit :

— Le minuteur ! Prends le minuteur sur ce plan de travail. On ne peut pas brûler toute la nourriture.

Minuteur à la main, il la porta le long du couloir jusqu'à sa chambre. Il posa le minuteur sur sa commode et dit :

— Nous allons devoir parler de ce qu'il se passe entre les minuteurs et toi.

Il arracha ses jolies couvertures et allongea Finlay au milieu du lit.

Elle rit et l'attira sur elle.

— Nous avons quarante minutes. Tu veux parler ou tu veux...

LES MOTS DE Finlay furent étouffés par la forte pression des lèvres de Bullet, le plongeon de sa langue et les coups de ses hanches puissantes contre elle. Toute la journée, elle avait pensé à la manière dont il l'avait embrassée quand elle était sur le plan de travail ce matin-là, lorsqu'il était prêt à la *prendre* et qu'elle était prête à se donner à lui. Tout l'après-midi, elle avait lutté contre l'envie accablante d'être plus proche de lui, son odeur brute et la douce caresse de ses mains sur ses hanches chaque fois qu'il passait à côté d'elle la provoquant. Elle avait l'impression d'être une casserole bouillante prête à exploser et il lui avait fallu faire appel à toute sa concentration pour cuisiner, mais à présent, avec sa magnifique bouche ravageant ses sens et son corps dur se frottant contre elle à un rythme vertigineux, elle en avait *assez* de se retenir.

Il descendit directement le long de son corps, ses grandes mains glissant sur ses jambes jusqu'au bord de ses bottines à hauts talons. La bouche de Bullet s'étira en un sourire malicieux.

— Nous allons les garder, mais ça, ça doit disparaître.

Il repoussa sa robe au-dessus de ses hanches et elle l'empêcha de la soulever plus haut.

— Attends, dit-elle rapidement.

Il leva les mains, la confusion remplissant son regard.

— J'ai des cicatrices aussi.

— Bébé, tu pourrais en être couverte, ça ne changerait rien.

Elle déglutit difficilement et leva lentement sa robe quelques centimètres plus haut, attendant le regard choqué qu'elle avait vu dans les yeux de la plupart des autres hommes avec qui elle avait été. Aaron était le seul à ne pas avoir réagi de cette façon. C'est ainsi qu'elle avait su qu'elle lui plaisait vraiment. C'était une bêtise de laisser une cicatrice jauger la profondeur de l'attirance, mais elle avait vu les choses ainsi. Et à présent, lorsque les yeux de Bullet trouvèrent les cicatrices, ils débordèrent de compassion.

— Oh, ma belle ! Nous sommes vraiment faits l'un pour l'autre.

Il appuya ses lèvres sur le creux de son bas-ventre et commença à embrasser chaque cicatrice de points de suture le long de son flanc.

— Qu'est-il arrivé à ma copine ?

— J'avais quinze ans. Penny et moi étions au centre commercial. Nous attendions le bus quand ce chien est sorti de nulle part, traversant la rue en courant. Je pensais qu'il se précipitait vers son maître parce qu'il chargeait si vite. Quand je me suis rendu compte qu'il se ruait vers moi, il était trop tard. Penny a essayé de me pousser hors de son chemin, mais le molosse m'avait déjà attrapée.

— Bébé, dit-il d'une voix basse et affligée.

Il posa sa joue sur les cicatrices et étala une main sur son ventre. Il appuya à nouveau ses lèvres sur son ventre, y déposant une série de baisers les plus doux qu'elle ait jamais sentis, sa barbe chatouillant son flanc, et il murmura :

— Pas étonnant que tu aies eu peur de Tink. Si seulement j'avais su !

— Elle représente une partie importante de ta vie. J'allais bien, j'étais juste en alerte. Et je vais encore mieux maintenant.

Elle passa ses doigts dans ses cheveux épais tandis qu'il aimait son ventre encore plus tendrement qu'elle n'aurait pu l'imaginer de la part d'un homme de sa taille. Ses mains rugueuses se déplacèrent sur sa peau, chaudes et fortes, caressant ses flancs tandis qu'il remontait sa robe au-dessus de ses seins, la retirant délicatement de son corps. Il se mit à genoux, ses yeux balayant audacieusement chaque centimètre d'elle. Elle se sentit mouiller et fut vaguement consciente du tic-tac du minuteur à quelques dizaines de centimètres d'eux tandis qu'il passait la main derrière son propre dos et qu'il retirait son T-shirt, découvrant son corps magnifique. Elle le voyait si différemment à présent ! Toute cette encre n'était plus une toile effrayante de sa vie. C'était le fondement de ce qui faisait de lui l'homme admirable qu'il était.

Il se dressa au-dessus d'elle et pencha sa bouche sur la sienne avec une *possessivité* rude et insistante qu'elle égala à la perfection. La grande main de Bullet agrippa la mâchoire de Finlay comme il l'avait fait auparavant, faisant l'amour à sa bouche avec sa langue jusqu'à ce qu'elle gémisse et qu'elle se frotte contre son membre imposant, souhaitant désespérément en avoir davantage.

— C'est ce que je vais te faire, bébé. Je vais te goûter si profondément que tu n'oublieras jamais à quel point c'est bon.

— Oui, dit-elle tandis qu'il suivait un chemin en flammes plus bas, ralentissant pour sucer et mordiller, lui faisant perdre la tête.

Ses mains jouèrent sur son corps, agrippant ses côtes tandis qu'il dégustait d'abord un sein, puis l'autre, prenant chaque téton entre ses dents et tirant dessus, envoyant ainsi des pulsions de désir entre ses jambes. Elle poussa un cri et il saisit ses seins, les pressant l'un contre l'autre entre ses deux mains, embrassant et léchant la chair qu'il avait rendue tendre. Elle s'agrippa aux draps, chaque coup de la langue de Bullet l'emmenant un peu plus haut. Puis la bouche chaude de celui-ci se déplaça à nouveau, goûtant chaque morceau de la chair de Finlay depuis sa cage thoracique jusqu'à son ventre, plongeant dans son nombril et autour de celui-ci et couvrant ses cicatrices de baisers, la bouche ouverte.

De l'air frais passa sur les chemins humides qu'il avait laissés, faisant frissonner et trembler Finlay. Il passa ses doigts sous les côtés de sa culotte et elle se souleva du matelas tandis qu'il la lui retirait. Elle aurait dû se sentir mal à l'aise, allongée nue mis à part ses bottines alors qu'il portait encore son jean, mais il n'y avait pas de place pour la gêne alors que son corps tonnait de l'intérieur, ayant désespérément envie de son contact, de sa bouche, de son corps nu sur le sien.

Il s'allongea sur elle à nouveau, le jean rugueux se frottant contre le sexe sensible et gonflé de sa partenaire tandis qu'il capturait à nouveau ses lèvres dans un baiser terriblement intense, envoyant des spirales d'extase la traverser à toute vitesse. Le monde de Finlay se retourna sur son axe tandis que des picotements remontaient le long de ses cuisses. Il écarta sa bouche d'un coup rapide et elle se redressa sur le matelas, tendant les bras vers lui, le suppliant de lui en donner davantage, mais il se déplaçait déjà vers le bas. Ses mains s'étalèrent sur l'intérieur des cuisses de Finlay, les écartant tandis qu'il baissait son visage à quelques centimètres de son sexe et qu'il prenait une grande inspiration. Des flammes apparurent dans ses yeux et sa bouche retomba sur son sexe avec la douceur d'une caresse. Sa langue glissa en plein milieu de son entrejambe, la goûtant et la provoquant. Sa barbe irrita son sexe, ses cuisses et quand il prit ses nerfs les plus sensibles dans sa bouche, l'irritation devint érotique, faisant émettre des sons longs et implorants aux poumons de Finlay.

— Bullet…

Ses hanches luttèrent contre son emprise, plaquées au matelas tandis qu'il scellait sa bouche sur son sexe, poussant sa langue dans un acte de passion crue et débridée. Elle s'agrippa aux draps, mais c'était *lui* qu'elle désirait. Elle saisit ses mains, qui étaient tout ce qu'elle pouvait atteindre, et elle enfonça ses doigts dans sa peau chaude. Ses talons plongèrent dans le matelas et elle leva la tête sous l'intensité des sensations qui la submergeaient. La langue de Bullet la pénétra plus profondément, et *nom d'un chien*! Elle essaya d'accélérer les courants vertigineux qui la traversaient à toute allure, brisant sa capacité à s'accrocher à la moindre pensée, excepté la sensation de sa langue l'envahissant, la tension de ses mains et de son corps l'emprisonnant. Les sons d'appréciation gutturaux qu'il émettait tandis qu'il l'aimait entrèrent en collision, explosant en elle dans une série de convulsions qui faisaient ruer ses hanches et qui engourdissaient son cerveau.

Alors même qu'elle commençait à redescendre du pic, il allégea sa prise, levant les hanches de Finlay et, tel un lion qui venait de tuer sa proie, ses yeux devinrent noirs comme le charbon et il plongea ses doigts en elle tout en prenant simultanément son clitoris entre ses dents, lui faisant à nouveau tourner la tête.

Bien après qu'elle était retombée du septième ciel, alors qu'elle était allongée, haletante, Bullet déposa un tendre baiser après l'autre sur l'intérieur de ses cuisses, puis il approcha sa bouche de son entrejambe de nouveau, la léchant et l'embrassant comme s'il savourait chaque once de son excitation. Tandis qu'il remontait le long de son corps, effleurant à nouveau ses cicatrices, ses côtes, la peau entre ses seins, elle voulut mémoriser cette sensation, le glissement lent et sensuel de sa langue, la tendresse de son contact. Il n'était pas pressé. Il n'essaya pas d'arracher son propre pantalon et de prendre ce qu'il devait mourir d'envie d'avoir. Il passa ses mains le long de ses flancs, sous ses bras, les poussant au-dessus de sa tête. Puis il l'embrassa dans le cou, sa barbe chatouillant sa peau, l'excitation de Finlay s'accrochant à lui comme de l'eau de Cologne.

Le minuteur sonna et il s'immobilisa, ses yeux se fermant un instant. Elle ne voulait pas bouger, elle ne voulait pas que leur proximité prenne fin, et lorsqu'il se plaça à côté d'elle, attirant son corps satisfait contre le sien, et qu'il l'embrassa délicatement, elle dit :

— Restons ici.

Le regard de Bullet était si doux, ses traits étaient si attirants et heureux qu'elle voulut voir *ce regard* plus souvent. Elle voulait savoir qu'il était en paix dans son cœur, ce qui était précisément la manière dont son sourire enchanteur était apparu. Cela poussa les lèvres de Finlay à s'approcher des siennes dans un baiser lent et aimant.

Il passa sa main dans ses cheveux et le faible son du minuteur du four flotta le long du couloir tandis qu'il l'embrassait sur le front, les joues, le menton et enfin la bouche.

— Je veux rester, Fins, mais je dois rentrer à la maison et me laver avant d'aller travailler, et tu as fait tellement d'efforts pour préparer ces plats que je me sentirais terriblement mal s'ils étaient gâchés.

Elle enfouit son visage dans son cou et y soupira un baiser.

— D'accord.

— Je peux te voir, demain ?

Elle hocha la tête, souhaitant pouvoir fermer les yeux pour que le matin arrive comme par magie et qu'elle soit juste là, entourée par les bras de Bullet quand elle les rouvrirait.

CHAPITRE ONZE

LA RÉBELLION PERÇANTE d'une guitare électrique faisait écho sur les murs du Whiskey's, tapant sur les nerfs de Bullet pour la première fois, d'après ses souvenirs. Il adorait les Rebelles, un groupe local formé par des membres des Dark Knights. C'était l'un des meilleurs du coin et leurs interprétations de groupes de rock classiques légendaires étaient les meilleures qu'il ait entendues. Leur musique était irrégulière et crue. Les tons et les riffs étaient profonds, creux ou perçants, toujours trop forts et excessivement dramatiques, ce qui était habituellement parfaitement en accord avec les émotions de Bullet. Mais il était perturbé depuis qu'il avait quitté Finlay. Lorsqu'il l'avait aidée à remettre sa petite robe sexy, elle avait été tellement adorable et compréhensive quant au fait qu'il partait, mais il avait vu le désir dans ses yeux qui reflétaient les nouvelles émotions qui le déchiraient de l'intérieur. Qu'est-ce qui n'allait pas chez lui, bordel ? Elle avait des projets, de toute façon. Elle allait apporter la nourriture à Sarah, commander l'électroménager pour le bar et résoudre le problème de l'emploi du temps des rénovations avec Dixie. Mais alors que la soirée s'écoulait lentement, il ne pouvait pas s'empêcher de la voir allongée nue dans ses bras, il était incapable de réprimer le souvenir de sa respiration chaude contre son cou, et tous ces sons addictifs qu'elle avait émis se rejouaient dans ses oreilles, rivalisant avec le groupe.

Le tourment passa dans ses veines. Chaque accord l'attirait vers le bord coléreux dont il ne voulait pas s'approcher. Pour la première fois depuis qu'il était sorti de son trouble de stress post-traumatique et qu'il avait commencé à travailler au Whiskey's, il ne voulait *pas* être là. Et chaque seconde où il y était lui donnait envie de jeter quelque chose contre le mur.

— Qu'en dis-tu, Bullet ?

Bones prit une gorgée de sa bière, regardant son frère avec un regard plein d'espoir. Bear et lui traînaient au bar depuis une heure.

— Une balade du dimanche ? Aller au Riker ?

Le cap Riker était à deux bonnes heures du port et c'était une sacrée bonne balade. Mais le dimanche était le seul jour de congé de Bullet et il était hors de question qu'il ne le passe pas avec Finlay. Après avoir appris pourquoi elle avait peur des chiens, il avait reconsidéré son idée de l'emmener chez lui pour qu'elle rencontre Tinkerbell. Il ne lui avait même pas demandé pourquoi elle avait peur des motos, mais il avait l'impression que naviguer entre ses peurs allait être un champ de mines en soi.

— Je ne peux pas, dit Bullet avant de se diriger vers l'autre côté du bar pour prendre une commande, ignorant les commentaires de Bear et Bones.

Après avoir servi la commande et essuyé une bière renversée, il revint pour répondre aux regards curieux de ses frères.

— Tu ne manques jamais une balade du dimanche, dit Bear. Que se passe-t-il ?

Un type au fond du bar leva son verre vide. Bullet dit à Bear : « Je suis occupé » et s'occupa du client. Il ignorait pourquoi il ne disait pas à ses frères qu'il voulait voir Finlay, mais il supposa que c'était pour les mêmes raisons qu'il n'avait pas envie de travailler ce soir-là. Ils venaient de traverser un bouleversement familial à propos du bar quand Bear était revenu sur sa promesse d'y travailler. Ils n'avaient pas besoin d'en vivre un autre. Cela alimenta la culpabilité qui le dévorait.

— Par quoi ? insista Bear en plissant les yeux. Qu'est-ce qui est plus important que d'aller faire une balade ?

— Laisse tomber, l'avertit Bullet.

— Qu'est-ce qui te casse les noix ? demanda Bear. Tu es encore plus con que d'habitude. Tu ne chopes pas beaucoup, dernièrement ?

— La ferme ! Je n'ai simplement pas envie d'être ici ce soir, admit-il.

Bear et Bones échangèrent un coup d'œil confus, ce qui l'irrita encore plus. Ce simple regard passif-agressif montrait la différence entre Bullet et ses frères. Si l'un d'eux lui avait tenu les mêmes propos, il lui aurait demandé de vider son sac ou de la fermer.

— Pourquoi ? demanda Bones.

Il était le plus stable d'entre eux : intelligent, prudent et méthodique dans sa manière de penser. Alors que lui aurait été là en un instant pour soutenir ses frères en cas d'ennuis, l'instinct de son cadet le poussait à comprendre les choses mentalement avant d'agir physiquement.

Bullet était surpris que Bones n'ait pas fait le rapprochement. Cependant, aucune femme n'avait réussi à lui donner envie d'être avec elle plutôt que de passer du temps au bar.

— Peu importe, dit-il.

Ce n'était pas comme s'il n'allait pas voir Finlay le lendemain et il ne comprenait pas pourquoi il perdait la tête parce qu'il l'avait quittée ce soir-là et qu'il était venu à l'endroit qui avait été son refuge pendant toutes ces années. Jusqu'à Finlay, la vie de Bullet avait été facile. Noire et blanche. Soit les choses allaient *très bien*, soit elles étaient n'importe comment et devaient être arrangées. Mais Finlay avait apporté un monde d'émotions et d'intermédiaires avec lesquels il ignorait quoi faire.

— Bon, avec qui tu étais ? demanda Bear. Que faisais-tu avant de venir ici ? Peut-être qu'on peut le découvrir.

Bear parlait trop, tout comme Finlay. Si d'autres personnes souffraient, Bear souffrait, alors qu'avec Bullet, si quelqu'un de son entourage souffrait, il intervenait et il appliquait la pression nécessaire pour faire disparaître cette souffrance de sa vie.

Bones prit un autre verre et un lent sourire s'afficha sur ses lèvres.

— Une certaine blonde avec un don pour préparer de délicieux biscuits.

— Ah, Finlay ! le taquina Bear. Tout le monde se demande quand elle reviendra avec d'autres biscuits.

Ils se demandent plutôt quand elle reviendra pour qu'ils puissent la lorgner ! Bullet serra les dents.

— C'est ça, pas vrai ? demanda Bear. Tu te tapais Finlay et tu ne voulais pas partir.

Bullet passa une main par-dessus le bar et agrippa son frère par le col, le soulevant au niveau de ses yeux et faisant tomber des verres sur le sol. Des clients reculèrent. Ils savaient qu'il valait mieux ne pas se mettre entre Bullet et *qui que ce soit*.

— Bullet !

Bones bondit sur pied, jetant un bras maladroit entre eux.

— Ne parle plus jamais d'elle comme ça, cracha l'aîné entre ses dents. Compris ?

Avant que Bear ne puisse répondre, il le jeta en arrière.

Celui-ci trébucha, riant en reprenant l'équilibre.

— Mec, tu es bien atteint et tu ferais mieux de contrôler tout ça !

La musique revint au premier plan et Bullet vit Red se diriger droit vers eux. Elle ressemblait à l'enfer incarné, les yeux plissés, ses bottes noires marchant d'un pas lourd et déterminé. Elle était l'incarnation de la mère d'un motard. Dure à cuire et sans crainte de se retrouver dans la ligne de tir. Mais les coins de ses lèvres étaient étirés, faisant légèrement rire Bullet. Elle les avait élevés et elle avait l'habitude des hauts et des bas de la fratrie. Tout comme Bear, elle était du genre à beaucoup parler. Elle connaissait la plupart de leurs démons, mais seul Bones savait la vérité à propos de ceux de Bullet.

Il tourna à nouveau son regard vers son frère, qui avait été là pour lui quand sa vie ne tenait qu'à un fil. Quand il s'était caché du reste de sa famille, trop honteux pour lui faire face.

— Qu'est-ce qui te prend, Bullet ?

Bones se tenait entre Bullet et Bear, le faisant plier du regard de la seule manière dont il était capable.

Il regardait Bullet dans les yeux si profondément que celui-ci sut qu'il cherchait à voir si les démons étaient revenus ou s'il s'agissait des bêtises habituelles qui se passaient entre frères. Bullet tourna son regard vers Bear et dit :

— Ça va ?

— Toujours, mais que t'arrive-t-il ?

Bear ramassa quelques morceaux de verre sur le sol et les posa sur le bar.

— Tu n'as pas mis de lait dans tes Cheerios ce matin ? demanda Red tandis que Bullet faisait le tour du bar avec un balai pour nettoyer le désordre.

Elle secoua la tête en direction de Bear, qui était en train de contourner le bar, et elle commença à éponger le comptoir. Ses yeux trouvèrent à nouveau Bullet et elle dit :

— Ou ton petit frère a ouvert son clapet à propos de l'article dans le journal ? Je lui ai dit de ne pas t'énerver avec ça.

— Tout va bien, Red.

L'aîné jeta un œil à Bear, qui faisait des sons de baisers. Bullet recula son bras, faisant semblant de se préparer pour une bagarre, et ils rirent tous les deux.

— Pour ce que ça vaut, je suis fière que tu aies aidé cette famille, chéri.

Ses yeux verts se posèrent sur Bones, qui était accroupi, tenant la pelle pour Bullet, puis ils se dirigèrent vers Bear, qui était occupé à parler avec un client. Quand elle se tourna à nouveau vers Bullet, son regard était doux et inquiet.

— Je vous aime, mais mon cœur s'arrête chaque fois que je vois vos poings serrés.

Son fils aîné arrêta de pousser les débris dans la pelle et tendit le balai à Bones, qui les emporta tous les deux derrière le bar. Lorsqu'il fut hors de portée, Bullet s'approcha de Red, baissant la voix.

— La poursuivre avec mon cœur ? C'est censé me rendre fou ?

Un sourire chaleureux illumina les yeux de Red.

— Seulement si tu le fais bien, chéri.

Plusieurs heures plus tard, après avoir fermé le bar et s'être dit de rentrer chez lui, il se retrouva garé devant la maison de Finlay, fixant son téléphone du regard. Les rideaux étaient tirés et la maison était aussi calme que la nuit. Il savait qu'il aurait dû faire demi-tour et prendre son mal en patience, la voir le lendemain, comme il le lui avait demandé. Mais il avait envie de la sentir dans ses bras, il avait besoin de voir son doux visage, d'entendre comment s'était passée sa soirée.

Il baissa sa main sur sa jambe, se demandant quand il était devenu une telle mauviette. Mais cette pensée envoya une autre rafale explosive à travers son entrejambe. Ce n'était pas une question de mauviette. Les choses n'étaient pas comme ça. C'était plus grand que tout ce qu'il avait ressenti auparavant. Plus grand que la vie elle-même et il ne savait pas quoi faire de toutes ces émotions qui tempêtaient en lui.

Merde ! Il avait besoin d'entendre sa voix. Il passa l'appel et posa le téléphone contre son oreille.

— Salut, dit-elle d'une voix endormie.

— Salut, Lollipop !

Il l'écouta respirer, il pouvait presque voir ses yeux bleus endormis se lever vers lui, un sourire étirant ses lèvres, il pouvait presque sentir sa joue contre son torse…

FINLAY ÉTAIT ALLONGÉE sur le dos, regardant le plafond dans l'obscurité de sa chambre et attendant que Bullet dise autre chose. Elle s'était distraite toute la soirée. Lorsqu'elle avait emporté la nourriture à l'hôpital, elle y avait aussi joint des pâtisseries pour les infirmières, qui étaient ravies de laisser Finlay remplir leur congélateur avec quelques plats pour Sarah. De là, elle était allée directement retrouver Dixie à la boutique de glaces de Penny, où elles avaient englouti des coupes glacées et pris les dernières décisions concernant les rénovations de la cuisine. Dixie s'était arrangée pour que Crow s'occupe de l'installation de l'électroménager et des modifications des plans de travail cette semaine-là, ce qui signifiait que Finlay pouvait se concentrer sur les menus et commencer les entretiens d'embauche et de recrutement. Puis elle avait failli aller au bar pour voir Bullet, mais elle ne voulait pas donner l'impression d'être trop en manque d'affection. Au lieu de cela, elle avait passé le reste de la soirée à essayer de se distraire de ses pensées à son propos. Un long bain chaud n'y avait rien fait et s'asseoir dehors derrière la maison lui avait rappelé à quel point ils avaient été proches quand ils étaient là. Cela faisait une heure qu'elle était allongée au lit, essayant de dormir, mais il lui manquait trop et à présent, tandis que le silence remplissait les ondes, elle s'inquiéta de ce que cela signifiait.

— Tu ne vas pas me parler ? demanda-t-elle, souriant pour elle-même parce que Bullet était un homme laconique.

Elle imagina qu'il devait être encore plus difficile pour lui de parler au téléphone, étant donné qu'une grande partie de sa communication était visuelle. Lorsqu'elle pouvait voir son visage, elle savait en une seconde s'il était triste, en colère, inquiet ou excité.

— J'avais juste envie d'entendre ta voix, dit-il finalement. Je t'ai réveillée ?

— Non. J'étais allongée et je pensais à toi.

Elle fut reçue par un nouveau silence et elle ferma les yeux, son pouls accélérant comme jamais.

— Peut-être que tu devrais venir à la maison. Je n'arrive pas à lire ton regard au téléphone.

Il raccrocha et elle fixa le téléphone des yeux, confuse. L'avait-elle énervé ?

Quelques secondes plus tard, la réponse vint sous la forme d'un coup à la porte d'entrée et elle bondit du lit, souriant comme une idiote tandis qu'elle avançait à pas feutrés, pieds nus, le long du couloir et qu'elle regardait par le judas. Bullet avait une main sur sa nuque, les yeux baissés. Elle ne pouvait pas ouvrir la porte assez vite. Elle l'ouvrit d'un coup, le cœur bondissant tandis que le regard du jeune homme se déplaçait rapidement de ses jambes nues jusqu'aux mots inscrits sur sa poitrine. « Les gentilles filles s'assoient, les vilaines conduisent. » Elle sentit ses joues brûler.

Les lèvres de Bullet s'étirèrent tandis qu'il la prenait dans ses bras.

— Je croyais que tu avais peur des motos, dit-il en déposant un baiser séduisant sur sa joue, sa barbe chatouillant la peau de Finlay.

— C'est le cas.

Elle enroula ses bras autour de son cou tandis qu'il la rendait folle avec ses lèvres insistantes sur sa gorge et sa mâchoire.

— C'est Penny qui me l'a donné, parvint-elle à dire. Ça me fait penser à toi.

— Bon sang, Fins ! dit-il d'une voix rauque.

En l'étreignant, il prit possession de ses lèvres, provoquant un besoin brûlant, un désir douloureux en elle. Sa main se déplaça durement le long de sa hanche, rencontrant sa cuisse nue, leur tirant un gémissement avide. Il intensifia ses efforts, l'embrassant si profondément, le plaisir irradiant jusque dans les doigts de Finlay. Un grognement d'envie vibra en eux, une invitation enivrante dans un monde qu'elle avait désespérément envie d'explorer. La grande main de Bullet s'étala sur ses fesses, et ils émirent d'autres bruits avides.

— *Dentelle*, dit-il d'une voix rauque contre ses lèvres.

De sa main recouvrant ses fesses, il la souleva facilement tout en enfouissant son autre main dans ses cheveux, faisant brûler son cuir chevelu. Il entra dans la maison et ouvrit la porte fermée avec son dos.

— Je n'arrive pas à te faire sortir de ma tête, dit-il entre des baisers bruts. Et je ne veux pas le faire.

Ses mots la martelèrent, torrides et explosifs. Elle vit l'angoisse et les émotions séduisantes qui luttaient dans ses yeux sombres, et en un instant, la bouche de Bullet recouvrit la sienne, la prenant et l'explorant. La dureté de son corps, la possession féroce de ses baisers l'électrisèrent. Le désir inonda ses veines tandis qu'elle s'accrochait à lui, se balançant contre son corps, adorant la sensation de ses mains sur elle, comme s'il ne pouvait pas se rassasier d'elle.

— Chambre, haleta-t-elle.

Les bottes de Bullet résonnèrent sur le parquet, chaque pas apportant une nouvelle pulsation d'impatience. Leurs baisers devinrent plus sauvages et leurs gémissements d'ardeur résonnèrent dans sa tête, effacèrent le reste du monde. Elle enfouit ses mains dans les cheveux de son compagnon, s'agrippant tandis qu'elle se cambrait contre lui, l'incitant à en prendre davantage. Il la posa sur le lit et la suivit, une main continuant d'agripper ses fesses tandis qu'il dévorait sa bouche. Son large torse la pressa contre le matelas. Chaque coup de leurs langues envoyait des fourmillements à travers elle, augmentant son excitation de manière disproportionnée. Elle tira sur son T-shirt et il rompit leur connexion juste assez longtemps pour le passer par-dessus sa tête et le jeter par terre. Il réclama férocement sa bouche et elle tendit les mains vers son épaisse ceinture en cuir, mais son corps était trop lourd, emprisonnant ses mains entre eux.

— J'ai besoin que tu sois nu, dit-elle, se surprenant elle-même par son empressement.

Mais aucune partie d'elle ne voulait nier ses désirs.

Il n'y avait plus de mots, uniquement de la douceur, tandis

qu'il retirait son portefeuille de sa poche arrière et qu'il le jetait sur le lit avant de retirer ses lourdes bottes et ses chaussettes. Il se mit sur pied tout en défaisant sa ceinture et son jean tomba autour de ses chevilles. Il en sortit, révélant des cuisses puissantes et des mollets musclés couverts d'encre colorée et de cicatrices. Quarante-huit heures plus tôt, elle aurait pu être choquée, mais à présent, elle était fascinée, souhaitant étudier chacun de ses tatouages et chacune de ses cicatrices, entendre les histoires dont elle savait qu'il ne les raconterait peut-être jamais, pour comprendre la tempête calme qu'était Bullet Whiskey.

Ils se concentrèrent l'un sur l'autre tandis que le silence tombait entre eux et elle se plaça sur le bord du lit pour pouvoir observer ce bel homme. Et il était *beau*. Finlay ne voyait plus seulement sa taille et son apparence qui avait un jour été intimidante. Sa puissance harnachée et sa présence imposante seraient toujours là, mais désormais, elle voyait aussi l'homme tendre qui utilisait la douleur de son passé pour aider les gens autour de lui.

Le regard de Finlay se dirigea vers la jonction de ses cuisses énormes et vers l'érection épaisse qui tendait le coton sombre. Des rivières de chaleur coulèrent à travers elle tandis qu'il se mettait à genoux devant elle, qu'il positionnait son large corps entre ses cuisses et qu'il prenait son visage entre ses mains. Un brasier faisait rage dans ses yeux tandis qu'il luttait visiblement contre les émotions qui brûlaient entre eux.

— J'ai besoin de toi, Fins, dit-il d'une voix rauque. Je ne peux pas respirer quand tu n'es pas dans mes bras, bordel !

Elle rassembla l'ourlet de son propre T-shirt dans ses mains et le passa par-dessus sa tête, impatiente de sauter dans son feu à pieds joints. Elle savait qu'il ne la laisserait jamais se brûler.

— Alors, laisse-moi te remplir pour que tu ne manques

jamais d'air.

Les lèvres de Bullet descendirent lentement et puissamment sur les siennes, l'hypnotisant par sa maîtrise exigeante. Elle se sentit transportée à un niveau supérieur. Les pulsations de désir en elle battirent plus vite, palpitèrent plus fort et en même temps, elle se sentait plus légère, perdue en lui. Il les déplaça au centre du lit. Ses hanches se balançaient entre les cuisses de Finlay, les écartant, et il appuya sa taille contre son entrejambe, dur et obstiné. Les entrailles de la jeune femme se serrèrent et tirèrent, voulant *tout* de lui. Lorsque les mains de Bullet se déplacèrent jusqu'à la courbe de ses hanches, elle les leva pour lui et il la maintint fermement tandis que son membre, sous son caleçon, la taquinait et se frottait contre sa culotte humide. Il écarta sa bouche de la sienne, réclamant son cou avec une intensité sauvage.

— Bullet, je ne peux pas… *Un instant…*

Elle haleta, poussa l'arrière de son caleçon tandis qu'il la suçait et la léchait, sa barbe et ses dents amplifiant son désir.

Il dessina un chemin brûlant le long de son corps, plus brusque qu'avant, la mordant et la suçant comme si rien ne pourrait jamais suffire. Chaque dure morsure, chaque coup de langue et caresse la firent se tortiller et le supplier de lui en donner davantage. Elle n'aurait jamais imaginé que la rudesse puisse être aussi torride, mais son corps était en feu, secoué par le désir. Elle ne voulait pas être prise et comblée. Elle voulait *donner* tout ce qu'elle avait. Une inquiétude fugace la traversa en raison de la nouveauté et du choc de sa perte d'inhibition, mais tout chez Bullet, depuis son intensité jusqu'à l'homme aimant sous l'armure, lui donnait envie de monter dans son monde et d'explorer le côté charnel qui vibrait sous sa propre peau.

Se sentant haletante et audacieuse, elle poussa les épaules du jeune homme tandis qu'il goûtait chaque centimètre carré de sa peau.

— Bullet, supplia-t-elle.

Il se contenta de gémir et continua à la rendre folle.

— Bullet, dit-elle d'une voix plus dure.

Il leva la tête, les sourcils froncés. Bon sang, elle adorait son intensité !

— Je veux…

Elle poussa à nouveau son torse et il roula sur le côté, agrippant la courbe de ses hanches.

Effrontément, elle descendit le long de son corps, l'embrassant et le touchant, tremblant face à la nouveauté de sa prise de contrôle. Elle embrassa son ventre, les poils de son corps chatouillant ses joues. Son odeur masculine augmenta son excitation. Elle passa sa langue le long de la chair chaude juste au-dessus de son caleçon, gagnant ainsi un autre grognement. Elle leva la taille de son caleçon, son cœur battant la chamade contre ses côtes tandis que ses yeux se rivaient sur son membre. Elle passa sa langue sur le large bout, lentement et avec détermination, ce qui poussa tout le corps de Bullet à se contracter.

Il laissa échapper un juron et l'agrippa par les cheveux, inclinant sa tête pour qu'elle soit obligée de le regarder dans les yeux. Elle savait qu'elle n'avait pas autant d'expérience que lui, mais le *désir* et des émotions plus profondes et indéniables qu'elle vit nager dans ses yeux lui indiquèrent que rien de tout cela n'avait d'importance.

Elle tira sur son caleçon, libérant son érection ardente, et il s'empressa de le retirer complètement. Toujours allongé sur le flanc, il empoigna ses cheveux. La chaleur dans son regard la brûla tandis qu'elle passait sa langue sur la longueur de son sexe.

Il laissa échapper un sifflement qui se glissa sous la peau de Finlay.

Poussée par sa réaction, elle recommença, ce qui lui valut un son plus sombre et plus sexy.

Ces bruits étaient comme une drogue et elle avait besoin de sa dose. Elle enroula ses doigts autour de lui et taquina à nouveau son gland, puis elle passa sa langue de la base au bout de son membre, l'humidifiant bien. Lorsqu'elle empoigna son sexe, les hanches de Bullet s'avancèrent et son excitation épaisse traversa sa main avec tant de puissance que les parois internes de Finlay se contractèrent avec impatience. Elle baissa sa bouche autour de lui, provoquant un grognement long et reconnaissant. Son cœur battait à un rythme frénétique tandis qu'elle se rendait à ses propres désirs, consumant chaque centimètre de lui et le suçant de toutes ses forces. Son sexe gonfla dans sa main et elle le travailla plus vite, le prit plus profondément, jusqu'à ce que tous les muscles de son corps soient si tendus qu'elle savait qu'il était sur le point d'exploser. Une légère panique monta en elle. Elle avait envie de *ça*, de le rendre fou, de goûter chaque essence de lui, mais plus encore, elle *mourait* d'envie d'être dans ses bras, de le sentir en elle, aussi proche que deux personnes pouvaient l'être.

Elle leva les yeux vers lui et les mains de Bullet glissèrent de ses cheveux à ses joues, la chaleur dans ses pupilles la faisant fondre de l'intérieur. Il l'attira délicatement à côté de lui pour qu'ils soient face à face et il l'embrassa une fois, puis deux, puis trois. Ses sensations s'intensifièrent à chaque contact de ses lèvres.

Elle ouvrit les yeux et il murmura :

— J'ai besoin de toi.

La manière dont il le dit, catégorique et fervente, fit que son intention n'était pas claire. Mais peu importe qu'il parle d'un point de vue sexuel ou émotionnel, car tandis qu'il l'allongeait délicatement sur le dos et qu'il retirait sa culotte, elle sut dans son cœur que les deux aspects étaient intimement liés.

Il se mit à genoux, un homme splendide et solide, si épais et puissant, son corps étant une carte de peurs, de tragédies et d'espoir. Le pouls de Finlay accéléra tandis qu'il prenait son portefeuille et qu'il en sortait un préservatif. Son regard ne se détourna jamais d'elle tandis qu'il l'ouvrait et qu'il l'enfilait. Une vague sensuelle passa entre eux lorsqu'il se baissa sur elle et qu'il regarda profondément dans ses yeux. Il semblait différent sans ses vêtements. Plus lourd, plus chaud, plus *proche*.

— Dis-moi que tu m'appartiens, murmura-t-il avant de poser sa bouche sur la sienne.

Il était tellement exigeant *et* sûr de lui qu'il ne lui donna pas le temps de répondre. Elle sourit tout en l'embrassant. Leur connexion était trop solide, trop *réelle* pour qu'il ne sache pas qu'elle aurait dit : « *Je suis à toi, Bullet. Vraiment à toi.* »

Leurs corps s'unirent lentement, sa taille écartant davantage les jambes de Finlay, ses bras la tenant plus fermement tandis qu'il la remplissait à tel point qu'elle pouvait à peine respirer. Elle posa ses mains sur l'arrière de ses hanches, refusant qu'il bouge avant qu'elle n'ait eu la chance de retenir la sensation de l'avoir contre elle par cœur. Mais la pression qu'il appliquait en elle, la sensation de ses doigts s'enroulant autour de ses épaules et de leurs langues dansant à un rythme pressant et explorateur était trop pour elle et *elle* dut bouger. Coincée sous son poids, elle ne put que s'enfoncer davantage dans le matelas puis se balancer vers le haut. Ils se synchronisèrent rapidement, chaque coup touchant la corde sensible. Bullet passa ses mains sous les fesses de Finlay, l'inclinant vers le haut pour pouvoir l'aimer plus profondément, et nom de Dieu, cet homme était un dieu du sexe ! Il allait et venait, se frottant sans relâche jusqu'à ce qu'elle s'agrippe à son dos. Les jambes de Finlay se levèrent et bougèrent, essayant de s'enrouler autour de sa taille, mais il était trop imposant, l'angle trop large. D'un coup, il se redressa et coinça ses genoux sous son torse, plongeant en elle fort et vite. Elle poussa un cri sous l'intensité du plaisir, l'avidité viscérale la traversant. Le torse de Bullet tomba sur le sien, les genoux de Finlay s'écartèrent sur les côtés de ses hanches et il agrippa à nouveau ses fesses, les écartant douloureusement. Elle gémit sous le choc car sa peau sembla se déchirer, mais ensuite, il pilonna ses hanches, lançant des vagues turbulentes de passion en elle. Elle haleta et il recommença, jusqu'à ce que la douleur et le plaisir tombent en mille morceaux en elle et qu'elle perde tout contrôle, ruant et criant, le rouant de coups tandis que son sexe convulsait.

— *N'arrêtepasn'arrêtepasn'arrêtepas*, supplia-t-elle, mais elle n'avait pas à s'inquiéter.

Il était tellement perdu dans le moment qu'il enfouit son visage dans son cou et enfonça ses dents dans sa peau, la faisant tanguer à nouveau. Des sons indiscernables sortirent des poumons de Finlay, aussi imparables que leurs émotions. Leur chair était humide et chaude, leur respiration agitée et difficile. Bullet intensifia ses efforts, il relâcha soudain les fesses de sa partenaire et ses bras se glissèrent sous son dos, la tenant tendrement et si fermement contre lui qu'elle sentit son cœur tambouriner contre le sien. La peau de la jeune femme était en feu. Son corps fourmillait de la tête aux pieds, comme un millier d'aiguilles la piquant en même temps, alors qu'un autre orgasme montait en elle. Bullet scella sa bouche contre la sienne, leurs corps bougeant d'une manière exquisément harmonieuse. La chaleur du désir de celui-ci brûla le long du corps de Finlay tandis que le sien se tendait et il la pénétra plus profondément, prononçant son nom entre ses dents tandis qu'ils jouissaient ensemble.

Alors que Bullet s'occupait du préservatif, Finlay vit pour la première fois son dos nu et une sensation désagréable traversa son estomac. Si l'avant de son torse était couvert d'une multitude d'images et de scènes, son dos était un gigantesque masque d'obscurité. Le visage qu'elle avait vu tatoué sur la silhouette massive qui montait la garde devant la grotte sur son sternum lui rendit son regard. Un néant sombre – des lunettes de soleil – couvrait ses omoplates, la regardant aveuglément sous des sourcils enroulés et pointus. Un nez et une mâchoire squelettiques et une bouche pleine de crocs pointus étaient entourés par le genre de torsades décoratives qu'elle avait vues sur des rails en fer. Des croix, des étoiles juives et d'autres symboles religieux recouvraient le dos de ses bras et ses coudes.

Lorsqu'il remonta sur le lit, prenant Finlay dans ses bras, le monde revint au premier plan. Le corps de Bullet était fermement enroulé comme un matelas en spirale et le cœur plein de Finlay tomba en miettes. Elle ne voulait pas mentionner l'image qui était plus terrifiante que les autres, mais elle ne pouvait pas s'en empêcher, même si elle savait qu'il lui faudrait toute une vie pour vraiment comprendre l'homme qui se trouvait sous l'encre.

— Ton dos, murmura-t-elle, il me fait peur.

Il l'embrassa sur le front, la serrant plus fort.

— Tu n'as pas à en avoir peur. C'est l'emblème des Dark Knights. C'est une très grande partie de moi… Quand j'étais petit, c'était ma force et ma perte. Maintenant, ce n'est que de la force, bébé.

Elle respira un peu plus facilement.

— Et tes coudes et tes bras ?

Un sourire inattendu étira les lèvres de Bullet.

— Il y a tant de haine sans fondement dans le monde. Je porte fièrement tous les symboles et je protégerai les gens qui les suivent tout autant. C'est juste ma manière d'honorer la race humaine. C'est comme faire face aux gens haineux et dire « Allez-y, essayez de vous en prendre à quelqu'un près de moi. »

— Tu es incroyable, murmura-t-elle, se blottissant dans sa chaleur, souhaitant qu'ils puissent rester ainsi jusqu'au matin, même si elle savait qu'il finirait par devoir partir.

— Non. Je fais juste ce qui est bien.

Il semblait toujours faire ce qui était bien, ce qui poussa Finlay à se poser plus de questions à propos de son adolescence, quand il avait enfreint les règles de sa famille et du club de motards. Mais il semblait en paix avec ces règles à présent et elle en était ravie.

— Ça ne me plaît pas de ne pas pouvoir rester ce soir, dit-il avant de l'embrasser sur le front.

Elle ferma les yeux, sachant qu'il était tout aussi malheureux de devoir partir qu'elle.

— Tu penses que Tinkerbell s'en sortirait pour juste une nuit ? demanda-t-elle, le regrettant immédiatement. Je suis désolée. Ce n'est pas ce que je veux dire. Je ne veux pas que tu la laisses seule. Je sais à quel point vous avez besoin l'un de l'autre.

— Ce n'est qu'une partie de l'explication, bébé.

Il la serra contre lui et passa sa cuisse au-dessus de la hanche de Finlay, l'enveloppant contre son corps dur.

— Les cauchemars ? s'enquit-elle doucement.

Il ne répondit pas, ce qui lui donna encore plus envie d'être avec lui. Mais comment aurait-elle pu lui demander d'abandonner Tinkerbell pour une nuit ? Pour certaines personnes, un chien n'était qu'un animal de compagnie, mais il était évident que Tinkerbell était tout autant une partie intégrante de la guérison de Bullet que ses cicatrices étaient des rappels quotidiens de ses blessures.

Ils restèrent allongés ensemble un long moment, chacun d'entre eux perdu dans ses propres pensées dans le silence de la chambre de Finlay. Finalement, quand ils mirent fin à contre-cœur à leur soirée, Bullet se tint debout sur le porche avant, le visage de Finlay entre ses mains et un regard torturé dans les yeux avant de dire :

— Tu mérites mieux qu'un soldat brisé, mais je ne peux pas renoncer à toi. Je sais que c'est égoïste, mais je ne peux pas, Fins. Pas même après seulement quelques jours.

— Ma mère disait toujours que les meilleures parties d'un *cobbler*[8] ne sont pas les gros morceaux que tout le monde avale, mais les morceaux brisés qui sont laissés à la fin. Ils sont baignés de sucre, mais seules quelques personnes ont la chance de s'en rendre compte. Je m'en rends compte, Bullet. Je ne veux que toi.

Il posa ses lèvres contre les siennes d'un air incrédule et dit :
— Ferme bien ta porte ce soir, Lollipop.

Finlay regarda les feux arrière de son pick-up disparaître dans l'obscurité, souhaitant que les choses puissent être différentes. Et tandis qu'elle verrouillait la porte et qu'elle suivait l'odeur qu'il avait laissée sur ses pas jusqu'à la chambre, elle se demanda s'il était possible que son cœur se sente à la fois plein et déchiré.

Elle avait été brisée aussi. Elle avait pensé ne pas être capable de ressentir quoi que ce soit pour un homme après avoir perdu

---

[8] Dessert américain ressemblant un peu au crumble

Aaron. Mais tandis qu'elle remontait sur le lit, appuyant sa tête sur l'oreiller où Bullet avait été allongé, elle comprit qu'elle n'avait pas été brisée, après tout. Elle n'avait juste pas été avec la bonne personne jusque-là. Elle ferma les yeux, des images de Bullet nageant dans son esprit, et elle se demanda si lui non plus n'était pas aussi brisé qu'il le pensait.

CHAPITRE DOUZE

APRÈS UN APPEL rapide à Penny, Finlay emballa les friandises pour chien qu'elle avait préparées au point du jour le dimanche matin et suivit les indications du GPS sur une longue route rurale escarpée, pas très loin de l'allée étroite du Whiskey's. De l'herbe longue et mal entretenue donnait l'impression que la propriété était abandonnée. Une vieille grange rouge délabrée apparut devant elle et les prés envahis par les mauvaises herbes disparurent, comme s'ils avaient été avalés par de la superbe rocaille entrecoupée par des arbres et d'épais buissons, des fleurs d'automne et de la verdure. Même s'ils étaient beaux, les jardins tranchaient avec le délabrement de la grange rouge écaillée et érodée. Un toit pointu en métal était suspendu sur le bord du bâtiment, comme s'il appartenait à une structure plus grande et qu'il avait été installé sur celle-ci par erreur. Une double-fenêtre presque neuve était centrée au-dessus de deux portes de garage rustiques, encadrées par du bois sans peinture. Ces dernières étaient d'un style ancien, comme elle l'avait vu dans des westerns, composées de planches en bois érodé verticales. Deux lattes formaient un X sur chacune d'elles, donnant l'impression qu'elles étaient interdites d'accès. À côté de celle de droite se trouvait ce qui ressemblait à une porte d'entrée éraflée et tachée, au-dessus de laquelle avançait un toit à faible pente qui penchait vers le sol, s'arrêtant à la même hauteur que la porte. Une simple ampoule pendait d'une installation en fer noir juste à côté.

Finlay gara sa Suburban et baissa les yeux vers le GPS, se demandant si Penny lui avait donné la mauvaise adresse. L'aboiement grave d'un chien lui serra la gorge. Elle poussa un petit cri et le téléphone tomba par terre. S'accrochant au volant, elle regarda par la fenêtre. *C'est bien la bonne maison.* Heureusement, elle était assise en hauteur dans le van. Elle ne voulait pas être nez à nez avec le rottweiler en train de faire les cent pas à côté de la portière du conducteur. Finlay avait oublié à quel point le chien de Bullet était grand, même si depuis, Dixie lui avait dit que Tinkerbell n'était qu'un chiot. *Menteuse.* La tête de Tinkerbell était de la taille d'une pastèque, avec des yeux perçants et sombres.

Finlay tâtonna à ses pieds à la recherche de son téléphone tout en se réprimandant :

— Ce n'est qu'un chien. Le chien de *Bullet.*

Elle sentit l'appareil entre ses doigts.

— Il *dort* avec elle, pour l'amour du ciel ! Comment pourrait-elle être féroce ?

— Ouaf !

Elle poussa un cri, relâchant son portable, et elle posa son front sur le volant, luttant contre l'envie de fuir. Des bruits de moto rugirent dans l'allée et elle jeta un œil au rétroviseur, apercevant les deux engins.

Absolument parfait !

INCAPABLE DE DORMIR après le lever du soleil, ce qui avait presque toujours été la norme pour Bullet, il s'occupait de l'une de ses motos dans le garage quand il entendit des moteurs approcher. Tinkerbell aboya à nouveau. Bullet essuya ses mains sur un chiffon, leva la porte du garage et s'arrêta net en voyant la voiture de fille rose de Finlay dans l'allée. Les motos de ses frères accéléraient derrière elle. C'était la journée idéale pour une balade et il avait hâte de sentir la puissance crue entre ses jambes, la rafale du monde qui défile à toute vitesse et l'exaltation de tout son être en état d'alerte élevé dans un mélange engourdissant d'angoisse et d'excitation. La seule chose qui avait ne serait-ce qu'un peu approché ce plaisir dévorant était la nuit précédente, lorsqu'il était enfoui profondément à l'intérieur de Finlay.

Il traversa à grands pas l'allée en direction du van et le visage splendide et paniqué de Finlay apparut. Un seul sifflement bref et un geste de la main imposèrent à Tinkerbell de s'allonger sur le ventre, haletant d'un air excité à l'idée de la nouvelle personne avec qui jouer.

Pas de chance, ma fille !

Tandis que Bear et Bones descendaient de leurs motos et qu'ils retiraient leurs casques, leurs sourires présomptueux relâchèrent le nœud qui s'était formé dans la poitrine de Bullet tandis qu'il faisait les cent pas pendant des heures la nuit précédente, les maintenant tous les deux éveillés, Tinkerbell et lui.

Bear aida Crystal à descendre de l'arrière de sa moto et dit : « Tu as mauvaise mine » à Bullet avant de tomber à genoux pour couvrir Tinkerbell d'amour.

Bullet serra les dents en se rappelant combien il avait été désagréable de quitter Finlay la nuit précédente et il essaya de calmer le bordel qui se déroulait dans son estomac tandis qu'il s'approchait du van. La jeune femme serrait le volant de ses deux mains, dont les jointures avaient blanchi, les yeux grands ouverts comme des soucoupes.

— Salut, bébé. Et si tu baissais la vitre ?

Elle tourna brusquement son regard vers Tinkerbell, qui était allongée sur le dos, les pattes en l'air alors que Bear lui grattait le ventre. Finlay baissa la vitre de quelques centimètres tandis que Crystal se plaçait à côté de Bullet. Il passa un bras autour de sa belle-sœur et dit :

— Comment tu te sens, chérie ?

— Mieux. Mon ventre est capricieux depuis environ une semaine, mais je vais bien.

Elle sourit à Finlay.

— Comment ça va, Fin ? Tu vas rester dans cette grande cuillère de Pepto-Bismol[9] toute la journée ou tu vas sortir pour nous dire bonjour ?

— Et si tu nous donnais une minute ? dit Bullet en relâchant Crystal.

— Salut, frérot.

Bones frappa l'épaule de son aîné en passant à côté de lui pour rejoindre les autres.

Bullet agrippa la poignée de la portière et une nouvelle vague de panique apparut dans les yeux de Finlay. Il ouvrit la portière, bloquant l'accès de son corps.

— Salut, ma jolie. Que fais-tu là ?

— Je me suis dit que tu es venu me voir après l'accident quand tu disais que tout en toi te disait de partir. C'était difficile

---

[9] Médicament qui lutte contre les nausées et se présentant dans une bouteille rose et jaune

pour toi, alors j'ai mis ma casquette de grande fille et j'ai pensé que si je pouvais apprendre à connaître Tinkerbell, nous pourrions peut-être passer la nuit ensemble.

Le cœur de Bullet gonfla presque au point d'exploser.

Elle se pencha en avant et murmura :

— Mais je ne savais pas que tu avais des projets et il se pourrait que j'aie surestimé mes capacités. Je ne suis pas sûre de pouvoir m'approcher d'elle.

— Je connais un moyen de t'aider à surmonter cette peur.

Il se pencha dans le van, enroula ses bras autour d'elle et l'embrassa. Il sentit la tension s'échapper de son corps et continua de l'embrasser jusqu'à ce que les mains de Finlay quittent le volant pour le serrer contre elle. Puis il approfondit le baiser, car rien, absolument *rien* n'était mieux que cela.

— Ça va mieux ?

Il déposa un baiser plus doux sur ses lèvres.

— Maintenant, je suis excitée *et* j'ai peur.

Il ricana.

— Tu me fais confiance ?

Elle hocha la tête.

— Je sais une chose ou deux sur la façon de surmonter ses peurs. Tu peux me donner quelques minutes ? Tu me promets que tu ne vas pas partir ?

— Si vous avez des projets, je peux revenir à un autre moment.

Elle jeta un œil à Bear et Crystal, qui étaient tous les deux accroupis à côté de Tinkerbell. Bones était dos au van, son téléphone appuyé contre son oreille.

— Nous n'avons rien de prévu. Donne-moi une seconde.

Il ferma la portière, le soulagement le traversant comme un vent violent tandis qu'il se dirigeait vers la grange et qu'il revenait avec l'une des laisses de Tinkerbell.

Lorsqu'il l'accrocha au collier de la chienne, Bear dit :

— Que se passe-t-il avec Finlay ?

— Elle a peur des chiens.

Crystal s'approcha du van et dit :

— Tinkerbell est vraiment gentille. Elle a juste l'air méchante. Comme Bullet.

Bon sang !

Finlay afficha un visage suppliant.

— Elle ne va pas te faire de mal, insista Crystal.

Finlay baissa un peu plus sa vitre et dit :

— Je suis sûre que non, mais j'ai quand même peur des chiens. De *tous* les chiens. Les chihuahuas me font peur, et je sais que c'est bête. Mais j'essaye parce que…

Elle jeta un autre coup d'œil à Bullet et les entrailles de ce dernier redevinrent folles.

— On est passés pour nous assurer que tu ne voulais pas te joindre à nous pour la balade, expliqua Bear. Finlay peut venir avec nous. Ça peut nous faire la journée.

— Elle ne monte pas à moto, dit Bullet.

— Tu ne montes pas à moto ? demanda Crystal à Finlay.

Finlay secoua la tête d'un air confus.

— Moi non plus, je n'en faisais pas quand j'ai rencontré Bear, dit Crystal. Peut-être qu'une fois que tu auras conquis Tinkerbell, tu pourras apprendre à monter à moto.

— Ce serait un grand « si » et je ne sais pas si je peux gérer deux choses à la fois. Laisse-moi d'abord faire face à ça, dit Finlay.

Bullet tendit la laisse à Bear.

— Fin a été attaquée par un chien quand elle était plus jeune. Tu penses que tu peux rester assez longtemps pour que je la fasse sortir du van ?

— Tout ce que tu veux.

Bear prit la laisse. Il s'accroupit, enroula à nouveau un bras autour de Tinkerbell et dit :

— Tu dois être gentille, Tink.

Puis il s'adressa à Crystal :

— Viens ici, chérie. Donnons un peu d'espace à Bullet pour qu'il fasse son tour de magie.

La magie. Si seulement il avait un dixième de celle que Finlay possédait !

Bullet ouvrit la portière du van et tourna Finlay pour qu'elle soit face à lui. Bon sang, où cette fille faisait son shopping ? Sur Excite-ton-mec.com ? Elle portait une robe rose, courte et légère et des bottes en cuir marron avec des lacets qui remontaient jusqu'aux genoux sous lesquelles elle avait enfilé une sorte de chaussettes à volants qui arrivaient jusqu'au milieu de ses cuisses. Sa tenue était complétée par un poignet plein de bracelets et une bague à fleurs sur sa main droite.

— Nom de Dieu, Lollipop ! Tu as fait exprès de t'habiller pour me donner envie de t'allonger à l'arrière du van ?

— Quoi ?

Elle poussa un petit cri et regarda sa tenue.

— Non ! J'ai mis des bottes hautes pour que Tinkerbell ne puisse pas atteindre mes jambes et ça, c'est l'une de mes robes préférées. Je me suis dit que je devrais être aussi à l'aise que possible.

— Eh bien ! dit-il en s'ajustant. Au moins l'un d'entre nous le sera.

Elle gloussa.

— Désolée.

Il posa ses mains sur ses hanches et l'attira contre lui, essayant de ne pas penser au genre de culotte qu'elle portait sous cette petite robe moulante. *Merde !* À présent, il était incapable de penser à autre chose.

— Que se passe-t-il ? demanda Bones, obligeant brusquement l'esprit de Bullet à se calmer à nouveau.

— Fin a peur des chiens, expliqua Bear.

Tandis que ses frères parlaient, Bullet regarda Finlay dans les yeux et dit :

— Tinkerbell va écouter tout ce que je dis, mais c'est un chiot. Elle va s'exciter et il se pourrait qu'elle aboie ou qu'elle gigote parce qu'elle fait des efforts pour ne pas sauter et te lécher le visage, d'accord ?

La jeune femme déglutit et hocha la tête. Son regard se tourna en direction de Tinkerbell. Celle-ci était en train de lécher le visage de Bear.

— Elle a déjà mordu quelqu'un ?

— Jamais. Et elle n'est pas dressée pour attaquer. Elle est dressée pour obéir, bébé. C'est ma fille. Je ne la mettrais jamais en danger, pas plus que je ne te mettrais en danger, et elle le sait.

Le regard de Finlay s'adoucit et un sourire sincère apparut.

— J'adore voir à quel point tu l'aimes.

— Je prends soin de ceux que j'aime.

— Et je veux prendre soin de toi.

— Elle est assez docile pour que Lincoln rampe sur elle et que Kennedy lui fasse des câlins. Mais avant que je ne t'emmène la rencontrer, je veux que tu saches à quel point ça compte pour moi que tu sois là. Je ne connais pas de mots assez grands pour le dire, mais merci.

— Je prends soin de ceux que j'aime aussi, dit doucement Finlay.

CHAPITRE TREIZE

FINLAY SORTIT DU van, collée au flanc de Bullet. Son pouls battait à toute vitesse même si Tinkerbell était en laisse. Bear et Bones l'encadraient. Dans leurs jeans sombres et leurs vestes en cuir, ils ressemblaient à des motards-gardes du corps. Bullet était un mur de concentration, observant attentivement Finlay et son chiot. Que devait-il éprouver à présent, avec une petite amie pétrifiée par l'animal qui lui avait permis de se sentir en sécurité ?

Finlay lui prit la main et il baissa les yeux vers elle avec de l'inquiétude dans le regard.

— Je lui ai apporté des friandises que j'ai préparées. Ça va aider ?

Les lèvres de Bullet s'étirèrent.

— Seulement si tu veux que ma fille de trente-six kilos essaye de dévorer de la nourriture dans ta main.

Il jeta un œil à Tinkerbell, puis se tourna à nouveau vers Finlay.

— Tu as *préparé* des friandises ?

Elle hocha la tête.

— Je n'arrivais pas à dormir, alors j'ai cherché des friandises plus saines pour chiots. Je leur ai donné la forme d'os.

Elle jeta un œil à Bones et dit :

— Le genre qu'on trouve pour les chiens.

Ses frères ricanèrent.

Crystal passa ses cheveux derrière son oreille et dit :

— Oh, ça aurait pu être amusant de voir Tinkerbell avaler des petits Bones !

Tinkerbell leva la tête et fit un pas vers Bullet. Bear tint fermement la laisse et dit :

— Au pied, Tink.

Finlay laissa échapper un long soupir.

— Voilà comment ça va se passer.

Bullet leva la main de Finlay et y déposa un baiser sur le dos.

— Tu as peur et elle va le sentir. Quand Kennedy a peur, Tinkerbell veut l'aider. Il se peut qu'elle gémisse ou qu'elle essaye de te lécher, mais elle ne va *pas* tenter de te mordre, d'accord ?

Finlay hocha la tête.

— Je ne peux pas m'empêcher d'avoir peur.

— Je sais. Ce n'est rien, mais tu dois savoir qu'elle a des sentiments aussi. Elle souffre quand les gens qu'elle aime souffrent. Tu vois comme elle te regarde ? Comme elle nous regarde ? Elle voit ta main dans la mienne. Elle sent que tu es importante pour moi. Elle va agir en fonction de ça.

— D'accord, dit Finlay dans un murmure.

— Quand nous nous approcherons, je vais lui dire de s'allonger et ensuite, je veux que tu lui montres ta paume, que tu la laisses te renifler.

Il leva sa main jusqu'à son propre nez et prit une grande inspiration.

— Elle va sentir ta douceur et elle te léchera probablement. Quand tu seras à l'aise, tu pourras la caresser, d'accord ? Pas de pression, mais si tu pouvais éviter de crier et de t'enfuir, ce serait mieux.

Finlay sourit, se souvenant de la panique qu'elle avait ressentie sur le parking du *Whispers*.

— Je ne vais pas refaire ça. Je crois que je peux gérer cette situation. Je veux dire, regarde comme elle se comporte avec vous. J'ai déjà l'impression d'être naze parce que j'ai besoin d'une armée de protecteurs contre ton chien.

— Tout le monde a besoin d'aide, dit Bones.

Un regard réconfortant passa entre Bullet et lui. Elle ne pouvait qu'imaginer comment le reste de la famille de son compagnon l'aurait soutenu s'il lui avait raconté ses pires expériences. Elle se demanda s'il aurait encore des cauchemars et des reviviscences s'il avait fait sortir tout cela de sa tête.

— Tu peux parfaitement y arriver, dit Crystal. Au fait, cette tenue, c'est de la bombe !

Elle sortit son téléphone et prit une photographie.

— Je vais m'en faire une comme ça, mais noire.

Crystal créait une grande partie de ses vêtements ainsi que des costumes pour la boutique de princesses de Gemma. Les pensées de Finlay se tournèrent vers les vêtements et la distraction fit légèrement diminuer sa nervosité.

— Prête ? demanda Bullet.

— Non.

Elle sourit et dit :

— Mais allons-y quand même.

Lui tenant fermement la main, il fit un signe de l'autre et dit :

— Tink, coucher.

Celle-ci s'allongea à nouveau sur le ventre, ses longues pattes étirées devant elle. Sa tête était haute, sa langue pendait, comme si elle avait hâte qu'ils approchent. La chienne avait une tête et un corps larges, un visage noir et de la fourrure marron autour du museau et le long de sa poitrine, ce qui donnait l'impression qu'elle portait un masque sombre. Mais allongée là, avec ses oreilles qui remuaient et ses pattes avant étirées, elle semblait inquiète, excitée et un peu confuse.

Joins-toi à la fête. Je serai douce si tu l'es, pensa nerveusement Finlay.

Bear s'accroupit, un bras autour de Tinkerbell, et il hocha la tête vers Bullet. Finlay adorait la façon dont ils se serraient toujours les coudes. Même pour quelque chose d'aussi bête qu'aider une petite amie effrayée à faire connaissance avec son chien.

— C'est bien, bébé. Vas-y doucement et sûrement.

Le cœur de Finlay battait frénétiquement tandis qu'elle avançait, s'accrochant à la main de Bullet. Elle présenta son autre main à Tinkerbell, tremblant tandis que le chiot tendait le cou vers elle. La jeune femme dut faire appel à toute sa concentration pour ne pas reculer quand le nez de la chienne toucha sa main et quand sa langue la chatouilla. Un rire nerveux s'échappa de ses lèvres. Bullet se plaça derrière elle, son grand corps servant de mur de force pour qu'elle y puise la sienne.

— Agenouille-toi, chérie, lui dit-il à l'oreille.

Elle fut soudain envahie par les souvenirs de leurs corps emmêlés la veille et par sa respiration chaude dans son cou. Ses genoux faiblirent et s'agenouiller ne fut plus si difficile. Il en fit de même, un bras autour de son dos, l'autre tendu pour caresser Tinkerbell. Qu'est-ce qui n'allait pas chez elle pour qu'elle pense à la proximité qu'ils avaient vécue alors que cinq minutes auparavant, elle était morte de peur ?

— Bien joué, dit-il d'un ton enjôleur.

Elle n'était pas sûre de savoir à qui il parlait, mais elle avait l'impression que c'était à elles deux et cela la fit apprécier encore plus son grand cœur. Bullet ne connaissait qu'une manière d'aimer, c'était d'aimer avec force. Savoir qu'il ne mettrait jamais l'une d'elles en danger allégea les nœuds en elle.

— Ça va ? demanda-t-il.

— Oui, répondit-elle en respirant profondément. En réalité, ça va très bien.

Tinkerbell rampa en avant, toujours allongée sur le ventre, ses yeux implorants tirant sur les ficelles du cœur de Finlay tandis qu'elle se faufilait entre Bullet et elle et qu'elle reniflait le ventre de Bullet. Ce dernier utilisa sa main libre pour la couvrir d'amour avant de déposer un baiser sur son museau.

— C'est bien, ma fille.

Finlay tendit le bras et la caressa aussi. Ses poils étaient courts, mais doux et elle semblait solide, comme Bullet. Tinkerbell leva la tête et la jeune femme recula.

— Ce n'est rien. Elle veut juste te renifler, la rassura son compagnon.

Elle ferma les yeux. La langue rêche de Tinkerbell lécha sa joue, les faisant tous rire. Elle s'assit sur les fesses à côté de Tinkerbell, le béton froid picotant l'arrière de ses cuisses tandis que la chienne posait sa grande tête sur la jambe de Finlay en soupirant. Celle-ci la caressa, se sentant de plus en plus à l'aise. Quand elle s'arrêta, le rottweiler gémit et lécha sa jambe.

Finlay et l'animal qui était devenu la source de sécurité de Bullet restèrent assis dans l'allée un long moment, apprenant à se connaître. L'amour de la jeune femme pour le chiot grandit lorsqu'elle pensa à l'importance que Tinkerbell avait pour Bullet, à la façon dont ils s'étaient aidés réciproquement. Rapidement, tout le monde parla et rit, et Tinkerbell était assise collée au flanc de Finlay. Qui, pour la première fois depuis des années, allait bien à proximité d'un chien.

La joie dans les yeux de Bullet, le rire qu'il partageait si rarement et ce sourire sexy qu'elle ne voyait pas assez souvent valaient chaque seconde d'appréhension qu'elle avait vécue et la nuit sans sommeil qu'elle avait passée à rassembler son courage pour conduire jusque-là et surmonter ses peurs.

Finlay regardait les trois grands hommes assis par terre comme si ça ne les dérangeait pas du tout. Le bras de Bear était autour de Crystal et ils souriaient tous les deux tandis qu'il lui volait des baisers à chaque mot qu'elle prononçait. Bones et Bullet se remémoraient le jour où ce dernier avait trouvé Tinkerbell. L'amour entre eux était si riche et sincère qu'elle se sentait protégée du reste du monde et bénie d'être la bienvenue dans le leur.

— Merci à tous de m'avoir aidée. Je suis sûre que vous aviez mieux à faire que de jouer aux baby-sitters, ce matin.

Bear se mit sur pied, levant Crystal à côté de lui.

— Nous allons faire un tour. Et si on t'offrait un baptême de moto ?

— Bear !

Crystal lui donna un coup de coude.

— Un événement marquant à la fois.

— Fais gaffe, frérot, l'avertit Bullet tandis que les autres se levaient.

Bear haussa les épaules.

— J'essaye juste d'aider.

Tinkerbell s'appuya sur le flanc de Finlay tandis qu'ils se disaient au revoir et les frères de Bullet et Crystal s'en allèrent pour leur promenade. Finlay n'arrivait pas à croire qu'elle avait vraiment réussi à surpasser une peur avec laquelle elle avait vécu pendant plus d'une décennie.

Bullet la prit dans ses bras et dit :

— Tu tiens vraiment le coup ?

Tandis qu'elle absorbait la chaleur de son étreinte, elle sut qu'elle aurait pu ne jamais y parvenir sans lui.

— Étonnamment, oui. Je ne peux pas promettre que je n'aurai pas peur d'autres chiens, mais au moins, c'est un pas dans la bonne direction.

— Un énorme pas.

Il passa son pouce sur sa joue et dit :

— Je sais à quel point il est difficile d'affronter ses peurs et je suis vraiment fier de toi.

— Merci. Je savais que Tinkerbell tenait de son papa avec ces yeux sombres et sa posture intimidante, mais je ne m'étais pas rendu compte qu'elle avait ton grand cœur aussi.

— Merci, bébé.

L'inquiétude recouvrit ses traits.

— Tu avais peur de moi quand tu m'as vu pour la première fois ?

— Non. Je ne savais juste pas quoi faire de toi. Tu ressemblais à une brute, grand et méchant, et tu parlais trop vulgairement. Je veux dire franchement. La première fois que tu m'as parlé, c'était pour m'offrir une balade sur la *Bullet machine*.

Elle rit et il la fit taire d'un baiser.

Cela ne la surprit pas qu'il n'essaye pas de le nier ou de lui donner une explication. Bullet ne s'excusait pas pour ce qu'il était et ce n'était que l'une des raisons pour lesquelles il l'attirait à ce point.

— Tu crois que tu peux rester un moment ? J'ai quelque chose à te montrer.

— Ça ressemble à ce que tu m'as montré hier soir ? demanda-t-elle d'un air joueur.

Un son grave et séduisant sortit de la gorge de Bullet tandis que ses lèvres se posaient sur les siennes dans un baiser si chaud et fantastique, si *parfait* qu'elle aurait voulu qu'il ne s'arrête jamais. Mais Tinkerbell avait d'autres idées à l'esprit et elle passa sa grande tête entre eux, les faisant rire tous les deux.

Le jeune homme prit Finlay par la main et la mena vers le jardin, Tinkerbell trottant joyeusement à côté d'eux. D'autres jardins élaborés apparurent, entre lesquels serpentaient des chemins en ardoise. L'un d'eux menait à un petit patio avec un âtre en pierres et un autre se dirigeait vers le fond du jardin, où un étang brillait sous le soleil de la fin de matinée. Des hectares d'espaces verts s'étendaient à perte de vue, si pittoresques qu'elle ne pouvait pas détourner le regard.

— Tu peux rester assez longtemps pour faire un tour ? Tinkerbell adore se promener près de l'étang.

— Mes seuls projets de la journée sont accomplis. Je suis à toi autant de temps que tu le veux.

— Fais attention, Lollipop. Il se pourrait que je ne te laisse jamais partir.

— TU CROIS QUE c'est une sorte de menace ?

Finlay donna un coup de hanche à Bullet tandis qu'ils se promenaient sur sa propriété, jetant une balle à Tinkerbell.

— La plupart des femmes le penseraient.

Il prit la balle de la gueule de Tinkerbell et la jeta à travers le jardin. Le chiot se mit à courir après.

— Peut-être que si tu disais que tu allais les attacher et les enchaîner au lit…

— Bon sang, Lollipop ! Tu ne peux pas te promener dans cette tenue et parler comme ça, ou *tu* pourrais finir enchaînée au lit.

Elle se retourna, lui faisant face avec un sourire radieux et la lumière du soleil brillant dans ses yeux.

— Je crois que rencontrer ton chien est un défi suffisant pour une journée.

Il l'attira contre lui.

— Ne t'inquiète pas, bébé. Je n'aime pas me sentir coincé et je ne te le souhaite pas non plus.

Il posa ses lèvres sur les siennes, puis Tinkerbell poussa son museau entre eux. À contrecœur, il recula et prit la balle de sa gueule, la jetant à nouveau, plus loin cette fois.

— Je crois que ma fille est jalouse.

— Je le serais aussi si tu posais tes lèvres sur quelqu'un d'autre.

Elle lui prit la main et ils continuèrent à se promener dans les jardins.

— Depuis combien de temps tu vis ici ?

— Quelques années. J'ai habité dans un appartement au-dessus du garage, les premiers mois, pendant que je me reprenais. Quincy et Jed y vivent maintenant et Tru y a vécu avant eux. C'était trop confiné pour moi et j'en ai très vite eu marre de dormir sur le balcon. Je passais beaucoup de temps au bar au lieu de rentrer à la maison. Et puis un jour, j'étais en balade à moto et j'ai vu cet endroit. Il était en procédure de saisie et je l'ai eu pour une bouchée de pain. Il dispose de beaucoup de place pour mes motos. De la place pour *respirer*.

Elle leva les yeux vers la maison.

— Ce n'est pas ce à quoi tu es habitué, Lollipop. Cette maison de poupée dans laquelle tu vis est sacrément agréable, mais je suis un type rudimentaire. Donne-moi un matelas et un peu d'air frais et ça me va.

Elle se colla à son flanc tandis que Tinkerbell se précipitait vers eux avec la balle dans la gueule.

— Tu dors dehors ?

— Parfois, mais la maison est tellement ouverte que généralement, je n'ai pas l'impression d'être trop enfermé.

Elle sembla y réfléchir tandis qu'il lançait à nouveau la balle.

— Eh bien, on peut dire que tu as eu de la chance avec les jardins. Je n'en ai jamais vu un comme ça.

— Ce n'était presque que de la terre quand j'ai emménagé.

Il la guida en direction de l'étang, espérant pouvoir éviter de parler des raisons pour lesquelles ses jardins étaient aussi élaborés.

— Alors, tu dois avoir un jardinier incroyable.

— Mon père l'était avant son AVC.

Biggs avait souffert d'un AVC quand Bullet était en mission, ce qui augmentait la culpabilité que celui-ci portait comme une veste de plomb.

— Alors, c'est *lui* qui a fait ça ? Dix m'a dit qu'il avait eu son AVC alors que tu étais à l'armée, mais tu as dit que tu avais acheté cet endroit après. Est-ce qu'il jardine encore ? Je sais qu'il marche avec une canne et que l'AVC a entravé son élocution.

Il avait beau ne pas vouloir sembler faible aux yeux de Finlay, il voulait qu'elle fasse partie de sa vie et il savait que cela signifiait qu'il devait être complètement honnête. Sa poitrine se serra à l'idée de s'exposer à ce point, mais il avait déjà ouvert tant de blessures en sa présence qu'il se dit que cela lui donnerait simplement une vue d'ensemble des décombres.

— Pas vraiment. Même si je ne suis pas rentré avant des mois après ma démobilisation, j'étais encore très bouleversé quand je suis revenu au port. Je déteste les étiquettes, mais il est impossible d'échapper au trouble de stress post-traumatique. Ça m'a vraiment secoué.

Il remplit ses poumons d'air frais tout en regardant Tinker-bell se rouler dans l'herbe.

— À l'époque, les reviviscences étaient fortes et les cauchemars fréquents. J'étais avec mes parents, un après-midi, et mon père m'a demandé de nettoyer les jardins de ma mère. J'étais une épave, Fin. J'étais en colère et incontrôlable, et peu importe que j'aie servi mon pays, j'avais l'impression d'être un putain de raté. Je t'ai dit que j'avais attendu avant de m'engager parce que je devais m'occuper de mes frères et de ma sœur, et ensuite, j'ai eu le poids écrasant d'essayer de découvrir ce que ça signifiait vraiment. Quand je me suis engagé, je m'étais attiré assez d'ennuis et j'avais causé de gros problèmes à mon père et au club de motards en infiltrant le mauvais territoire en dehors du port. J'étais jeune et stupide, mais je savais que je devais me reprendre. Être au loin quand mon père a eu son AVC m'a encore plus bouleversé. J'étais à l'étranger, des années plus tard, et j'étais encore déchiré à propos de l'endroit auquel j'appartenais vraiment, et…

Il avala la confession qu'il n'avait avouée qu'à Bones. L'événement qui avait mené à sa démobilisation médicale. Mais lorsqu'il regarda les yeux compatissants de Finlay, il ne put s'empêcher de partager son secret le plus intime avec elle.

— Tu connais déjà les horreurs qui se passent pendant la guerre. J'étais au milieu de ma troisième mission et quand tu es dans le feu de l'action, tu ne te poses pas de questions et tu ne restes pas les bras croisés à te demander comment sortir de l'ombre. Tu ne te concentres que sur l'objectif de survivre et de t'assurer que tes frères d'armes s'en sortent en vie. Même la cause plus noble pour laquelle tu en es là se perd quand tu vois des hommes avec qui tu t'es battu, avec qui tu as ri être descendus.

Une perle de sueur se forma sur son front et il l'essuya avec son avant-bras.

— Tu n'es pas obligé de me raconter ça. Je ne veux pas gâcher ton après-midi.

— Bébé, tu es là. Rien ne pourra gâcher cette journée.

Elle posa sa tête sur son bras et cela apaisa la tension qu'il ressentait dans sa poitrine.

— Quoi qu'il en soit, l'un des types est tombé. Il saignait vraiment beaucoup. Tellement que je savais qu'il n'avait pas le temps d'attendre les médecins. Je l'ai passé par-dessus mes épaules.

Il désigna les deux côtés.

— Je tenais une jambe sur mon épaule gauche et son torse collé à droite et je me suis magné pour trouver un docteur. Je n'ai pas senti les balles quand elles m'ont touché. Quand je suis enfin tombé, je me suis retourné pour que le type que je portais atterrisse sur mon torse. Il y avait du sang partout et j'avais une montée d'adrénaline. Je ne savais pas que j'avais été touché. Je ne pensais qu'à sauver l'autre soldat. J'ai aperçu un médecin et je me suis mis à genoux, j'ai passé le type blessé par-dessus mon épaule et j'ai réussi à faire quelques pas de plus avant de m'écrouler. Le sang coulait de ses plaies et quand je l'ai allongé, j'ai vu la nouvelle blessure sur sa poitrine. J'étais penché sur lui, tenant sa main, lui disant qu'on allait s'en sortir, qu'il devait s'accrocher. *Bon sang*, j'aurais donné ma propre vie pour sauver la sienne ! C'est alors que je me suis rendu compte que du sang coulait de mon torse, là où les balles m'avaient traversé, et qu'elles l'avaient touché. Il a dit toutes sortes de choses tandis que j'essayais d'arrêter le saignement sur son ventre, ses jambes et son torse. Il était tellement courageux, putain ! jusqu'à la fin, me disant de me sauver. Je l'ai serré contre moi quand il a laissé échapper son dernier souffle. Je n'oublierai jamais cette sensation. Et puis tout est devenu noir.

Son cœur battait contre ses côtes à cause des souvenirs et il se prépara pour une reviviscence, mais les mots vinrent quand même et la reviviscence resta à distance.

— Je me suis réveillé dans un hôpital militaire en me débattant, cherchant à retourner sur le terrain. Dans ma tête, c'était là qu'était ma place. C'était tout ce qui importait. Mais j'avais pris beaucoup de balles et ils voulaient en informer ma famille parce qu'ils n'étaient pas sûrs que je m'en sorte. Je leur ai dit que je les traînerais en justice s'ils contactaient qui que ce soit avant que je ne sois mort. Ma famille avait assez souffert avec l'AVC de mon père et nous avions perdu mon oncle, qui dirigeait le garage, après ça. Quand j'ai été touché, cela faisait quelques années que Bear dirigeait les deux et que Dixie l'aidait. Mon père avait fait de la kinésithérapie et leurs vies étaient enfin de nouveau stables. Ils n'avaient pas besoin du stress de ne pas savoir si j'allais survivre ou de s'occuper de moi si je finissais par être trop déglingué pour fonctionner.

— Mais que se serait-il passé si tu étais mort ? Ils n'auraient pas pu te dire au revoir.

Des larmes coulèrent le long des joues de Finlay.

— Je sais que ma famille m'aime. Je voulais qu'elle se souvienne de moi comme de quelqu'un de fort, pas dans un lit d'hôpital, couvert d'impacts de balles.

— Mais tu as été seul pour traverser tout ça ?

— Oui, mais ce n'était pas grave.

Il essuya les larmes de Finlay et posa ses lèvres sur les

siennes.

— C'était très grave.

Elle enroula ses bras autour de lui, le tenant si fermement qu'il ferma les yeux pour lutter contre ses propres émotions.

— Je déteste savoir que tu as vécu tout ça tout seul.

Il se souvint de ce qu'elle avait dit à propos de son petit ami décédé et la culpabilité le consuma. Il n'aurait pas dû le lui dire, il n'aurait pas dû la rendre triste.

— Eh !

Il lui leva le menton et l'embrassa à nouveau.

— J'allais bien, Fins. Perturbé, frappé par le stress post-traumatique, mais j'allais bien. Et je n'étais pas seul tout le temps.

Il lui prit la main tandis qu'ils marchaient le long de l'étang, ayant besoin de bouger.

— Quand j'ai été suffisamment guéri, j'ai appelé Bones, qui m'a mis en contact avec un pote à lui, ce psychologue que j'ai mentionné l'autre soir. Et quelques mois plus tard, quand j'ai senti que j'avais les idées plus claires, je suis rentré à la maison. Tout ce que ma famille sait, c'est que j'ai reçu quelques balles et que je souffre de stress post-traumatique. Ils n'avaient pas besoin de porter le poids du reste. Mais être à la maison était difficile. Ça a réveillé toutes les vieilles sensations confuses et j'ai appris en personne que le stress post-traumatique était un adversaire sacrément mauvais. Il venait de nulle part parfois et il aspirait ma vie, c'est pourquoi j'ai ces jardins.

Il y jeta un œil ainsi qu'aux chemins bourgeonnants, se souvenant du travail manuel cathartique qu'il avait réalisé. Quand il s'était senti mieux, se concentrer sur le bar l'avait aussi aidé à guérir.

— Mon père m'obligeait à aller dans son jardin jour et nuit, m'enseignant tout ce qu'il savait. Il me disait que c'était pour aider ma mère parce qu'il ne pouvait plus utiliser ses deux mains assez bien pour faire le nécessaire pour son jardin. Bear venait et il passait des heures avec nous.

Il rit en se souvenant d'eux deux à genoux, parlant de tout et de rien pendant qu'ils enlevaient les mauvaises herbes et qu'ils paillaient les parterres.

— J'étais trop bouleversé pour m'en rendre compte à l'époque, mais Biggs a utilisé le jardinage pour me faire suffisamment sortir de ma propre tête et m'aider à guérir. Et Bear ? Il est tellement empathique qu'il ne pouvait pas guérir de mes blessures avant que je le fasse. Tu parles d'une bonne raison pour surmonter ces conneries !

— Et tu ne te considères toujours pas comme un héros ? dit Finlay en regardant Tinkerbell trotter vers eux avec la balle dans la gueule.

Le chiot se laissa tomber sur les fesses devant la jeune femme et lâcha la balle gluante. Celle-ci la ramassa, la tenant du bout des doigts. Bullet tendit la main.

— Non, je peux le faire. Je n'ai pas peur de la bave de chien, juste des morsures.

Elle recula son bras et tandis qu'elle lâchait la balle et que Tinkerbell courait après, Bullet réalisa que l'objet volait directement vers l'étang.

— Tink ! cria-t-il, mais la chienne était déjà en l'air, les quatre pattes tendues tandis qu'elle plongeait pour attraper son jouet. Bullet se précipita dans l'eau, vaguement conscient de Finlay qui l'appelait.

CHAPITRE QUATORZE

— JE SUIS DÉSOLÉE. Je ne savais pas qu'elle ne savait pas nager, dit Finlay tandis que Bullet sortait péniblement de l'étang avec Tinkerbell dans les bras, ses vêtements et ses bottes trempés.

— Elle nage très bien, dit-il tandis que le chiot le couvrait de baisers. Mais elle panique dans l'eau et elle pleure en pataugeant en cercles. Elle n'y va que si elle court après une balle ou un bâton.

Il posa Tinkerbell sur l'herbe et elle se secoua immédiatement pour se sécher, douchant Finlay de l'eau puante de l'étang.

Elle poussa un petit cri tandis que la chienne recommençait, mais elle ne parvint pas à s'empêcher de rire.

— Tink ! dit sèchement Bullet.

Celle-ci aboya et s'appuya contre Finlay, trempant la jupe de sa robe.

— Ce n'est rien, le rassura la jeune femme. C'est à cause de moi que tu dégoulines, alors ce n'est que justice que je sois mouillée aussi.

La chienne posa les pattes sur le ventre de Bullet, haletant joyeusement.

— Je crois qu'elle s'est amusée, dit Finlay tandis que son compagnon laissait échapper un soupir et que Tinkerbell retombait à quatre pattes.

— Je suis sûr qu'elle pense que c'est un jeu, mais nous allons tous puer. Je dois la baigner.

Il siffla et désigna la maison.

— Tink. Maison !

La chienne se mit à courir.

— Je peux aider ? demanda Finlay.

Bullet retira ses bottes, fit couler l'eau qui restait et retira ses chaussettes.

— Tu es sûre ? Elle a beau paniquer dans les étendues d'eau, elle adore les douches et les bains, mais tu vas être trempée.

Elle baissa les yeux vers sa robe mouillée.

— Je crois que c'est déjà le cas.

— Alors, ça ne te dérangera pas si je fais ça.

Il commença à retirer son T-shirt.

Finlay eut l'impression que cela se passait au ralenti. Le coton trempé glissa sur sa peau lisse, révélant des abdominaux ciselés et s'accrochant à ses pectoraux musclés. Il bougea et ses muscles dorsaux se contractèrent tandis qu'il le passait par-dessus sa tête. Il ne portait plus qu'un jean Levi's moulant et trempé, pieds nus. Bon sang, elle adorait les hommes pieds nus ! Les pieds de Bullet étaient grands et masculins, comme le reste de son corps. Il tint son T-shirt et ses bottes mouillés sur un bras et tendit l'autre vers elle.

Son torse frais et dur se colla contre elle tandis qu'il capturait ses lèvres dans un baiser passionné. Son corps glissa contre le sien, la faisant mouiller de l'intérieur. Il émit l'un de ces gémissements appréciateurs qui faisaient passer des étincelles dans les veines de Finlay et quand leurs lèvres s'écartèrent, l'air sortit d'un coup des poumons de celle-ci.

Il déposa un baiser ferme à côté de son oreille et dit :

— Viens, ma jolie. Allons laver mon autre copine, pour qu'on puisse bien se salir.

Son bras s'enroula autour de sa taille, mais les jambes de Finlay avaient oublié comment fonctionner. Il lui adressa un regard interrogateur et il comprit ce qu'il vit dans le léger plissement de ses yeux sombres. Sa main alla plus bas, serrant ses fesses, la bouleversant davantage, et pour une raison folle, l'esprit de Finlay retourna à la nuit précédente, quand elle avait entendu le *clic* de sa lourde boucle de ceinture, qui brillait à présent juste en dessous de son nombril, sur le parquet.

Il partit d'un petit rire et plia les genoux, la soulevant d'un bras autour de ses cuisses.

— Bullet !

Elle cria et rit en même temps.

Tinkerbell s'élança vers eux, aboyant, accélérant les battements de cœur de la jeune femme. Elle n'avait pas l'air d'être sur le point d'arrêter. Bullet commença à courir vers la maison avec Finlay par-dessus son épaule et Tinkerbell juste à côté de lui, ses yeux sombres fixés sur sa compagne. Lorsqu'ils atteignirent l'arrière de la maison, Tinkerbell se pencha sur ses pattes avant, son arrière-train en l'air, se tortillant frénétiquement, et Bullet baissa Finlay dans ses bras. Il posa ses lèvres sur les siennes, riant avec elle, et c'était le plus beau son qu'elle ait jamais entendu.

— J'aime *vraiment* ton rire, dit-elle tandis qu'il la posait sur ses pieds.

Bullet se détourna d'elle, mais pas avant qu'elle ne voie la lueur de quelque chose qui ressemblait à de la gêne dans ses yeux. Tinkerbell lécha la jambe de Finlay. Elle baissa le bras pour la caresser tandis qu'elles suivaient Bullet jusqu'à une énorme salle de bains derrière le garage. Elle avait trois murs faits du même type de larges planches érodées que le reste de la maison ainsi qu'une terrasse en bois faisant office de sol. Il y avait deux douches, une très haute, de toute évidence installée rien que pour Bullet, et une autre à environ trente centimètres de la première, bien plus basse, clairement installée pour Tinkerbell. Deux souches d'arbres servaient de table sur laquelle se trouvaient des bouteilles de shampooing, une pour chiens et une pour humains, ainsi qu'un flacon de gel douche. Il y avait un évier et un comptoir profond juste au bord du mur situé à droite et, remarqua-t-elle, pas de porte. La salle de bains donnait sur d'autres jardins et une vaste pelouse herbeuse.

Tinkerbell se mit à courir dans la pièce, gémissant et donnant des coups de patte au robinet.

— Tu vois ? dit Bullet. Elle adore ça.

Il ouvrit une porte au-dessus de l'évier qui donnait sur un placard construit dans le mur et il en sortit deux serviettes. Il les posa sur le comptoir, jetant un regard séducteur à Finlay.

— Tu ferais mieux de retirer ces bottes sexy.

— Bonne idée.

Elle s'assit sur le bord de l'une des souches et commença à en défaire les lacets.

Tinkerbell se baissa derrière elle et Bullet s'agenouilla devant Finlay, prenant silencieusement le contrôle de la situation. Il posa son pied sur sa jambe, soutenant son regard tout en détachant les lacets de la botte. Après avoir défait chaque crochet, il passa ses mains le long de sa cuisse, la faisant respirer un peu plus fort. Elle n'était pas habituée à être avec un homme aussi viril et sexuel, et tandis qu'il la touchait lentement et intentionnellement, comme s'ils avaient tout le temps du monde, et qu'il la regardait comme si rien d'autre n'existait, son désir l'envahit, lui faisant souhaiter d'être *elle-même* en train de *le* toucher. Il retira la botte ainsi que sa longue chaussette à volants et il déposa un baiser sur la partie supérieure de son pied avant de le poser délicatement sur le sol.

Tinkerbell gémit et dans sa vision périphérique, Finlay la vit incliner la tête, ses oreilles se dressant.

Bullet souleva l'autre pied de sa compagne et répéta ses efforts sensuels. Elle s'agrippa au bord de la souche. L'écorce noueuse s'enfonça dans ses doigts, ce qui était une bonne chose, car il l'excitait tellement qu'elle avait peur de s'engourdir.

Il mit la botte et sa chaussette de côté et avança entre ses jambes, agrippant l'extérieur de ses cuisses. Ses mains fortes appuyèrent sur sa chair, la rendant extrêmement consciente de la proximité de ses pouces par rapport à ses parties intimes pleines de désir. Le pouls de Finlay s'envola tandis qu'il s'agenouillait et qu'il se penchait en avant, sa barbe chatouillant sa peau tandis que ses lèvres touchaient sa joue.

Tinkerbell inclina la tête de l'autre côté et donna un coup de patte sur le bras de Bullet. Mais les yeux de ce dernier ne se détournèrent à aucun moment de Finlay. Elle eut l'eau à la bouche en pensant qu'elle allait le goûter à nouveau.

— Tu es prête à te mouiller, ma jolie ? demanda-t-il de la voix rauque qui réchauffait son entrejambe.

— Oui, émit-elle tandis qu'elle se penchait en avant et qu'elle prenait le baiser dont elle mourait d'envie.

Ses bras s'enroulèrent autour du cou de Bullet tandis qu'il passait les jambes de Finlay autour de sa taille et qu'il s'asseyait sur ses propres talons. La passion fit rage en elle, libérant toutes ses inhibitions. Elle l'embrassa plus brutalement, empoigna ses cheveux, sa langue plongeant dans sa bouche, et il en fit de même. Elle écarta ses lèvres pour le goûter davantage, embrassant ses joues, sa barbe, son cou. Puis elle descendit vers son épaule. Sa peau était chaude et froide en même temps. Elle était salée et brute. Bullet agrippa ses fesses, la maintenant fermement tandis qu'elle se frottait contre son érection.

Tinkerbell leur donna un coup de patte, attrapant le bras de Finlay, la faisant brusquement revenir à la réalité. Ils s'écartèrent tous les deux, un courant chaud passant entre eux tandis que la chienne donnait un coup de patte à Bullet.

— Tu m'as transformée en nymphomane, murmura-t-elle comme si Tinkerbell pourrait la comprendre.

— Non, bébé. Nous avons réveillé des parties l'un de l'autre que personne d'autre n'a jamais pu toucher.

Elle l'attira contre elle, le serrant dans ses bras, et parla contre son cou.

— Alors, je ne veux plus jamais qu'elles s'endorment.

Tinkerbell fit passer sa grosse tête mouillée entre eux.

— Je crois que nous devons laver notre fille.

Finlay sourit en descendant de ses genoux.

Elle tira sa main, essayant de le pousser à se lever, mais Tinkerbell sauta sur ses genoux et lécha son visage, ce qui lui valut un autre rire jovial de son homme.

— D'accord, espèce de petite fille gâtée.

Il embrassa son museau et se mit sur pieds, volant rapidement un autre baiser à Finlay.

Ils furent tous les deux trempés et couverts de savon en lavant Tinkerbell et ils rirent plus que Finlay avait jamais ri. Elle aurait juré que Bullet était différent depuis qu'il lui avait parlé de ses expériences et de son stress post-traumatique. Elle ne voulait pas le changer et elle ne s'était pas proposé de le faire, mais la légèreté qui l'entourait à présent, à ce moment précis, était comme un don du ciel. Un aperçu de l'homme enfoui profondément quelque part en lui.

Tinkerbell se secoua tant de fois que les murs de la salle de bains donnaient l'impression qu'il avait plu. Bullet utilisa une serviette pour la sécher. Puis elle se mit à courir dans le jardin.

— Elle ne va pas aller dans l'étang ? demanda Finlay tandis qu'il s'approchait d'elle, le regard torride.

Elle ne pouvait pas s'empêcher de sourire comme une idiote, une réaction qu'il semblait provoquer souvent chez elle. Peut-être qu'elle avait besoin de lui dans sa vie tout autant qu'il avait besoin d'elle.

— Non. Mais elle va être occupée un moment.

Il posa sa bouche sur son cou, y déposant des baisers qui la rendirent folle.

— C'est mon tour de *te* baigner, maintenant.

Il souleva le bord de sa robe et elle lui saisit les mains.

— Et si quelqu'un venait ?

— Nous les entendrions. Toutes les personnes qui viennent ont une moto.

Sa langue effleura le bord de son oreille et il guida la main de la jeune femme entre ses jambes.

Son érection l'électrisa.

— Tu tiens les rênes, Lollipop. Tu veux aller faire une balade ?

— Je ne l'ai jamais fait… *dehors*.

La voix de Finlay tremblait, mais l'idée de faire l'amour à Bullet juste là, sous le soleil chaud qui faisait rôtir leur peau humide, l'excitait beaucoup.

Elle était trop fébrile pour retrouver sa voix, elle serra donc son érection et il écrasa sa bouche sur la sienne. Elle l'imita avec un abandon irréfléchi tandis qu'ils s'arrachaient leurs vêtements et que Bullet sortait un préservatif de son portefeuille trempé avant de l'enfiler. Il la souleva dans ses bras, son corps nu s'appuyant délicieusement contre le sien tandis qu'elle se baissait sur son sexe, voyant le plaisir incroyable de ne faire qu'un avec lui. Alors qu'il était entièrement en elle, il la maintint en place. Aucun d'eux ne bougeait, ils respiraient à peine et son cœur tomba à la renverse.

— J'adore être dans tes bras. Ne me laisse jamais partir.

— Jamais, Lollipop, dit-il avec insistance. Dis-moi que tu es à moi.

Cette fois, elle ne prit pas le risque qu'il n'entende pas sa promesse. Elle posa son front sur le sien et dit :

— Je suis à toi, Bullet. Complètement à toi.

— Oh, bébé !

Les émotions dans la voix de son compagnon creusèrent dans son cœur tandis qu'elle posait sa bouche sur la sienne, scellant son vœu. Son membre frémit en elle, la traversant de vagues de désir vibrant, et elle commença à bouger. Le chevauchant plus vite, plus fort, le prenant aussi profond qu'elle le pouvait à chaque coup de hanches. Elle s'agrippa à ses épaules, haletant entre leurs baisers désordonnés et frénétiques. Leurs gémissements et leurs bruits immoraux montèrent dans les airs et elle se sentit si libre qu'elle leur permit de se répandre, graves et empreints de désir, chacun d'eux provoquant un autre grognement, un autre son avide de la part de Bullet. Chaque son qu'il émettait *pour* elle, *à cause d'*elle la faisait monter plus haut, bouger plus vite, chasser l'accès d'émotions qui l'envahissaient, jusqu'à ce qu'elle soit hors d'haleine, son contrôle d'elle ne tenant qu'à un fil.

— Lâche prise, ma belle. Jouis avec moi *maintenant*, exigea Bullet.

Le désir pur dans sa voix, la puissance de sa passion enclenchèrent une série d'explosions en elle.

— Bullet…

Elle enfonça ses ongles dans ses épaules tandis que son corps se cambrait et se serrait.

Les doigts de son homme empoignèrent ses cheveux tandis qu'une intense jouissance le traversait aussi et son nom tomba de ses lèvres comme une mélopée :

— Finlay, Fins… *Mienne.*

BULLET PASSA L'APRÈS-MIDI à se sentir planer et à essayer de disséquer la sensation étrange et légèrement incontrôlable qui l'avait envahi tandis que Finlay déambulait dans sa maison, portant l'un de ses T-shirts avec une ceinture autour de la taille. Le T-shirt lui arrivait presque aux genoux et la ceinture était tellement grande qu'il avait dû percer un autre trou pour qu'elle lui aille. Elle était tellement sexy, avec ses cheveux humides et sans maquillage, qu'il n'avait pu s'empêcher de la fixer du regard pendant qu'ils déjeunaient. Tinkerbell la suivait dans le salon tandis qu'elle jetait un œil à la pièce. Elle semblait douce comme une plume entre ses vieux meubles masculins. Ses doigts glissèrent sur le dos de son canapé en cuir marron, son regard passa sur le siège inclinable qui avait un jour appartenu à son père, un lot de haut-parleurs noirs qui étaient presque aussi grands qu'elle et le vieux bureau en bois de son grand-père logé dans un coin à côté des fenêtres. Elle fit le tour de la table basse, ses yeux se plissant en regardant la poignée de magazines éparpillés dessus, le parquet décoloré et taché, les murs en briques et les plafonds sans finitions. Il avait considéré que le bois exposé était rustique et attirant quand il avait acheté la maison. Mais à présent, face à la vibration apaisante du sèche-linge qu'il n'avait jamais remarquée auparavant, la présence de Finlay était comme un phare de lumière dans son monde désolé et il se demanda ce qu'*elle* pensait de son chez-lui.

Il avait retiré tous les murs intérieurs quand il avait emménagé, ne laissant que le bois exposé et les poutres de support en métal au premier étage, qui était construit derrière le garage. Les plafonds faisaient plus de trois mètres de haut, donnant la sensation d'espace dont il avait désespérément besoin. Les murs étaient en briques avec une étagère en fer noir le long de celui du fond, où se trouvaient des photographies de famille et des pièces de rechange de voiture qui s'étaient frayé un chemin depuis le garage. Il avait laissé l'ébénisterie en bois de grange dans la cuisine et il avait remplacé le plan de travail par de l'acier inoxydable, sur lequel il pouvait jeter ses outils sans craindre qu'ils ne l'abîment. Plusieurs lampes d'atelier étaient accrochées au plafond ainsi que quelques appliques. Dixie avait insisté pour qu'il les remplace par quelque chose de plus agréable, mais il aimait leur côté industriel.

Finlay se dirigea vers la série de fenêtres allant du sol au plafond et donnant sur le jardin, chacune d'elles entourée de rideaux blanc cassé que sa mère avait insisté pour qu'il pose. *Un jour, tu pourrais vouloir un peu d'intimité.* Il avait de l'intimité. C'était la raison pour laquelle il avait acheté quatre hectares de terrain isolé et une vieille grange.

Finlay lui jeta un coup d'œil, son doigt planant au-dessus du bouton d'alimentation de la stéréo. Il hocha la tête et quelques secondes plus tard, une musique instrumentale de Rag'n'Bone Man remplit la pièce. Les hanches de Finlay commencèrent à bouger et un sourire joueur étira ses lèvres.

Ressemblant à l'ange qu'elle était, elle dit :

— C'est sympa. Je m'attendais à entendre Ozzy Osbourne

ou quelque chose de plus fort.

— C'est la version instrumentale de *Put That Soul on Me* de Rag'n'Bone Man. Les paroles sont plutôt sexy, mais la version instrumentale me fait descendre d'un cran. J'ai Ozzy et tous les classiques aussi. Si tu traînes avec moi, tu traînes avec eux.

— Ça me plaît, et tu me plais, alors le rock classique me convient.

Elle désigna les marches en fer noir menant à la chambre, au-dessus du garage.

— Je peux monter ?

Il hocha la tête et la suivit à l'étage. Son lit était posé sur un tapis noir, sur un vieux sol en ciment, avec un tonneau de whisky comme table de chevet d'un côté. Une bibliothèque remplie de livres et de magazines était construite dans le mur à leur gauche, encadrant une fenêtre donnant sur le jardin. Dans le coin, un grand fauteuil couleur rouille trônait, l'un des endroits favoris de Tinkerbell pour dormir. Les murs du fond étaient tous les deux ornés de très grandes fenêtres en demi-cercle et toute la pièce était couverte de lambris en bois, à l'exception du plafond cathédrale, qui était presque entièrement en verre.

— Ce n'est pas grand-chose, mais ça me convient. J'ai besoin d'espace pour jardiner et j'aime avoir un toit au-dessus de la tête, même si ce n'est pas nécessaire.

— C'est presque comme ça que j'imaginais ta chambre, dit-elle d'un ton admirateur. Sauf ça, qu'est-ce que c'est ?

Elle désigna les barres en fer forgé le long des murs, devant les fenêtres.

— Je vais te montrer. Tu connais les Braden ? demanda-t-il en traversant la pièce. Ils possèdent une petite brasserie en ville.

— Oui. Je vais m'occuper du service traiteur pour la fête

prénatale d'une des amies de Leesa Braden dimanche prochain. J'allais te demander si tu pensais que ça poserait un problème que j'utilise la cuisine du bar pour le préparer. Il y a plus de place là-bas que chez moi et les rénovations devraient être terminées d'ici là.

— Le week-end prochain ? Pas de problème.

Il était sans doute un salaud de détester l'idée qu'elle soit prise lors de son seul jour de congé, il garda donc cela pour lui.

— Généralement, Dixie est là-bas le dimanche pour passer les comptes en revue, mais ça ne la dérangera pas. Je viendrai avec toi.

— Oh, super ! C'est un sacré soulagement. Merci. Que disais-tu à propos des Braden ?

— J'ai engagé leur cousin Beau, un ami à moi de Pleasant Hill qui est entrepreneur, pour qu'il adapte cet espace et que je puisse y vivre.

Il décrocha les loquets sur la partie inférieure de l'arrière des murs latéraux, puis il poussa un bouton sur la télécommande à côté du lit. La partie inférieure des murs se souleva et se pencha, jusqu'à ce qu'ils soient parallèles au sol, comme des auvents en bois.

Finlay poussa un petit cri, souriant tout en s'approchant de la rambarde et en regardant les jardins et l'étang.

— Nom d'un chien. Je n'ai jamais rien vu de tel.

— Moi non plus.

Il enroula ses bras autour d'elle par-derrière.

— Je pensais qu'il mettrait des portes vitrées ou une terrasse ou quelque chose comme ça. Mais ça, c'est bien mieux.

Il l'embrassa dans le cou. Elle sentait le gel douche et, bon Dieu, cela attisait toutes les cordes possessives de son corps.

Il la retourna dans ses bras et la regarda dans ses yeux souriants.

— J'aime que tu sois là et je suis désolé que ma maison ne soit pas plus chic pour toi.

— Pas moi. Ta maison est parfaite pour toi et...

Son regard se tourna vers le centre de sa poitrine.

Il sentit son désir d'en dire davantage et même s'il pensait savoir ce qu'elle allait dire, il le formula sous forme de question.

— Et tu commences à penser que ce gros dur brisé de motard pourrait bien être parfait pour toi ?

Elle sourit et ses yeux se levèrent joyeusement vers lui.

— Non.

Les entrailles de Bullet sombrèrent. Il recula, mais elle s'accrocha à lui, le maintenant près d'elle.

— Je ne pense pas que tu sois *brisé*, dit-elle avec insistance.

— Je suis brisé, Lollipop. J'ai été aussi honnête que possible à propos de tout. Ne fais pas comme si ce n'était pas le cas.

— Eh bien, dit-elle tendrement, tu penses que *je* suis brisée ?

— Toi ? Tu as la tête sur les épaules plus que quiconque que je connaisse. Tu exprimes tout ce que tu ressens et tu te frayes un chemin jusqu'à la vérité sans hésitation.

— C'est ce que je montre à l'extérieur. Mais tu te souviens quand je t'ai dit que je n'ai jamais rien ressenti pour un homme depuis que j'ai perdu Aaron ?

Le regard de Finlay s'adoucit.

— Oui. Je m'en souviens.

Il la tint plus fermement.

— Je pensais que j'étais brisée, mais je crois que « brisé » n'est pas le bon mot pour les gens comme nous. Je crois que nous avons été *affectés* et *blessés*, mais pas *brisés*. « Brisé » implique qu'il y a quelque chose à réparer, que nous ne sommes pas assez bien pour être aimés tels que nous sommes ou qu'il nous manque quelque chose. Mais plus j'ai appris à te connaître et à tenir à toi, plus il est devenu évident que réparer ne fait pas partie de notre équation. Il se pourrait que tu aies toujours des reviviscences ou des cauchemars et il se pourrait que tu ne veuilles jamais être dans une maison dont les murs ne peuvent pas disparaître.

Elle haussa les épaules, un petit sourire étirant ses lèvres tandis qu'elle disait :

— Et il se pourrait que je ne surmonte jamais la douleur d'avoir perdu un homme auquel je tenais. Je ne vis pas ma vie avec la crainte d'aimer, mais jusqu'à ce que je te rencontre, je ne m'en étais même pas un peu approchée. Tu m'as appris que je pouvais sentir à nouveau. Et j'espère qu'avec le temps, tu réaliseras que je veux être avec *toi* et que tu n'as pas à t'excuser pour les parties de toi qui viennent de ton passé. Ces choses qui font de toi ce que tu es ne découragent pas mes sentiments. Au contraire, elles me donnent envie d'être là pour toi si tu fais un cauchemar ou que tu as une reviviscence. Et ne grince pas des dents comme ça, dit-elle sèchement. Tu es encore le plus gros dur à cuire que je connaisse. Sauf que maintenant que je t'ai vu nu, je sais à quel point tu es *gros*.

— Bon sang, Lollipop !

Il l'attira dans ses bras et l'embrassa.

— Où tu étais pendant le reste de ma vie ?

CHAPITRE QUINZE

LE LUNDI SOIR, le Whiskey's n'était pas aussi bondé que d'autres nuits, mais les douze douzaines d'ailes de poulet que Finlay avait apportées disparurent en quelques minutes. L'électroménager avait été livré et Crow avait presque fini les rénovations. Il serait de retour le lendemain pour terminer le travail. Il était un peu plus de vingt heures et Finlay était en train de passer en revue des candidatures de cuisiniers et de plongeurs avec Dixie tout en rejetant des demandes de suppléments d'ailes de poulet et de biscuits de la part des clients. Elle était ravie de savoir que sa nouvelle recette d'Ailes Whiskey était un succès, mais après s'être réveillée dans les bras de Bullet et avoir rendu visite à Sarah plus tôt ce jour-là, elle avait du mal à se concentrer sur autre chose.

— Pourquoi tu es aussi distraite, aujourd'hui ? demanda Dixie.

— Je ne suis pas distraite, mentit Finlay, jetant un coup d'œil à Bullet, qui était occupé à parler à Jed derrière le bar. Je suis complètement concentrée sur les plongeurs et les cuisiniers.

Et sur ton délicieux frère.

Bullet était occupé par les clients depuis qu'elle était arrivée et même si elle était presque sûre que Dixie serait heureuse pour eux, elle était nerveuse à l'idée de lui dire qu'ils étaient à présent en couple. Quand Finlay avait admis qu'elle avait accepté de sortir avec Bullet la dernière fois qu'elles s'étaient vues, Dixie avait semblé surprise et Finlay n'avait pas su interpréter s'il s'agissait d'une bonne ou d'une mauvaise surprise. Cependant, il aurait fallu que Dixie soit aveugle pour ne pas voir les coups d'œil pas si furtifs de Finlay ce soir-là ou les regards lubriques évidents de Bullet.

— C'est ça. C'est pour ça que tu viens de mettre du sel dans ton thé glacé.

Dixie désigna la salière dans la main de Finlay.

— Oh, mince !

Celle-ci repoussa le verre, pensant à son réveil en sursaut à cinq heures du matin quand elle avait senti la langue rêche de Tinkerbell sur sa joue. Elle ne se souvenait même pas de s'être endormie. La dernière chose dont elle se souvenait, c'était qu'elle était allongée sur une couverture dans les bras de Bullet et qu'elle observait les étoiles. Ils avaient parlé jusque tard dans la nuit, entre des baisers avides et des caresses passionnées, et Finlay avait été surprise d'apprendre que Bullet n'avait pas beaucoup de rêves, mis à part avoir un jour « une petite princesse comme Kennedy et un petit gars comme Lincoln ». Il adorait travailler avec sa famille au bar et il ne voulait pas grand-chose d'autre, excepté du temps pour rouler à moto. Tandis qu'ils parlaient, elle s'était rendu compte que ses propres rêves n'étaient pas très ambitieux non plus. Elle était revenue vivre au port en espérant s'enraciner, refaire décoller son entreprise de service traiteur et être heureuse. Elle avait trouvé son bonheur et il s'avérait qu'il était en train de la regarder à cet instant précis.

— C'est lié à ce qu'il se passe entre Bullet et toi ?

— Euh… en partie, admit Finlay.

Elle avait l'impression que son homme et elle étaient partis ensemble pour de petites vacances pendant un mois pour apprendre à se connaître et tomber amoureux l'un de l'autre. Ils étaient tellement en phase que pendant le petit déjeuner, ils avaient tous les deux proposé de rendre visite à Sarah, ce qu'ils avaient fait ensemble après que Finlay était rentrée chez elle pour se doucher et se changer. Plus tard, Bullet et elle avaient réfléchi à un moyen de récolter des fonds pour aider la famille de Sarah à payer les factures médicales, mais mis à part une vente de pâtisseries, ils n'avaient rien trouvé. Depuis, Finlay n'avait pas cessé d'y penser.

— Tu es d'accord pour que Bullet et moi nous voyions ? demanda-t-elle enfin.

Dixie rit et lança ses longs cheveux roux par-dessus son épaule.

— Si je suis d'accord ? Tu plaisantes ? Je n'étais pas sûre quand tu m'as dit que tu avais accepté de sortir avec lui l'autre jour parce que, tu sais, vous semblez tellement différents. Mais en réalité, j'avais juste peur qu'il soit trop brutal pour toi. Mais j'ai vu Crystal et Bear hier soir et ils ont dit que Bullet était complètement différent hier matin quand tu es passée. Et aujourd'hui...

Elle jeta un œil vers le bar, où son frère était à présent en train de parler avec Jed et Crow.

— On dirait qu'il a été touché par la flèche de Cupidon. Je crois qu'il avait besoin de toi dans sa vie.

Finlay laissa échapper un grand soupir.

— Dieu merci ! J'espérais que ça ne te poserait pas de problème, mais j'étais inquiète. Tu sais, vous êtes tous tellement proches et je sais que la plupart des gens n'imagineraient pas avec Bullet avec quelqu'un comme moi.

Elle baissa les yeux vers sa robe à fleurs, se souvenant du

désir dans les yeux de celui-ci quand il l'avait vue la porter ce matin-là. Elle repoussa cette image pour ne pas rougir et dit :

— Dixie, c'est un type incroyable. Je veux dire, vraiment, c'est tout simplement l'homme le plus aimant, le plus gentil et le plus courageux que je connaisse. Et je pourrais continuer. Je n'arrive toujours pas à croire tout ce qu'il a subi. Et oui, il est *possessif,* dit-elle en souriant, mais ça fait partie de son charme. Il…

Dixie saisit les mains de Finlay, la faisant taire.

— Fin, je suis contente pour vous, mais si tu continues de parler de lui, tu vas finir par dire quelque chose que les sœurs n'ont pas besoin d'entendre.

Finlay se couvrit la bouche d'une main et secoua la tête.

— Non, je te le promets. Je n'irai pas jusque-là.

Lorsqu'elle baissa la main, Bullet était en train de traverser le bar à grands pas, se dirigeant vers elle avec ce léger sourire qui faisait battre son cœur.

— Je suis tellement heureuse que tu le voies comme nous ! dit Dixie. Tu sais que l'une de mes plus grandes peurs était que Bullet ne laisse jamais une femme entrer dans sa vie ? J'ai littéralement fait des cauchemars où il harcelait tous les types avec qui je sortais *pour toujours.*

Elle baissa la voix tandis qu'il s'approchait et dit :

— Ne le prends pas mal, mais c'est super. S'il est occupé avec toi, il ne va pas m'embêter.

— Dix.

Bullet hocha la tête en direction de sa sœur.

— Ça va te prendre longtemps ? Il n'y a que Jed et toi, ce soir.

— Pas longtemps, lui assura Dixie. Nous avons déjà sélectionné plusieurs candidats pour les entretiens. Nous venons juste de finir. Je gère, Bullet. Ne t'inquiète pas.

Il tourna toute son attention vers Finlay avec cette concentration laser qu'il adoptait si bien, plaçant une main sur la table, l'autre sur sa chaise, la coinçant de son corps.

Elle ne pensait pas que son pouls puisse battre plus vite, mais elle comprit qu'elle avait tort quand il baissa son visage à côté du sien. Sa respiration chaude s'infiltra dans sa peau lorsqu'il dit :

— Je retourne au club-house pour retrouver les gars. Tout va bien ici ?

— Oui, je vais bien.

— Tu vas être dans le coin toute la soirée ? demanda-t-il en la regardant dans les yeux.

Oui ! Viens me voir !

Elle hocha la tête.

— Ça te dérange si je passe ?

— J'espérais que tu le ferais.

Il afficha sa possessivité en la mettant sur pied et en l'embrassant. Elle fut presque certaine qu'il avait anéanti toutes ses chances d'avoir les idées claires.

— Bon sang, Bullet ! dit Dixie. Je crois que tout le monde sait qu'elle est à toi, maintenant.

Il s'écarta avec un sourire avide.

— À bientôt, Lollipop.

Il lui donna un baiser plus doux et plus délicat, puis un autre, et une petite fessée avant de sortir du bar.

— Lollipop ?

Dixie haussa un sourcil en s'asseyant sur la chaise.

— Bon sang, vous êtes aussi perdus que Crystal et Bear !

Finlay prit une gorgée de son thé glacé et eut presque un haut-le-cœur à cause du sel. Elle le recracha dans le verre. *Ça a fait disparaître le désir de ma tête.*

— *Beurk !* Désolée. J'ai une centaine de choses en tête en ce moment.

Dixie lui tendit une serviette.

— Plus que la grande distraction barbue qui vient de sortir ? Il se passe autre chose ?

— Oui. Même s'il est la principale distraction. Tu as vu comme je me suis transformée en guimauve quand il m'a *embrassée*. J'ai l'impression d'avoir dix-huit ans, et non pas d'être une femme de presque trente ans.

— Tu viens de découvrir la *magie des Whiskey*, dit Dixie en agitant la main. C'est une bénédiction et une malédiction, en réalité. Nous pouvons faire tomber les gens à genoux d'un seul baiser. Le problème, c'est que je ne trouve personne que je *veuille* faire tomber à genoux.

— Je suis sûre que nous pouvons te trouver un partenaire très consentant. Crow avait les yeux rivés sur toi, aujourd'hui, et ce type avec qui tu as dansé au *Whispers* ? Le médecin ? Nom d'un chien, Dixie, ce type sait sacrément bien bouger !

— Oui. Jon Butterscotch se targue d'être *cinquante nuances de miel*. Mes frères lui couperaient le sexe si on essayait un jour de coucher ensemble.

— Argh ! Je pourrais parler à Bullet, je veux dire, si Jon te plaît.

Dixie secoua la tête.

— Non, merci. Je crois que je vais sortir avec quelqu'un qui n'est pas de Peaceful Harbor. C'est plus sûr pour tout le monde comme ça. Mais dis-moi ce qui se passe d'autre. Tu as dit que tu avais un million de choses en tête. C'est à cause de ton entreprise de traiteur ?

— Non. J'ai mis ça de côté tant que je vous aide à vous

installer. Je vais m'occuper du repas d'une fête prénatale le week-end prochain, mais c'est tout avant que votre personnel de cuisine soit engagé et que vos menus soient en place. Je suis juste inquiète pour Sarah Beckley. Tu es au courant pour sa famille ? L'accident ?

— Oui. C'est tellement triste ! Et heureusement que Bullet était là pour aider.

— Je sais. Mais ne dis pas que c'est un héros ou il va t'arracher la tête.

— Oui, il est un peu susceptible à propos de ce mot. Il pense que tout le monde est aussi courageux que lui.

Dixie secoua la tête.

— À dire vrai, tous mes frères sont courageux, mais Bullet est à un niveau supérieur. Ma mère a dit que quand nous étions adolescents, il patrouillait dans les rues à la recherche de gens qui causaient des ennuis pour pouvoir les arrêter. Comme si c'était son devoir ou quelque chose comme ça. Et avant qu'il ne s'engage dans l'armée, nous avions des problèmes avec un gang à environ quatre-vingts kilomètres d'ici et il est parti pendant *quatre* jours. Il est revenu ensanglanté et épuisé. Mon père était tellement en colère ! Bullet l'a regardé dans les yeux et a dit : « Tes amis n'auront plus de problèmes avec eux, P'pa. » Il est monté à l'étage et il a dormi pendant deux jours d'affilée. Il n'en a jamais reparlé.

— Wouah ! Dixie, je peux tout à fait l'*imaginer* faire ça.

Et penser à lui en train de le faire ne l'effrayait plus comme avant. À présent, elle était simplement inquiète pour sa sécurité.

— La raison pour laquelle j'ai beaucoup de choses en tête, c'est que j'ai apporté des repas à Sarah, et Bullet et moi sommes allés la voir ce matin. Bradley va sortir de l'hôpital demain, mais son bébé et son frère sont encore en soins intensifs. Ils vont avoir d'énormes factures médicales et elle n'a pas de famille par ici. Sa sœur lui a rendu visite le premier soir qu'elle a passé à l'hôpital, mais elle n'a pas pu rester et Sarah ne veut pas dire pourquoi, mais elle ne veut pas que son ex sache où elle est. Je me demande comment elle va gérer tout ça.

— Nous sommes inquiets aussi. C'est l'une des choses dont les mecs vont parler ce soir au club-house.

— Je me disais que je pourrais faire une vente de pâtisseries. Peut-être que je peux convaincre Crystal de fabriquer quelques tenues à mettre en jeu dans une tombola à la boutique. Je vais demander à Penny d'installer un bocal pour recueillir des dons sur le comptoir.

— Eh, Dix ! appela Jed depuis le bar.

Il fit un mouvement de tête vers un groupe d'hommes qui jouaient au billard et qui se dirigeaient à présent vers une table.

— Je ferais mieux de me mettre au travail. Donne-moi un peu de temps pour penser à Sarah et voir ce qui me vient à l'esprit.

Dixie se leva.

— Ça va aller pour organiser ces entretiens ?

— Bien sûr. Pas de problème. Quand j'aurai fini de rencontrer tout le monde, je te donnerai mes recommandations et tu pourras faire venir les meilleurs candidats pour les sélectionner toi-même. Nous cherchons toujours deux cuisiniers et deux plongeurs, pas vrai ?

Un type qui jouait aux fléchettes cria :

— Et si tu nous apportais plus de biscuits de l'autre soir ?

— Ce n'est pas ta cuisinière personnelle, cria Dixie à travers la pièce. Peut-être que si tu apprends à dire « s'il te plaît », elle y pensera.

Elle se retourna vers Finlay avec une étincelle rebelle dans les yeux.

— C'était mon idée d'agrandir le bar et d'embaucher un cuisinier et des serveurs, mais il faut que je te dise qu'engager des inconnus me fout une peur bleue. J'espère que je ne me suis pas trompée.

— Nous ferons attention aux gens que nous sélectionnerons.

Dixie se redressa et se déhancha.

— Il est temps d'aller travailler pour récupérer des pourboires de ces grandes gueules. Tu sais, peut-être que tu devrais parler à Bullet d'un rassemblement pour collecter des fonds. On en a déjà fait pour les gens de la communauté.

— Un rassemblement ?

— Oui, tu sais. Organiser un trajet à moto qui finit ici au bar ou en ville accompagné d'une sorte de foire communautaire familiale ou quelque chose comme ça. Avec vente de tickets, loterie, et les bénéfices sont reversés à la famille. J'ai évoqué l'idée quand nous avons parlé d'agrandir le bar.

— Nom d'un chien, Dixie ! Tu es un génie !

— Je suis un mélange de tous les types de magie des Whiskey enroulés dans un corps sexy.

Dixie rit.

— Allez, Dix, cria à nouveau le type.

— Garde ton pantalon ou je vais couper tes verres à l'eau !

Elle fit un clin d'œil à Finlay et se pavana dans la pièce.

— Un rassemblement, dit celle-ci pour elle-même en regroupant les CV et en les mettant dans son sac.

Elle sortit son cahier et nota des idées pour ce genre de manifestation destiné à une collecte de fonds. Une demi-heure plus tard, elle avait deux pages remplies de notes. Elle était trop enthousiaste pour attendre avant d'en parler à Bullet. Elle fourra ses affaires dans son sac et le passa par-dessus son épaule.

— Eh, Jed, dit-elle en passant devant le bar. Où est le club-house des Dark Knights ?

Jed tendit son pouce par-dessus son épaule en direction de la cuisine tout en servant un verre.

— Sors par la porte arrière, de l'autre côté du parking, à environ trente mètres. Tu ne peux pas le rater.

— Merci !

Elle se dirigea vers la cuisine, ayant hâte de faire part de l'idée de Dixie à Bullet.

BULLET ÉTAIT ASSIS à la table du club-house des Dark Knights avec Bones et Bear, écoutant leur père, le président du club, qui parlait des finances de celui-ci. Bear était occupé à envoyer des messages et il souriait, ce qui signifiait qu'il écrivait à Crystal. Bones était assis avec ses longues jambes tendues devant lui, un bras passé sur le dossier de sa chaise, l'autre levant une bouteille de bière jusqu'à ses lèvres. Ses cheveux étaient peignés à la main, son jean effiloché au niveau de ses bottes et son débardeur noir sortait de la taille de son pantalon. Il n'y avait aucun signe du docteur Wayne Whiskey ce soir-là, juste le bon vieux Bones. Le motard, le frère, l'*ami*.

Bear donna un coup de coude à Bullet, le faisant sortir de ses pensées. Il afficha un sourire de je-sais-tout et dit :

— Tu as raté une sacrée balade et ce soir, on dirait que tu viens d'en finir une, ce qui veut dire que tu as vraiment Finlay dans la peau.

Bullet grogna. Oui, il l'avait bien dans la peau, ce qui

l'incitait à penser à toutes sortes de conneries, comme réduire ses heures au bar.

— Tu peux le dire !

— Comment tu vas faire pour la faire monter sur une moto ? demanda Bear.

Bullet lui adressa un regard noir. Il n'en avait pas la moindre idée, il ne savait même pas s'il devrait le faire, et cette idée avait beau le surprendre, il savait que cela ne changerait pas du tout les sentiments qu'il avait pour elle. Il ne l'avait pas seulement dans la peau. Elle était rentrée dans son cœur et en avait pris possession. Ils s'étaient endormis à l'extérieur la veille et pour la première fois depuis qu'il était petit, il avait dormi toute la nuit, et il avait dormi *profondément*. Non seulement c'était un miracle, mais se réveiller avec sa petite amie dans ses bras et son chiot blotti contre son flanc était la meilleure sensation du monde. Il voulait plus de dimanches paresseux, plus de nuits où il la serrait dans ses bras. Il voulait plus de *Finlay*.

Bones se pencha en avant, leur adressant à tous les deux un regard indiquant qu'ils devraient montrer un peu de respect pour leur père en train de parler et qu'ils semblaient se passer l'un à l'autre autour de la table comme des biscuits.

Les trois hommes se concentrèrent à nouveau sur leur père. Biggs était l'homme le plus dur et le plus intimidant que Bullet ait jamais connu. Même à présent, avec son épaisse barbe grise et sa peau tannée et tatouée, il donnait l'impression que sa place était sur une moto, à régner sur la route. Il parlait plus lentement depuis son AVC, le côté gauche de sa bouche s'affaissant sans cesse. Mais il portait encore le même jean usé qu'il avait depuis probablement une décennie, les T-shirts des Dark Knights et ses cuirs. Il arborait les emblèmes avec fierté et il serait enterré avec, comme son père et le père de son père avant lui. Mais une canne était devenue sa compagne constante et monter sur une moto n'était plus possible pour Biggs. Ces problèmes ne faisaient pas moins de lui un homme. Ils savaient tous très bien que leur père jetterait cette canne et sauterait au milieu d'une bagarre si c'était nécessaire. Bullet se demanda ce que cet homme, dont il avait suivi les pas presque depuis sa naissance, penserait s'il savait que son fils aîné envisageait de réduire ses heures pour passer plus de temps avec Finlay.

Cette pensée lui vint avec un nœud de culpabilité. S'il n'était pas au bar tous les soirs, qui s'occuperait de Dixie et de Red pendant qu'elles servaient ? Jed était un type imposant, mais ce n'était pas Bullet.

Biggs s'éclaircit la gorge, mit quelques documents de côté et dit :

— Nous devons parler de quelques perspect…

Les portes du club-house s'ouvrirent brusquement et Finlay fit irruption dans la pièce, ses yeux bleus et brillants souriant tandis qu'ils se posaient sur les visages surpris des membres. *Ah, merde !* Bullet se leva. Son sourire radieux illumina le fichu club-house comme un arc-en-ciel. Tous les regards étaient rivés sur elle tandis qu'elle traversait la pièce en courant, ses cheveux blonds volant derrière elle et sa petite robe sexy battant contre ses cuisses.

— Bullet…

Elle saisit sa main, ne se rendant apparemment pas compte que tout le monde dans la pièce s'était tu, mis à part quelques grognements curieux.

— Oh, mon Dieu ! Ta sœur est brillante ! Je sais comment nous pouvons aider la famille de Sarah. Un *rassemblement* !

Elle sautilla sur ses orteils comme Kennedy quand elle était excitée. Sauf que Finlay était sacrément sexy en le faisant, et elle n'avait rien à faire dans le club-house, ce qui signifiait qu'il devait envoyer promener ce satané joli sourire.

Et ça allait être terrible.

Bear se couvrit le visage d'une main, essayant de ravaler un rire. Bones sourit à Bullet, qui grinça des dents tandis que les doigts de Biggs s'enroulaient autour de sa canne et qu'il se levait. *Bon sang !*

— Bébé, tu ne peux pas être ici.

Seuls les hommes pouvaient assister à la *messe*, comme ils appelaient les réunions des Dark Knights. Bullet posa une main sur son dos pour la guider vers la porte, mais elle était trop excitée et la lueur dans ses yeux l'empêchait de la pousser trop fort.

— Je sais que tu es en train de parler avec les hommes, mais c'est super important.

— Pas ici, Lollipop, dit-il d'une voix plus douce, sachant que ses frères lui feraient sa fête pour ça plus tard, mais il ne pouvait pas être brusque avec Finlay. Pas maintenant. Tu ne peux pas entrer ici.

Avait-il oublié de lui parler de la messe ? *Merde !*

— Je suis désolée de vous avoir interrompus.

Elle se tourna et fit un signe de la main hésitant au reste de la pièce.

— Je sais que Bullet est inquiet, tout comme moi, à propos de la famille qui a eu cet accident l'autre nuit. Et Dixie a parlé d'organiser un rassemblement de motards et une collecte de fonds, alors en réalité, ce serait une bonne chose que vous écoutiez tous.

Elle fouilla dans son sac tandis que le tapage montait parmi les membres. Les regards qu'ils lui lançaient étaient plus curieux et admiratifs de sa beauté qu'agacés, ce pour quoi Bullet était reconnaissant, car il n'était pas en train de réfléchir raisonnablement et si qui que ce soit l'énervait, Dieu seul savait ce qu'il ferait. Il adorait voir Finlay dans le club-house, dans son *monde*, l'endroit où il avait passé plus de bons moments que de mauvais depuis aussi longtemps qu'il pouvait s'en souvenir. Ses frères du club avaient beau ne pas être liés par le sang, ils faisaient tout autant partie de sa famille que Bones et Bear. Et à présent, il considérait Finlay de cette façon aussi. Savoir qu'il était déplacé que celle-ci soit là pendant la réunion l'énerva plus que sa présence. Et cela impliquait également une bonne dose de culpabilité.

— J'ai des notes, dit-elle joyeusement.

Biggs s'approcha en boitant, son regard sérieux posé sur Bullet.

Voir sa douce petite amie flanquée par son père et lui, le reste de la fraternité les observant, se demandant ce qui allait se passer, serra les entrailles de Bullet.

— Je m'en charge, P'pa, lui assura jeune homme.

Le regard de son père se posa sur Finlay et sa moustache fournie tressaillit lorsqu'il dit :

— Finlay, ravi de te revoir, chérie.

— Merci, monsieur Whiskey… *Biggs.* J'ai encore du mal à vous appeler comme ça.

Elle sortit son cahier de son sac et se tourna vers le patriarche en laissant échapper un joyeux soupir.

— J'ai quelques très bonnes idées.

Des ricanements de la part de Bear et Bones leur valurent des regards durs et noirs de Bullet tandis qu'il prenait Finlay par le bras et qu'il la menait vers la porte.

— Allons-nous-en, bébé. Tu ne peux pas assister à la messe.

— À la messe ? Je croyais que tu discutais avec les gars.

Elle se retourna, son regard balayant la table de billard, la cible de fléchettes et la trentaine de paires d'yeux qui l'observaient.

— Il n'y a pas de femmes ici.

Elle écarquilla les yeux.

— Pourquoi il n'y a pas de femmes ici ? Ce n'est pas une *messe*.

Elle s'écarta de lui et retourna vers le centre de la pièce.

— C'est comme ça que nous appelons les réunions de notre club, expliqua Biggs. Et je suis désolé, chérie, ce n'est que pour nous, les hommes.

Biggs avait été élevé par un motard *hardcore* qui vivait selon la vieille école où les hommes portaient la responsabilité de tout : la famille, le club, les affaires. Et une partie de ce mode de vie consistait à protéger les femmes à tout prix, y compris à les protéger du côté le plus obscur des choses en ce qui concernait le club.

— Vraiment ? C'est tellement sexiste et archaïque !

Elle jeta un regard à Bear.

— Crystal accepte avec ça ?

Bear hocha la tête, essayant, en vain, de contenir l'expression amusée de son visage.

— Eh bien, ça me semble bizarre à notre époque, mais d'accord, dit Finlay. Je peux juste parler de mon idée à ces types ?

Elle ouvrit son cahier.

Certains des hommes bougeaient nerveusement sur leurs chaises. Bullet lui prit le cahier des mains et la poussa vers la porte.

— Désolé, bébé. Pas ici. Pas maintenant.

— Mais...

Il savait qu'il s'en prendrait plein la tête pour ça, mais il posa ses lèvres sur les siennes, l'embrassant profondément tout en soulevant son corps qui se débattait dans ses bras pour l'emmener jusqu'à la porte. Lorsqu'ils furent à une distance sûre du club-house, il brisa leur connexion et la posa par terre.

— Bullet !

Elle souffla en lissant sa robe.

— Je n'arrive pas à croire que tu aies fait ça !

— Tu es un poussin au milieu d'un combat de coqs, là-dedans. Désolé, Finlay, mais les petites chéries ne sont pas autorisées dans le club.

— J'ai bien *entendu*, mais pourquoi pas ?

Elle croisa les bras avec autant d'arrogance que lorsqu'elle lui avait fait face le jour où elle était entrée dans le bar pour retrouver Dixie et cela provoquait encore des sensations étranges dans les entrailles de Bullet.

— Parce que nous parlons de trucs de mecs. Les affaires du club.

— Des trucs de mecs.

Elle leva les yeux au ciel.

— Tu as dit que ton club organisait des événements *familiaux* et Dixie en fait partie, pas vrai ? C'est une femme.

Bon sang !

— Nous avons bien des événements familiaux et l'idée d'un rassemblement pour une collecte de fonds est une bonne idée. En fait, nous organisons une route de bienfaisance dans quelques semaines. Nous pouvons nous en servir pour ça, dit-il en espérant la distraire de ses autres questions.

Il ne voulait pas se lancer dans une dispute à propos des droits de la femme ou ce genre de conneries.

— Parfait, et peut-être que nous pourrons terminer la route

au bar et faire une sorte de grande inauguration de la cuisine.

Elle sourit et dit :

— Maintenant, revenons à cette histoire de *club de mecs*. Que faites-vous là-dedans ?

Elle plissa les yeux d'un air accusateur.

— Ce sont les femmes qui n'y sont pas acceptées, ou juste les « petites chéries » ou les petites amies ?

Elle était *jalouse* ? Les femmes n'étaient pas jalouses à son sujet. Bon sang ! Il se sentait bien et mal à la fois, et cela l'adoucit suffisamment pour qu'il lui donne les réponses qu'elle voulait.

— Aucune femme, d'accord ? Pas pendant les réunions.

— Peu importe. Je ne suis pas habituée à ça.

Elle secoua la tête.

— Je suis sûr que non. Mais quand nous ne sommes pas en réunion, quand il y a des événements, pas de problème, tu peux y entrer avec moi. Et Dixie n'est pas un membre comme les gars. En tant que fille du président, c'est une princesse, elle est respectée.

— Et Red ? Où est sa place ? Et Crystal ?

— Red est la régulière de mon père. C'est la reine, bébé, la femme du président. Et Crystal est la régulière de Bear. Tout le monde les respecte.

— Eh bien, vous avez une manière bizarre de gérer les choses. J'espère que tu ne t'imagines pas que je vais être à l'arrière-plan dans notre relation ou que je vais te laisser m'intimider.

Il l'attira contre lui et croisa son regard confiant et déterminé.

— Tu ne seras à l'arrière que de ma moto. Avec un peu de chance. Un jour. Tu es *ma* reine, Finlay Wilson, et je te protégerai jusqu'au bout du monde. Mais j'ai besoin que tu respectes la fraternité du club. Les femmes ajoutent une couche de problèmes dans un groupe de mecs. Les gens commencent à coucher, les limites sont placées, la loyauté divisée. Ça explique la nature archaïque de la fraternité et aucune de ces raisons n'a quoi que ce soit à voir avec le manque de respect envers les femmes. Bien au contraire.

Le regard de Finlay s'adoucit et un petit sourire réticent étira ses lèvres.

— Eh bien, je préfère être ta *reine* que ta *régulière*, mais je préfère qu'on m'appelle ta *petite amie*.

— Je me fiche du nom que je te donne, Lollipop, tant que je sais que tu es à moi.

CHAPITRE SEIZE

LE JEUDI MATIN, Bullet tint le ruban rose qu'il avait attaché au cadeau de Finlay et il fit légèrement glisser le métal froid sur sa hanche nue pendant qu'elle dormait. Tinkerbell était allongée, la tête posée sur son mollet, ses yeux sombres suivant ses mouvements le long de la taille et du bras de la jeune femme. Cette dernière se blottit contre le torse de Bullet, émettant un léger soupir ensommeillé. Entre les entretiens d'embauche des candidats pour le personnel de cuisine du bar, le travail sur les menus et l'organisation de la collecte de fonds, pour laquelle Bullet avait obtenu un accord unanime le lundi soir, elle n'avait pas arrêté. Il était reconnaissant qu'elle ait été assez courageuse pour surmonter sa peur des chiens et pour avoir appris à connaître Tinkerbell, ce qui leur permettait de passer leurs nuits ensemble chez lui, comme ils l'avaient fait depuis.

Il passa sa barbe contre son épaule et l'embrassa jusqu'à la poitrine. Elle roula sur le dos avec un soupir grisant, les yeux encore fermés tandis qu'elle tendait les bras vers lui. Il adorait la façon dont elle avait toujours envie de lui autant qu'il avait envie d'elle, mais cette fois, il déplaça lentement les mains de Finlay sur le côté et posa sa bouche sur son téton, la taquinant avec sa langue. Elle se cambra sur le matelas en gémissant, ses mains empoignant les draps.

Tinkerbell se redressa et Bullet murmura :

— À terre, ma fille.

La chienne descendit du lit, habituée à l'ordre qu'elle avait souvent entendu au cours des derniers jours. Bullet posa le cadeau sur l'oreiller pour pouvoir donner à Finlay l'attention qu'elle méritait. Il se plaça sur elle, ses hanches entre les siennes, et ils enlacèrent leurs mains. Il adorait cette connexion supplémentaire. Un sourire étira les lèvres de Finlay et elle battit des paupières d'un air endormi. Il adorait son sourire alangui autant que les autres : le sourire enthousiaste qui atteignait ses beaux yeux, les sourires joueurs qui étaient généralement accompagnés d'un battement timide de ses longs cils, son sourire séducteur, celui qui faisait passer ses yeux au bleu nuit, et l'un de ses préférés, son sourire satisfait et heureux, dont elle ne se rendait sans doute pas compte qu'elle l'affichait. Il voyait celui-là quand elle était blottie dans ses bras, son corps rougi et chaud, encore humide après leurs ébats amoureux. C'était le plus doux des sourires. Celui qui lui indiquait qu'elle tombait amoureuse de lui autant qu'il tombait amoureux d'elle. Le sourire qui disait : « Je suis à toi. Ne me laisse pas partir. »

Il savait qu'il ne le ferait jamais.

— Hmm, dit-elle d'une voix endormie. J'aime mon Bullet le matin.

Il passa le bout de son sexe sur son entrejambe et elle écarta davantage les jambes.

— Je crois me souvenir que je te plaisais aussi au milieu de la nuit.

Il baissa la tête et fit à nouveau glisser sa langue sur son téton dur. Lorsqu'elle se cambra, il passa à l'autre, la taquinant avec de légers coups de langue avant de tracer des cercles autour du bout jusqu'à ce qu'elle halète. Les hanches de Finlay se soulevèrent du lit et il appuya la base de son sexe contre sa vulve chaude. Il prit un téton entre ses dents et tira dessus.

— *Oh…*

Elle gémit et il recommença.

À chaque fois, elle mouillait un peu plus et ses hanches se balançaient davantage. Chaque fois qu'ils faisaient l'amour était une nouvelle aventure née du désir pressant de Bullet d'être proche d'elle, d'en avoir *davantage* d'elle. Et *davantage* venait sous forme de morsures, d'invasions de sa langue et de ses doigts, en lui tirant les cheveux et en lui disant des choses coquines. Il n'aimait pas les liens et les autres choses excentriques, comme certains des mecs qu'il connaissait, et avant Finlay, il n'avait jamais réfléchi à ce qu'il aimait sexuellement. Les rapports sexuels étaient toujours bons, rudes et *complets*. Un soulagement nécessaire. Mais avec Finlay, il voulait *tout* toucher d'elle, *entendre* à quel point elle le désirait et de quelle manière. Pas parce que le contrôle l'excitait, mais pour ce que la confiance et les émotions qu'ils partageaient dans ces moments provoquaient en lui. Il désirait ces choses plus que le sexe lui-même.

Il posa ses lèvres sur son téton et le suça *fortement*.

Tout le corps de Finlay se cambra.

— Bullet…

— Désolé, bébé. Trop fort ?

Elle secoua la tête avec véhémence et ce sourire séducteur qu'il aimait tant envoya une vague de chaleur à travers lui.

— Trop *bon*, murmura-t-elle.

— Bon sang, Lollipop, tu me tues !

Il traça le contour de sa lèvre inférieure avec sa langue.

— Dis-moi ce que tu veux, bébé.

— *Toi*, dit-elle dans un souffle.

Il effectua un va-et-vient avec ses hanches, son sexe pénétrant sa moiteur, enduisant ses bourses, la pénétrant encore et encore jusqu'à ce qu'il soit trempé par son excitation de la base au bout de son membre et qu'elle tremble.

— Tu veux mon sexe ? demanda-t-il contre son cou. Ou…

Il passa la main entre ses jambes et la provoqua avec ses doigts. Elle était tellement humide qu'il ne pouvait pas résister à l'envie d'enfoncer ses doigts dans son fourreau brûlant et étroit. Il posa sa bouche sur la sienne dans un baiser brut tandis qu'elle chevauchait sa main, les autres étroitement liées. Elle tendit le bras entre eux et empoigna son sexe humide. Il effectua un va-et-vient avec ses hanches, s'excitant dans sa poigne tandis qu'il la pénétrait avec ses doigts. Bon sang ! Elle savait exactement à quel point le serrer, à quelle vitesse le caresser et elle faisait ce truc avec son pouce sur le bout de son sexe qui lui faisait complètement perdre la tête.

Elle gémit dans sa bouche, ses jambes se pliant sous lui, son sexe se serrant autour de ses doigts et il intensifia leur baiser. Il trouva cet endroit qui la faisait jouir et posa son pouce sur son clitoris, appliquant juste assez de pression pour faire frémir tout son corps. Il accéléra ses mouvements, plus effréné dans son amour, l'embrassant plus profondément, jusqu'à ce que de longs gémissements graves sortent des poumons de Finlay et entrent dans les siens tandis qu'elle ruait et se balançait, serrant son membre comme un étau.

Il écarta sa bouche et dit d'une voix rauque :

— Tu vas me faire jouir *sur* toi et non pas *en* toi si tu n'arrêtes pas.

Elle leva les yeux vers lui. Il savait qu'elle était mal à l'aise avec les mots coquins et lorsqu'elle le caressa plus rapidement, l'amour dans ses yeux fut la seule réponse dont il avait besoin.

Leurs bouches se retrouvèrent comme une rafale de vent, insistantes et douces à la fois. Les émotions de Bullet devinrent folles tandis qu'il l'aimait avec tout son corps. Leurs langues s'emmêlèrent, leurs mains se joignirent tandis qu'il la faisait monter de plus en plus haut et qu'elle le poussait vers l'orgasme. Le sang battit dans ses oreilles, leurs cœurs martelant leur propre rythme frénétique tandis qu'ils criaient tous les deux, succombant à des vagues de passion accablantes.

Il s'écroula sur elle, la preuve de leur amour gluante et chaude entre eux tandis qu'il la couvrait de baisers.

— J'en veux plus de toi, Finlay.

— Plus ? haleta-t-elle. Tu as tout de moi.

— Alors, je veux que tu en aies plus de moi.

Il prit le ruban rose et fit pendre son cadeau entre son doigt et son pouce.

— Une clé ?

Elle écarquilla les yeux.

— C'est la clé de chez toi ?

Il déposa un baiser sur ses lèvres.

— Je ne veux pas avoir à t'appeler quand j'ai enfin terminé mon boulot et m'inquiéter parce que tu viens en voiture.

Il travaillait de midi à minuit quatre jours par semaine, de seize heures à minuit le jeudi et de midi à vingt heures le lundi, ce qui lui permettait d'aller à la *messe*.

— Ça ne me dérange pas.

— Je le sais, mais ça me dérange, moi, bébé. Tu travailles deux fois plus avec la collecte de fonds et l'agrandissement du bar. Tu dois te reposer et te détendre en fait partie, pas attendre un appel et ensuite traverser la ville en voiture au milieu de la nuit.

Ils avaient pensé qu'il pourrait passer récupérer Tinkerbell après le travail et la rejoindre chez elle, puisqu'il ne pouvait pas laisser la chienne seule la nuit, mais cela aurait retardé son arrivée d'au moins une demi-heure et aucun d'eux ne voulait perdre ce temps ensemble.

Elle leva la main et prit le porte-clés de la sienne.

— Tu es attentionné, mais comment je saurai que tu veux que je sois là si tu ne m'écris pas et que tu ne m'appelles pas ? Je ne veux pas avoir l'impression d'empiéter sur ton temps personnel.

— Je voudrais toujours que tu sois là.

Elle regarda à nouveau la clé, observant de plus près les deux breloques qui pendaient sur le porte-clés.

— L'emblème des Dark Knights ? Mais les filles ne peuvent pas être membres et je ne monte même pas à moto.

— Tu n'es pas *encore* montée à moto, dit-il avait de l'embrasser à nouveau. Tu ne peux pas être membre, mais maintenant, tout le monde saura que tu m'appartiens.

— Ah, c'est une histoire de *propriété* ! dit-elle d'un air plus sérieux.

— Non.

C'est une histoire d'amour.

Un pas à la fois.

— C'est une histoire de protection. Personne ne s'en prendra à toi sachant que tu as une relation avec un Dark Knight.

— Personne ne s'en prend à moi de toute façon, dit-elle d'un air impertinent, puis son regard s'enflamma légèrement et elle poursuivit. Mais je le porterai fièrement, comme un symbole que je suis à toi.

— Bien, parce que je me suis acheté quelque chose aussi.

Il tendit la main vers la table de chevet et saisit ses propres clés. Il souleva la breloque dont il avait fait l'acquisition quand il avait fait faire sa clé et un rire sortit des lèvres de Finlay.

— Une sucette Lollipop !

— Tu es ma dose de sucre, bébé.

Tandis qu'il prononçait ces mots, il se rendit compte qu'ils n'exprimaient même pas un peu l'importance qu'elle avait prise à ses yeux.

— Tu seras toujours ma dose de sucre, mais tu es tellement plus ! Tu apaises suffisamment mes fantômes pour que je m'endorme et que je *continue* de dormir, ce que je ne me souviens pas d'avoir fait un jour. Tu n'es pas seulement la femme que j'aime – il embrassa sa joue – mon amie – il embrassa le bout de son nez – et la gardienne de mes secrets, tu es aussi devenue une extension de moi, voulant toujours en savoir plus sur moi, comprendre le pourquoi et le comment de mes pensées et de mes actions.

Il posa son front sur celui de Finlay et dit :

— Je n'aurais jamais cru être capable de m'ouvrir comme je le fais avec toi et je n'ai jamais pensé désirer la compagnie et l'intimité que nous avons, mais à présent, je ne peux pas m'imaginer aller dormir ou me réveiller sans toi, Fin. Tu es mon ange, le baume pour mes blessures. Tu es la moitié dont je ne savais pas qu'elle me manquait.

Les larmes aux yeux, elle enroula ses bras autour de son cou, la lumière dans ses larmes reflétant celle qui avait envahi le cœur de Bullet. Tandis que leurs bouches s'unissaient, Tinkerbell sauta sur le lit et aboya et ils sourirent tous les deux en s'embrassant. La chienne tendit les pattes et baissa son ventre sur le matelas, s'approchant d'eux jusqu'à ce que son grand corps soit parallèle aux leurs. Elle lécha la joue de Finlay, et avec un soupir bruyant et satisfait, comme s'ils avaient tout arrangé dans son monde, elle posa son menton sur ses pattes et ferma les yeux.

Bullet n'aurait pas su mieux l'exprimer.

CROW AVAIT TERMINÉ les rénovations du Whiskey's et la cuisine était aussi merveilleuse que Finlay l'avait imaginé. Elle était enthousiaste à l'idée de faire un essai ce soir-là. Elle prépara une grande quantité de petits-fours, ajustant ses meilleures recettes pour trouver des idées de menu uniques pour le bar. Quand elle était arrivée dans l'après-midi, elle avait annoncé aux clients qu'une session de dégustation se déroulerait plus tard ce soir-là. Elle supposait que quelques personnes resteraient peut-être pour y assister et elle espérait parler de la collecte de fonds avec Red et les filles aussi, alors elle ferait d'une pierre deux coups en restant au bar. Mais la rumeur à propos des plats délicieux de Finlay s'était répandue et le bar était plein à craquer. Même Bones, Bear et Biggs étaient venus à l'événement improvisé et il semblait évident qu'elle devrait attendre pour parler de la collecte de fonds.

Chicki Redmond s'approcha de Finlay à la table du buffet. C'était la femme de Bud. Celui-ci avait toujours été un membre des Dark Knights et il était également le copropriétaire du *Snake Pit*.

— Tu as besoin d'aide, ma belle ?

Elle rassembla des serviettes éparpillées en émettant un petit son désapprobateur.

— Non, ça va. Je gère.

Chicki avait environ le même âge que Finlay, avec une peau mate et des yeux couleur chocolat. Elle avait des cheveux sombres tirés dans un chignon strict et son maquillage était appliqué à la perfection. D'après Red, Chicki était esthéticienne et avait appris à la moitié des femmes de Peaceful Harbor à se maquiller. Son pantalon en cuir noir semblait peint sur elle et ses talons étaient plus hauts que ce que Finlay pourrait jamais porter. Sur qui que ce soit d'autre, ce style aurait pu avoir l'air sévère, mais Chicki était élégante comme un mannequin, et elle jurait comme un charretier, un mélange que Finlay trouvait aussi étrange qu'amusant. Elle trouvait Chicki Redmond très attirante.

— Ces connards pensent que leurs mères travaillent ici ! dit Chicki en regardant les serviettes jetées sur la table. Qu'est-ce que c'est que ce bordel ? Tu n'es pas leur bonne !

Avant que Finlay ne puisse répondre, Chicki se tourna vers le bar rempli et tapa dans les mains. Le vacarme du bar diminua et elle leva la pile de serviettes.

— Bon, les sauvages, debout. Cette gentille fille vous nourrit gratuitement. Ce n'est pas votre bonne et ce n'est pas votre mère. Allez !

Avec des grognements et des excuses marmonnées, tous les hommes de l'établissement commencèrent à ramasser des plats vides, des assiettes et des serviettes laissés de côté.

Chicki jeta dans la poubelle celles qu'elle tenait dans la main d'un geste dramatique et dit :

— Ma jolie, c'est comme ça qu'on fait les choses, par ici.

Dixie s'approcha, portant un plateau de boissons en équilibre sur sa main droite tandis qu'elle ramassait un verre vide de la table avec sa main gauche.

— Super, Chicki. On peut t'engager ?

— Jamais de la vie, dit celle-ci. J'ai purgé ma peine au *Snake Pit*. Une décennie, plus précisément. Maintenant, donne-moi de jeunes enfants à surveiller comme Babs et je réponds présente.

Babs était la femme de Viper, le frère de Bud. Elle avait récemment commencé à garder Kennedy et Lincoln et les enfants l'appelaient *Nana Babs*.

Dixie émit un petit rire.

— Avec mes frères dans le coin, je ne peux pas m'approcher suffisamment d'un homme pour l'embrasser, encore moins pour faire un bébé.

Dixie se dirigea vers la cuisine et Finlay tira profit de l'ouverture pour poser une question à propos de leurs affaires.

— J'ai entendu du bien du *Snake Pit*. C'est plus chic qu'ici, je le sais, mais quel genre de nourriture vous servez, là-bas ?

Chicki plissa les yeux.

— Tu contrôles la concurrence, ma petite ?

— Non. Je, euh…

Chicki croisa les bras et un petit sourire étira ses lèvres. Elle passa un bras autour de Finlay et dit :

— Ne t'inquiète pas. Bullet m'a dit qu'il allait t'amener pour que tu puisses comparer les menus.

Elle sentit ses joues rougir, souhaitant avoir le genre de contrôle qui lui permettrait de cacher son embarras, comme Penny ou Isabel. Elles étaient imperturbables.

— Je suis désolée, oui, c'est vrai, mais de manière amicale.

— Chérie, il n'y a pas de concurrence. Nous faisons tous partie de la même famille et maintenant que tu es avec Bullet, tu en fais aussi partie. Tu peux venir et visiter les cuisines, rencontrer le personnel, tout ce que tu veux. Les familles des Dark Knights se serrent les coudes.

Chicki se dirigea vers la table de billard, où plusieurs des femmes des membres du club étaient rassemblées. Quelques semaines plus tôt, Finlay s'était demandé pourquoi quelqu'un voudrait être en lien avec un club de motards et le lundi soir, quand elle avait appris que les femmes n'étaient pas autorisées à assister aux réunions, elle s'était posé la même question. Mais en regardant autour d'elle, elle vit Tru et Gemma en train de danser à côté de Bear et Crystal. Biggs était assis à une table avec un groupe d'hommes qui portaient tous l'emblème des Dark Knights, y compris le directeur du lycée. Penny était debout au bar à côté du frère de Tru, Quincy. Ce dernier n'avait pas détourné les yeux d'elle depuis qu'il était arrivé. Près de lui, deux autres femmes qu'elle avait vues arriver avec deux membres qu'elle avait reconnus du club-house étaient penchées et écoutaient ce que Jed disait de l'autre côté du bar. Bones s'approcha, portant une veste en cuir marquée de l'emblème des Dark Knights sur le dos. Il passa un bras autour de Quincy et Penny, se faisant une place entre eux. Son regard se tourna vers Bullet, qui poussait deux boissons jusqu'à l'autre extrémité du bar pour deux types barbus et tatoués qui portaient aussi des T-shirts des Dark Knights. Autrefois, elle n'aurait pas remarqué ces hommes ou elle les aurait rejetés parce qu'ils représentaient des *ennuis*. L'un d'eux fit un *check* avec Bullet et elle vit des amitiés profondes et des connexions durables. À présent, elle comprenait ce qu'être un membre des Dark Knights signifiait vraiment.

Elle avait à peine eu le temps de digérer ses pensées quand elle se souvint qu'elle avait l'intention de remplir les plateaux de nourriture. Elle empila les plats vides, les emporta dans la cuisine et se mit au travail pour préparer la fournée suivante pour la session de dégustation. Peu de temps après, elle était en train de concocter ce qui était rapidement devenu sa spécialité, des petits hamburgers avec leur sauce Whiskey spéciale, de la salade de chou cru et un accompagnement de frites au bourbon, quand Red passa par les portes de la cuisine.

— Tu t'en sors, chérie ?

La mère de Bullet posa un plateau vide sur le plan de travail à côté de Finlay.

Cette dernière en avait beaucoup appris sur la rousse courageuse et implacable depuis le lundi soir. Red n'était pas une *reine*, c'était certain. Elle n'avait pas peur de se salir les mains. Il était évident qu'elle était le rouage qui maintenait la famille Whiskey et le club unis. Elle râlait et insistait quand les gens en avaient besoin et Finlay avait rapidement réalisé qu'elle coordonnait la plupart des événements familiaux des Dark Knights.

Elle leva la tête des petits hamburgers qu'elle préparait et sourit.

— Ça va. Merci de demander, mais je trouve ça amusant. Je n'arrive pas à croire qu'il y ait autant de monde. Dieu merci, Jed est là pour aider au bar. Je commence à me demander si deux cuisiniers seront suffisants. Nous avons fait passer les entretiens en pensant en engager deux pour qu'ils se relaient. Mais étant donné le monde qu'il y a ce soir, je ne crois pas que ce soit assez.

Red aida Finlay à finir de remplir un plateau de petits hamburgers et de frites et un autre de sandwiches.

— Eh bien, ça en dit long sur ta cuisine, pas vrai ?

— Je crois que ça en dit long sur la réputation du Whiskey's et sur ce que cet endroit et votre famille signifient pour tous ces gens. Mais je suis vraiment inquiète à propos du personnel. Dixie et toi ne pouvez pas faire le service douze heures par jour et Dixie a trouvé des défauts à tous les candidats que j'ai convoqués pour cuisiner.

Elle n'avait pas réalisé à quel point cela l'inquiétait jusqu'à ce moment-là.

— Je pensais que vous pourriez vous en sortir à plus petite échelle, mais je n'en suis plus si sûre.

Red posa une main sur sa hanche d'un air peu surpris.

— Je comprends ce que tu veux dire, chérie. Je dois croire que la bonne solution pour le Whiskey va se présenter à un moment ou à un autre. Entre la collecte de fonds et l'agrandissement, on a beaucoup à faire. Soit Dixie n'a pas les idées claires, soit elle a les idées plus claires que jamais. Le temps nous le dira.

Elle haussa les épaules.

— Nous avons une réunion de famille ici dimanche pour parler des embauches. Tu pourras venir ?

— J'ai un service traiteur prévu en milieu de matinée, mais je serai là le matin. Bullet a dit que je pouvais utiliser la cuisine pour préparer l'événement. Ça te dérange ?

— Pas du tout. Notre cuisine est à toi.

— Merci. Mais à propos du personnel, j'ai peur que ça ne coûte plus que ce que vous aviez imaginé. Bullet travaille déjà plus de soixante heures par semaine et Jed ne travaille pas à plein temps. Il se pourrait que vous deviez renforcer le personnel de bar aussi.

Red agita la main d'un geste dédaigneux, comme si rien de tout cela n'avait d'importance.

— Bullet aurait pu gérer tout seul ce soir, dit-elle avec fierté. Il dirige cet endroit depuis tant d'années maintenant qu'il pourrait le faire les yeux fermés.

Finlay ne comprenait pas pourquoi Red n'était pas plus inquiète et nota mentalement d'évoquer ses préoccupations le dimanche.

Elles se turent tout en remplissant les plateaux. Red leva les yeux, croisa le regard de Finlay et dit :

— À propos, mon fils semble bien moins agité qu'avant et mon cœur me dit que c'est grâce à toi.

Finlay se sentit mieux à l'idée que Red avait remarqué la différence chez Bullet elle aussi. Elle se tourna vers l'autre plan de travail pour préparer les garnitures.

— Nous parlons beaucoup. Je crois que ça l'aide à vider son sac.

— Brandon qui parle, dit Red d'un air incrédule. Nom de nom, ma fille, qu'as-tu fait ?

Finlay se tourna en entendant le ton sombre dans sa voix et elle fut surprise de voir des larmes dans ses yeux.

— Euh… Il y a quelque chose que je ne sais pas ? Il ne devrait *pas* parler des choses ? Il a l'air de vouloir le faire.

La main de Red couvrit sa poitrine tandis qu'elle clignait plusieurs fois des paupières. Elle leva les yeux vers le plafond et utilisa une serviette pour tapoter délicatement ses yeux, parvenant d'une façon ou d'une autre à ne pas étaler son eyeliner sombre.

— C'est une bonne chose, chérie. Tellement bonne !

Elle marqua une pause et fronça les sourcils, puis elle soupira et dit :

— Mon garçon est tellement sensible. Il a lutté toute sa vie pour essayer de protéger tout le monde et ce faisant, il s'est transformé en une sorte de…

— Gardien des secrets ? proposa Finlay. J'y ai pensé. Il ne m'a pas encore raconté les histoires derrière ses tatouages, mais je sais qu'ils ont une signification importante. C'est comme s'il prenait la douleur de tout le monde et n'essayait pas juste de l'éradiquer, mais de s'accrocher à un morceau.

— Un gardien des secrets, dit doucement Red. Je ne l'aurais pas mieux défini moi-même. Mes garçons sont tous différents.

Bobby – *Bear* – a le cœur sur la main alors que Wayne – *Bones* – a toujours été capable de mettre juste assez de distance entre les gens et lui pour les voir clairement et évaluer ses sentiments sans trop s'impliquer. Mais Brandon – *ton* Bullet –, il a du mal avec tout ça. Quand il était petit, si l'un des enfants avait des ennuis, il en assumait la responsabilité et il n'était pas subtil à ce propos. Imagine-moi essayer de garder un visage neutre quand il me disait qu'il avait gravé « Wayne est super » sur la table de la cuisine. Ou quand j'ai suivi la traînée de peinture bleue des pas de Bobby quand il avait quatre ans depuis le patio, jusqu'à l'escalier couvert de moquette et jusqu'à sa chambre, puis descendant l'escalier à l'arrière qui menait à la buanderie, où j'ai trouvé Bobby, les pieds tachés par la peinture qu'ils avaient nettoyée et Brandon en train de peindre ses propres pieds en bleu.

Finlay rit et se couvrit la bouche.

— Je suis désolée, mais je peux *tellement* l'imaginer faire ça.

— Oh, ce n'est pas tout, chérie ! On ne pouvait pas discuter avec Brandon. Quand il prenait la responsabilité de quelque chose, c'était comme s'il y croyait jusqu'au plus profond de son âme. Nous avons essayé de le punir pour avoir menti, mais bon. Il mentait pour protéger ses frères. Finalement, nous le punissions pour ce qu'il n'avait pas fait, espérant que les autres apprendraient qu'il y avait des conséquences.

— Et ils l'ont appris ? demanda Finlay, incapable d'arrêter de sourire tandis qu'elle imaginait Bullet, son Bullet, peindre ses pieds pour sauver Bear.

— Je ne sais pas si ça a aidé, mais ensuite, Brandon a pris l'initiative d'enseigner le bien et le mal aux plus jeunes. Je l'ai entendu parler à Bobby plus tard cet après-midi-là et je n'oublierai jamais à quel point il m'a rappelé mon Biggs quand il lui a expliqué qu'il fallait respecter la propriété et que mentir était mal. Bobby lui a demandé pourquoi *il* avait menti et sa réponse m'a montré tout ce que j'avais besoin de savoir à propos de mon aîné. Il a dit : « Parce que papa m'a dit de toujours faire ce qui était correct. Et te protéger, c'est ce qui est correct. » Mon cœur s'est brisé *et* a grandi cet après-midi-là ; je n'avais jamais pensé que c'était possible avant d'avoir des enfants.

Finlay avait senti son cœur se briser et grandir en même temps la première nuit que Bullet s'était ouvert à elle, quand elle avait vu ses tatouages, et c'était arrivé plusieurs fois depuis. Elle voulait raconter cela à Red, mais ces moments semblaient trop intimes pour être révélés.

— Nous devrions emporter ces sandwiches avant d'avoir une rébellion sur les bras.

Red prit un plateau et une poignée de serviettes.

— Tu as déjà un sacré fan-club.

— Ma mère disait toujours que si tu veux avoir une foule heureuse, tu n'as qu'à la nourrir et sourire.

Finlay prit un plateau et sourit en pensant à sa mère. Elle avait dit à Red qu'elle avait perdu son père et que sa mère avait déménagé et à présent, tandis qu'elle prenait le plateau, elle comprit pourquoi elle voulait partager ses pensées avec la mère de Bullet. Celle-ci avait le don de faire en sorte que les gens se sentent spéciaux, tout comme la mère de Finlay.

Red ouvrit la porte avec sa hanche et la tint pour la jeune femme.

— Je ne crois pas que les phénomènes du cœur soient réservés aux parents, dit celle-ci tandis qu'elles sortaient de la cuisine. Je crois qu'ils sont juste réservés aux gens à qui on tient profondément.

Red se pencha vers elle alors qu'elles s'approchaient de la

table qu'elles avaient installée pour le buffet de dégustation et dit :

— Merci.

— Pourquoi ?

Red désigna le bar.

— Rien ne rend une mère plus heureuse que de voir son enfant suivre son cœur.

Le regard de Bullet était rivé sur Finlay et il avait ce qui ne pouvait être décrit que comme un sourire niais sur les lèvres. Les entrailles de celle-ci fondirent. Elle ne pensait pas qu'il soit possible que Bullet fasse quoi que ce soit pouvant être confondu avec de la niaiserie, mais ce sourire indiquant qu'il était complètement fou d'elle, lui prouvait qu'elle avait tort. Et la *niaiserie* n'avait jamais semblé être aussi *sexy*.

TANDIS QUE la soirée avançait, Bullet observa sa belle petite amie gérer la foule et certaines choses devinrent claires à ses yeux. Il devait refouler le pincement de jalousie qu'il ressentait chaque fois qu'elle souriait à un autre homme. Peu importe à quel point il aurait aimé l'avoir rien que pour lui, Finlay Wilson était une femme sociable et il ne voulait pas lui voler cette joie. Accepter la deuxième partie l'aidait à supporter la première. Il savait qu'il ne tuerait jamais le monstre aux yeux verts, même s'il n'avait jamais pensé qu'il existait vraiment avant que Finlay n'entre dans sa vie. Mais il avait fait face à suffisamment de situations douloureuses pour savoir que celle-ci était différente. Une douleur *plaisante*. Il baissa les yeux vers les lettres tatouées sur ses doigts, ornant chaque jointure : *T-U/E-S* sur sa main gauche et *E-N/V-I-E* sur la droite, écrites à l'envers, car le message n'était destiné qu'à lui. Il avait pensé qu'il aurait toujours besoin de ce rappel pour surmonter la douleur de savoir qu'il avait laissé un morceau de lui-même sur le champ de bataille, mais maintenant qu'il avait trouvé Finlay, il n'avait pas besoin de mots pour y parvenir. Elle illuminait des parties de lui dont il ignorait l'existence jusque-là.

Les grandes mains de son père apparurent sur le bar en face de lui. Les mains qui l'avaient un jour porté dans les rues, qui lui avaient appris à lancer une balle, à monter à vélo et plus tard, à conduire une moto. Les mains qui lui avaient appris l'importance des étreintes et la force d'une poigne. Les mains qui étaient maintenant ridées et couvertes de taches de vieillesse et qui ne l'avaient jamais touché pour une gifle ou une fessée, même si Bullet savait qu'il les avait souvent méritées. Mais Biggs ne fonctionnait pas ainsi. Non, les leçons étaient pratiques. Combien de fois son père avait désigné du menton un homme qui disait des choses terribles à une femme avant de pointer Bullet du doigt et de dire : « *Les hommes n'ont pas besoin de rabaisser qui que ce soit pour faire valoir un argument. Si tu as un problème avec une femme, tu poses tes fesses et tu lui parles les yeux dans les yeux. Écoute ce qu'elle a à dire. Compris ? Une grande partie du temps, elle aura raison. Et quand ce n'est pas le cas, elle mérite le respect pour avoir dit ce qu'elle avait à l'esprit.* » Des leçons plus dures venaient quand Biggs le sortait du lit pour reconduire un client ivre chez lui ou pour lui dire de mettre ses fesses sur sa moto et de retrouver les Knights quelque part en ville où ils tenaient tête à une forme de problèmes ou une autre.

Bullet croisa le regard sérieux de son père et il se demanda comme il aurait pu avoir de la rancœur envers l'homme qui ne lui avait pas seulement donné la vie, mais qui avait fait tout ce qu'il pouvait pour lui apprendre à différencier le bien et le mal.

— Ta petite copine est une sacrée vendeuse, dit doucement Biggs.

Il fit un signe de la tête en direction de Finlay, qui était assise à une table avec Dixie, Gemma, Crystal et Penny pendant que Red, Chicki et deux autres femmes des membres du club se penchaient par-dessus les épaules des filles. Elles discutaient de la collecte de fonds depuis que la foule avait diminué.

— Elle a parlé avec tous les membres, ce soir, elle a fait en sorte que les entrepreneurs acceptent d'organiser une sorte de loterie pour les Beckley. Digger vend aux enchères douze heures de son temps personnel, équipement inclus. Et Bud offre la livraison d'un bouquet par mois pendant un an. Tu pourrais me donner une bière ?

— Bien sûr, P'pa.

Tandis que Bullet remplissait une chope givrée, Biggs continua de lui raconter ce que Finlay avait accompli.

— Butcher met aux enchères une côte de bœuf. Bon sang, fiston ! Elle a utilisé son joli sourire pour convaincre Rebel et deux autres pompiers de se mettre dans une cuve d'eau que Crow va construire. Elle a rassemblé des vendeurs de billets et tout. Et ta copine ne s'arrête pas là. Les filles et elle ont l'intention de rendre visite aux entreprises locales et de les faire participer. Ça pourrait bien être le plus grand événement à avoir lieu à Peaceful Harbor depuis des années.

— Elle est vraiment incroyable ! dit fièrement Bullet.

Son père leva sa bière pour porter un toast et dit :

— Elle fait des miracles, si tu veux mon avis. Nous n'avons pas eu autant de monde depuis des années.

— Les gens aiment manger.

La moustache de Biggs remua et un sourire en coin apparut

sur son visage.

— Ils disent que le cœur d'un homme se gagne par son estomac. Nous savons tous les deux que ce n'est pas vrai. Nous avons des parties qui ont bien plus besoin d'attention que nos estomacs.

Il but une gorgée de sa bière.

Bullet émit un petit rire. Biggs n'avait jamais été du genre à mâcher ses mots.

— Non, dit son père. Ce n'est pas la nourriture qui a amené tout ce monde ici ce soir. Ça a aidé, bien entendu. Finlay sait cuisiner comme personne. Mais la rumeur selon laquelle le Whiskey's a une nouvelle fille à bord s'est répandue et elle a le chic pour faire en sorte que tout le monde se sente spécial.

— P'pa, elle n'est pas ici pour toujours. Tu le sais, pas vrai ?

Son père but une autre gorgée de bière et son visage redevint sérieux.

— Je le sais. Mais je pense que tu devrais certainement arranger ça.

Bullet secoua la tête et croisa les bras, se préparant pour une bataille intérieure.

— Ma copine ne va pas passer ses nuits dans un bar.

Il voulait que Finlay soit avec lui à chaque seconde, mais peu importe à quel point il désirait cela, il savait que ce n'était pas ce qu'il y avait de mieux pour elle. Elle rêvait de développer son entreprise de service traiteur et elle n'était pas venue à Peaceful Harbor pour abandonner ses rêves.

— Elle a une entreprise de service traiteur à monter. Bon sang, P'pa ! Nous allons venir dimanche pour qu'elle puisse utiliser la cuisine pour préparer un événement.

— Tu viens dimanche ? Tu ne vas pas faire de la moto avec tes frères ?

Biggs enroula ses doigts autour de la partie supérieure de sa canne et se mit sur pieds.

— Peut-être pendant qu'elle sera à l'événement, mais le dimanche est mon seul jour de congé. Si elle est ici, je serai ici.

Le regard de son père se baissa du torse de Bullet à ses mains.

— Parfois, les mots prennent un nouveau sens et ce qui ressemble à une pénitence se transforme en célébration.

Il fit signe à Bullet de tendre les bras par-dessus le bar et lui donna une accolade étrange d'un seul bras.

— Je t'aime, fiston, et si je ne te le dis pas assez, je suis sacrément fier de toi. Je l'ai toujours été.

Bullet s'éclaircit la gorge, essayant de réprimer la bouffée d'émotions que le compliment de son père avait provoquée. Il observa Biggs se diriger d'un pas boiteux vers Red et l'attirer dans ses bras. Il dut dire quelque chose de charmeur, car le regard de sa mère s'adoucit et elle toucha sa joue avant de poser ses lèvres sur les siennes. Bullet détourna le regard, ses yeux trouvant immédiatement sa petite amie, et les mots de son père se frayèrent un chemin dans son esprit. *Parfois, les mots prennent un nouveau sens et ce qui ressemble à une pénitence se transforme en célébration.*

Il avait une bonne raison de célébrer la vie et elle était assise de l'autre côté de la pièce, tenant son téléphone. Les filles et elles parlaient en appel vidéo.

Aussi rapidement que les mots de son père lui étaient revenus, ils furent noyés par une autre pensée. *Elle n'est pas ici pour toujours. Tu le sais, pas vrai… ? Je le sais. Mais je pense que tu devrais certainement arranger ça.*

Peut-être que son père n'avait pas parlé des tatouages sur ses doigts, après tout.

Finlay tourna la tête, comme si elle avait senti le poids de son regard, et elle lui fit signe d'approcher.

— Bullet ! Nous voulons te demander quelque chose !

Il se dirigea vers la table et passa ses doigts dans les cheveux de Finlay.

— Qu'y a-t-il, Lollipop ?

— Lollipop ! sortit du téléphone avec un petit rire.

Il reconnut la voix de l'amie bavarde de Finlay, Isabel. Elles parlaient souvent et il l'appréciait : elle était explosive.

— Combien de coups de langue il faut pour que la douce *Fin…* ?

— Izzy ! l'interrompit Finlay, provoquant les rires de tout le poulailler.

Bon sang ! Il ne voulait pas être impliqué dans cette fête de poules. Il commença à s'éloigner et Finlay agrippa l'arrière de son T-shirt.

— Attends, s'il te plaît.

Elle jeta un regard noir à Isabel.

— Elle va bien se comporter. Elle a juste bu trop de vin.

Isabel leva un verre à pied vide.

— C'est possible, mais je l'aurais dit quand même parce que c'est drôle.

— Et si nous ne parlions *pas* de mes parties féminines ?

Il jeta un coup d'œil à Finlay, qui affichait un sourire tellement radieux qu'il ne put s'empêcher de sourire aussi.

— Qu'y a-t-il, mon ange ?

— Nous étions juste en train de penser que si nous engageons du personnel de cuisine, nous pourrions avoir besoin d'un autre barman et d'une serveuse et nous envisagions d'engager Izzy. Elle pourrait travailler pour mon entreprise de service traiteur à mi-temps et ici pour un deuxième mi-temps.

Égoïstement, Bullet se dit qu'il pourrait réduire ses heures. Il se tourna vers Dixie, puis sa mère, et le nœud coulant de la culpabilité se resserra à nouveau. Il avait besoin d'un satané clone pour protéger les gens qu'il aimait afin de pouvoir passer plus de temps avec la personne la plus chère à son cœur.

— Et si nous en parlions dimanche ? suggéra Red.

Dimanche. C'est mon seul jour de congé et je vais passer la plupart du temps sans Finlay.

Dimanche allait être sacrément naze.

CHAPITRE DIX-SEPT

LE DIMANCHE ARRIVA AVEC une baisse soudaine des températures et un vent féroce. Finlay avait vécu pendant si longtemps à Boston qu'elle avait oublié que dans le Maryland, il pouvait faire aussi chaud que dans les enfers un jour et assez froid pour porter un pull le lendemain. Elle avait beau être impatiente de réaliser le service traiteur pour la fête prénatale, elle avait vraiment envie de se blottir sur le canapé avec Bullet, d'oublier le reste du monde et de disparaître en lui toute une journée. Étant donné que ce n'était pas possible, elle accrocha son manteau de pluie, enfila l'un de ses tabliers sur sa minirobe gris et blanc à longues manches et elle commença à déballer les courses pendant que Bullet les portait dans la cuisine du Whiskey's. Sa famille n'était pas encore arrivée et elle espérait avoir terminé la plupart de ses plats au four avant leur réunion.

Ensuite, Bullet était censé partir à moto avec ses frères. Elle avait l'impression qu'il en avait besoin, car il avait été un peu plus nerveux que d'habitude cette semaine-là ; il s'était réveillé plus tôt et il avait été irrité par le travail. Le seul moment où il semblait complètement en paix était le matin. Il ne partait pas travailler avant onze heures, ce qui leur donnait plusieurs heures ininterrompues ensemble. Lorsqu'il revenait à la maison le soir, une fois qu'elle était dans ses bras, leurs mondes se retrouvaient comme un long soupir qui n'avait que trop tardé, drainant la tension de son corps et apaisant tout le désir qui était monté en elle pendant la journée.

— Tu vas quand même aller faire un tour à moto avec ce temps ? demanda-t-elle en étalant les courses et les ustensiles.

Ils s'étaient rendus au *Snake Pit* la veille avant que Bullet ne commence à travailler. Comme Chicki l'avait promis, ils avaient visité la cuisine, qui était trois fois plus grande que celle du Whiskey's, et elle avait parlé des menus avec le chef. Avant qu'ils ne partent, plusieurs hommes avaient demandé à Bullet quand il participerait de nouveau à une balade à moto et ses réponses avaient été vagues.

— Si le temps se dégage.

Le jeune homme retira sa veste en cuir et la jeta sur une chaise. Ses tatouages sortaient des manches de son T-shirt noir délavé. Il passa une main dans ses cheveux épais et secoua l'eau de pluie. Une chaîne pendait de la boucle de sa ceinture jusqu'à sa poche arrière, donnant presque l'impression qu'il portait des accessoires avec ses bagues en argent.

L'idée que son homme porte des accessoires amusa Finlay. La garde-robe de Bullet était composée de jeans sombres, de T-shirts délavés et d'une multitude de bracelets en cuir et de brassards de poignets. Il portait toujours deux ou trois crânes ou bagues en métal martelé, mais elle savait que cela n'avait rien à voir avec l'esthétique. Elle était sûre qu'ils avaient tous une signification, car s'il y avait une chose qu'elle savait à propos de Bullet, c'était que tout ce qu'il ajoutait à son corps était délibéré.

Il se plaça derrière elle et enroula ses bras autour de sa taille. Il faisait toujours cela : il la touchait, l'embrassait, en voulait davantage. Et comme elle avait toujours envie de le toucher aussi !

— Tu as dit que cette fête prénatale va durer jusqu'à quatorze ou quinze heures ? Si je fais un tour à moto, je m'assurerai de revenir à cette heure-là.

— Ne raccourcis pas ta balade. Tu n'as pas besoin de réorganiser ta vie en fonction de moi. Je serai disponible quand tu reviendras. Amuse-toi et profite du temps passé avec tes frères.

Elle se retourna dans ses bras et l'agitation dans son ventre, qu'elle avait appris à anticiper quand ils étaient proches, monta dans sa poitrine. Elle se délecta de cette sensation.

— Je me suis amusé et j'ai profité du temps avec mes frères pendant plus de trente ans.

Il posa ses lèvres sur les siennes, l'emportant dans un baiser délicieux qui la souleva sur la pointe des pieds. Il effleura sa joue avec sa barbe et dit :

— J'adore quand tu fais ça.

— Quand je suis tout émoustillée ? le taquina-t-elle.

— Quand tu te mets sur la pointe des pieds, comme si tu ne pouvais pas te rassasier de moi.

Elle n'avait jamais eu besoin de qui que ce soit auparavant, mais plus Bullet et elle se rapprochaient, plus elle se rendait compte qu'elle avait toujours eu besoin de lui. Elle s'était absorbée si profondément dans le travail au cours des dernières années qu'elle n'avait pas réalisé qu'elle avait entretenu un tel néant. Bullet, et même Tinkerbell, la complétaient comme rien ni personne ne l'avait jamais fait. Qu'ils se promènent ou que Bullet travaille sur l'une de ses motos dans le garage pendant qu'elle restait assise à proximité pour préparer les menus et les emplois du temps de la cuisine, ou qu'ils soient allongés dans les bras l'un de l'autre sous les étoiles, ce qu'elle pensait qu'ils ne pourraient pas faire très longtemps à cause de l'arrivée de l'automne, ils étaient tous les trois, ensemble. Et ils étaient heureux.

Nous plantons nos racines.

— Je ne me rassasierai jamais de toi.

Elle l'attira vers elle pour un autre baiser.

Un peu plus d'une heure plus tard, Dixie entra par la porte arrière, ses cheveux flamboyants volant autour de son visage à cause du vent. Finlay regarda par-dessus son épaule en mettant le saumon royal sauvage, les salades, les épinards grillés et la sauce au yogourt et à la coriandre dans le réfrigérateur.

— Wouah ! Je m'attendais presque à ce que la Méchante sorcière de l'Ouest entre.

Dixie retira sa veste et l'accrocha sur le portemanteau situé à côté de la porte.

— Il y a tellement de vent dehors ! Je crois que nous devrions avoir des options en intérieur pour la collecte de fonds, juste au cas où.

— J'espérais que ça se calmerait, dit Finlay en commençant à décorer le glaçage de sucre de la pizza biscuit avec des tranches de fraises et de kiwis.

Dixie regarda les cupcakes roses et bleus dans une boîte de traiteur sur le plan de travail ainsi que les gâteaux en forme de hochets aux Oreo et les biscuits en forme de cacahouètes qui refroidissaient sur des supports à côté de l'évier où Bullet pelait des œufs durs. Elle posa une main sur l'épaule de son frère et dit :

— Tu te comportes tellement comme un homme d'intérieur que je te reconnais à peine.

— Finlay m'a acheté avec du sexe.

Il adressa un clin d'œil à cette dernière.

— Ce n'est pas vrai !

Elle sentit ses joues brûler. Quand Bullet l'avait posée sur le plan de travail et qu'il avait essayé de *la* manger pour le déjeuner, elle avait promis de *jouer avec son sifflet* plus tard s'il la laissait finir de cuisiner. Elle ne pouvait pas vraiment assister à l'événement en sentant le sexe. Même si elle avait appris la leçon quand Bullet l'avait prise au mot lorsqu'elle avait dit qu'elle pourrait le faire *n'importe où* et qu'elle avait toujours une culotte de rechange sur elle. Parfois, c'était suffisant, mais quand il la *dévorait*, elle s'excitait tellement qu'elle avait besoin d'une douche complète ensuite, une douche *froide*, sans quoi les répliques étaient presque suffisantes pour la faire jouir à nouveau.

Les portes du bar s'ouvrirent et Bones entra, vêtu de sa veste en cuir noire, un casque de moto à la main et le reste de sa famille sur les talons.

— Bon sang, il fait moche, dehors ! Mais ça sent sacrément bon, ici !

Bones posa son casque et passa un bras autour de Finlay pendant qu'elle préparait le glaçage pour les gâteaux de naissance, les biscuits en forme de cacahouètes qu'elle décorerait pour qu'ils ressemblent à des bébés emmaillotés. La moitié des gâteaux serait bleue et l'autre rose, avec des pépites de chocolats à la place des yeux.

— Qu'as-tu fait de mon frère ? Il va bientôt porter une robe et un tablier.

Bullet lui adressa un regard noir.

Finlay murmura :

— Je l'ai acheté avec du sexe.

Bones écarta Bullet de l'évier.

— Donne-moi ces œufs, bon sang !

Bullet le saisit par l'arrière du col et le tira loin de l'évier avec un regard si sombre que Finlay eut peur d'avoir vraiment causé des ennuis.

Bones leva les bras en l'air et rit.

— Je déconne, frérot.

Il poussa l'épaule de son aîné si fort que ce dernier le lâcha, le visage toujours sombre.

— Bones a décidé de mourir !

Bear s'affala sur une chaise derrière la table.

Dixie rit en se dirigeant vers la porte du bar.

— Je vais chercher les livres de comptes dans le bureau. Je reviens tout de suite.

Red se faufila à côté de Finlay et dit :

— Il y a trois choses avec lesquelles tu ne peux pas plaisanter dans notre monde. Les femmes, les motos et la famille.

— Je ne voulais pas causer d'ennuis, dit Finlay. C'était une blague.

— Tu n'en as pas causé, chérie, lui assura Red. Bones l'a fait. Il sait que Bullet agit comme s'il avait un énorme problème, dernièrement.

Finlay nota mentalement qu'elle ne devait pas sortir de sa zone de confort et les taquiner de nouveau de la sorte. Elle était surprise que Red ait remarqué la nervosité de Bullet et elle se demanda si elle avait une idée de ce qui la causait. Elle avait essayé d'interroger son petit ami à ce propos mais il avait écarté toute question, à chaque fois, en changeant de sujet.

Biggs s'assit derrière Bear et pointa sa canne vers Bones.

— Arrête les conneries ! Un jour, Bullet va te les faire payer et tu vas le regretter.

La culpabilité transperça Finlay. Elle savait que Bullet et Bones avaient une connexion spéciale et elle ne voulait pas la gâcher.

Les lèvres de son homme s'étirèrent et il leva les poings vers

Bones, qui les frappa des siens.

Le soulagement envahit la jeune femme. Elle emporta un plateau de biscuits vers le plan de travail, se distrayant en étalant du glaçage rose sur la partie inférieure de chacun d'eux et créant de petits rubans roses sur la partie supérieure pour confectionner les bébés.

Bullet essuya ses mains sur une serviette.

— Désolé, mec, dit-il à Bones.

— Pas de problème.

Bones se pencha sur le plan de travail.

— Le temps est censé s'éclaircir avant midi. Tu viens avec nous ?

Bullet hocha la tête.

— Quelques heures.

Dixie revint avec les livres de comptes et Bear dit :

— On va mettre tout ce beau monde sur les routes. Dix ?

Un regard gêné passa sur le visage de la jeune femme. Elle croisa les bras, les décroisa, puis les croisa à nouveau. Finlay attendit une explication, car Dixie avait rejeté tous les candidats qu'elle avait rencontrés pour les postes de cuisiniers, trouvant des défauts à chacun d'entre eux.

— Nous n'avons pas encore pourvu les postes, expliqua celle-ci. Fin a passé toute la semaine à s'occuper des entretiens et les candidats sont tous qualifiés. Mais ils ne me semblaient tout simplement pas convenir. Je ne suis pas sûre de vouloir engager un inconnu.

— C'est toi qui l'as voulu, lui rappela Bullet.

La rudesse de ce commentaire secoua Finlay. Elle avait presque oublié qu'il ne voulait pas qu'elle travaille au bar au début. Il voulait encore moins agrandir l'établissement.

Elle se concentra sur les yeux en pépites de chocolat qu'elle ajoutait sur les biscuits.

— Je sais et, papa, je sais que tu tiens à cet agrandissement pour que nous conservions un héritage pendant plusieurs générations, mais tu as vu le monde qu'il y avait l'autre soir, quand Finlay a organisé la séance de dégustation ?

— Un peu, que j'ai vu ! dit Biggs. Finlay a une sacrée réputation dans le coin.

— Nous ne cherchons plus juste à engager un cuisinier et un plongeur.

Dixie adressa un regard implorant à Finlay et celle-ci comprit enfin ce qu'il se passait.

Sa complice était aussi inquiète qu'elle à propos du personnel.

Elle essuya ses mains sur une serviette et dit :

— Elle a raison. La quantité de clients qui sont venus l'autre soir m'a inquiétée aussi. C'était génial, mais inquiétant.

Bullet tendit la main vers elle et quand elle s'approcha de lui, il enroula son bras autour de sa taille. Elle adorait son soutien et elle ne savait pas trop s'il avait remarqué qu'elle était nerveuse ou s'il voulait juste la tenir contre lui, mais elle avait l'impression qu'il s'agissait des deux.

— Nous avons commencé par chercher deux cuisiniers et deux plongeurs à mi-temps pour pouvoir proposer un roulement, mais vu le monde de l'autre soir, alors qu'on n'avait pas du tout fait de publicité, je crois que vous avez besoin de bien plus de main-d'œuvre que ce que vous vouliez au départ.

Elle avait l'impression de les laisser tomber, même si elle savait que c'étaient les affaires et qu'elle n'avait fait qu'évaluer leurs besoins.

— Je vous avais dit que je pensais que c'était une mauvaise idée, dit Bullet.

Biggs leva la main pour le faire taire.

— Écoutons ce que Finlay a à dire.

Elle adressa un regard confus à Bullet.

Il l'embrassa sur la tempe et ajouta :

— C'est bon, Lollipop. Vas-y.

Elle respira un peu plus facilement.

— Je pense que vous devez décider ce que vous voulez vraiment gagner de cet agrandissement. Je crois que l'objectif était d'augmenter les bénéfices et je pense que vous pouvez le faire à une échelle plus ou moins grande, en fonction de ce que vous souhaitez. Jed ne travaille qu'à mi-temps et Bullet travaille déjà plus de soixante heures par semaine. Dixie et Red ne peuvent pas faire le service à plein-temps sept jours sur sept. Alors, si vous proposez de la nourriture toute la journée, vous aurez probablement besoin d'au moins deux serveuses de plus, un autre barman à plein temps, deux cuisiniers à plein temps pour qu'ils ne dépassent pas plus de quarante heures par semaine et vous devrez encore embaucher des plongeurs. Et si vous allez par là, il est évident qu'il vous faudra aussi un *manager*, à moins que Bullet ne s'en charge. Dixie est plus que qualifiée, bien entendu, mais elle gère le garage, elle fait le service ici et elle se charge des comptes. Vous aurez besoin de quelqu'un qui gère les emplois du temps et je ne sais pas si vous avez déjà réfléchi à ça, mais les employés à plein temps devraient bénéficier d'avantages médicaux et de vacances, aussi.

Bullet et Bear secouèrent la tête.

— Ça me semble juste, dit Red.

— C'est ce qui m'inquiète, expliqua Dixie. Dans ce cas, notre affaire de famille se transformera en quelque chose de bien plus grand et ce ne sera plus pareil. Je crois que Bullet avait raison à ce sujet.

— Vous avez une autre option, dit Finlay. Par exemple, vous pourriez proposer de la nourriture uniquement pour le déjeuner. Dans ce cas, il vous faudrait un cuisinier et un plongeur, disons de midi à quinze heures ou quelque chose comme ça. Vingt heures par semaine devraient suffire. Je pense qu'il vous faudra quand même un cuisinier de renfort au cas où le titulaire tombe malade, qu'il se blesse ou qu'il parte en vacances. Ou vous pourriez ne proposer que le dîner, mais il a tendance à amener plus de monde, d'après mon expérience, et il vous faudrait certainement plus de personnel de bar.

— Finlay, que préférerais-tu si tu travaillais ici ? Quelles heures ? demanda Biggs.

— Moi ? Eh bien, je pense que vous pourriez trouver des employés qui préfèrent travailler pendant la journée plutôt que le soir, alors je dirais probablement l'heure du déjeuner.

Bullet raffermit sa prise sur elle.

— Elle n'est pas revenue vivre ici pour travailler au bar.

— Il ne me demande pas de faire ça, dit-elle. Mais j'aime être ici. J'aime les gens et comme ça, je passe plus de temps avec ta famille et toi. Je crois que c'est un super endroit où travailler. C'est amical et c'est vrai, la clientèle est plus rustre que ce à quoi je suis habituée, mais ils sont gentils et drôles et...

— Reste, dit Biggs.

Finlay sursauta.

— Pardon ?

Biggs haussa les épaules.

— Tu es déjà là. Tu connais les clients. C'est toi qui as fait les menus. Tu sors avec notre garçon, c'est comme si tu faisais partie de la famille. Reste. Organise tes heures comme tu veux.

— Travailler ici ?

Elle réfléchit à cette idée. C'était fantastique de travailler avec Bullet et elle pensait sérieusement tout ce qu'elle avait dit sur les clients. Si elle choisissait un mi-temps, elle pourrait quand même réaliser son service traiteur. Elle leva les yeux vers son petit ami, qui fronçait les sourcils, et son estomac se noua.

— Je… Je ne sais pas si c'est une bonne idée. Je n'ai pas eu le temps de trouver un endroit à louer pour mon entreprise de service traiteur. Ça me prendra certainement du temps, alors je ne peux pas m'engager à…

— Je ne veux pas que Finlay abandonne son service traiteur et elle ne travaillera pas la nuit, quel que soit le bar, dit Bullet.

Il regarda sa montre et murmura :

— Il faut que tu finisses, bébé. Tu dois partir sous peu.

Comment avait-elle pu se laisser distraire à ce point ? La proposition lui faisait tourner la tête et les commentaires de Bullet aussi. Il travaillait la nuit. Pourquoi ne voulait-il pas qu'elle soit là ?

— Je suis désolée, mais je dois vraiment finir, dit-elle à Biggs avant de recommencer à glacer l'autre plateau de biscuits.

Elle passa mentalement en revue les étapes : transformer les œufs durs en poussettes, utiliser le mélange farci pour les couvertures et les tranches de saucisses pour les visages de bébés, avec les pépites de chocolat pour les yeux. Elle pouvait finir en vingt minutes si elle se dépêchait.

— Je vais t'aider.

Red se dirigea vers l'évier.

— Je dois faire quoi avec les œufs ?

— Merci. Si tu peux les couper en deux et retirer le jaune, je pourrai préparer les œufs farcis et couper ces saucisses.

Elle désigna le plateau où elles étaient installées.

— Je me charge des saucisses, dit Dixie en saisissant un couteau.

— Merci, dit Finlay.

— Finlay, nous ne voulons pas que tu abandonnes le service traiteur non plus, dit Biggs. Tu peux utiliser cette cuisine pour ton entreprise et, comme je l'ai dit, décider des heures que tu veux.

Les yeux lui sortirent presque de la tête quand elle se tourna à nouveau vers eux. Dixie hocha la tête comme si c'était la meilleure idée du monde. Bear et Bones murmuraient entre eux, mais leur approbation était évidente. Son esprit était étourdi par les possibilités.

— Je…

Elle regarda Bullet, mais ne parvint pas à déchiffrer l'expression de son visage.

— Qu'en penses-tu ?

Il passa un bras autour de son épaule, attira son oreille contre sa bouche et murmura :

— Pas la nuit, Lollipop. S'il te plaît, garde-les pour nous. Et je ne veux pas que tu abandonnes ton service traiteur. Tu adores trop ça.

Son cœur gonfla.

— Mais sinon, ça te convient ?

Il hocha la tête et déposa un baiser sur sa joue.

— Tout ce que tu veux me convient.

— Vraiment ? demanda-t-elle doucement. C'est chez toi, ici, et je sais que tu ne voulais pas que je sois là, au début.

— Je veux que tu sois avec moi à chaque seconde, bébé.

— Qu'en dis-tu ? demanda Biggs.

Son cœur battait la chamade. Bullet voulait être avec elle et ils lui proposaient tant de choses d'un seul coup ! Elle s'obligea à contrôler ses émotions tumultueuses et à penser rationnellement.

— Ça pourrait être compliqué, répondit-elle enfin. Je ne veux pas vous laisser tomber, mais si j'étais la seule cuisinière, que se passerait-il si je tombais malade ? Et si j'étais engagée pour un service traiteur pour un événement dans l'après-midi qui était trop bien pour que je ne l'accepte pas ? Ça pourrait tous nous mettre dans une situation inconfortable.

La main de Red s'immobilisa sur la planche à découper.

— Une situation inconfortable ? Chérie, tu serais notre grâce salvatrice. Je ne pense pas que qui que ce soit ici veuille engager une équipe pour prendre le relais.

— D'accord, mais les clients doivent savoir qu'ils peuvent compter sur ce que vous proposez. Si vous proposez le déjeuner, quelqu'un doit être là pour cuisiner et si je tombe malade, je ne peux pas le faire.

Red et Biggs échangèrent un sourire complice, un sourire que Finlay ne comprenait pas.

— Chérie, cette affaire n'est pas un succès parce que nous la gérons avec rigueur, expliqua Red. Le Whiskcy's a tenu aussi longtemps grâce aux connexions que nous créons et au lien que nous avons avec la communauté. La confiance et ces connexions sont l'essence même de cette entreprise de famille et ce que nous espérions tous préserver quand nous avons pensé à l'agrandir. Avoir la bonne personne pour en tenir les rênes est bien plus important quee pouvoir servir le déjeuner un vendredi.

— C'est beaucoup à intégrer. S'il vous plaît, ne pensez pas que je suis ingrate, mais je peux prendre un peu de temps pour y réfléchir ? Pour parler à Bullet en privé ?

— Nous ne sommes pas pressés, dit Biggs.

— Mais elle, si, lui rappela son fils aîné.

Quinze minutes plus tard, celui-ci avait chargé le van de sa compagne, la pluie avait cessé et Finlay serrait tout le monde dans ses bras, y compris Bones, avant de promettre qu'elle prendrait vite une décision.

Bullet se pencha dans le van et l'embrassa.

— Ça va ? Tu sais où tu vas ?

— Oui. Merci pour ton aide. Et, Bullet, si tu ne veux pas que je travaille au bar, ce n'est pas grave. Ça ne me blessera pas.

— Je veux que tu sois avec moi. Je ne veux pas que ma copine travaille la nuit. Mais pendant la journée, ça me va, bébé. Plus tu es proche, plus je peux t'embrasser souvent.

Il mordilla son cou d'un geste joueur.

— Maintenant, va-t'en avant que je ne te jette à l'arrière de ton van et que je te fasse manquer ta fête prénatale.

— Tu ne peux pas me quitter avec cette idée en tête.

Elle l'agrippa par le col et l'attira pour l'embrasser à nouveau.

— Mon van n'a jamais été baptisé, alors pendant ta balade, peut-être que tu devrais penser à toutes les choses que tu aimerais me faire dedans.

Les yeux de Bullet devinrent noirs comme le charbon et de sa voix la plus innocente, elle dit :

— Ta, ta, mon cher. Je dois partir.

BULLET OBSERVA FINLAY qui s'éloignait. Puis il retourna dans la cuisine d'un pas raide, déterminé à exiger un changement dans ses heures de travail.

— Eh, Bullet !

Dixie prit quelque chose dans un placard et lui tendit une boîte rose.

— Finlay m'a dit de te donner ça plus tard, mais je pars dans une seconde.

Red et Dixie le regardaient d'un air impatient et la culpabilité le dévora à nouveau. Il ne pouvait pas réduire ses heures. Il devait être là pour les protéger pendant qu'elles faisaient le service. *Putain !*

— Ouvre-le, l'incita Dixie.

Il s'exécuta, regarda le biscuit en forme de cœur avec « B+F » écrit en glaçage bleu et rose et dit :

— *Putain !* Je dois partir.

Il se retourna pour sortir et se heurta au torse de Bear. Sans réfléchir, Bullet l'agrippa par son T-shirt et le souleva.

— Qu'est-ce qui te prend, Bullet ?

Bear le repoussa pour se libérer et son frère le lâcha.

— Qu'est-ce qui t'est remonté par l'anus et y est mort ?

— Je ne peux plus faire ça, putain !

Il fit les cent pas devant la porte, serrant la mâchoire pour éviter d'en dire plus.

— Faire quoi ? demanda Red. Qu'est-ce qui t'énerve à ce point, bébé ?

Bullet lui adressa un regard noir.

— Rien.

— C'est le plus gros mensonge que j'aie jamais entendu, affirma-t-elle, le poussant à la confrontation.

— Peu importe. Il n'y a pas de solution.

Il sortit en trombe et sa famille le suivit à l'extérieur. Il se retourna, prêt à leur faire leur fête, mais Biggs se plaça devant les autres en s'appuyant sur sa canne, une barrière qui absorba la colère de Bullet. Ce dernier se mordit la langue par respect pour son père.

— Parle-moi, fiston, dit celui-ci. Tu n'as plus de place pour garder d'autres démons en toi.

Bullet serra la mâchoire.

— Tu es une sacrée tête de mule, dit Biggs. Crache le morceau avant qu'il ne te tue.

Son fils aîné passa ses mains derrière son cou et leva le visage vers le ciel, fermant brusquement les yeux. Il n'avait jamais autant désiré quelque chose. Il essaya de lutter contre la sensation, il essaya de faire ce qu'il fallait et de se taire pour le bien de sa famille. Mais son amour pour Finlay était trop fort et les mots sortirent à toute vitesse.

— Je ne peux plus faire ça, travailler jusqu'à minuit cinq jours par semaine, ne pas avoir de temps libre pour être avec Finlay. Mais je ne peux pas réduire mes heures. Je suis foutu et il n'y a pas de solution.

— Il était temps, dit Bear entre ses dents.

— Quoi ? demanda Dixie. Nous étions tout juste en train de parler des heures de travail. Tu ne pouvais pas dire quelque chose à ce moment-là ?

Biggs leva la main sans se retourner pour la faire taire.

Bullet jeta un regard noir à sa sœur.

— Je ne peux pas réduire mes heures. Qui vous protégerait, Red et toi ?

— Nous protéger ?

Dixie dépassa Biggs à grands pas et se plaça juste devant Bullet.

— Je croyais que tu ne voulais pas être un héros.

— Dixie ! dit sèchement Red.

— Non, je ne vais pas la fermer !

Dixie croisa les bras et soutint le regard de Bullet.

— Je ne suis le héros de personne, bouillonna ce dernier.

— N'importe quoi ! Tu es la définition même du mot héros

de tous les points de vue. La question, c'est de savoir de *qui* tu veux être le héros.

— Je ne sais pas de quoi tu parles, bordel ! Quelqu'un doit vous protéger, Red et toi.

— Ah oui ?

Un air de défi monta dans les yeux de Dixie.

— Eh bien, j'ai des nouvelles pour toi ! Je peux me protéger moi-même et personne n'oserait s'en prendre à la femme du président des Dark Knights.

Bones et Bear s'approchèrent, se plaçant de chaque côté de Dixie. Les bras croisés, la tête haute. Bon sang, il les avait trop bien éduqués ! Il n'avait juste jamais imaginé qu'il devrait leur tenir tête.

— Elle a raison, Bullet. Personne ne va s'en prendre à elles dans notre bar, dit Bones. Tu t'en es assuré. Tu as construit des barreaux en acier autour de cet endroit. Tu as menacé tous ceux qui ne faisaient que *penser* à causer des ennuis. Tu as protégé les gens qui se trouvent dans ce bar pour les années à venir. C'est toi qui as fait tout ça, Bullet. Tu as donné une vie à notre famille et même plus. Ne vole pas à Finlay la vie que vous méritez.

— Tu as une copine, maintenant, frérot, dit Bear. Tu as raison de te sentir bouillonner de l'intérieur et de vouloir changer toute ta vie pour elle. Je sais ce que ça fait. Ça m'a frappé comme un camion quand je suis tombé amoureux de Crystal et c'est encore le cas chaque fois que je la vois. Écoute cette sensation, Bullet. Tu ne rajeunis pas et Dieu sait que tu t'es démené pour que cette femme splendide entre dans ta vie, mais ne gâche pas tout à cause d'un sens des responsabilités déplacé.

Bullet détourna le regard, dépassé par l'émotion.

— De qui tu veux être le héros ? demanda à nouveau Dixie. Le mien et celui de maman ? Ou celui de Finlay ? J'espère vraiment que tu vas faire le bon choix, parce que j'en ai sacrément marre que tu sois mon héros !

Elle secoua la main vers leurs frères et dit :

— Ça vaut pour vous tous. J'aimerais bien avoir un peu d'espace et Dieu sait que faire sortir Bullet du bar pendant quelques heures par nuit serait un bon début.

Elle sourit à son aîné et dit :

— Je t'aime, mais je fais une overdose de protection, derniè-rement.

Bullet secoua la tête.

— Si quoi que ce soit vous arrive, à Red et à toi, je ne me le pardonnerai jamais.

— La liste des choses que tu ne te pardonneras jamais est déjà trop longue, Bullet. Ne laisse pas le fait de perdre Finlay en prendre la tête, insista Bones.

— Je donnerais ma vie pour elle, dit honnêtement Bullet.

— Et si tu *vivais* ta vie *avec* elle, fiston ?

Biggs se plaça à côté de Bones.

— Ce serait un pas bien mérité dans la bonne direction.

Avalant le nœud dans sa gorge, il dit :

— Merci, P'pa.

Biggs hocha la tête et Red s'approcha de Bullet, les bras grands ouverts.

— Mon garçon grandit.

Elle le serra si fort dans ses bras qu'il rit.

— M'man…

— Tais-toi, gros nigaud, dit-elle. Laisse-moi être heureuse de voir qu'un autre de mes fils a trouvé la deuxième moitié de son cœur.

Le téléphone de Bullet sonna dans sa poche et sa mère le lâcha pour qu'il puisse le prendre. Le nom de Finlay apparut sur l'écran et il approcha l'appareil de son oreille.

— Qu'est-ce qui ne va pas, bébé ?

— Je suis partie si vite que j'ai oublié le saumon, les salades et la sauce. Ils sont dans le réfrigérateur. Tu as le temps de les apporter au 101 Kastler Street ?

— Pas de problème. J'arrive.

Il raccrocha et passa un bras autour des épaules de Dixie, suivant les autres à l'intérieur du bar.

— Tu penses que tu peux trouver quelqu'un pour prendre ma place de vingt heures à minuit mardi et mercredi ? Et de dix-sept heures à minuit vendredi et samedi ? Quelqu'un de grand et méchant ?

— Non, mais je peux demander à Jed et je suis sûre que Fin serait folle de joie si nous embauchions Isabel.

Elle sourit et dit :

— Tu fais ce qu'il faut, Bullet, même si je sais que tu as du mal à l'accepter. Tu m'as protégée toute ma vie. C'est au tour de Finlay, et plus important encore, c'est ton tour. Elle t'aime, Bullet. Je le vois dans ses yeux.

VINGT MINUTES PLUS tard, Bullet traversait un salon rempli de femmes et d'affaires pour bébé où il croisa le splendide regard bleu de Finlay. Les convives étaient rassemblées autour de Leesa Braden, qui essayait de calmer sa petite fille en train de crier. Le jeune homme posa les plats sur la table, à côté de Finlay.

— Merci beaucoup, dit-elle en se mettant sur la pointe des pieds pour l'embrasser sur la joue.

Tout va bien ? Il jeta un œil au bébé malheureux, se souvenant du jour où Truman avait ramené Lincoln et Kennedy à la maison pour la première fois après les avoir secourus d'une maison de crack où leur mère avait fait une overdose. Ils étaient effrayés et agités, mais quand Bullet les avait pris dans ses bras, ils s'étaient immédiatement calmés. Il ne savait pas si cela était dû à sa taille ou quelque chose comme cela, mais à ce jour, ces enfants étaient heureux quand ils étaient dans ses bras. Et Dieu sait qu'il adorait les y tenir.

— Le bébé de Leesa, Avery, est agitée depuis qu'elle est arrivée. Elle est nourrie au sein, alors elle ne voulait pas la laisser et la fête est pour l'une de ses meilleures amies.

Il s'approcha du groupe de femmes et elles s'écartèrent comme un paquet de cartes. Il hocha la tête en direction de Leesa, qu'il connaissait bien parce qu'elle était mariée à Cole Braden, l'un des cousins de Beau, qui vivait à Peaceful Harbor.

— Salut, chérie. Je peux essayer de calmer ton bébé ?

— Bullet ? Que fais-tu là ? demanda Leesa.

— Fin est ma copine. Elle a oublié quelque chose et je le lui ai apporté.

Il tendit les mains.

— Donne-moi ta princesse pour que tu puisses profiter de la fête.

— Euh, d'accord, mais elle passe un mauvais moment, dit Leesa avant de lui tendre le bébé.

Il installa la fillette sur son épaule et lui parla calmement.

— Ce n'est rien, chérie. Calme-toi pour Oncle Bullet.

Il étala sa main sur son dos, y dessinant des cercles lents. Tandis qu'il tournait en rond, le bébé se calma, mis à part quelques gémissements. Elle avait l'odeur nouvelle et fraîche d'une brise chaude en été.

— C'est ça, petite princesse. C'est bien, ma fille.

— Oh, mon Dieu ! dit une femme brune. Comment vous faites ?

— J'ai des jumeaux de huit mois qui auraient besoin d'un baby-sitter, si vous êtes libre, implora une petite blonde aux grands yeux marron.

— Attendez, dit anxieusement une autre blonde. J'ai un enfant de quatre mois qui souffre de colique. Je suis prioritaire.

Finlay observait Bullet d'un air amusé et rêveur. S'il avait eu le moindre doute à propos de sa décision de réduire ses heures et de l'endroit où il devait être le soir, ce regard le fit taire.

— Désolé, mesdames, mais mon temps libre est pris.

Et mon cœur aussi.

CHAPITRE DIX-HUIT

FINLAY SE RÉVEILLA au bruit de la sonnerie de Penny. Elle roula du côté du lit de Bullet et réalisa qu'elle était seule. Cela faisait deux semaines que le jeune homme avait parlé de réduire ses heures de travail et dix jours que Jed avait modifié son emploi du temps pour s'adapter au changement. Bullet était bien moins nerveux depuis et il dormait à nouveau profondément, c'est pourquoi elle fut étonnée de se réveiller dans un lit vide.

Elle tendit la main vers son téléphone à l'aveuglette et l'approcha de son oreille.

— Salut, Pen. Que se passe-t-il ?

— De toute évidence, tu n'es pas réveillée.

— Quelle heure est-il ?

Elle se tourna vers le réveil et vit qu'un post-it cachait les numéros. Elle le saisit et lut les lettres courtaudes de Bullet. *Retrouve-moi devant.*

— C'est l'heure de te lever, dit Penny un peu trop joyeusement. Je dois y aller. Je dois retrouver Tegan au Jazzy Joe pour un café. Je t'aime !

Elle raccrocha.

Le Jazzy Joe était un café en ville dirigé par les jumeaux Jasmine et Joe Carbo. Un café lui semblait une bonne idée à ce moment-là. Elle s'assit sur le bord du lit, se demandant ce qu'il se passait, puis elle alla dans la salle de bains et trouva un autre post-it sur le miroir.

Mets un jean et ces bottes à lacets sexy.

Elle ne put s'empêcher de sourire en allant aux toilettes et en se brossant les dents et les cheveux. Sa vie avait tant changé en si peu de temps ! Le matin suivant la fête prénatale, elle avait pensé que sa vie ne pourrait pas s'améliorer plus. Puis l'une des femmes à l'événement l'avait engagée pour le service traiteur d'une fête surprise pour sa mère et Bullet lui avait annoncé qu'il allait réduire ses heures de travail et lui avait dit que Dixie avait mentionné la possibilité d'engager Isabel. Finlay avait été absolument ravie et elle avait accepté de travailler à temps partiel avec les Whiskey le soir même. Au cours des deux semaines qui s'étaient écoulées depuis, elle avait établi et imprimé les menus et Isabel avait organisé un horaire *presque* à temps plein avec Dixie, ce qui lui permettait de travailler aussi avec Finlay. Elle avait déjà donné son préavis au restaurant à Boston.

Le samedi précédent, ils avaient compilé les derniers détails de la collecte de fonds qui aurait lieu deux semaines plus tard, après la balade caritative. Le frère de Sarah était sorti de l'unité de soins intensifs et avec un peu de chance, le bébé et lui pourraient quitter l'hôpital avant l'événement. La collecte aurait lieu sur la propriété du Whiskey's et ils en profiteraient pour annoncer l'ouverture du service restauration. Finlay cuisinerait et tous les bénéfices de la vente de nourriture ainsi que du rassemblement lui-même seraient versés aux Beckley.

Elle jeta un œil par la fenêtre de la chambre en direction du jardin en enfilant un jean moulant. Bullet et elle s'en étaient occupés ensemble le dimanche précédent. La passion qu'il avait pour la nature et pour elle n'avait pas de limites et elle adorait jardiner avec lui autant qu'elle adorait travailler avec lui au bar. Il était facile de voir que travailler de ses mains et se concentrer pour donner vie à quelque chose, s'en occuper, le regarder grandir était cathartique. *Tout comme le fait d'aimer Bullet.*

Tandis qu'elle nouait les lacets des bottes qu'il adorait et qu'elle enfilait un pull gris et confortable, elle se demanda quel tour il avait dans sa manche ce matin-là.

À l'étage inférieur, elle trouva une brioche à la cannelle de Pillsbury sur une assiette dans la cuisine avec des raisins secs en forme de *B* au-dessus et une tasse de café soluble. Il était tellement attentionné, mais elle ne put que rire en voyant que sa possessivité avait débordé sur le *B* au-dessus de la brioche à la cannelle. Elle n'aurait pas pu être plus amoureuse de lui. Elle mangea rapidement la brioche, s'enthousiasmant un peu plus chaque seconde, et elle avala son café d'une traite. Il était trop amer, mais Bullet s'était donné du mal pour le faire. Il aurait pu être épais comme de la boue, elle l'aurait bu quand même.

Elle mit la vaisselle dans l'évier et courut à l'avant de la maison.

— Bullet ?

Il sortit du garage vêtu de sa veste en cuir et de son jean, portant quelque chose derrière son dos.

— Mon ange est là.

Tinkerbell trotta vers Finlay et celle-ci s'agenouilla pour la caresser, se souvenant de la première fois qu'elle l'avait vue, quand elle avait crié, et du matin où elle était venue la rencontrer. Elle était terrifiée, mais Bullet et sa famille l'avaient aidée à se sentir en sécurité et ils n'avaient pas cessé depuis.

Bullet s'agenouilla à côté d'elle et l'embrassa sur la joue. Il avait coupé sa barbe, mais elle était encore assez longue pour la chatouiller.

— Salut, bébé. J'ai quelque chose pour toi.

— Ce « quelque chose », c'était un appel de Penny ?

Il eut un petit rire.

— Il fallait que quelqu'un te réveille.

Il lui tendit une boîte enveloppée dans du papier argenté et brillant autour duquel était enroulé un grand nœud rose.

— Elle m'a parlé de votre père et de ses cadeaux. J'espère que ça ne te dérange pas, mais j'aimerais poursuivre cette tradition de célébrer tes moments importants.

Les larmes montèrent aux yeux de Finlay.

— Bullet ? Pourquoi tu m'offres ça ? demanda-t-elle tandis qu'ils se levaient tous les deux.

Tinkerbell s'appuya sur sa jambe.

— Parce que tu es ma petite amie.

Elle dénoua le ruban et souleva le couvercle.

— Oh, mon Dieu ! C'est du cuir ?

Bullet prit la boîte tandis qu'elle soulevait une splendide veste de motard en cuir noire avec de grandes fermetures éclair argentées, tout comme la sienne, mais pour une femme.

— Retourne-la.

Elle s'exécuta et son cœur bondit. « Whiskey's » était brodé en script sur le dos.

— Tu m'as acheté une veste du bar ? Je l'adore.

Il posa la boîte et la serra dans ses bras.

— Ce n'est pas une veste de bar, bébé.

Une étincelle possessive brilla dans ses yeux.

— Tu me marques ?

Elle gloussa.

— Je te *protège*.

— On dirait plutôt que tu me revendiques.

Elle l'attira contre elle pour l'embrasser et dit :

— Je l'adore. Merci.

— Essaye-la.

Il la lui tint pendant qu'elle glissait ses bras dans les manches.

— Elle est tellement douce ! Elle me va ?

Il émit un son guttural et la souleva pour lui donner un baiser avide, lui coupant le souffle.

— Wouah ! J'aime recevoir des cadeaux de ta part.

— Tu es tellement sexy, bébé ! Sérieusement, je ne devrais pas te laisser sortir quand tu portes ce jean moulant et cette veste.

— Me *laisser* ? Il faut qu'on parle de ça ?

Il ricana et secoua la tête.

— Bien, parce que maintenant que j'ai vu ta réaction, je vais faire exprès de porter un jean plus souvent.

Le bras de Bullet s'enroula autour de la taille de Finlay et il la souleva pour l'embrasser à nouveau.

— Il se pourrait que tu ne sortes jamais de la maison si tu fais ça.

— Je ne suis pas sûre que ça plairait à mes employeurs. Tu sais, j'ai un vrai travail, maintenant.

— Ça ne dérange pas cet employeur que tu passes tout ton temps dans son lit.

Il la posa par terre et passa un bras autour de son cou.

— Viens, bébé. Nous allons faire un tour.

Il l'attira dans le garage jusqu'à sa moto noire et brillante et il tapota le siège en cuir.

— Monte, bébé.

— Je n'ai jamais fait de moto.

— Avant il y a quelques semaines, tu n'avais jamais fait l'amour à l'extérieur, et il y a deux nuits, tu n'avais jamais fait l'amour sur une machine à laver pendant qu'elle fonctionnait. Je crois me souvenir que tu as apprécié les deux, à tel point que nous avons dû recommencer.

Elle était incapable de nier le frisson qu'elle avait ressenti.

Il passa à nouveau ses bras autour d'elle et dit :

— Tu peux toujours me faire confiance, bébé. Je ne te mettrai jamais en danger et je te promets d'aller doucement.

Il plaça ses cheveux derrière son oreille ; son regard s'adoucit et, curieusement, s'intensifia en même temps.

— Je t'aime, Finlay, et je veux que tu sois avec moi quand je suis à moto. Tu peux faire ça pour moi, s'il te plaît ?

— Tu…

L'émotion lui noua la gorge.

— Je t'aime, bébé. J'aime la façon dont tu te bats pour ce en quoi tu crois. J'aime la façon dont tu crois en moi et dont tu aimes Tinkerbell. Je t'aime dans tes robes à volants et j'aime quand tu es allongée nue sous moi. J'aime tout de toi et je veux, j'espère que tu essayeras ça pour moi parce que la moto est une grande partie de ce que je suis.

Elle pouvait à peine respirer tandis qu'elle luttait pour empêcher ses larmes de couler.

— Je t'aime aussi.

Elle lança ses bras autour de son cou et il la souleva alors qu'ils riaient et s'embrassaient.

— *Tellement*, Bullet ! Je t'aime tellement !

— Moi aussi, bébé.

Baiser, baiser.

— Bon sang, c'est tellement bon de te le dire enfin !

— Pour moi aussi.

Elle l'embrassa à nouveau et tandis qu'il la posait par terre, elle dit :

— Je vais essayer de faire une balade à moto, mais si j'ai peur, tu t'arrêteras ?

— Toujours, bébé.

— Où allons-nous ? Tu as un endroit préféré où tu aimes rouler ?

— Non. J'ai toujours été chez moi sur la route.

Il fit entrer Tinkerbell dans la maison et donna une leçon de sécurité à moto à Finlay. Elle s'efforça de se concentrer, mais elle était occupée à se répéter silencieusement tout ce qu'il avait dit à propos de son amour pour elle pour ne jamais en oublier un seul mot. Lorsqu'il l'aida à monter sur la moto, qu'il lui donna un casque rose avec « Whiskey's » écrit en lettres cursives noires sur les côtés et qu'il dit : « Je l'ai fait faire pour qu'il aille avec ta veste », elle tomba encore plus amoureuse de lui. Les émotions étaient tellement intenses qu'elles montèrent en elle, l'envahissant jusqu'à ce qu'elle ne puisse plus les contenir.

— Je t'aime, murmura-t-elle. Je t'aime plus que ce que les mots ne peuvent l'exprimer, Bullet. Je veux juste te le dire encore et encore pour que tu ne l'oublies jamais.

— Je ne l'oublierai jamais, bébé. Mais j'espère que tu ne cesseras jamais de me le dire quand même.

Il l'aida à monter sur la moto, puis grimpa devant elle et lui montra comment se tenir à lui. S'enrouler autour de Bullet semblait aussi naturel que préparer un gâteau. Elle était à sa place avec lui, où qu'il soit.

— Tu es prête, mon ange ?

— Plus que jamais.

La moto rugit, vibrant comme le tonnerre sous elle. Cela avait beau être incroyablement bon, ça ne l'était pas autant que la façon dont le corps de Bullet grondait, vibrant à travers son dos et irradiant contre le cœur de Finlay.

— Je crois que je vais adorer ça ! cria-t-elle.

Il approcha la main de la jeune femme de sa bouche et y déposa un baiser avant de serrer davantage ses bras autour de lui et de mettre son propre casque.

Tandis qu'il descendait l'allée, elle eut l'impression de voler. Elle inhala l'odeur herbeuse et feuillue de l'automne, dont l'arôme était plus vif et plus vivant. Il s'arrêta au bout de la longue voie d'accès pour lui demander comment elle se sentait et elle leva le pouce. Il fit vrombir le moteur et tourna dans la rue principale, sortant de Peaceful Harbor et se dirigeant vers de nouvelles aventures.

BULLET S'ARRÊTA POUR vérifier que Finlay allait bien deux ou trois fois pendant le début de leur balade et il fut ravi de voir que non seulement elle ne paniquait pas, mais elle bouillonnait d'enthousiasme. La voir sur sa moto avec cette veste en cuir et ce casque était presque le meilleur aphrodisiaque qu'il ait jamais vu. Mais *rien* ne l'excitait plus que Finlay Wilson portant l'une de ses petites robes à volants et ce sourire lumineux.

Environ une heure après avoir quitté le port, il sortit de l'autoroute, se dirigeant vers une étroite route de montagne pour que Finlay expérimente également les voies secondaires. Le soleil s'était levé, leur offrant une journée splendide. Si Bullet avait roulé avec les hommes, il aurait continué pendant des heures, mais il avait beau être merveilleux de sentir Finlay collée contre lui, le jeune homme voulait la serrer dans ses bras. Il souffrait physiquement de l'amour qu'il ressentait pour elle. Comme si son cœur n'avait jamais vraiment fonctionné et qu'elle le faisait battre plus fort encore. C'était une douleur nouvelle et exquise, une douleur qu'il espérait ne jamais voir disparaître.

Il suivit les routes de montagne tortueuses jusqu'à ce qu'ils atteignent une prairie et que Finlay tire sur sa veste, lui indiquant qu'elle voulait s'arrêter. Il obtempéra et retira son casque, descendant de la moto pour voir sa petite amie au regard pétillant.

— Ça va ?

Elle tira sur son casque et il l'aida à l'enlever.

— C'était incroyable. *Fantastique.* C'était tellement romantique de me tenir à toi. Je ne peux pas l'expliquer, mais…

Elle se mit sur la pointe des pieds, toujours à califourchon sur sa moto, et elle posa ses lèvres sur les siennes.

— J'aimerais en savoir plus sur le romantisme pour toi, bébé.

Le sourire de Finlay lui traversa le cœur.

— Le simple fait de dire ça, c'est la chose la plus romantique dont j'aurais pu rêver.

Elle saisit sa veste et l'attira plus près d'elle.

— Je comprends, maintenant. Je comprends *tout*, Bullet. La proximité du club, la façon dont ces balades deviennent une partie de toi. La raison pour laquelle tu es nerveux parfois quand tu ne peux pas aller rouler.

— Je ne suis pas souvent comme ça avec toi, si ?

— Non, mais parfois, je vois que quelque chose ne va pas et ensuite, quand tu reviens à la maison après ton travail et que tu descends de ta moto, ça disparaît.

— C'est parce que je *te* retrouve à la maison, bébé.

Il la souleva de la moto et l'embrassa fermement. Il passa ses doigts dans les cheveux de Finlay et s'y agrippa à deux mains, inclinant son visage vers le haut pour pouvoir la regarder dans les yeux.

— Tu tues mes démons et tu me donnes l'impression que tout est possible. Je veux tout avec toi, Fins. Je veux des journées à moto et des nuits à faire l'amour jusqu'à ce que le soleil se lève. Et là, tout de suite, ma jolie, dit-il en la soulevant dans ses bras et en traversant la prairie, j'ai besoin de t'aimer.

Elle rit et l'embrassa tandis qu'il la portait à travers les fleurs et les herbes hautes jusqu'à l'autre extrémité de la prairie, à l'abri des regards des passants. Il la posa par terre, lui donnant un autre baiser sensuel.

— Ça te va, ici ? demanda-t-il contre ses lèvres.

Elle lui ôta sa veste sans hésitation ni gêne et cette confiance le tua presque. Il enleva son T-shirt et l'étala sur le sol. Leurs bouches s'unirent dans des baisers lents et aimants tandis qu'ils se déshabillaient l'un l'autre et qu'ils s'allongeaient sur l'herbe. L'air frais effleura leurs peaux, mais la chair de Finlay était chaude au toucher, splendide sous les rayons du soleil.

— Bon sang, je t'aime, bébé ! dit-il entre deux baisers insistants tandis qu'il aimait chaque centimètre de son corps, vénérant ses cicatrices et ce paradis divin entre ses jambes.

Il plaça ses jambes sur ses épaules, la dévorant, taquinant l'endroit spécial qui la faisait frémir et trembler. Elle lui tira les cheveux, tenant sa bouche contre son sexe gonflé tandis qu'il s'en rassasiait.

— S'il te plaît, Bullet.

Il lui souleva les hanches, sentant son orgasme monter dans sa respiration accélérée et la pression de ses cuisses. Il agrippa ses fesses, les tenant fermement de la façon qui rendait ses orgasmes encore plus intenses. Elle poussa un cri, son corps ruant sauvagement tandis qu'elle tombait en morceaux contre sa bouche. Il ne se calma pas, la saisissant plus fermement, plongeant sa langue plus profondément, jusqu'à la toute dernière pulsation de son orgasme. Puis, il mit un préservatif et la pénétra d'un grand coup.

— *Ah* ! cria-t-elle tandis que la bouche de Bullet se posait sur la sienne.

Elle suivait son rythme, accueillant chaque coup de ses hanches, chaque caresse de sa langue avec un mouvement impatient et aimant de sa part. Chaque inspiration qu'elle prenait, chaque bruit qu'elle faisait augmentait la passion de Bullet. De longs gémissements de capitulation sortirent d'eux quand ils cédèrent à leur amour. Tandis qu'ils s'envolaient vers les nuages, le jeune homme fut rempli d'une sensation incroyable de complétude.

Ils restèrent allongés ensemble un long moment ensuite, jusqu'à ce que Bullet n'ait pas d'autre choix que de briser leur connexion à contrecœur pour pouvoir s'occuper du préservatif.

Il aida sa compagne à mettre sa culotte et son pull et il enfila son caleçon, ayant encore trop chaud pour s'habiller. Puis, il s'allongea sur le dos, Finlay blottie contre son flanc. Elle plaça sa cuisse sur la sienne et passa ses doigts le long de son torse. Il enlaça leurs mains et embrassa les jointures de la sienne.

— Quand nous sommes proches, dit-elle doucement, j'ai l'impression que nous tombons dans ce monde à nous et que rien d'autre n'a d'importance, que rien d'autre n'existe. Tu crois que c'est terriblement égoïste ? Je veux dire, le monde réel est là. La pauvre Sarah lutte pour soigner sa famille et joindre les deux bouts et les gens dans le monde souffrent et nous, nous sommes là, dans cette prairie merveilleuse.

— Tu es la personne la moins égoïste que je connaisse.

— Ce n'est pas vrai. Ça, ce serait toi.

Elle libéra ses doigts et toucha sa bague en forme de crâne.

— Ça représente les Dark Knights ?

— Non. C'est celle de mon grand-père. La deuxième appartenait à mon oncle Axel, le frère de mon père. Il est mort pendant que j'étais en mission et Bear me l'a gardée.

— Mais tu en portes trois, parfois.

— La troisième était à mon vieux. Il me l'a donnée quand je me suis engagé dans l'armée.

— Tu penses que tu parleras à ta famille de ton hospitalisation, un jour ? Tu leur diras la vérité, que tu as failli mourir ?

Il tourna son regard vers le ciel bleu et dégagé. Parler de son passé avec Finlay était plus facile à présent, étant donné qu'ils en avaient discuté plusieurs fois. Elle était trop curieuse pour laisser beaucoup de questions sans réponses et il savait que celle-ci la travaillait, non seulement parce qu'elle détestait les mensonges autant que lui, mais aussi parce qu'elle adorait sa famille. Son cœur était trop grand pour qu'elle laisse cela passer.

Elle se mit à califourchon sur lui et l'ange blond de Bullet lui sourit.

— Combien de temps tu es resté à l'hôpital ?

— Plusieurs semaines à l'hôpital et deux mois en convalescence. Je suis rentré environ huit mois après avoir été renvoyé à la vie civile.

— Tu ne répondras pas à ma question, pas vrai ? Tu ne me diras pas si tu vas leur en parler ?

Elle ne le dit pas d'un air accusateur. Elle le dit avec acceptation et sans jugement, et cela lui fit mal d'une toute nouvelle façon.

— Bébé, je peux trouver une centaine de raisons pour lesquelles je ne devrais pas le leur dire, mais pas une seule pour le faire.

Le visage de Finlay devint sérieux.

— Tu penses qu'ils seraient blessés s'ils savaient que tu ne le leur as pas dit dès le début ?

— Absolument. Ils voudraient connaître tous les détails et qui sait quel genre de merde ça pourrait faire remonter. Il y a certaines choses qu'il vaut mieux ne pas dire.

— C'est eux que tu protèges ou toi-même ?

De nouveau, elle ne portait aucun jugement, seul le besoin de comprendre brillait dans les yeux de Finlay.

— Honnêtement, les deux.

Elle hocha la tête et passa son doigt sur les noms tatoués du côté droit de son torse.

— Ça t'ennuierait de me dire à qui appartiennent ces noms ?

— Des frères tombés au combat. Des types que je n'ai pas pu sauver.

Elle plissa les yeux, baissant son visage pour pouvoir les regarder de plus près.

— Il y en a tellement que je peux à peine lire la plupart d'entre eux.

— Ils ne sont pas là pour que les gens les lisent. Ils sont là pour moi.

Elle croisa son regard.

— Je ne devrais pas essayer ?

— Si, bébé. Mon corps t'appartient. Vas-y.

Elle se déplaça pour s'allonger de l'autre côté et commença à murmurer les noms en les lisant et à déposer des baisers sur chacun d'eux.

— Dreamer.

Baiser.

— S. Nelson.

Baiser.

— Brinks. Michael Z.

Baiser. Baiser.

Il ferma les yeux face au pincement des souvenirs douloureux qui accompagnaient chacun d'eux. Quand il avait commencé à rendre hommage à ses frères tombés au combat, il ne savait pas s'il se souviendrait d'eux, mais chaque fois qu'elle prononçait un nom, il prenait conscience qu'il ne les oublierait jamais. Il n'avait pas très bien connu un grand nombre d'entre eux. Il en avait rencontré certains en mission, quelques minutes ou quelques heures seulement avant qu'ils ne soient tués. Il en connaissait d'autres depuis des années. Il écouta sa voix douce, se concentrant dessus plutôt que sur son chagrin.

— Daniel.

Baiser.

— Gunner.

Baiser.

— Chip. Buzz.

Baiser. Baiser.

— M. Martinez.

Baiser.

Sa main s'immobilisa sur sa peau et un frisson remonta le long de la colonne vertébrale de Bullet. L'air autour d'eux, l'atmosphère elle-même se refroidirent. Il ouvrit grand les yeux et saisit sa main, incertain ce qu'elle avait déclenché et craignant de retomber dans une reviviscence. Mais quand il croisa les yeux de Finlay, la peur qu'il vit en eux refléta le frisson qu'il avait ressenti. Ses mains tremblaient dans les siennes et il se redressa d'un coup.

— Que se passe-t-il ? Qu'est-ce qui ne va pas ?

— I. A. Rush… ?

Des larmes coulaient le long de ses joues.

Des gémissements sortirent de ses poumons et elle se détourna de lui, sanglotant dans ses mains. Il comprit. Il *comprit* simplement que c'était son petit ami, putain ! L'homme qu'elle avait perdu à la guerre. Il la mit sur ses genoux, la serrant pendant qu'elle pleurait.

— Bébé, je suis tellement désolé ! *Oh, bon sang*, Finlay ! C'est l'homme que je portais quand je me suis fait tirer dessus. J'ai essayé de le sauver.

Son esprit retourna sur le champ de bataille et il lutta contre la peur qui montait en lui, la colère incontrôlable qui le consumait quand il pensait à cette dernière bataille. Puis, comme s'il s'était placé devant un véhicule en mouvement, la compréhension s'abattit sur lui. Il avait tué le mec de Finlay, bordel !

— Ian Aaron Rush, c'était son nom, dit-elle à travers les larmes. Il se faisait appeler Aaron.

Elle enfouit son visage dans son cou, ses larmes trempant sa peau, son chagrin le noyant. Il se sentait mal, il avait besoin d'air. Sa tête tomba en arrière et il prit de longues inspirations douloureuses. Il était vaguement conscient qu'elle s'immobilisait contre lui, qu'elle posait ses mains sur ses joues.

— Bullet. Bullet ? Ce n'est pas grave. Tu étais avec lui. J'ai toujours pensé qu'il était mort seul. Mais tu étais là.

Ses mots le transpercèrent comme des fléchettes. Comment pouvait-il lui dire la vérité ?

Elle descendit de ses genoux, de la panique dans ses yeux larmoyants. Il s'agenouilla et fit entrer de l'air dans ses poumons.

— Bullet, respire, chéri. Respire. Tout va bien. Tu es ici, avec moi, pas là-bas.

Elle passa ses bras tremblants autour de lui, mais il se libéra et se leva, l'herbe pointue piquant sa peau. Il s'en fichait. Il méritait la douleur. *Meeerde !*

— Ce n'est pas une reviviscence. C'est la putain de vérité de tout ça !

La confusion monta dans le regard de Finlay.

— Je ne comprends pas.

— Je l'ai *tué*, Finlay. Si je ne l'avais pas porté, il n'aurait pas été touché à la poitrine et tu serais avec ton mec en ce moment, pas ici avec celui qui l'a tué.

Elle resta bouche bée, son corps entier tremblant.

— Non. Non, non, non ! Non, Bullet !

Elle se leva, soulevant rapidement ses pieds tandis qu'elle les posait sur l'herbe piquante et elle s'accrocha à nouveau à son T-shirt. De nouvelles larmes coulaient sur ses joues.

— Ne fais pas ça. Tu ne l'as pas tué. Aaron est mort à cause de la blessure à sa jambe. Elle a coupé une artère fémorale. Ils ont dit à sa famille qu'il avait d'autres blessures, mais que c'était celle de sa jambe qui l'avait tué.

Il essaya d'intégrer ce qu'elle disait, mais la tête lui tournait.

— J'étais là. Je l'ai regardé dans les yeux.

— Oui, c'est pour ça que je suis *soulagée* à ce point. C'est pour *ça* que je pleure. Sa famille et moi, nous avons toujours pensé qu'il était mort seul sur le champ de bataille. Mais ce n'est pas le cas, Bullet. Tu étais avec lui. Tu lui as tenu la main. Tu l'as réconforté à la fin.

Elle s'approcha de lui, mais il recula sous l'effet de l'incrédulité.

— Bullet… pourquoi tu fais ça ?

Il se détourna d'elle, se prit la tête entre les mains et planta ses talons dans le sol, les yeux fermés face au soleil éclatant.

— *Oh, putain*, Finlay !

Pouvait-elle avoir raison ? Pendant toutes ces années, il avait été certain d'avoir tué cet homme. Il secoua sa tête lancinante tandis que les bras de Finlay s'enroulaient autour de lui par-derrière.

— Tu ne l'as pas tué, Bullet. Ne te fais pas ça. Ne *nous* fais pas ça.

Il croisa ses bras sur les siens, le poids de ses mots s'écrasant sur lui comme des morceaux de verre, et il tomba à genoux.

— Tu ne l'as pas tué, lui dit-elle à l'oreille. Ne laisse pas sa mort te tuer.

Les larmes brûlèrent les yeux de Bullet tandis qu'elle posait sa tête sur l'arrière de son épaule en murmurant :

— Je t'aime. Tu ne l'as pas fait, Bullet. Je te promets que c'est vrai. Ce n'est pas ta faute.

Luttant contre l'émotion qui voulait être libérée, il prit une profonde inspiration, ne souhaitant pas complètement tomber en miettes devant Finlay.

— Je suis tellement désolé ! J'aurais voulu pouvoir le sauver.

Elle le contourna et monta sur ses genoux, ses bras autour de son cou, sa tête sur son épaule, et elle le serra contre elle.

— Personne n'aurait pu le sauver là-bas. Mais tu l'as réconforté. Et maintenant, tu as guéri la partie de moi qui était encore brisée, celle qui s'accrochait à l'image de lui seul alors qu'il laissait échapper son dernier soupir. Tu ne comprends pas, Bullet ? Personne ne pouvait sauver Aaron, mais maintenant que nous savons ça, peut-être qu'Aaron peut te sauver.

— Je n'ai pas besoin d'être *sauvé*.

— Pas *sauvé*. Ce n'est pas le bon mot, dit-elle rapidement. Tu peux permettre à sa famille de faire son deuil et ça pourrait t'aider à aller de l'avant et à enfin laisser derrière toi la culpabilité de ce terrible moment. Ed et Helen Rush vivent juste à la périphérie de Pleasant Hill, sur Mercer Street.

Il ferma les yeux, doutant que quoi que ce soit puisse apaiser la culpabilité qui l'avait étranglé depuis cette journée fatidique.

— Je ne sais pas si je peux le faire.

— Bien sûr que si ! Tu es l'homme le plus fort que je connaisse.

La colère explosa en lui comme un volcan, brusque et imparable.

— Arrête, Finlay ! Tu *sais* ce qui est en jeu pour moi. Je ne sais pas si voir sa famille et lui dire ce qu'il s'est passé là-bas va me refaire tomber dans une reviviscence ou pire, dans un stress post-traumatique complet. Et si c'est le cas, je ne sais pas qui je serai ni quand je m'en sortirai.

Il essaya de la faire descendre de ses genoux, mais elle refusa de le lâcher.

— Je viendrai avec toi. Je t'aiderai, proposa-t-elle. Tu n'as pas eu de problème pour me parler. Parler semble t'aider.

— Bon sang, Finlay ! Je viens de te trouver ! Je ne vais pas tout risquer pour une famille que je ne connais même pas.

Des larmes montèrent aux yeux de Finlay et elle déglutit difficilement.

— Ce sont des conneries, dit-elle doucement.

Le juron le frappa comme une balle de fusil de chasse.

— Tu te mets en danger pour des inconnus tout le temps et je crois de tout mon cœur que ça va t'aider autant que ça va aider sa famille. Autant que ça m'aide. Ce ne sont pas des inconnus pour moi, Bullet, et je ne te le demanderais pas si je pensais que je te perdrais. Mais de toute évidence, tu as accumulé beaucoup de culpabilité à propos de ce qu'il s'est passé là-bas et tu n'as plus à t'y accrocher. Pas maintenant que tu connais la vérité.

— Finlay…

Il aurait fait n'importe quoi pour elle, mais ça !

— S'il te plaît, penses-y pour moi. Pour nous. Je crois sincèrement que ça va t'aider à lâcher prise sur cette partie de ton passé.

Elle descendit de ses genoux et ils s'habillèrent en silence. Pour la première fois depuis qu'il était avec Finlay, il avait besoin d'être loin d'elle. Il avait besoin de s'éclaircir les idées. Il avait l'impression d'être sur le bord d'un ravin, que Finlay était enracinée sur la falaise d'en face et qu'un monde de cauchemars tordus s'étendait entre eux.

Le trajet de retour jusqu'à chez lui fut long et froid et quand Finlay descendit de sa moto, il la prit dans ses bras et dit :

— Je dois aller faire un tour, bébé. Je dois m'éclaircir les idées.

— Je sais, murmura-t-elle, et il la serra dans ses bras.

— Je suis désolé. Je veux être l'homme dont tu as besoin, mais je ne sais tout simplement pas qui je suis maintenant.

Plusieurs heures de supplice plus tard, bien après que l'obscurité avait chassé la lumière du jour, Bullet était assis devant la maison sombre, luttant pour donner un sens à tout ce qu'il avait appris, ayant besoin d'une ancre pour le stabiliser dans l'océan vertigineux de ses inquiétudes.

Il sortit son téléphone et appela Bones, qui répondit à la première sonnerie.

— Qu'y a-t-il, Bullet ?

— Je ne sais pas. Il m'est arrivé une merde. Le type que je portais quand je me suis fait tirer dessus était le petit ami de Finlay, mec.

Sa poitrine se serra.

Bones jura. Plusieurs longues secondes plus tard, il dit :

— Où es-tu ?

— Si je fais foirer ça, si je la perds…

Des larmes lui brûlèrent les yeux et il agrippa plus fermement le téléphone.

— Bullet, où est Finlay ?

Il leva encore une fois les yeux vers la maison, la douleur le transperçant à nouveau.

— N'éteins pas ton téléphone.

CHAPITRE DIX-NEUF

— TU ES SÛRE que je ne peux pas venir te voir ? demanda Penny pour la millième fois depuis qu'elle avait téléphoné, une heure auparavant.

— J'ai vraiment besoin d'être seule, répondit Finlay.

Elle s'allongea sur le canapé, roulée en boule dans la chemise en flanelle de Bullet, ayant besoin de se sentir plus proche de lui, Tinkerbell blottie contre elle. La chienne semblait sentir que quelque chose n'allait pas et elle était restée à ses côtés depuis qu'elle était arrivée plusieurs heures plus tôt. Elle avait commis l'erreur de répondre à l'appel de sa sœur et à présent, Penny et Isabel, que Penny avait ajoutée à un appel en conférence, ne voulaient pas la laisser raccrocher. Elles avaient appelé pour prendre des nouvelles de la première balade à moto de Finlay et celle-ci était trop bouleversée pour faire comme si rien ne s'était passé, elle leur avait donc *tout* dit. Depuis la balade merveilleuse jusqu'à la désolation de réaliser que pendant toutes ces années, Bullet avait cru avoir tué Aaron. Elle avait beau être reconnaissante qu'elles lui tiennent compagnie, elle ne voulait pas parler avec qui que ce soit d'autre que Bullet.

— Je devrais rentrer chez moi ?

Les larmes lui piquèrent à nouveau les yeux en pensant qu'elle ne serait pas là quand Bullet rentrerait.

— Vous pensez qu'il voudra être seul quand il reviendra ?

— Certainement pas, dit Isabel. Il a résolu les choses de la meilleure façon qu'il connaisse, mais il voudra que tu sois là, Fin. Sinon il t'aurait déposée chez toi.

La jeune femme caressa Tinkerbell, espérant qu'Isabel avait raison.

— Je n'aurais pas dû insister pour qu'il parle à la famille d'Aaron, dit-elle pour la centième fois.

Elle l'avait pensé deux fois plus souvent.

Elle avait essayé de se distraire pendant des heures avant que les filles ne téléphonent, mais elle était trop bouleversée même pour cuisiner, ce qui ne lui était jamais arrivé auparavant. Elle se sentait complètement perdue sans cet exutoire. Mais chaque fois qu'elle regardait la cuisine, elle se sentait malade d'avoir mis Bullet au pied du mur. Elle avait fait les cent pas et s'était roulée en boule sur le canapé. Elle avait même essayé de faire une promenade avec Tinkerbell, mais le jardin semblait trop grand et vide sans Bullet. Cela lui sembla amusant que son petit ami ait besoin d'espace et que sans lui, elle ait besoin d'être enfermée. D'être enveloppée dans son T-shirt, entourée par ses effets personnels, son odeur, son *énergie*.

— Oh, Fin ! dit Penny. Tu l'aimes tellement ! Je ne crois pas que tu lui demanderais de faire quelque chose si tu ne pensais pas qu'il était capable de le gérer.

— Mais il est *parti*, Penny. Il est tellement protecteur envers moi… Le fait qu'il soit parti aussi longtemps ne peut vouloir dire que…

— Qu'il réfléchit à ce que tu lui as demandé, dit catégoriquement Isabel. C'est tout ce que ça veut dire, d'accord ? Bullet est fou de toi et il a baissé sa garde, mais c'est encore *Bullet*. Il y a plus de murs en lui que ce que nous pouvons imaginer et en ce moment même, il est en train de voir s'il peut les escalader ou pas.

Finlay fixa le plafond des yeux, souhaitant pouvoir lui parler, effacer leur conversation. Elle avait écrit à Bullet plus tôt, mais elle savait que s'il roulait, il ne sentirait jamais la vibration.

— J'ai tout empiré pour lui. Après la journée la plus incroyable, j'ai tout gâché. Et s'il se refermait complètement ? Et si je l'avais fait passer par-dessus bord et qu'il ne retrouvait pas son chemin pour me pardonner ?

Elle se redressa, se sentant épuisée et trop triste pour rester au téléphone.

— Je vais raccrocher…

— Non ! crièrent Penny et Isabel.

— Désolée, les filles, mais j'ai trop de chagrin. J'ai juste besoin de temps pour – *me rouler en boule et pleurer* – réfléchir. Je vous aime. Je vous appellerai demain.

Après avoir raccroché, elle alla dans la chambre avec Tinkerbell et s'assit sur le bord du lit, regardant les post-its de ce matin-là. Bullet était tellement attentionné ! Si elle avait pris le temps de réfléchir plutôt que de voir un moyen pour qu'il libère sa conscience, elle aurait pu proposer d'en parler elle-même aux parents d'Aaron. Si Bullet ne pouvait pas supporter de le faire, alors le moins qu'elle puisse faire était de les aider à faire leur deuil.

Mais il en a besoin tout autant.

Vraiment ? Ou espérait-elle juste que cela aiderait ? Pouah ! Elle s'était posé la question trop souvent et elle ne pouvait même plus penser à une réponse.

Elle s'allongea sur le lit et Tinkerbell s'installa à côté d'elle. Elle saisit l'oreiller de Bullet et s'enroula autour, laissant couler les larmes qui étaient venues de manière intermittente toute la soirée. Elle ferma les yeux et quand le sommeil arriva, elle accueillit l'échappatoire.

LE RUGISSEMENT DU moteur de la moto noua la gorge de Finlay. Elle sortit du lit et descendit l'escalier en courant, Tinkerbell sur les talons. Elle traversa la maison à toute vitesse et sortit par la porte d'entrée tandis que Bullet descendait de sa moto. Elle se précipita vers lui, trébuchant presque sur Bones, qui était assis sur les marches. Elle avait oublié qu'il était là. Il était arrivé des heures auparavant, avant qu'elle ne parle à Penny et Isabel. Elle avait entendu sa moto et elle s'était précipitée à l'extérieur, pensant qu'il s'agissait de Bullet. Elle avait été dévastée, mais elle avait essayé de ne pas le montrer. Elle devait avoir échoué, car quand elle lui avait proposé d'entrer, il avait insisté pour attendre à l'avant. Pourquoi les Whiskey ressentaient-ils tous le besoin de monter la garde ?

Tinkerbell atteignit Bullet avant elle, essayant de monter sur sa jambe. Les épaules du jeune homme étaient avachies vers l'avant et il manquait à son regard l'étincelle de vitalité qu'il contenait habituellement. Quand ses yeux passèrent de Finlay à Bones, il eut l'air... abattu.

Bon sang, que lui avait-elle fait ?

Elle s'immobilisa et quand il écarta les bras, elle s'y laissa tomber.

— Tu n'es pas obligé de parler à sa famille, dit-elle rapidement. Je suis désolée de te l'avoir demandé. J'avais tort. Tu as assez souffert. Tu n'es pas obligé d'être le héros de qui que ce soit. Je suis tellement désolée !

Il l'embrassa sur le sommet de la tête, ses grandes mains caressant son dos. Il ne prononça pas un mot, se contentant de la serrer plus fort, et la peur piétina Finlay. Elle leva les yeux vers lui et ouvrit la bouche pour parler, mais c'était trop difficile. Elle ne savait pas quoi dire d'autre, elle enfouit donc à nouveau son visage contre son torse.

— Tu vois mes yeux dans l'obscurité, mon ange ? demanda-t-il enfin.

Elle leva la tête vers lui, son cœur martelant ses côtes. Elle examina l'expression solennelle de son visage et quand elle croisa son regard, celui-ci ne ressemblait à rien qu'elle ait vu auparavant et elle ignorait comment l'interpréter. Mais elle hocha la tête, car elle voyait ses yeux.

— Je suis désolé d'être parti. Je devais réfléchir à certaines choses.

— Je sais. Ce n'est pas grave. Je suis désolée. Je ne te demanderai plus jamais de faire quelque chose comme ça.

— Tu n'auras pas à le faire, dit-il d'une voix monocorde.

Son regard se tourna vers Bones.

— Je suis passé parce que je pensais que tu étais ici, dit celui-ci. Et quand j'ai vu que ta moto n'était pas là, je n'ai pas pu laisser Finlay seule. Je vais partir, maintenant, à moins que tu aies besoin de moi.

— Tu es resté pendant tout ce temps ? demanda-t-elle.

Bones haussa les épaules.

— Bien sûr.

Bien sûr ? Des larmes coulèrent le long de ses joues.

— Merci, mec. Tu devrais entendre ça.

Bullet baissa les yeux vers Finlay.

— Je suis allé voir la famille d'Aaron.

Elle resta bouche bée.

— Tu les as vus ?

Il hocha la tête.

— Je ne pouvais pas prendre le risque de te décevoir, bébé. Pas quand tout ce que tu as fait, c'est m'encourager.

— Tu es allé… ? dit-elle, incapable d'y croire. Et tu vas bien ? Tu ne me détestes pas ?

— Je ne pourrai jamais te détester. Je l'ai fait parce que je t'aime, Finlay. Tu en avais besoin et j'ai besoin de toi. Il fallait juste que je me fasse à cette idée. Mais tu avais raison. Ça a aidé.

Il s'approcha de Bones et le prit dans ses bras.

— Merci, mec.

— Je n'ai rien fait, dit Bones.

— Tu as décroché le téléphone et tu es resté avec ma petite amie. C'est important.

Il tendit à nouveau les bras vers Finlay et ils s'assirent tous les trois sur les marches du porche. Finlay et Bones étaient de chaque côté de Bullet et Tinkerbell monta sur ses genoux, lui léchant le visage.

— Tu as eu des reviviscences ? demanda Bones.

Bullet regarda l'obscurité sans répondre pendant si longtemps que Finlay se demanda s'il allait le faire. Elle posa sa main sur sa cuisse et il la couvrit de la sienne, entrelaçant leurs doigts.

— Ils avaient des photos du fils qu'ils ont perdu partout, et des photos de toi avec lui, dit-il à Finlay. Je ne le connaissais pas bien, je ne l'ai rencontré que pendant cette mission, et je ne savais même pas qu'il se faisait appeler Aaron. Il n'était que *Rush* pour moi. Mais si tu as été avec lui, je suis sûr que c'était un type super. Je n'ai pas eu de reviviscence. Pas même quand j'ai décrit ses derniers moments, ce qui m'a sacrément surpris. Je m'étais préparé au pire, mais le pire n'est jamais arrivé. Et puis ses parents ont pété les plombs. Ils étaient tellement soulagés parce que, comme tu l'as dit, ils pensaient qu'il était mort seul. J'ai pleuré avec eux comme une satanée mauviette, mais je n'avais pas l'impression d'en être une. C'était bon de leur apporter la paix.

— Tu es resté avec eux pendant tout ce temps ? demanda Bones.

Bullet secoua la tête.

— Je suis allé voir M'man et P'pa. J'ai supposé que si je faisais face à mes démons, je devrais donner tout ce que j'avais.

— Oh, Bullet !

Finlay se serra contre lui.

Bones posa ses coudes sur ses genoux, se tordant les mains.

— Et… ?

— P'pa le savait.

Bones leva les mains.

— Je te jure que je ne le lui ai pas dit.

— Je sais. La satanée communauté de motards. Un médecin qui m'a soigné à Walter Reed, l'hôpital militaire de Bethesda, a reconnu le tatouage de mon dos. Biggs le savait pendant tout ce temps.

— Et il ne vous a jamais rien dit ?

Finlay fut incapable de masquer l'effroi dans sa voix.

— Il a dit…

Bullet marqua une pause, ses yeux brillant dans le clair de lune. Il s'éclaircit la gorge, se redressa un peu plus, passa un bras autour de Tinkerbell et l'autre autour de Finlay.

— Il a dit qu'il avait cru m'avoir perdu une fois. Il ne voulait pas m'énerver et me perdre de nouveau.

— Et Red ? demanda Bones.

— Red… répéta Bullet. Elle n'a rien dit. Je ne sais pas si Biggs lui en avait parlé ou pas. Elle m'a juste serré dans ses bras et elle a pleuré. Tu sais comment elle est. Soit elle nous rappelle à l'ordre, soit elle nous couvre d'amour. J'étais du côté de l'amour, ce soir. Demain, elle voudra sûrement me botter les fesses.

— Ce n'est pas le cas de tout le monde ?

Bones se leva et serra Bullet dans ses bras.

— Je suis fier de toi, mec. Je t'aime. J'étais inquiet pour toi, ce soir, mais je n'aurais pas dû l'être. Tu es invincible.

Bullet émit un petit rire.

— Pas vraiment. Je t'aime, petit frère.

Il tapota le dos de Bones, puis sa jambe pour appeler Tinkerbell et il tendit la main vers Finlay. La chienne vint à ses côtés tandis que Bones démarrait sa moto et s'éloignait.

Bullet serra Finlay dans ses bras et dit :

— Je suis désolé d'être parti et de t'avoir inquiétée. Merci de ne pas avoir renoncé à moi.

— Merci de ne pas avoir renoncé à nous.

Elle avait tant d'amour pour lui, il était devenu un héros si grand, mais elle n'oserait plus jamais laisser ces mots lui échapper à nouveau.

— Je n'étais pas sûr que tu serais là, alors je suis passé chez toi d'abord et, bébé…

Un univers d'émotions monta dans ses yeux.

— Ce n'est plus chez toi, Lollipop, dit-il avec toute la force et la passion qu'elle avait appris à aimer. J'ai besoin que tu sois là avec moi tout le temps. Je sais que j'ai des casseroles et ça te rend probablement incertaine, surtout après ce soir…

Elle leva les mains et attira sa bouche vers la sienne, le faisant taire d'un baiser.

— Tu n'as pas besoin de moi, Bullet. Tu me *veux*. Je suis tellement reconnaissante d'être celle que tu as choisie, parce que j'ai vraiment besoin de toi… Et de Tinkerbell. Et plus encore, je veux que vous fassiez tous les deux partie de ma vie. Je suis venue pour planter mes racines et je pensais que ces racines n'incluraient que de l'amour de ma sœur. Mais tu m'as montré que je suis encore capable d'aimer et d'être aimée. J'ai des casseroles aussi, mais notre amour est tellement *grand*, c'est le genre d'amour qui nous aide à nettoyer nos casseroles, le genre d'amour qui dure toujours.

— Merci, mon ange, dit-il doucement. Mais j'ai vraiment besoin de toi et je n'ai pas honte de le dire.

Il effleura ses lèvres des siennes, sa barbe chatouillant sa peau lorsqu'il dit :

— Plus tôt dans la journée, tu m'as demandé si j'avais un endroit préféré et j'ai répondu que je n'en avais jamais eu, que j'avais besoin de la route. Mais j'avais tort, bébé. J'ai trouvé ma place. Elle est ici, à côté de toi.

Il la prit dans ses bras et la porta à l'intérieur.

— Et si nous allions à l'étage et que nous rattrapions le temps perdu ?

— Un orgasme pour chaque heure où nous avons été séparés ?

— Ça ne sera jamais suffisant.

ÉPILOGUE

— IZ, TU PEUX attraper les feuilletés à la saucisse ? Dix, il nous faut plus d'assiettes ? Je crois qu'il nous faut plus d'assiettes…, dit Finlay quand Isabel la prit par les épaules.

— Fin, *arrête*. On gère. Ne t'inquiète pas.

Les yeux couleur noisette d'Isabel brillaient de confiance. Elle avait déménagé à Peaceful Harbor le week-end précédent et elle avait pris la location de Finlay quand celle-ci s'était installée avec Bullet.

— Ne m'oblige pas à aller chercher ta mère, la taquina Dixie.

La mère et le beau-père de Finlay étaient venus pour l'événement et la nuit précédente, sa mère, Penny, Isabel, Dixie, Gemma, Crystal, Red et même Chicki et Babs avaient aidé à préparer la nourriture pour la collecte de fonds et permettre à Finlay de participer à la balade à moto de charité avec Bullet ce matin-là. Alors que celle-ci avait été terriblement nerveuse, se tracassant pour les plus petites choses qu'elles avaient cuisinées, sa mère avait été l'œil de la tempête, calme, froide et paisible.

— Pourquoi tu es aussi nerveuse ? demanda Isabel. Tu agis comme si tu avais pris de la drogue pour le petit déjeuner depuis que tu es revenue de cette balade de charité.

— Je ne sais pas. Je veux juste que tout aille bien pour Sarah et je suis tellement remplie d'adrénaline à cause de la balade que je n'arrive pas à me calmer, dit Finlay.

La balade avait duré trois heures et terminé au Whiskey's, où la collecte de fonds se déroulait en force. Deux semaines s'étaient écoulées depuis ce jour fatidique dans la prairie et Bullet et elle avaient fait de la moto presque tous les matins depuis. Rouler était presque aussi addictif que Bullet.

— Bon, les filles, allons-y. Nous devons emporter cette nourriture.

Finlay saisit deux plateaux de hamburgers et se dirigea vers la porte.

Isabel et Dixie la suivirent à l'extérieur, où des centaines de personnes déambulaient autour des tentes et des activités. Elles passèrent entre le bassin dirigé par un groupe de pompiers séduisants et une file de personnes qui attendaient pour avoir la chance d'être photographiées avec le support à photos en bois que Truman avait peint. Pour deux dollars, ils pouvaient mettre leur tête dans le trou et devenir une femme en maillot de bain, un motard assis sur une moto ou un enfant assis dans un side-car.

Elles dépassèrent la course d'obstacles aux cônes orange à côté du pavillon du buffet, où plus d'une douzaine d'enfants faisaient la course en tricycle jusqu'à la ligne d'arrivée pendant que leurs parents les encourageaient. Bones fit le tour du pavillon en portant Bradley sur sa hanche et en tenant la petite Lila, qui tapotait sa joue de sa main potelée. Les yeux de Bradley étaient humides de larmes et son genou était égratigné. Sarah marchait à côté d'eux, frottant le dos de son fils et portant la couverture de sa fille, son hérisson en peluche préféré et un biberon.

— Oh, non ! Que s'est-il passé ? demanda Finlay.

— J'ai tombé sur une pierre, dit Bradley. Mais je ne vais pas à l'hôpital. Bones m'a dit qu'il allait me soigner ici.

— Bones est doué pour ça, dit Finlay. Sarah, comment tu vas ?

La jeune mère tapota son ventre rond et posa un regard affectueux sur ses enfants.

— Je vais bien, merci. Je suis ravie que mes bébés et Scott soient à la maison.

Lila s'était complètement remise et le chirurgien plastique avait dit que les cicatrices sur son visage et ses bras seraient presque indétectables avec le temps. Scott était encore en fauteuil roulant avec des broches sur une jambe et un plâtre sur l'autre, mais ses poumons guérissaient.

— On vous retrouve plus tard, dit Bones. Je dois nettoyer le petit Bradley. Bullet te cherchait il y a quelques minutes, Fin.

— Ce n'est pas toujours le cas ? la taquina Dixie.

Finlay sourit, pensant au soir précédent, où ils avaient sauté le dîner et fait l'amour pendant des heures. Ils passaient du temps ensemble aussi souvent que possible et quand ils n'étaient pas physiquement ensemble, ils l'étaient dans leurs cœurs.

— Pour information, Penny et moi sommes jalouses. Cet homme te vénère, dit Isabel tandis qu'elles dépassaient le château gonflable.

— Vous pouvez apporter les plateaux par ici, cria Bear depuis l'arrière de celui-ci, où Kennedy le regardait à travers le filet.

— Non, elles ne peuvent pas, dit Crystal en sortant de la tente où la loterie avait lieu et en prenant l'un des plateaux de Finlay. Je vais apporter des assiettes pour Kennedy et toi, dit-elle à Bear.

Puis elle se tourna vers Finlay et les filles pour ajouter :

— Je suis ravie que mon estomac aille mieux. Je crois que Bear espérait que je sois enceinte. Maintenant, il a des bébés dans les yeux à chaque fois qu'il me regarde.

— Les bébés sont incroyables, dit Isabel. Tu devrais en avoir un !

— S'il te plaît, ne la laisse pas s'approcher de mon mari, plaisanta Crystal. Il doit y avoir cinq cents personnes ici. Certaines tombolas atteignent des milliers de dollars. Vous avez vu le type du journal local ? Il prend des photos et il a dit qu'il écrirait un article entier sur l'agrandissement du Whiskey's.

— Ce que cette communauté fait pour les siens est incroyable, dit Finlay alors qu'elles entraient dans la tente de restauration, qui sentait divinement bon et qui était pleine de monde.

Elle était absolument ravie qu'autant de gens soient venus, même si la nourriture était engloutie plus vite qu'elle ne pouvait la préparer. Heureusement, Nate Braden, qui possédait le Tap It, un restaurant local, et Jasmine et Joe Carbo, du café Jazzy Joe's, participaient aussi à l'événement pour que personne n'ait faim.

Finlay regarda Penny depuis l'autre côté de la tente. Elle était entourée de familles qui attendaient leur tour pour acheter une glace. Tegan et Isla, Chicki et la fille de Bud étaient venues pour tenir le stand avec elle. Plusieurs des femmes et des filles des membres du club des Dark Knights aidaient aux stands de nourriture. Finlay se sentait chanceuse d'avoir retrouvé sa petite ville natale aussi soudée et accueillante que dans son enfance. Lorsqu'elle posa le plateau sur la table, elle vit Red en train de parler avec sa mère devant le stand de boissons. Voir ses deux mondes s'unir lui réchauffa le cœur.

— Ça t'ennuierait de tout surveiller pour que je puisse aller chercher Bullet ? Je vais me dépêcher, dit-elle à Isabel, qui lança un regard noir à Jed lorsqu'il prit trois biscuits du plateau.

— Quoi ? Je partage avec mes amis.

Jed désigna Quincy, qui faisait la queue pour acheter une glace.

— Hmm-Hmm !

Isabel secoua la tête.

— La seule chose que Quincy a en tête, c'est lécher Penny.

Jed se pencha par-dessus la table et dit :

— Je ne serais pas contre quelques coups de langue.

Il agita les sourcils.

Isabel leva les yeux au ciel.

— Pourquoi j'ai accepté de travailler avec toi, déjà ?

Elle rit et regarda Finlay.

— Ah, c'est vrai : parce que ma meilleure amie est là ! Ta surprise a plu à Bullet ?

— Il l'a adorée, dit Finlay en souriant pour elle-même.

Quand elle lui avait montré le tatouage qu'elle avait essayé de se faire la veille, il avait eu l'air triste. Au début, elle avait pensé que c'était parce qu'elle avait voulu tatouer son nom sur son cœur, mais cela avait été si douloureux qu'elle n'avait fait qu'une ligne, le côté gauche de la lettre *B*. Mais plus tard, alors qu'ils étaient allongés devant la cheminée, les flammes jetant des ombres sur leurs corps nus, il avait passé son doigt sur la ligne et il avait dit : *J'adore le fait que tu aies voulu écrire mon nom là, mais j'aurais voulu pouvoir être avec toi. Je veux être là pour tous les moments importants de ta vie.* Finlay avait décroché quelques commandes de service traiteur après la fête prénatale et même si Isabel serait là pour l'aider, Bullet avait proposé de l'accompagner aussi quand c'était possible. Et il prétendait ne rien savoir du romantisme…

— Vas-y, Fin, dit Isabel avant d'adresser un sourire suffisant à Jed. Je vais chasser les vautours.

Finlay sortit de la tente, scrutant le terrain à la recherche de Bullet tout en se frayant un chemin à travers la foule. Même avec tant d'hommes vêtus de cuir déambulant autour d'elle, le sien était facile à repérer, avec Lincoln dans les bras à côté du stand de tatouages temporaires. Elle fondit en voyant son homme grand et musclé portant ce petit garçon. Lorsqu'il posa ses lèvres sur la tête du bambin et qu'il ferma les yeux une brève seconde, elle se souvint qu'il avait dit qu'il voulait des enfants. Une main lourde toucha son épaule, la faisant sortir de ses pensées.

— Tu t'es bien débrouillée, dit Biggs en se plaçant à côté d'elle.

— C'était un effort collectif et je suis tellement contente que ça se passe bien !

— L'événement se passe bien aussi, mais je parlais de mon fils.

Elle regarda Bullet, de l'autre côté de la pelouse, alors même que Kennedy se jetait sur ses jambes et qu'il la soulevait avec son autre bras. C'était l'homme le plus loyal et le plus aimant que Finlay connaisse et même s'il avait eu des difficultés à comprendre ce que cela signifiait quand il était plus jeune, elle savait que l'homme qu'il était avait tout à voir avec les parents qui l'avaient élevé. Pensant aux leçons de vie que Biggs avait enseignées à Bullet et à la façon dont il avait attendu pendant des années, s'accrochant silencieusement à ce qui avait dû être une curiosité extrême, jusqu'à ce que Bullet soit prêt à lui dévoiler son secret, elle dit :

— Vous vous êtes bien débrouillé aussi.

À cette idée, son esprit se tourna vers ses parents et son père lui manqua terriblement. Elle songea à sa mère, qui avait déménagé après l'avoir perdu. Puis, ses pensées se retournèrent vers l'homme qui se trouvait de l'autre côté du champ, celui qui s'était transformé en une partie encore plus grande de sa vie au fur et à mesure qu'il s'était libéré de la culpabilité jour après jour. Bullet voyait des choses chez Finlay que personne d'autre ne voyait, pas même elle. La jeune femme ne s'était pas rendu compte qu'elle aussi avait besoin de tourner la page avec la famille d'Aaron, mais Bullet l'avait remarqué et il avait secrètement organisé une rencontre avec eux. Quand ils étaient partis faire un tour à moto le samedi matin, elle ne savait pas qu'ils finiraient à Pleasant Hill pour prendre le petit déjeuner avec les parents d'Aaron. Elle ne savait pas non plus qu'elle se rendrait compte plus tard, sur le chemin du retour, que si quoi que ce soit arrivait à Bullet, quitter le port ne suffirait pas à l'aider à aller de l'avant. Leur amour était trop profond et trop grand pour qu'elle le laisse derrière elle.

COMME S'ILS ÉTAIENT connectés par une énergie plus grande que ce qui était visible à l'œil nu, Bullet ne put pas détourner le regard de Finlay lorsqu'elle traversa la pelouse dans une longue robe couleur prune qui moulait ses courbes séduisantes. Ses cheveux blonds tombaient en cascade sur ses épaules, adoucissant les bords de la veste en cuir noire qu'elle portait. Bullet était obsédé par les images qu'il avait commencé à voir dans sa tête dernièrement. Des images du futur. Il n'avait jamais pensé au-delà de la journée qu'il était en train de vivre avant de rencontrer Finlay et à présent, il n'arrêtait pas d'avoir des visions d'elle, son ventre arrondi par leur bébé, ou en train de cuisiner avec un enfant sur sa hanche et Tinkerbell à côté d'elle. Ces pensées se frayaient un chemin dans son esprit presque quotidiennement. Il s'imaginait allongé sous les étoiles avec Finlay et leurs enfants, Tinkerbell montant la garde. Parfois, comme à ce moment-là, tandis qu'il avançait vers elle avec Kennedy et Lincoln, il s'imaginait vieux et grisonnant avec Finlay, traversant à moto le pont qui quittait Peaceful Harbor et avançait vers le coucher de soleil, sachant qu'ils le retraverseraient ensemble.

— Regarde comme Tante Finlay est zolie dans sa robe, Oncle Bullet.

Kennedy fit un signe de la main à Finlay.

— Ça, c'est sûr.

Finlay lui répondit et envoya un baiser à Bullet. Kennedy fit semblant de l'attraper et posa sa main sur sa joue.

— Eh, c'était mon baiser ! dit Bullet.

La fillette gloussa et posa sa main sur les lèvres de Bullet.

— Maintenant, tu l'as aussi.

Elle tendit le bras et posa sa main sur la joue de Lincoln.

— Et Linc en a un aussi.

— Merci, princesse.

Finlay sourit et embrassa les enfants.

— Votre oncle Bullet sait sacrément bien s'occuper de vous, pas vrai ? Il vous fait toujours sourire.

Kennedy hocha la tête et Lincoln serra timidement son visage contre le cou du jeune homme.

— Tu verras quand nous aurons les nôtres, dit celui-ci.

— Vous allez avoir un bébé ? demanda Kennedy en écarquillant les yeux.

— Non, chérie, dit Finlay.

Elle lança à son homme un regard qui disait : « Pourquoi tu dis des choses pareilles ? »

— Oncle Bullet plaisante, c'est tout.

— Oncle Bullet ne sait pas plaisanter, dit Kennedy, son joli petit visage prenant un air sérieux. Maman dit qu'il est trop doué pour protéger tout le monde pour plaisanter.

— Je sais plaisanter, dit Bullet avant de faire des papouilles sur la joue de Lincoln, le faisant énormément glousser.

— À moi ! demanda Kennedy.

Bullet s'exécuta, ce qui lui valut des gloussements de la part de la petite fille. Il vit Bear et lui fit signe de se joindre à eux.

— Tu peux prendre ces petits chéris un moment ?

— Bien sûr.

Bear attrapa Lincoln tandis que Kennedy se tortillait dans les bras de Bullet.

Elle saisit la main de Bear et l'attira vers Bones, qui se dirigeait vers la tente de nourriture avec Bradley.

— Je veux voir Oncle Boney !

Finlay rit.

— Je ne crois pas que je m'habituerai à l'entendre l'appeler comme ça.

— Comment tu penses que nos enfants vont l'appeler ?

Bullet passa un bras autour des épaules de Finlay et se dirigea vers le bar.

— Je ne sais pas. Tu veux dire nos petits enfants qui seront vêtus de cuir, porteront des bagues et feront de la moto ? demanda-t-elle tandis qu'ils se dirigeaient vers le bar.

— Tu veux dire les enfants qui prépareront des gâteaux et qui feront de la moto ?

Il agrippa ses fesses tout en fermant la porte derrière eux et il l'attira vers le bar.

— Bullet, murmura-t-elle comme si le monde entier pouvait l'entendre le réprimander pour l'avoir caressée. J'ai dit à Izzy que je me dépêcherais.

— Bon sang, je t'aime, bébé ! Tu le sais ?

Elle rougit et le cœur de Bullet se gonfla.

— Nous allons prendre le temps qu'il faut, dit-il en la prenant dans ses bras et en regardant la femme qui avait changé sa vie dans les yeux. Tu te souviens de notre premier baiser ?

— Oui. J'ai encore des frissons quand j'y pense.

— Moi aussi, Lollipop. Et quand je pense à la façon dont tu m'as tenu tête, juste là, dit-il en regardant par-dessus le bar, dans cette jolie robe, tes yeux splendides me transperçant avec tant de force et de conviction que j'ai su à ce moment-là que j'avais trouvé ma moitié.

Lorsqu'il mit un genou à terre et qu'il lui prit la main, il savait qu'il aurait dû être plus nerveux que jamais, mais il était très calme, car leur couple était la chose la plus correcte qu'il ait jamais faite.

Elle écarquilla les yeux et « Bullet » sortit de ses lèvres comme une prière.

— Finlay, mon ange, je ne sais pas comment ni pourquoi tu as accepté de sortir avec moi…

— C'était ce baiser, dit-elle entre ses larmes.

Il ricana.

— C'était vraiment un sacré baiser et je remercie le ciel tous les jours que tu aies vu les choses avec tant d'optimisme ce soir-là, parce que je t'adore et je ne veux pas imaginer un seul jour sans toi à mes côtés. Je t'ai dit que je ne suis pas un Prince charmant et que nos vies ne seront jamais un conte de fées. Mais si tu m'épouses, je passerai chaque moment de nos vies à te vénérer, à te protéger et à t'aimer de tout mon être.

Lorsqu'il se leva, il sortit le solitaire en or rose digne d'une princesse de sa poche, passant son pouce sur les diamants noirs qui formaient le symbole de l'infinité de chaque côté de l'anneau. Il regarda Finlay dans les yeux et dit :

— Épouse-moi, Lollipop. Sois à moi et laisse-moi être ton homme.

Hochant la tête, des larmes coulant sur ses belles joues, elle dit :

— Je suis à toi depuis ce tout premier baiser et je serai à toi jusqu'au dernier.

Pendant des années, Bullet s'était demandé si sa vie aurait pu être plus agréable s'il ne s'était pas engagé dans l'armée, s'il n'avait pas failli perdre la vie ou s'il n'avait pas vu d'autres hommes perdre la leur. Mais à présent, tandis qu'il prenait Finlay dans ses bras et qu'il scellait leurs promesses d'un baiser, il réalisa que toute cette souffrance l'avait mené à elle, et il sut qu'il aurait à nouveau vécu tout cela juste pour être à cet endroit précis, avec la femme qu'il aimait. Sa surdose de sucre. Son ange. Son *tout*.

Sarah a du mal à accorder sa confiance, mais Bones Whiskey est patient et protecteur, formidable avec ses enfants, et dans ses yeux elle a l'impression d'être la seule femme qu'il pourrait désirer… et plus encore. Avec les deux enfants dans ses pattes, Sarah s'attend à ce qu'il passe rapidement à autre chose. Pourtant, à chaque tendre baiser et à chaque moment difficile avec les enfants, Bones la surprend. Mais le biker farouchement loyal restera-t-il une fois que le pire secret de Sarah sera révélé, ou muera-t-il comme un serpent ?

Achetez *En toi, un refuge*

Si c'est votre premier tome dans le monde des Whiskey, vous pourriez commencer par le début de la série avec *Sous l'armure de ton cœur*, l'histoire de Truman et Gemma.

Il a enfilé la peau d'un tueur, mais son cœur est resté plein d'amour.

Truman Gritt ne reculera devant rien pour protéger sa famille. Y compris passer des années en prison pour un crime qu'il n'a pas commis. À sa libération, la vie qu'il connaissait a été bouleversée par l'overdose de sa mère, et Truman prend la décision d'élever les enfants qu'elle a abandonnés. Truman est un homme dur, secret, et il s'efforce de sauver son frère, encore plus abîmé que lui. Il n'a jamais eu besoin d'aide dans sa vie, et quand la belle Gemma Wright essaie d'intervenir, il refuse tout net. Pourtant, Gemma a l'art et la manière de se frayer un chemin dans la vie des gens et elle finit par percer l'armure en acier de son cœur. Quand le passé sombre de Truman entre en conflit avec son avenir, sa loyauté est mise à rude épreuve et il va devoir prendre la décision la plus difficile de sa vie.

Achetez *Sous l'armure de ton cœur*

Autres livres par Melissa
(en anglais)
English Editions

<u>LOVE IN BLOOM SERIES</u>

SNOW SISTERS

Sisters in Love
Sisters in Bloom
Sisters in White

THE BRADENS at Weston

Lovers at Heart, Reimagined
Destined for Love
Friendship on Fire
Sea of Love
Bursting with Love
Hearts at Play

THE BRADENS at Trusty

Taken by Love
Fated for Love
Romancing My Love
Flirting with Love
Dreaming of Love
Crashing into Love

THE BRADENS at Peaceful Harbor

Healed by Love
Surrender My Love
River of Love
Crushing on Love

Whisper of Love
Thrill of Love

**THE BRADENS & MONTGOMERYS at Pleasant Hill –
Oak Falls**
Embracing Her Heart
Anything for Love
Trails of Love
Wild Crazy Hearts
Making You Mine
Searching for Love
Hot for Love
Sweet Sexy Heart
Then Came Love (Previously Summer of Love)
Rocked by Love (Previously Winter of Love)
Our Wicked Hearts
Claiming Her Heart

THE BRADEN NOVELLAS
Promise My Love
Our New Love
Daring Her Love
Story of Love
Love at Last
A Very Braden Christmas

THE REMINGTONS
Game of Love
Stroke of Love
Flames of Love
Slope of Love
Read, Write, Love
Touched by Love

SEASIDE SUMMERS

Seaside Dreams
Seaside Hearts
Seaside Sunsets
Seaside Secrets
Seaside Nights
Seaside Embrace
Seaside Lovers
Seaside Whispers
Seaside Serenade

BAYSIDE SUMMERS

Bayside Desires
Bayside Passions
Bayside Heat
Bayside Escape
Bayside Romance
Bayside Fantasies

THE STEELES AT SILVER ISLAND

Tempted by Love
My True Love
Caught by Love
Always Her Love

THE RYDERS

Seized by Love
Claimed by Love
Chased by Love
Rescued by Love
Swept Into Love

THE WHISKEYS: DARK KNIGHTS AT PEACEFUL HARBOR

Tru Blue
Truly, Madly, Whiskey
Driving Whiskey Wild
Wicked Whiskey Love
Mad About Moon
Taming My Whiskey
The Gritty Truth
In for a Penny
Running on Diesel

THE WHISKEYS: DARK KNIGHTS AT REDEMPTION RANCH

The Trouble with Whiskey

SUGAR LAKE

The Real Thing
Only for You
Love Like Ours
Finding My Girl

HARMONY POINTE

Call Her Mine
This is Love
She Loves Me

THE WICKEDS: DARK KNIGHTS AT BAYSIDE

A Little Bit Wicked
The Wicked Aftermath
Crazy, Wicked Love
The Wicked Truth

SILVER HARBOR
Maybe We Will
Maybe We Should

WILD BOYS AFTER DARK
Logan
Heath
Jackson
Cooper

BAD BOYS AFTER DARK
Mick
Dylan
Carson
Brett

<u>**HARBORSIDE NIGHTS SERIES**</u>
Includes characters from the Love in Bloom series
Catching Cassidy
Discovering Delilah
Tempting Tristan

More Books by Melissa
Chasing Amanda (mystery/suspense)
Come Back to Me (mystery/suspense)
Have No Shame (historical fiction/romance)
Love, Lies & Mystery (3-book bundle)
Megan's Way (literary fiction)
Traces of Kara (psychological thriller)
Where Petals Fall (suspense)

Remerciements

Merci d'avoir lu l'histoire de Bullet et Finlay. J'espère que vous les avez appréciés, ainsi que leur merveilleuse et chaleureuse famille et leurs amis pleins d'esprit, dont chaque membre connaîtra son histoire de conte de fées.

Si vous découvrez mes textes, notez que tous mes livres peuvent être lus indépendamment les uns des autres. Les personnages apparaissent dans d'autres séries, de sorte que vous ne raterez jamais de fiançailles, de mariages ni de naissances. Pour en savoir plus sur la série *Amour sublime* et mes autres titres en anglais, c'est ici :
www.MelissaFoster.com/melissas-books

J'offre gratuitement plusieurs ebooks (premiers tomes de séries en anglais). Vous les trouverez ici :
www.MelissaFoster.com/LIBFree

Je discute souvent avec mes lecteurs sur Facebook. N'oubliez pas de vous inscrire à mon fan club !
www.Facebook.com/groups/MelissaFosterFans

Suivez ma page d'auteur sur Facebook pour des concours et les dernières informations sur les mondes de vos héros préférés.
www.Facebook.com/MelissaFosterAuthor

Si vous préférez les romances plus édulcorées, sans scènes

explicites ni langage cru, découvrez ma série en anglais, Sweet with Heat, sous le nom de plume Addison Cole. Vous y trouverez les mêmes histoires d'amour, en un peu moins torrides.

Merci à ma formidable équipe éditoriale : Kristen Weber et Penina Lopez, et mes relecteurs attentifs : Elaini Caruso, Juliette Hill, Marlene Engel, Lynn Mullan et Justinn Harrison. En dernier, mais non des moindres, un immense merci à ma famille pour sa patience, son soutien et son inspiration.

Melissa Foster est une auteure primée, dont les best-sellers figurent aux classements du *New York Times* et de *USA Today*. Ses livres sont recommandés par le blog littéraire de *USA Today*, le magazine *Hagerstown*, *The Patriot* et de nombreuses autres revues. Melissa a également peint et fait don de plusieurs fresques murales pour l'hôpital des enfants malades à Washington, DC.

Retrouvez Melissa sur son site web ou discutez avec elle sur les réseaux sociaux. Melissa aime parler de ses livres avec les clubs de lecture et les groupes de lecteurs. N'hésitez pas à l'inviter à vos événements. Les livres de Melissa sont disponibles dans la majeure partie des boutiques en ligne, en version papier et numérique.

Melissa écrit aussi des romances édulcorées sous le nom de plume Addison Cole.

www.MelissaFoster.com
Goodies gratuits : www.MelissaFoster.com/Reader-Goodies